2016中国年度微型小说

作家网 选编 冰峰 陈亚美 主编

漓江出版社

目录
contents

微型小说要与时代同步［代序］

冰　峰

中央电视台《国宝档案》栏目主持人任志宏给我来电话，让我选一些优秀的微型小说作品给他，同时让我联系授权，他要朗诵微型小说。我觉得志宏兄的想法特别好，这对微型小说的文体来说，在空间上是一次新的拓展，我非常感佩志宏兄的创意和想法。由此，我也想到了微型小说在时代背景下的定位、出路和发展方式。

在当下，微型小说被改编成电影、小品、舞台剧等形式已经不足为奇，但是，针对庞大的微型小说数量而言，被改编的微型小说只是凤毛麟角。如何推动微型小说与新媒体结合，与时代同步，产生时代效益，还需要我们的不懈努力。2016年10月29日，由中国电视艺术家协会、中央新影集团、中共潍坊市委宣传部、作家网等单位在山东潍坊联合举办的中国微小说与微电影创作高峰论坛吹响了冲锋的号角。

我们经常说，剧本，乃一剧之本，可见剧本之于影视剧而言是何其重要。可是，在剧本创作中，真正以微型小说为源改编的影视剧并不多。究其缘由，微型小说故事单薄，情节简单，镜头语言不多是制约其改编的主要原因。如此，对微型小说改编剧本形成了一定难度。那么，如何才能让微型小说有足够的分量来改编成微电影剧本呢？我想，微型小说作家对剧本的深度参与很重要。一是由微型小说作家直接将自己创作的小说改编成剧本；二是与编剧合作，共同完成剧本创作。

从微电影的另一个角度来看，微电影是时代的产物，已经十分繁荣。政府投资做微电影的有，企业投资做微电影的有，个人投资做微电影的也大有人在。同时，微电影艺术节、微电影评奖活动层出不穷。在波澜壮阔的微电影运动中，中央新影集团的高峰、郑子成了领军人物，他们在不遗余力地推动微电影事业的发展。亚洲微电影艺术节、金丹若国际微电影艺术节、潍坊（峡山）金风筝国际微电影艺术大赛，等等，这些举措，显然为微电影这一特殊行业注入了兴奋剂，让微电影的发展势头迅猛，势不可挡。

我们知道有一个实例，2008年北京奥运会闭幕式，英国人讲了8分钟故事，就将英国的国家价值观、国家成就、民族价值观、文化战略表达了出来。我们看到了人性的展示、暴露，看到了人类的自省、反思、总结和宣扬。这是一种平静的、亲和的、不动声色的渗透。

可见，微电影的繁荣发展，并不完全取决于人为因素。微电影内在的时代性与魅力也是微电影发展的主要动力。首先，微电影改变了我们的思考方式、思维方式、表达方式、教育方式。从国家层面来看，微电影的教育传播方式符合国家的需要。我们这个民族拥有着几千年的文化，从圣旨的传达到文件的下发始终保持着严肃的面孔，因为这是国家的事情，需要微言慎行。而时代发展了，信息爆炸的碎片覆盖了人们的生活，老百姓听到的声音是杂乱的，多元的。国家意识如何表达，时代提出了质问。习近平总书记顺应时代潮流，及时发表了“讲好中国故事，传播好中国声音”的讲话，让一切尘埃落定。中国式的教育宣传方式开始改变，从坚硬的、说教的、冰冷的文件方式、会议方式，变成了柔软的、人性的、温暖的“讲故事”的传递方式。

那么，如何“讲好中国故事，传播好中国声音”呢？发文件不妥，开会也肯定不行。显然，这个任务是交给我们这些文学工作者和影视工作者的。小说是讲故事的，具有人性和文学的特征，可以承载讲故事的任务。可是，小说的表达、表现方式太单一，不具有广泛的传播能力。而微电影，民众基础好，制作、投资成本小，门槛低，讲故事方式好，易于传播。基于以上特性，微型小说与微电影的结合，是解决“讲好中国故事”的极佳方式之一。

而眼下，微电影的出品量大，良莠混杂是微电影存在的问题之一。有的微电影制作粗糙，品位低，品质差，影响了人们对微电影的观赏态度。如何改变这一窘态，解决好“一剧之本”是关键所在。微型小说是剧本的核，是剧本的源，让优秀的微型小说改编成微电影剧本，无疑是提升微电影品质、品位的有效方法。我期待这一想法成为行动，成为现实。

潍坊（峡山）中国微小说与微电影创作高峰论坛虽然是首次举办，但也是一个极好的开端。我相信，有中国微小说与微电影创作联盟同仁们的共同努力，微型小说一定能够与微电影联手，共同走在时代的前沿，以“讲好中国故事，传播好中国声音”为己任，为微型小说的繁荣和发展开拓出一条新路。

2016 年 11 月 26 日　于北京

风雪夜

凌鼎年

世纪寒潮说来就来，温度低到了百年未遇。小年夜那晚，飘起了雪花，夹杂着冰粒子，打在脸上生痛生痛的。

风雪中，老灶台小饭店的老杨头正要关门时，突然闯进一位满头是雪的年轻人。

账台上残疾的阿芳一见，脱口而出："对不起，关门了，不营业了！"

年轻人自管往凳子上一坐，朝老杨头说："来点吃的！"

老杨头打量了一下年轻人，也就二十来岁，比自己儿子小几岁的模样。穿得有点单薄，风雪天，帽子、手套都没有，手里提着一个塑料袋，袋里好像是两瓶大瓶装的雪碧。

老杨头看这小伙子又冷又饿的样子，不忍心拒之门外，就问："想吃点啥？"

年轻人想也没有想，就说道："来碗红烧肉，再来个鱼，两碗米饭！"

阿芳说："关店歇业了，年初五再开张。你去别家看看吧。"

"那有什么吃什么。我肚皮贴到后背脊了。"年轻人认定这家了。

老杨头让阿芳泡杯热茶给年轻人，自己去厨房忙开了。红烧肉是现成的，热一下就可上桌。善解人意的老杨头先烧了碗榨菜肉丝汤端上去。

年轻人说："老板，我没有点汤。"

老杨头说："今天是小年夜，遇到就是个缘分，这汤是本店送的，不收你钱。"

年轻人说："谢谢老板！"

老杨头注意到年轻人的泪花在眼眶里打转。

水箱里的活鱼都吃光了，还好冰箱里还有一条杀好的鲫鱼，老杨头就红烧了。

这年轻人上来就把一碗饭狼吞虎咽吃了。吃完，问："还有吗？能再来一碗吗？"

阿芳想，碰到饿死鬼投胎了，哪有这样吃饭的，就没有好气地说："没有了，都关店过年了，哪有多余的饭。"阿芳说的是实话。

老杨头马上接嘴说："你稍等，我给你下碗面。"

年轻人很快把一碗红烧肉与一条红烧鲫鱼吃了个一干二净。

老杨头端上了一碗面条。

年轻人再次三下五除二把一碗面条连汤带水全吃了。

年轻人的脸上泛出了些许活气。他摸摸索索把口袋里的东西都掏了出来，几张皱皱巴巴的一元票，三块硬币，还有一个打火机，钱加起来也就十来元，显然不够这一顿饭钱。阿芳刚想说：“你来吃霸王餐啊！”但老杨头拉了拉阿芳的衣服，示意她不要说。

年轻人有点没有底气地说：“老板，我写张欠……欠条，行吧？”

老杨头坐到年轻人面前，说：“你如果肯听我讲个故事，这顿晚饭就算我请。”

年轻人无法拒绝，下意识地摆弄着打火机，听着老杨头的故事。

老杨头说：“三年前，有个叫山娃的农村小伙子，24 岁，到城里的建筑工地打工。原本准备春节回去结婚的，但包工头拖欠了三年的工资，拿不到这三年的工资，山娃拿什么回去结婚。他盯了包工头好多天，终于发现包工头小年夜这天在一个大饭店与家人吃年夜饭，山娃闯了进去，讨要工资，老板不但不给钱，还骂骂咧咧，推推搡搡。山娃想到自己的婚事因无钱办不了，气不打一处来，气头上的山娃拎起桌上的酒瓶，砸在了老板头上。老板家的人一拥而上，痛揍山娃。山娃本能地用半截酒瓶朝打他的人猛刺，结果有三人被刺破脸与手，一个刺破了颈动脉，流血过多而死。最后，山娃被判无期徒刑。

“山娃的婚事自然吹了，山娃的老爹带着他残疾的女儿到城里来讨饭，捡破烂，就是为了能就近去监狱看看山娃。直到第三年才开了个小饭店，勉强在城里立住了脚。

“我想你应该听出来了，山娃的爹就是我。孩子，我估摸着你也遇到了难事，你千万千万不能再走我儿子山娃的老路。你打火机一点，就没法挽回了。去自首吧。”

年轻人听罢故事，泪水已模糊了双眼。他问老杨头：“你怎么看出我要去犯罪？”

老杨头说：“我是有名的狗鼻子，你一进门我就闻到了汽油味。我瞧见了那个全新的打火机，你口袋里没烟，也不见你抽烟，我就猜到了你想做什么。看你吃饭的样子，我就知道你至少饿了两三顿了。你只有十来元零钱，说明你真的山穷水尽了。你说写欠条，我知道你本性不坏。我不能让你像山娃一样断送了自己的后半生啊。年轻人，听我老杨头一声劝吧。”

风雪中，老杨头陪着年轻人向派出所走去……

原载 2016 年第 4 期《啄木鸟》

借 钱

刘国芳

一个女人借了他一万块钱，女人是他的朋友，关系不远不近，联系的时候，三天两头见面，不联系的时候，半年也见不到一次。这天，女人打他的电话，女人说："张三，借一万块钱给我吧？"

他一般不借钱给人家，但他没这么说，只说："你借钱做什么？"

女人说："等钱急用。"

他没作声。

女人当然知道他不想借，女人说："我一定会还你，我有一张五万块钱的存折，要过几天到期，现在取划不来，所以先从你手上借一万块，最多十天还你。"

女人接着说："要不，我把存折放在你手上。"

女人这样说，他就很难拒绝了，但他还是说："我一般不借钱。"

女人说："知道知道，不是急用，我也不会开口，你放心，过几天就还你。"

他不好再说什么了。

女人很快就过来了，他带女人去银行取了一万块钱。女人接过钱，仍说过几天就还给他。本来，女人说了把存折放他这里压着，但女人拿了钱后，根本没提这事，他也不好问。不就是一万块钱么，如果他让女人把存折压在他这里，就显得小气了。

但几天过去了，女人没来还钱，又过去了几天，女人也没还钱，再过了几天，女人依然没还钱。莫说还钱，电话也没打一个过来。有一天他忍不住了，打了电话过去，他还没说话，女人先说了话，女人说："我知道你打电话的意思，再过几天吧。"

他说："你上次说过几天还，这都过了一个多月了。"

女人说："再宽限几天。"

他不知道说什么好了。

几天一晃就过去了，女人没来还钱。又一晃，一两个月过去了，女人仍没来还钱，他又忍不住了，打电话过去，还是女人先说话，女人说："最近恐怕还不了你的钱。"

他问："为什么？"

女人说："我存折上原本有钱，但我老公瞒着我把钱取了，那些钱，都被他赌博输了。"

他说："那你借我的钱怎么办？"

女人说："借债还钱，我会想办法还你。"

只是，女人说想办法还钱，但一晃几个月，女人也没露面，也就是说，女人没来还钱。他还得打电话，他说："从你借钱到现在，都七八个月了，你到底什么时候还？"

女人说："我也想还，谁喜欢让人一天到晚逼债。"

他说："我没逼你。"

女人说："你这不是逼我吗？"

他不想在这个问题上纠缠，他说："你打算什么时候还？"

女人说："要钱没有，要命拿去。"

他说："我只要钱，不要命。"

女人说："那这样跟你说吧，要钱没有，要人拿去。"

他说："我要你人做什么？"

女人说："你不要，多少男人想要都要不到。"

他说："你什么意思？"

女人说："你说什么意思？"

说着，女人挂断了。

他其实也听明白了，要钱没有，要人拿去，这不明摆着女人想跟他好，用身体抵债吗？但他告诫自己，千万不能跟女人好，好了，那一万块钱就要不回来了。只是，不跟女人好，钱依然回不来。又过去了好几个月，女人一个电话也没打过来。借他的钱，依然没还。他还得打电话，他说：“从你借钱到现在，都过去一年多了。”

女人说：“我还是那句，要钱没有……”

他接着说：“要人拿去，是吗？”

女人说：“不错。”

他说：“那见面吧。”

女人说：“好呀。”

很快，他们见面了，现在，他用不着跟女人含蓄了，他直截了当地说：“你借了我一万块钱，总不能我们好一次，就一笔勾销吧？”

女人说：“你说好几次？”

他说：“十次吧，等于每次一千块。”

女人说：“好吧，反正我欠你的钱，只能任人宰割。”

他说：“你不愿让人宰割，就还钱。”

女人说：“别说废话。”

他说：“我只有星期天有空，我们每个星期天见面。”

女人说：“可以，星期天我打你电话。”

他不再说什么了，拥着女人。

这事过后，一个星期很快过去了，这天又是星期天，他在等女人的电话，但一直到深夜，女人也没打电话过来。他只好打过去，才接通，他就听到女人说：“这么晚打电话做什么？”

他说：“今天是星期天，应该见面呀。”

女人说：“为什么见面？”

他说：“说好了一个星期见一次。”

女人说：“你想得美，借你一万块钱，要我陪你十次，一次一千块，你以为我是鸡呀？”

听了这话，他万分惊讶，竟不知说什么好。

啪一声，女人把电话挂了。

他拿着手机还呆了半天，后来，他在手机上写了几个字：“你就是个婊子。”

但想了想，他没发过去。

后来，他们再没联系了。

原载 2016 年第 14 期《微型小说选刊》

石头也有情

曾宪涛

小乐从小酷爱鹅卵石，他还有个怪癖，遇到喜欢的石头，总要把它洗干净了含在嘴里，爸妈怎么劝他也不改。现在小乐已经上大学了，还保留着这个习惯。

放暑假，小乐在家闲来无事，又开始摆弄鹅卵石。这天，他从新淘来的鹅卵石中，发现一块石头的纹路很特别，像是草体的“情”字。小乐越看越喜欢，便洗干净了含在嘴里，坐在沙发上看电视。电视播放的是本地《社会大观》栏目，一位石头爱好者正在接受记者的采访。小乐看着看着，突然忍不住大笑起来，竟忘了口中的鹅卵石，结果石头滑下去，卡在喉咙里。小乐打开门冲出去，跑到楼下院子里便跪倒在地上。几个邻居大妈发现了，跑上前问怎么回事，只见他眼球突出，口吐鲜血，说不出话，只能用手指着自己的嘴巴。大妈们急忙把他架到小区门口，准备拦车送他去医院。

然而，这个点儿出租车很少，怎么也拦不到空车。小乐已呼吸困难，脸上紫斑都出来了。就在大家心急如焚之际，一辆出租车停在他们面前，司机打开车门，对车后座的两个客人说：“实在对不起了，你们能不能换乘别的车，我要救救这个孩子。”说完还对他们拱手作揖。那两个乘客很通情达理，急忙下了车。出租车带上小乐和两个大妈急速驶向医院。

到医院要经过多个路口，司机边开车边打电话给 110，说自己车上有急救病人，向警方求助，能否闯红灯。警方同意了他的请求。出租车司机便按照警方的要求，打开了双闪，一路通行无阻地驶向医院。

出租车一直开到急救中心门口，急救人员把小乐抬了进去，在一片忙乱之中，司机悄然离去。

经过紧急抢救，石头被取出来了，小乐脱离了危险。小乐的爸妈这时也赶到了医院，医生说：“幸亏抢救及时，要是再晚来几分钟，后果就不堪设想了。”

小乐爸妈吓坏了，千恩万谢感激邻居大妈，一个大妈说：“不要谢我们，都是邻居，这事还不是应该的？倒是要好好感谢那位司机师傅，小乐能及时被送到医院抢救，多亏了他。”

大家这时才想起那位好心的司机，可他早已不知去向。邻居大妈让小乐爸妈一定要找到他，好好感谢人家。小乐爸妈连连点头。

小乐终于醒了，没想到他头一句话竟是问：“我的石头在哪儿？”他爸妈又好气又好笑，小乐对爸妈说那可是个宝贝，求他们去问问医生，可别给扔掉了。

爸妈没办法，只好去问护士，幸好取出的石头还没被扔掉，护士给找来了，对小乐说：“留着也好，当作教训吧。”小乐擦干净石头，叫爸妈看那上边红色的纹路，果真清清楚楚是一个草体的“情”字。爸妈都吃惊不已，联想到儿子遇上好心司机，得到及时救助，难道多亏这块石头有“情”？

小乐爸妈多方打听，可根本找不到这位恩人司机。因为当时情急，邻居大妈谁也没记住司机的特征，更甭说他的车牌号。突然，一个大妈想起在车上那位司机曾给110打电话求助闯红灯，便叫小乐爸妈找警方查问。

小乐爸妈打电话给110，警方调出那天的电话记录，把司机的手机号码给了他们。小乐爸爸按电话号码打过去，对方听说小乐爸妈想当面感谢时，道：“不要不要，这是我应该做的。”说完就把电话挂了，再打也不接了。

小乐爸妈想再去求助警方找那位司机，小乐却对爸妈说：“还是不要再麻烦警察了，他不愿见你们，就算警察找到他，他也不会要你们的报答。”爸妈说总要当面对人家说声感谢吧，小乐说：“我有个办法，可以在报纸上公开表达我们的谢意。”

爸妈都说这个办法好，就找到当地报社。报社记者听后十分感动，答应一定要把这件事报道出来。

第二天，一篇饱含深情的报道在晨报上刊登了，报道赞扬了好心的司机，表达了小乐一家的感激之情，还配发了一张照片，照片上就是那块“情”字石，标题：《石头也有情》。

报道引起很大反响。就在当天下午，小乐爸爸的手机响了，一看，竟是恩人司机的号码。小乐爸爸一阵激动，接通电话，只听对方说：“你们不是要见我吗？

我现在有时间，可以跟你们见面。”

小乐爸爸赶快叫妈妈包一个红包，等恩人来了送给他。很快，司机打电话说他已到了楼下，小乐的爸妈急忙下楼把司机迎到家里。

司机进屋后，小乐看他有点眼熟，肯定是在哪儿见过，当然不是救他那天，那天他难受得根本顾不上看司机的样子。

小乐爸妈送上了红包，司机笑了，说：“你们误会了，我来见你们，不是为了红包，而是为小乐那块有‘情’的石头。”

司机解释说，他是一位奇石爱好者，特别喜欢收藏鹅卵石，最近市里要举行“有情有义家乡人”的作品展，他收集的石头中，两块“有”字石，一块“义”字石都有了，就是难寻一块“情”字石，看了报道，他想来求购小乐的那块“情”字石，配成“有情有义”奇石作品。

听他说完，小乐想起来了，司机就是那天电视里记者采访的石头爱好者，当时司机说，谁有“情”字石，他愿出重金购买。小乐就是看到这里哈哈一笑，石头才卡在了喉咙里。

小乐把那块“情”字石无偿送给了司机。作品展览会上，这件“有情有义”的奇石作品引起了人们的争相围观，“石头有情”的故事，也就这么传开了。

原载 2016 年第 7 期《微型小说月报》

我替你挨了一刀

许保金

大奎两口子开了一家小饭店，虽然开张才一个月，但生意还算不错。

一日，二孬领着两个朋友来到了大奎的饭店。二孬一进门就冲着大奎嚷道：“大奎，当老板了也不敢吭一声。”

大奎忙一脸笑容迎上来，说：“哪里，哪里。孬哥是个大忙人，我怕请不动你。”

二孬说：“不用请，今天我自己来了。”

大奎一边热情招呼二孬和他的朋友坐下，一边让二孬点菜，然后忙吩咐自己媳妇上菜上酒。

二孬和他的朋友吃喝到一半时，二孬倒了一杯酒对大奎说："大奎，来，喝了这杯酒。"

大奎忙摆手说："我不能喝，我还得招呼客人。"

二孬不高兴了，生气地说："咋了？当老板有钱了，忘了孬哥了？你别忘了，当初是我舍命替你挨了一刀，要不，你早没命了，今天还能开饭店当老板？"

大奎赔着笑脸说："孬哥说的是哪里话，你的救命之恩我啥时候都不会忘。"大奎说完，端起酒杯一饮而尽。然后冲着媳妇喊道："再给孬哥加个菜，算咱的。"

二孬瞪了大奎一眼，阴阳怪气地说："听你的意思，这桌饭菜我还得付钱是吧？"

大奎说："孬哥，我们是小本生意。"

二孬立马提高了嗓门："大奎，别忘了，是我替你挨了一刀。一个人得知恩图报，不能忘恩负义。"

大奎忙说："孬哥，这桌算我请了。"

大奎和二孬上高中时是同学，一次，几个男生在打篮球，一个男生摔倒了，说是大奎故意绊他的。大奎说根本没有绊他，是他自己摔倒的。双方吵了起来，越吵越凶，又动手打了起来。那个男生拿出一把刀，照准大奎的脑袋就砍去。二孬眼疾手快，一抬胳膊挡住了刀，结果刀砍在了二孬的胳膊上，二孬血洒篮球场。

大奎两口子本以为这事就算过去了，但是他们哪里知道，这事才刚刚开始。从此，二孬经常领人去饭店里吃喝，每次吃喝完后，都是一抹嘴就走人。大奎要是向他要钱，他就会冲着大奎喊道："别忘了，是我替你挨了一刀。"

一次，大奎不在饭店。二孬吃完饭不付钱又想走时，被大奎媳妇拦住了，大奎媳妇让他掏钱付账。二孬不乐意了，对着饭店里所有吃饭的客人说："你们评评理，我替她男人挨了一刀，那是我舍命上的，我是他们的救命恩人，恩人吃他们顿饭他们还要钱，还有没有良心了？"

大奎媳妇说："我们懂知恩图报的理，但是，你吃了我们可不是一次两次了，你的恩也早报完了。"

二孬对众客人说："你们听听，这是人说的话吗？报恩还分几次？我要不替大奎挨了一刀，他早没命了，哪有你们的今天？"

正在这时，大奎回来了。大奎对二孬说：“孬哥，对不住了，她一个妇道人家，别给她一般见识。你吃好了没有？没吃好，我再让炒俩菜。”

二孬趾高气扬地出了饭店。

几天后，二孬又来饭店吃饭。二孬正吃着，邻桌一人冲二孬说：“你看我干啥？”二孬说：“你不看我咋知道我看你？”两个人吵了起来，那人从腰里抽出一把刀就向二孬砍来。大奎急忙上前抬起胳膊一挡，刀砍在大奎胳膊上，鲜血洒满一身，那人扭头就跑了。大奎对二孬说：“这次，我替你挨了一刀，咱俩两清了。”

事后，大奎媳妇对大奎说：“二孬会不会报警让警察抓我表哥？”

大奎说：“我是受害者，我还不报警，他报什么警？再说，他也不认识你表哥。”

大奎媳妇抚摸着大奎的伤口说：“这一刀你挨得真冤。”

大奎说：“不冤。往后二孬就不会来咱饭店白吃白喝了。”

还真让大奎说着了，从此，二孬再也不去大奎的饭店了。

原载 2016 年第 2 期《华文小小说》

风铃

刘江波

我的哥们儿叫胖子——一个瘦骨伶仃的“胖子”。在物质匮乏的年月，胖子的父母都有点特权，家里条件优越。那年月，我们大多数人只有生病或者假装生病的时候，才有机会吃上一瓶水果罐头，但胖子家的仓房里经常摞着成箱的罐头，荤素都有，隔着纸箱都能闻到香味来。我们瘦是理所当然的，胖子瘦成这样就让人费解了，我琢磨着他这个小名就是这么来的——家里人希望他真的胖起来。

胖子虽然奇瘦无比，但人缘向来不错，而且总有些新鲜物件送给我们这些死党，所以从小学到初中，胖子也没挨过谁的欺负。高一的时候，班上已经有同学在恋爱，胖子也是春心萌动，瞄准了一位相貌姣好的班花，展开了一系列的攻势。就是因为这件事惹出了事端，班花的男友是上届的学长，校体育队的，校运动会上的铅球和铁饼纪录全是他刷新的。学长气势汹汹踢开了我们班级的门，冲冠一怒为红颜，打得胖子惨叫连连。

眼看着这是一场不公平的对决——双方体重几乎差了一倍，我们却敢怒不敢言。就在胖子快要被打晕的时候，冯玲从外面跳了进来，看到这情况，这位朴实的农村姑娘冲了上来，先是拉架，结果被学长抡了个跟头；接下来她红了眼睛，冲上去和学长对攻。冯玲连挨了几拳，鼻子都出血了，但她还是咬着牙硬上。学长傻眼了，一愣神的工夫，被冯玲揪住胳膊，用力咬了一口。

冯玲的鲜血点燃了大家的激情，我们一拥而上，最后学长被老师拉出人群的时候，眼泪都下来了——别的伤都是皮外伤，就是冯玲那一口，咬得真瓷实。

胖子后来说，他从来就没正眼看过冯玲，她穿得太破，也不会打扮，但是那天他躺在地上，猛然发现冯玲的五官清秀，眉宇间透着英气，眼神里全是关切——胖子被彻底征服了。他感慨地对我说："奴颜婢膝地追这个追那个，其实都是在讨好未来的张三老婆李四老婆，几乎把真正的天使错过了。"

胖子悟了，从此和冯玲形影不离，哪怕有一口好吃的，也要先给冯玲尝尝。有一年冬天家里炸鹿肉丸子，胖子想到冯玲肯定没吃过。他包着几个丸子，因为怕凉了，就揣在怀里，一路跑到学校，丸子还是热乎的，胖子的胸口都烫出了泡。

冯玲十八岁生日要到了，胖子为了这份生日礼物煞费苦心，征求了我们所有人的意见，最后决定送一串风铃。冯玲——风铃，胖子为自己的创意开心了一番。可当时商店里没有卖风铃的，我们也只是在书中才会读到："起风的时候，那一串风铃叮当作响，发出了美妙的音乐声……"

胖子决定自己做。我们给他攒了一堆小铁片，各式各样的，相互撞击的时候，发出了非常难听的声响。胖子进行了无数次组合，均以失败告终。有人说，"银铃儿般的笑声"，说明银子的响声才清脆。可是去哪儿找银子？胖子眼睛亮了，他老爸收藏了一些银圆，他知道地方。

那一串风铃古里古怪，但发出的声音绝对不难听。冯玲看着风铃，胖子看着冯玲，我们看着风铃——光是那一串银圆就够瞧的，亏得胖子下得去手，每个银圆都钻了孔。

风铃引发了轩然大波，胖子的恋情终于大白于天下，从来没挨过父母打的他被暴打了一顿，父母要求他交还银圆，但胖子硬挺挺地站着，极像一个视死如归的战士——不！

后来发生了很多变故，听说胖子的父母下了最后通牒，不交还银圆就别进家门。还听说胖子的老爸找到学校，一是要给胖子分班，二是要校方把冯玲父母找来，三是必须交还银圆，否则就报警。传言像长满斑点的飞蛾，瞬间就让每个人的心头变得沉重起来。我们为胖子他俩捏了一把汗。但是，胖子和冯玲毫不在乎，两个人依然故我。后来我们才知道，他们已经做好了打算——高二期末考试结束后，两个人消失了。

我们的毕业照没有胖子和冯玲，但我们知道他们就在小镇上，租了个小房，过起了日子。两个人深居简出，只是偶尔到休闲广场走走，那里车水马龙的，似乎在那里，他们能找到还生活在尘世间的感觉。再后来，听说生了个女儿，只是营养不良，夭折了。

再再后来，胖子很久很久都没有消息了。再见面时，他已经躺在病床上，身上只剩下了一把骨头。

他说："多么奇妙的相遇，又是多么奇妙的分手。就在广场上买了一串冰糖葫芦，一转身的工夫，人就不见了。把她家里人问遍了，都说不知道她去了哪里。爱情是丰满的，现实却是残酷的……"

胖子气息微弱，说话也有气无力，说话的内容千篇一律，多么奇妙的相遇……胖子没提过风铃的事。

我告诉他，冯玲已经厌倦了，生活压力使然，女人扛不住也正常。她离开了这里，听说去南方，开了一家小花圃。

我告诉他，冯玲和一个商人生活在一起了，年纪比她大不少，花圃就是商人投资的。听说，冯玲穿得珠光宝气的，像个阔太太。

我告诉他，风铃被冯玲在网上拍卖了，光那些银圆就值不少钱。

胖子始终在默默地听着，嘴角始终带着微笑，听到风铃的时候，他的嘴角抽动起来，我伏过去，听到了那串细若游丝的话："瞎扯，银圆打了孔，就不值钱了。"

是的，我是在瞎扯，我们都知道一辆车撞向了手举着冰糖葫芦的胖子，我们都知道冯玲是怎么冲过来的，我们都知道冯玲没有再站起来，我们都知道我在瞎扯……

一个死党打来电话说，几个同学要集资，在休闲广场开一家咖啡馆，就叫"风铃咖啡”。他还说，准备在网上购些风铃，每个窗口都挂上一串。他感慨着说，现在网购真方便，想要什么有什么。最后他问：“胖子怎么样了，好点没有？”

我说：“哦，胖子睡着了。”

原载 2016 年第 4 期《小说月刊》

谢幕后的风

胡礼东

魏局长匆匆吃了点早餐，就陪施莉到了第一医院做胎儿例行检查。

这是魏局长不当局长了以后第一次来到医院。还不到一个月的时间，医院里的医生护士，似乎都不认识这卫生局的原局长了。一个个的都是各忙各的，没见有一个医生护士来和魏局长打招呼了。想当初，魏局长出入局里，说一不二，来到第一医院检查工作，院领导和医生护士列队恭候，那多威风，多热情。还有，让魏局长感到很不习惯的是，也不再像过去那样，有人帮拎包紧跟着了，再没有人跟着帮办这办那了，现在所有的事情，魏局长都要亲力亲为了。就说现在，魏局长陪施莉到了医院，魏局长要亲自去挂号，亲自去拿处方，拿检验单，亲自去窗口排队交款，亲自搀扶着施莉在医院这栋大楼的电梯里楼上楼下地跑，跑得一头的汗水一身的老人味。

这时的魏局长，就很怀念当局长的时候。在局长的位置上，即使是年过半百了，头发花白了，但染了头发以后，魏局长依然显得年轻，依然觉得意气风发。但不当局长了以后，魏局长的头发就白多了，因为魏局长也懒得再去染发了，因此魏局长也就显得苍老多了。在施莉等着做 B 超检查时，魏局长顶着那花白的头发，挺着那个领导特有的大肚皮，就像一个老将军似的守护在施莉的旁边。

这时，一个年轻漂亮的女护士走了过来，很不客气地对施莉说：“哎，我说你这位阿姐，我都有点看不过眼了，你的老公呢？这么大的事，你的老公怎么不陪着你一起来？”

施莉不由自主地抬头看了看魏局长，意思是说，我的老公不是在这儿站着吗？

年轻漂亮的女护士顺着施莉的视线看了一眼魏局长，非常羡慕似的对施莉说：“这位阿姐，我注意到你很久了，你真让我妒忌啊！你看看你这老爸多好！跑前跑后跑上跑下的，也真难为他老人家了！”这女护士说后，白衣飘飘，蜂腰一扭，春风摆杨柳似的走了，在她身后，散发开了药水和香水的混合味儿。

魏局长尴尬极了。

施莉却气得脸都白了。

施莉盯着魏局长说：“这烂 ×，是故意的吧？是不是与你有过一腿？”

魏局长的心底一惊，女人的直觉就是犀利！魏局长记得，这女护士为了调进这家医院，找过他，他和她，在办公室的沙发上有过交易，但这些往事，魏局长是被打死了也不会向施莉坦白的。

魏局长说：“胡说八道！”

魏局长这话也是模棱两可，也不知是骂那个女护士或是在骂施莉。

施莉还没有检查的项目不肯再检了，气呼呼地独自打的回去了。紧跟着回到家里的魏局长，又被施莉冷嘲热讽地骂了一通。

魏局长也许是累了大半天了，心里也有点窝火，忍不住地说：“你是不是嫌我老了？嫌我退居二线，没职没权了？想当初，你可是哭天喊地地要举报我，吵着要和我结婚的啊！”

“想当初，想当初！当初是我瞎了眼了！也不知你还与多少个女人不清不楚的呢，你看看，刚才那个狐狸精，我一眼就看出来了，肯定是你安排她进了医院的了！你说我嫌你，我嫌你又怎么啦？你以为你还是个什么东西吗？你没听到那狐狸精是怎么说你的吗？你是我老爸！哈哈，想当初，当初是我一失脚，就被你糟蹋了！我没想到，你居然成了我的老爸了！”施莉又是哭又是笑地歇斯底里地吼道。

魏局长不敢再哼声了，怕再如此吵下去，还不知施莉会揭出些什么丑事来呢。最要紧的，魏局长是怕施莉动了胎气。如果不是因为前妻生了个女儿，如果不是这女人怀了孕，魏局长也不会被这女人迷住套住了。

魏局长当官多年，其实也没有什么秘诀。如果要说魏局长有什么秘诀，那就是会妥协罢了。很多辣手的问题，魏局长都在妥协中化解了。施莉怀孕了以后，魏局长妥协了，妥协地和老婆离了婚，妥协地娶了施莉，妥协地化解了乱搞女人偷养小三的议论和纪委的调查。但也因为这一妥协，魏局长的仕途也到头了，一个月前被调整成了局里的调研员了。

调研员就调研员吧，魏局长觉得，不被纪委和检察院抓到把柄，其余的就都无所谓了。当官嘛无非是一张纸，说没就没了，魏局长对这官场也算是看透了，这后半生能有个儿子传宗接代也算是满足了。魏局长现在唯一看重的就是施莉肚子里的孩子，还有这些年来神不知鬼不觉地所捞到的那些钱了。

天气很闷，似有雷雨。魏局长和施莉吵了一顿以后，一晚上都没有睡好。第二天一早，魏局长有些无精打采地到了局里。

退居了二线以后，魏局长其实是不用再到局里去的。现到局里，其实也是报个到罢了，不想待在家里再和施莉吵罢了。一个退居了二线的调研员，到了局里，实际上也没有什么事情要做的了，再也没有人来请示汇报了，秘书科也不会再送什么文件来给你审阅签字了，也没有那些没完没了的会议要赶着去开了。

这时，秘书科的小王敲门进来了，说："魏局长，有人找你。"

"谁？"

"是纪委和检察院的。"

"啊？"

就在魏局长正感到有些慌乱时，手机叮咚提示有短信进来了。魏局长打开手机一看，眼前一黑……

施莉的短信说，她在医院已经把肚子里的胎儿打掉了。

没多久，随着一阵"呜呼，呜呼"的救护车声响过，机关大院里的人全都知道，魏局长中风了。

原载 2016 年第 1 期《精短小说》

为青春埋单

刘向阳

万大年四十有三，中等身材，眼球白多黑小，画岭杀猪匠。

挑豆腐的进村，一群女人围拢上前，老万便会挤进去凑热闹，呼着嚷着“豆腐，要豆腐”，逗得女人们哈哈大笑。有人笑他：“老万，你天天买豆腐，一群女的围着你，连个老婆都娶不到？”许是说到了痛处，老万讪笑着走开，神情落寞。

打工潮风起云涌时，杀猪营生惨淡，老万告别年迈的娘亲南下修铁路。

火车站附近工厂林立，站台上散步的打工妹比春天的花朵还多。老万蹲在灯塔旁边，瞪着一对对男女手牵着手，亲热无比，双眼圆睁似铜锣。

老万的娘老了，眼巴巴盼着抱孙子呢。他便开始主动跟打工妹搭讪，但无人理睬。工友认为他的表现不够出彩，怂恿他尽量吸引女孩注意，才有机会下手。晚上，老万早早来到站台，等到人群越聚越多，便连吼数声，抱住灯塔使劲旋转，一下子吸引了众人的目光。

“这人疯了吧？”

“不疯也不是正常人！”

“看上去年龄也不小了，还跟三岁小孩一样，老顽童！”

旁观者像观摩一出猴戏，议论纷纷，嬉笑一地。

老万却像“人来疯”似的越发来劲，转得发晕，摔倒在地。此后，画岭人不再喊他老万，都喊“老顽童”了。

老顽童跨长江，过黄河，北上南下，短促的青丝里冒出缕缕白发，像摇曳冬日的芭茅花。同龄伙伴都做爷爷了，他却还是一人吃饱，全家不饿。

娘竟心急成身疾，一病不起。

老顽童跪伏床前，娘有气无力地说：“大年啊，你没娶上媳妇，是娘拖累你了。”老顽童抓紧娘鸡爪似的手，无声地淌泪。娘接着说：“村长老岳退休工资三千多，还吃低保，俺却评不上……”娘还在絮叨，老顽童腾地起身，左翻右找，寻出那把生锈的杀猪刀，冲出了破败的砖瓦屋。

那天，村长家喜炮喧天，高朋满座，老顽童的杀猪刀委实给村长儿子的婚礼增色不少。村长只差没给老顽童下跪了。争执中，外边有人报讯：万老娘走了。

高举杀猪刀的老顽童冲出家门时，万老娘一个拦不住，人却滚落床下……

安葬了娘，老顽童又去找村长。这一回，村长很是热情，笑眯眯地问：“老万，多大啦？”老顽童迷惑不解，伸出粗麻布似的双手，左手四根，右手五根。村长近前附耳，如此这般，说得老顽童从脸红到脖子根儿。村长一本正经，板着脸孔：“你想不想娶媳妇？想不想生个一男半女？想不想为你土里的娘争气？”老顽童应答响亮：“想！想！想！”

提着二十斤茶油，外加一条硬芙蓉烟，老顽童趁黑摸到村长家。村长也不拒绝。他说：“四十五变成三十五，你要多年轻就多年轻，这油和烟，我去跑腿还不够呢。”老顽童连连称是。

两个月后，老顽童的新身份证下来了，果真“年轻”十岁，这回不怕找不到对象了。怀揣身份证，老顽童轻飘飘地踏上了打工之旅。

工地位于广西山区。老顽童当小工，抬石头，拌砂浆，工钱一千二，比大工师傅少三百。他不服气，可又不会砌砖。结账时，同样是小工的小肖却比他拿钱多。一月多一百，一年就一千二，可气人了！老顽童气咻咻地找到老板讨要说法。

老板睥睨一笑：“老万啊，你可真是老顽童。小肖年轻，身强力壮，干的活儿自然比你多。你都四五十岁的人了，做事慢一点正常，身体要紧啊！小肖多一百，应该的。”老顽童听出了老板的嘲讽，忍不住掏出身份证：“你看，你看，老子才三十五，还没成家呢。”

老板不信：“骗鬼呢？不服你和小肖比试比试？”老顽童的脸涨成猪肝色：“谁怕谁？比就比！”抬水泥，扛预制板，织钢筋笼子，几场比试下来，老顽童输得一败涂地。

“真是岁月不饶人啊。”他唏嘘长叹。转念又想：反正我才“三十五”，好不容易拿钱换来的，可不能白白浪费这“十年”资本！

有热心人为老顽童牵线，对方离异带个女儿。老顽童十分重视，洗脸，擦增白的雪花膏，头发染得乌黑发亮，还未干透便迫不及待去相亲。听到他报年龄，女人抬头看他，看得他心慌慌的。女人说：“我都四十一了，比你大，还拖着一个尾巴，你不嫌弃？”老顽童激动，结结巴巴：“同意，同意。”说着擦汗，却越擦越热，染发剂追上汗珠儿，顺着额角悠闲地一路滑向增白雪花膏，深一道浅一道，整张脸都花了。

那哪儿是一张三十五岁男人的脸啊！女人心里有数，默然离去。之后，每次相亲扫兴归来，老顽童总要励志一番：我还年轻，明年三十六，后年三十七，有的是机会，让那些娘们后悔去吧！

岁月如飞花，十五载光阴倏尔远逝，老顽童依然单身。

画岭有了茶油加工厂和竹器厂，村民不再外出，在家门口挣钱，还能照管好责任田。村上六十岁以上的老人每人每月能领六百元养老金，一年就是七千二，基本生活有了保障。平时带带孙子，跳跳广场舞，可以安享晚年了。

老顽童也六十了，发如雪，脸似柴，却享受不了农村社保政策，因为他才“五十”岁，还得缴十年基金，当年，他花钱买的“青春”，现在要再花钱老去……

原载2016年第3期《小说月刊》

一本老皇历的私奔

程畚只

兔儿沟是张镇最小的村庄，全村总共二十来户人家，稀稀拉拉地卧在一条山沟里。由于地处偏僻，兔儿沟的人很少和外界往来，只管自顾自地过着日子，真有点世外桃源的意思。兔儿沟有一个账房先生，姓陈，识得几个字，念过几本书，在兔儿沟算是个人物，但是他也很少外出，只是在每年年底到镇上买一本老皇历，回来挂在自家墙上，过一天，撕一张。兔儿沟的日子，只活在这本老皇历上。

有天陈老先生喝醉了酒，犯迷糊，撕日历时多撕了一张，恰好这天村里有人过世，家里人来问日子。老先生眯着眼看了看老皇历说：“今儿是惊蛰，二月初六，宜破土安葬。”于是这个人就招呼其他村民帮忙动土修坟去了。兔儿沟的人都说：今日是惊蛰，二月初六。

就这样，兔儿沟的惊蛰提前了一天，兔儿沟的日子也提前了一天。过了清明过端午，等到过中秋的时候，老先生说：“今儿这月亮怎么不圆啊？”快过重阳的时候又说：“九月初十有婚事，大壮要娶媳妇了。”

大壮是谁？大壮是兔儿沟的一个卖酒的后生，开得一家小酒坊，酿出来的酒虽算不上佳酿，但也自有几分味道。兔儿沟的人虽少，但家家户户都买酒喝，因此这小酒坊的生意倒还过得去，一年到头也能赚得几两薄钱。

去年年底的时候，老陈帮大壮说定了一门亲事，女方是张镇上的一户姓崔的老实人家，结婚的日子定在今年九月初十。眼看着婚期将近，崔家姑娘那边却出了岔子，原来七月的时候，镇上有庙会，从外地请来一个剧团唱戏。有一个唱小生的上台时，戏台的木板塌了，小生摔坏了脚，留在镇上养伤，不知怎么地就认识了崔家姑娘，彼此心生爱慕。两个人在一起的时候，小生就给姑娘说戏，说的什么戏？说的是张生、莺莺；说的是柳梦梅、杜丽娘。把姑娘说得芳心大乱，有心和这小生好，无奈有婚约在身。眼看九月初十就要到了，小生对姑娘说："我是真心和你好，你要有意，就和我一起远走高飞，九月初九的晚上我在镇东头的破庙里等你。"

到了九月初九，小生一早就去县城里买马，姑娘则在家里犹豫不定，最后还是决定和小生私奔。正悄悄收拾行李，门外忽然响起了鞭炮声，新郎的花轿到了。惊愕之下，才知道新郎弄错了日子，但是花轿已到门前，没办法，崔家人只好匆匆打发新娘子上了花轿。后来大家才知道是陈老先生撕错了老皇历，兔儿沟的日子比张镇早了一天。这事成了兔儿沟和张镇的一个笑话。

且说那小生，下午骑马从县城返回，老远就听到噼里啪啦的鞭炮，快到村口时又远远地看到新郎娶亲的队伍抬着花轿走了。心知事情不妙，可又不死心，又在那破庙里痴痴地等了一夜，才叹息一声，打马而去。

这崔氏姑娘嫁到兔儿沟后，日子倒也顺当，大壮喜欢男娃，姑娘就给他一骨碌生了仨，都是带把儿的茶壶，站着尿尿。小两口一个洗衣做饭，操持家务；一个酿酒卖酒，补贴家用，这一晃，就是十年。

这一年春天格外暖和，春分还没到，红艳艳的桃花就开满了兔儿沟，袅袅炊烟和着酒香，有少妇正当垆。一匹白马，在春日的阳光下疾驰而来，马上端坐着那小生，依然英俊。

少妇怔怔地看着，没有说话。

小生说："最近剧团来镇上唱戏，我才知道了当年的事，都怨那个糊涂的账房先生老陈。"

少妇说："不怨他，这是命。"

小生说："我不信命，我们还有机会，我在戏里唱了半辈子的情情爱爱，这次我想来一回真的，跟我走吧。"

少妇低下了头，脸上竟闪过一丝桃花的娇艳，但很快凋谢了。

她说："你看我现在还走得了吗？"

小生朝屋里看了看，三个孩子在那里嬉戏玩耍。

少妇说：“我请你喝碗酒吧，喝完这碗酒你就走，永远不要再来找我，一天就是一辈子，我信命。”

少妇把酒端到小生面前，小生愣了一会儿，端起酒一饮而尽……

细碎的马蹄声在桃花与夕阳中徐徐而去，少妇的眼泪淌下脸庞。

“娘，你怎么了？”孩子们不知什么时候站在了旁边。

“哦，娘没事。烟呛的。”少妇说。

原载 2016 年第 1 期《小小说大世界》

头版头条

张爱国

晚上十点多了，《寡水日报》总编室的灯还亮着。总编、副总编、要闻部主任和编辑、记者都围在总编室的一台电脑前，七嘴八舌地指挥着美编这样看看，那样试试。偌大的总编室，充满了紧张的气氛。

市委书记杨水生下午视察了实验幼儿园，随行采访的文字记者晚上六点就将新闻稿采写了出来，但摄影记者小陈因为当时相机电量不足，只拍下了杨书记的三幅照片：一幅在园内看墙报，一幅和幼儿园领导、老师们在座谈，另一幅是和孩子们的合影。

按说，有了这三幅照片中的任何一幅，明天《寡水日报》的头版头条就符合杨书记“图文并茂”的要求了。可问题是，这三幅照片都不能上：第一幅，杨书记看墙报时，一位年轻貌美的女教师在他身后为他举伞；第二幅，座谈会的桌子上，杨书记的面前放着一瓶价值三十多元的纯净水；第三幅是烈日下，一大群幼儿围在杨书记身边，一个个脸色通红，呼吸急促，满头大汗，而杨书记的脸却爽滑得没一滴汗水——很显然，幼儿们已经在烈日下等他很久了。搁在往常，这些都算不了什么，但眼下这形势，尤其是神通广大的网友，都能使这些成为杨书记引爆网络舆论的导火索。

美编已经使出了所能的PS手段，但都被总编李晓阳给否定了。李总编当然不敢掉以轻心，他在这方面栽过跟头：两年前，在一幅杨书记视察水灾的照片中，其他人的鞋子和裤脚都沾满了泥巴，唯独他的皮鞋锃亮。照片上了头版头条后，杨书记当即将李总编叫去他的办公室，那个“谈话”，至今还让李总编一想起就后怕。那件事后来虽然侥幸逃脱了读者和网友的眼，但还是让李总编错过了不久后一次重要的升迁机会。现在，李总编更是不敢丝毫大意——最近已有可靠消息说，杨书记已经通过了组织部门的考核，即将升任省委常委。这种情况下，稍微一点纰漏，都够他李总编喝一壶。

时间在一分一秒地滑过，眼看报纸下厂印刷的时间就到了，李总编还是没有主意。一直大气不敢出的摄影记者小陈才想起，杨书记在一个教室里给幼儿们讲话时，那个班的老师也用相机拍照了，只是不知道拍没拍到好照片。李总编抱着一线希望给幼儿园园长打电话，叫他赶紧联系那位老师，看看都拍到了什么照片。

很快，那边传来了那位老师拍的照片，五幅，但其中四幅因为拍摄者拍摄时过于紧张和激动而手抖动得厉害，画面模糊不清；另一幅很清晰，照片中，杨书记微倾着腰，双手在空中比画着，满脸微笑地向一群幼儿讲话。

李总编一开始和在场的人一样，对这幅照片很满意，可就在美编裁剪好了、放上版面的时候，他却突然叫停：“你们看，站远一点看，书记这样子，是不是有点像……像求饶？像投降？”

大家急忙后退几步看，看来看去，一致认为总编多虑了，书记毫无那种样子，相反，书记说话时的态度和蔼可亲，非常适合小朋友们。

李总编要求大家再认真看。

“不错。盯着照片时间长了，有那么一刹那，是有点儿像那个样子。”要闻部主任说，“不过，应该是因为李总编刚才的提醒，有了先入为主的印象，才出现这种错觉的吧？”

“只要有一点点给人牵强附会的可能，都不能上！撤！撤下！”李总编似乎成了惊弓之鸟，他又想起了去年底刊发的杨书记的一幅照片：杨书记在会议上低头看文件，却被个别人在网上说成是打瞌睡。当天晚上，李总编收到了市委宣传部部长的手机短信：“书记问你，在这个位子上是否力不从心了？”

印刷厂的电话又来了，说版面再不传来，明天的报纸就不能按时与读者见面了。李总编的头要爆炸了，明天早晨如果不能第一时间把报纸放到杨书记办公桌上，自己又将在劫难逃。

“大新闻！天大新闻！”一名记者从外面跑来，“杨水生被双规啦！网上挂出来了……”

李总编急忙点开网页，一看，哈哈大笑，一拍桌子：“这几幅照片，全上！还是头版头条！标题改为：杨水生严重违纪违法，正接受组织调查……”

原载 2016 年第 5 期《金山》

海蒂太太的信

凤 凰

最近，邮递员保罗发现，波洛克街杰夫小巷的海蒂太太每个周末都有一封信，而信却总是来自罗丹街的詹姆斯。詹姆斯是海蒂太太的什么人？海蒂太太一个人生活，难道是她的恋人？可是，这都什么年代了，还写信？打个电话，要不发个电子邮件，多方便啊！杰夫小巷就只有海蒂太太一个人有信件，更糟糕的是，小巷真是太小了，车子开不进去，每次，保罗都不得不拿着信给海蒂太太送上门去。步行把信送过去，来回得好几分钟，保罗为此十分生气。

尽管保罗很生气，但他不得不把信给海蒂太太送过去。每次他送信来的时候，海蒂太太都在家门口望着巷口，等着信的到来。看得出来，她很在乎这封信。其实，她真正在乎的，是写信的詹姆斯。保罗想，詹姆斯对海蒂太太肯定非常重要。保罗为海蒂太太感到惋惜，她这么在乎詹姆斯，可是他却只是给她写写信，要是能来看看她，多好！难道她拒绝詹姆斯，不肯见他，詹姆斯又不肯放弃，才只好出此下策，每周都给她写信？但愿海蒂太太能够接受他！

尽管保罗一心为海蒂太太着想，希望她能赶紧接受詹姆斯，那样，她也就不用一个人孤单地生活了。但是，海蒂太太却明显不肯现在就接受詹姆斯，她好像故意要多考验他一段时间，看他是不是有耐心，有诚心。保罗想，这可真是一个有心计的老太太。当然，这样一来，麻烦的就不只是那个詹姆斯了，还有他保罗，因为他不得不步行为海蒂太太把信送过去。保罗非常希望海蒂太太能到巷口来拿信，那样他就不用下车，直接把信从车上递给她就可以了。

有一次，保罗给海蒂太太送信去的时候，便提醒她，希望她能走到巷口来拿信。没想到，海蒂太太不但没同意，反而还说："怎么？让你多走几步路就嫌麻烦了？要不是有我们这些人的信，你早就失业了！"保罗听了很不高兴，心想，遇上你这样的老太太，我真是拿你没办法！不来拿信就算了，没有你们的信，我也不会失业！真希望詹姆斯不再给你写信了，当然不只是为了我自己，主要是为了他。像你这么自私的人，他要是跟你在一起，只会苦了他！

保罗一心为詹姆斯着想，希望他不再给海蒂太太写信，可詹姆斯却总是雷打不动，每周都给海蒂太太写一封信。保罗在心里说，詹姆斯，你可上当了，海蒂太太这是在为难你，说不定她根本就没有心思跟你在一起，她这是在逗你玩，拿你寻开心呢！你为什么就不能醒悟呢？后来，保罗再送信的时候，看到海蒂太太的笑脸，就觉得那是个阴谋，为此，海蒂太太跟他说话，他都懒得搭理她了。他在心里说，对于你这么自私、这么邪恶的人，我才懒得理你！

既然詹姆斯乐此不疲，那么，保罗就只得麻烦一下，每周给海蒂太太送信过去了。比起詹姆斯写信来，保罗送信要轻松得多。写一封信，至少要半个小时，说不定还要花两个小时，而保罗给海蒂太太送信，也就几分钟而已。不过还好，詹姆斯把时间掌握得很好，信总是周末才送，而周末，信件比平时要少得多，这样，保罗也就不至于那么匆忙了。只是，他看到海蒂太太，还是会生气——海蒂太太明明看到他走过来，却不肯上前来取信，非得他送过来。

三个月。半年。一年。海蒂太太还是没有接受詹姆斯。詹姆斯还是一如既往地给她写信。詹姆斯不能醒悟这是海蒂太太的阴谋，可保罗明白，他为詹姆斯感到不值。于是他决定上门劝劝詹姆斯，不要再给海蒂太太写信了。这样一来，他也就不用再给海蒂太太送信，不用再见到这个自私又邪恶的人了。有一天，保罗趁着有空，就按照信上的地址去找詹姆斯。没想到，一打听，根本就没有詹姆斯这个人。保罗大吃一惊：没有这个人，可他给海蒂太太写信？

信是詹姆斯写的，却打听不到他的消息，看来，詹姆斯也留了一手啊，故意写错地址！保罗当然不甘心，决定铤而走险。有一天，保罗小心翼翼地拆开了詹姆斯的信，他想从信里找到一些关于他的消息。就在保罗打开信的时候，他惊呆了：信封里装的，只是一张白纸！保罗百思不得其解，詹姆斯写给海蒂太太的信，怎么什么也没写，是一张白纸呢？难道这白纸是特殊的信，只有海蒂太太才能懂？难道他也在逗海蒂太太玩吗？难道他知道我要拆他的信？

保罗将白纸装回去，小心翼翼地封好信封，照例给海蒂太太送过去。没想到，海蒂太太一接过信就盯着保罗，问是不是他拆了信。保罗没想到海蒂太太一眼就发现信被拆过了，他知道，要是不承认，她不会善罢甘休。于是他只得承认了，说他只是一时糊涂，希望海蒂太太能够原谅他。海蒂太太说："我知道，每个周末我都会收到一封同样的信，你肯定觉得奇怪，就想了解其中的秘密，才拆了信。可你没想到，信是白纸。因为信是我自己寄给自己的。"

接着，海蒂太太道出了其中的秘密：她年轻的时候，为了一个男人，抛弃了丈夫和孩子，可后来她又被那个男人抛弃了。她想回到丈夫和孩子身边时，发现丈夫已经跟别的女人结婚了，她回不去了。可她一直都想着丈夫和孩子。现在，孩子长大了，工作了。海蒂太太含着泪说："亲爱的保罗，那个孩子就是你！我寄信给自己，就是为了能够看到你！看到你来，我就觉得我有家了！"保罗抱住了海蒂太太："妈妈，您以后不用写信了，我天天来看您！"

原载2016年第5期《故事会》

初 潮

周海亮

女孩最后一个离开教室。尽管之前她听老师讲过这方面知识，尽管她也读了些书，但真到这一天，她仍然很害怕。

她怕被别人察觉。

她找到一面镜子，左看右看，上看下看，镜子里的她看不出任何异常。出了教室，她专挑人少的地方走，却还是迎面碰到班主任。老师问她，怎么才回家？她说，写了一会儿作业。

她常常在教室里写作业。这不奇怪。

她走进学校门口的商店，柜台前转一圈，店主并不搭理她。她盯着货架上的卫生巾，她曾以为这些东西离她太过遥远。她看看店主，看看卫生巾，再看看店主，店主终于走过来。要手纸吗？店主说。

她想说，要卫生巾。可是她竟点点头。

店主就帮她拿了手纸。两块钱。

她付了钱，揣起手纸往回走。她想刚才她应该勇敢一点。买包卫生巾有什么呢？何况店主并不认识她。

公共汽车上，她的心“咚咚”地跳个不停。

下了车，她并没有着急回家。她在小区里与一只流浪狗玩了一会儿，然后重新走出小区。她来到距小区一里以外的超市，那个超市很大，人很多。她径直来到摆放卫生巾的货架前，鼓足勇气，一个个牌子看下去。她选定一个少女品牌，她在电视上看过这个品牌的广告，她比电视上的那个女孩小太多。

刚想取，很意外地，遇见同班小龙。小龙提着塑料筐，站在不远处，冲她笑。

买纸巾？他问。

纸巾。她的心“咚咚”地跳，家里用。

我家从来不用纸巾！小龙说，我爸说吃个饭那么讲究干吗？又不是吃的屎！

她从货架上取下一包纸巾。

你也别买纸巾啦，小龙说，买手纸就行。我爸说手纸多好啊，质量都一样，买回一大卷！我爸说就算吃的是屎，用手纸也合算……

女孩拿着纸巾去结账，小龙仍然跟在身后，絮絮叨叨。小龙挺帅，就是长了一张裤腰嘴。他爸和他妈在他很小的时候离异，很长一段时间，小龙跟奶奶过。所以女孩知道，小龙所讲的“我爸说”，其实应该是“我奶奶说”才对。

拿着纸巾往回走，女孩再一次后悔起来。她想刚才她拿的应该是卫生巾而不是纸巾。她知道班上很多同学都自己去买卫生巾，大大方方，这有什么呢？

极不情愿地回到家，父亲正坐在茶几上，一边喝着白酒一边看着球赛。见她回来，问，怎么才回？

在学校里写作业。她把手纸送进洗手间，把纸巾放上餐桌。

我知道在家打麻将影响你写作业。父亲眼睛盯着荧幕，可是比云麻将馆省五十块钱呢。咱挣五十块钱，多好！反正我又不打……

她往房间里走。

帮我去买瓶酒。父亲站起来，说，正好我做饭。

父亲掏出三块钱，让她买最便宜的二锅头。他说反正是一口辣猫尿，喝什么都行。

女孩说，还喝？

为什么不喝？父亲愣了一下，就这点爱好了。

女孩出门，再一次去超市。这次她一路小跑，拿起卫生巾和二锅头就去结账，可是，钱却不够了。

差两块多钱。收银员说，只好选一样了。

那就……二锅头吧。她想了想，说。声音很小，很压抑。她在跟自己较劲。

是要二锅头，还是不要二锅头？收银员弄不明白。

嗯……不要二锅头。她说。其实她本来的想法是：要二锅头。

出了超市，她认为自己犯下了一个错误——她应该留下二锅头的——父亲脾气暴躁，她可能会迎来一顿劈头盖脸的臭骂。

路上她遇到一个脏兮兮的小男孩。小男孩仰头看着插满糖葫芦的草靶，咽着口水。她停下来，问，妈妈呢？男孩说，去菜场了，我在等她。女孩想了想，掏出剩下的两块钱，给小男孩买了一串糖葫芦。她突然觉得街上所有的小男孩都那样可爱，所有的女人都那样善良。

这种感觉，头一次有。

回到家，父亲已做好饭，正等着他的酒。女孩说，没买酒。父亲说，嗯？女孩说，钱不够了，我买了这个。她向父亲扬扬手，说，以后你也别喝酒啦！没什么好。

父亲愣怔，刚想说话，女孩接着说，以后别在家里打麻将啦！这么大个男人，出去干点什么不能多赚五十块钱？说完，坐下，只顾往嘴里扒米饭，又往父亲的碗里，夹一块肉。

父亲张大嘴巴，半天回不过神。稍后，他将电话打给前妻。他说咱闺女长大了，哪天你有时间，回来看看她……

说着，父亲擦一下眼。

原载2016年第18期《微型小说选刊》

鱼易臭

羊　白

周末和渔友去郊外钓鱼，收获颇丰，大大小小有十多条。这些鱼家里根本吃不了，冰箱里早已塞得满满的。古语道，连年有余（鱼），我家可是鱼多为患。老婆骂我窝囊废——这年月，人人都围着钱打转，你倒消闲，还有心思去钓鱼？你以为你是姜太公啊！

我说，那咋办？总不能扔了。要不，拿到市场上去卖？

老婆又骂我猪脑壳，说这能卖几个钱，不如给你们单位领导送几条。

我说，人家不稀罕这玩意，领导们现在都不吃鱼，吃王八。

老婆说，礼轻人意重嘛，大领导不好意思送，送给那些小领导总该行吧，你可别小看了那些小领导，比太监还厉害呢，他们不给你说好话，你休想有出头之日。

老婆说得在理，我只好照办，找来几个漂亮的手提袋，在里面又装了塑料袋，活鱼活水地给单位的几个小领导送了去。

剩下几条鲫鱼，本打算养在盆里给老婆熬汤的，老婆却闻不惯鱼味，更看不惯鱼在盆里游来游去无所事事的样子。

老婆咬牙切齿地说，你以后再钓鱼，再让鱼在我眼前晃来晃去——我就跟你离婚！

老婆的脾气我是知道的。我明白是什么撞到了她的神经。

我说，好吧，为了我们这个家庭，为了你，为了孩子，我保证以后再也不钓鱼了。让鱼彻底消失在你的视线之外吧。

老婆说，我也不知道为什么，一看见鱼我的心里就痛。

我明白，让老婆心痛的不是鱼，而是我。

我说老婆，你就原谅我吧，我保证从明天开始振作起来。这几条小鱼，你要是看着难受，那也送人吧。

老婆摆摆手，示意倒掉好了。模样有点像慈禧太后伤神的样子。

倒掉多可惜呀，我把小鲫鱼装在塑料袋里，领命出了门。

出门后，才发现还没想好要把鱼送给谁。

天已黑，往何处去呢？我站在楼道里，看着小鲫鱼发呆。

突然，我想到了我们古人的一句忠告：远亲不如近邻。

那好，就送给邻居吧。

按理说，应该送给隔壁邻居。但老婆教导过，鱼，预也，谋也，你得先想想哪些人是对你有用的人。在这个世界上，没有好人，也没有坏人，只分对你有用还是无用的人，当对你有用的人多了，你自然很快就会成为有用的人。

老婆都成哲学家了，我再不努力岂不是太笨了！

我在脑子里把一楼到六楼的邻居搜索了一遍：隔壁男人的形象太邋遢，我不喜欢。二楼的男人倒是气派，目光却有太盛气凌人的架势。三楼的男人像是个做生意的，早出晚归，行色匆匆，让人摸不着头脑。一楼的老头待人和善，可按老婆的理论，他应该是个无用之人。四楼两口子，给我的印象还不错，男的温文尔雅，女的素雅大方，看上去像是知识分子，应该是有用之人吧。

这样算来算去，我和小鲫鱼就游到了四楼。

小鲫鱼当然不知道，它们要被送人，因此它们在浅水的袋子里依然游得很愉快，让看着的我也愉快起来。送人玫瑰，手留余香，给人恩惠，心生优越嘛。

咚，咚，咚。我斯文而有节奏地敲门。

敲了半天，里面寂静无声。怪事，方才上楼时，我明明看见这家的窗户还亮着灯。

咚，咚咚，咚咚。我稍微用力再敲。

门内有了响动，好像有人在轻轻走动。仔细再听，声音却断了。楼道里的声控灯也灭了。我只好跺脚震动了一下，却显得很粗野，不合时宜。所以灯再次灭了以后，我就不好意思再跺脚了。黑灯瞎火的，鱼开始在塑料袋里剧烈乱窜，像是在发生一场骚动。

咚，咚咚，咚咚咚。怕室内的人没听见，我增加了敲门的力度。

这时，门里有了女人的声音。隔着防盗门，虽然我看不见她，但分明感觉到了女人的警惕和戒备。很可能她正趴在猫眼上观察，只是猫眼太小，估计也看不清，何况灯灭着。

她小声问，哪个呀？

我说，是我，六楼的，邻居。

女人问，干什么？

我说，送鱼。

鱼？女人问，为什么要送鱼？

我说，鲫鱼，我钓的，家里吃不了。

我想，这下女人应该听明白了。我用力跺亮灯，等待女人为我开门。

哪料到，女人细声紧张地说，你走吧，我老公没在家，请你不要再敲门了好不好。我不稀罕你的鱼！

我说，我，我，还没吐出第三个我，女人义正词严地向我下了逐客令，你快走——再骚扰——我可要报警了！

女人义正词严，却不得不把声音压得很低，从门缝里钻出来，就有了见不得人的意思。扫兴的同时，我的心里不免乐了起来：这个女人呀，看来她是多心了，以为我对她有预谋，有非分之想。如此说来，老婆的理论是对的，鱼——预也，谋也，欲也，欲望和预谋，似乎还真与鱼有关系。

既然女人认为我有企图，要掐灭欲望，只有把鱼弄走。没有了鱼，都落个干净。

可，扔了我还是不忍心。我想到了一楼那个老头，于是和鱼从四楼游到了一楼。

老人家胆更小，我怕吓着他，就没有敲门，而是把塑料袋挂在了门把手上。然后在门上贴了个小字条：六楼送。他一开门，自然就会发现。

第二天早上我去上班，下到一楼，看门把手上没有了塑料袋和小字条，以为老人已经收纳了，正心里高兴，手留余香，刚出楼门，却看见了垃圾堆上有鱼，一条一条，还在跳舞哩，似乎在欢迎我，让我去救它们。

我这才明白，老人把鱼给扔了。对于老人来说，它们是来路不明的鱼，六楼，也不过是一个虚指，至于“送”，就更奇怪了，无缘无故，你送我鱼干吗，动机何在？有什么阴谋？与异性的暧昧比起来，就显得更凶险了。来路不明的鱼，扔了也算恰当。

下午我下班回来，又看见了我的鱼。我以为它们被小猫小狗吃了呢。没有，小猫小狗也没有去动它们。它们全烂了，烂得很难看，上面歇满了苍蝇。

我这才恍然明白，鱼是很容易发臭的！

原载 2016 年第 8 期《小说月刊》

择 校

陈国凡

异域人的女儿倩倩，要读小学了。学区所在的学校不是很好，如今虚城的学校，各式各样，多如牛毛。另选哪所学校好呢？异域人伤透了脑筋。

刚好，有个学校推介会，异域人决定去看看。

现场人山人海，满眼皆是一脸焦躁的家长。展示的学校很多，令人眼花缭乱，推介词各有特色，都极具诱惑。异域人一时不知如何选择。

耳听为虚，眼见为实嘛。各位家长，请随我来，到我们学校去看看，到时你再做选择不迟。忽闻喇叭里的高声吆喝，异域人不由得跟了过去，上了校车。

你们说，孩子在学校，什么最重要？在车上，推介人问满满一车子的家长。

学习成绩、生活习惯、体育锻炼、特长培养……家长们说什么的都有。

你们说的都对，但都不对。这些确实很重要，但都不及孩子的安全重要。推介人说。现在，校园安全事故在各地屡屡发生，跌摔、踩踏、跳楼、翻墙、绑架、失踪……自己的孩子，说伤就伤了，说没就没了，你说，谁受得了！孩子是我们的希望我们的未来我们的全部啊。

女人们很紧张，握紧了边上男人的手，也不管他是不是自己的男人。

对，安全最重要，其他都是狗屁！有家长如是说。

话糙理不糙。推介人笑道。

到了校门口。推介人问大家对学校的第一印象。

校门特别，围墙特高。大家异口同声。

对。我们学校的所有设备，都是围绕校园安全这一核心而设计的。我们的校门与众不同，不是常见的电子伸缩门，伸缩门太低了，一跳就可进入，形同虚设，而是两个门，边上的小门，窄小，仅能一人进出，安全。车辆进出，用卷闸门。车来，开；车走，关，特别安全。当然，只有教职工的车辆方可进出。闲杂人员一概不准进入。实在有事，非进不可，那也得全面核实。先登记，搜身，这有专门设备，任何凶器休想带入。然后查验身份证，我们已与虚城公安系统联网，就是你的双胞胎，都能立马被辨认出来。全虚城仅此一家。这还不算，按指纹，刷脸，一样都不能少。

真是万无一失。家长们直点头。

不对。推荐人说。万一歹徒来了怎么办？小孩子最容易遭受歹徒攻击。

女人们怕极了，直往边上男人的怀里钻，管他是不是自己男人。

歹徒知道从校门进不来，你们说，他会从哪里进来？

爬围墙？

对，爬围墙。除校门外，这是能进入学校的唯一途径了。但请别怕，我们早有防范！刚才你们第一眼就看出了，我校的围墙特高，比监狱的还高，纵使歹徒能飞檐走壁，也上不去。自然，学生爬墙外出的事也就完全杜绝了。

家长们抬头望高墙，只看到蓝蓝的天空白云飘。大家长舒了口气。

我们的保安多，二十四小时轮班，三班倒，每班八人。二人坐传达室，看监控。教室、寝室、食堂、走廊、过道……全校到处都装有高精度的红外线监控系统，连晚上，都能看得一清二楚。二人坐校门口，以防有人强行闯入。其他保安校园巡逻，各个角落，各就各位，一刻不停。吃饭也是轮流着吃。还有，我们的保安年纪都只有二三十岁，且经过专门训练，体格健壮，身怀绝技，统一着装，配备上岗。不像一般的学校，都是些五六十岁的老头子，真来情况了，顶个屁用啊。

我还以为他们是特警呢。有女人说。

不是特警，胜似特警。推介人说。

真好，真让人放心。家长们交头接耳，称赞不已。

大家随推介人往里走。虽是雨天，但一点不滑。

为防学生跌摔，我们学校地上铺的是防滑地砖，走廊楼道台阶铺的是防滑地毯，教室寝室用的是防滑木地板，操场是塑胶操场，哪里都安全。

我们的老师，除了备课上课吃饭睡觉，就是陪着学生，哪里有学生哪里就有老师。

教室寝室食堂的窗户走廊全部安上防盗窗，学生想跳楼都不可能。

我校一直高度重视校园安全工作，这是关乎学生生命的头等大事，绝不留死角不留时空不留隐患。总之，这么多年了，我校从未出过一起校园安全事故，年年都是区级市级省级安全文明单位。从前年开始，已连续三年被评为国家级安全学校。

推介人一刻不停地介绍着。

大家一脸笑容，一致决定让自己的孩子在这里就读。虽然费用高了点，但值得。

我为倩倩找到虚城最好的学校了。一回家，异域人就兴奋地告诉老婆。

学校老师素质怎么样？老婆问。

不知道。

教育教学质量怎么样？

不知道。

啥都不知道，你还把倩倩放那里读？老婆很是诧异。

你不懂。异域人说。那里特别安全。

特别安全？老婆觉得莫名其妙。

原载 2016 年第 5 期《喜剧世界》

借 婚

相裕亭

盐区西去六里许，水塘稀了，林子密了。在水塘与密林间，散落着密密匝匝的人家。其中，一户粉墙黛瓦的高门大院，户主姓闫，经营盐。

闫家两个儿子：老大闫广，乐于经商，且，精于盐场上的买卖；老二闫文，自小喜爱书画，娶盐区钱员外家的女儿钱蓉为妻。

钱蓉嫁到闫家，闫家老爷子发现这个儿媳满腹诗文，且温文尔雅，聪慧过人，是个当家理财的料儿，有意无意间，教她一些盐商之道。

岂料，天有不测风云！这年春上，一场霍乱，席卷盐区，先是老闫撒手西去。紧接着是钱蓉的丈夫闫文及六岁的儿子命归黄泉。撇下个以泪洗面的钱蓉，孤寡一人，没了依靠。

哥嫂那边，看钱蓉年轻，而且是死了丈夫，断了香火，料她守不住，就想早些撵她改嫁，独吞祖上的财产。

钱蓉遭到丧夫断子之痛，再去面对哥嫂的冷眼，心中无比凄凉，漫漫长夜里，常常暗自抹泪。

这天午后，钱蓉独自一人，来到盐河边的赵媒婆家。

赵媒婆一看闫家的小寡妇上门，喜出望外，让座、看茶之后，看钱蓉从水袖中掏出两锭银子。赵媒婆想：这个小娘子十之八九是有了意中人，想托她媒妁之言，图个好名声。遂扯着钱蓉那细白的手，说："大妹子，你年纪轻轻的，是该迈出这一步啦。"

可钱蓉话一出口，让赵媒婆大吃一惊！那小娘子不是自个儿想改嫁，而是想让赵媒婆给她讨一房儿媳妇。

赵媒婆一听，这小娘子满口疯话！她死了丈夫，没有儿子，讨哪门子儿媳妇。可那小娘子说得认真，她把话挑明了，就是要娶一房儿媳妇，而且要年轻、漂亮的。事成之后，还有重谢。

赵媒婆看那小娘子放在桌边的银子，想到闫家高门大院的好日子，心里话，这小娘子无非是想给自己找个伴儿，便打趣说："你若不嫌弃，就把俺家红儿领去，给你做个干女儿。"赵媒婆想让红儿认她钱蓉做个干娘，以后，可以嫁个门当户对的上等人家。

钱蓉笑笑，说，她要的是儿媳妇，不是什么干闺女。赵媒婆扯着钱蓉的玉腕，说："什么闺女、儿媳妇，还不是一个理儿，都喊你娘。"

钱蓉轻轻地摇摇头，说："那可大不一样，闺女喊娘，那是娘家妈，儿媳喊娘，那可就是婆婆哟！”

赵媒婆说：“好好好！那就依了你。”

钱蓉说：“那好，既然你同意红儿嫁给我做儿媳，咱们得立个字据，要不然我今儿领了去，明儿你再要回来，那我不是白忙活一场吗？”

赵媒婆当作玩笑一样，一一依了钱蓉，请了村里的长辈和两个私塾先生，立了字据，并查看了一个黄道吉日，体体面面地把红儿嫁过去了。

那时间，红儿刚好十六岁，正是迎面桃花的好年龄，无须粉黛，就能光彩照人！加上钱蓉精心调理，给她量体裁衣，教她修眉、抹面，很快就出落得鲜荷嫩藕一般。夜晚，钱蓉教她背《女儿经》《百家姓》，手把手地教她读书认字儿。赶上天气晴好，还领她去盐场转转。

后院，大哥一家不知钱蓉从哪里弄来这么一个花枝招展的女孩子与其昼夜相伴，私下里嘀咕：那钱蓉没个正经的！

可哥嫂那边的大公子闫乐儿，每日去学堂里读书，或是胳膊上架个鸟笼，出来进去，路过前院婶子家门口，总要往里面多张望两眼。尤其是看到红儿一个人在院子里扑蝶、捉蜻蜓时，那乐儿来来回回，定要多走几趟。

说不准是哪一天，那一对少男少女对上了眼儿。等后院里的哥嫂发现他们的乐儿，午饭不回家吃、晚饭不回家吃，有时，夜晚睡觉还要去前院里喊人时，那红儿早已身怀六甲，真真切切地做了他人之媳。

这一来，后院大哥大嫂不干了，找到前院大吵大闹，说钱蓉用心不良，找来这么一个狐狸精，勾引了他家的乐儿误入歧途。

钱蓉先是忍气吞声，后来，见大哥大嫂闹得凶了，她也拉下脸面，领着个大肚子红儿站出来。但她并没有去跟哥嫂大声吵闹，只是说明她娶来红儿为媳，是明媒正娶，堂堂正正的，本意是想婆媳相依，到头来，红儿却被他们家乐儿给强占了！

钱蓉扬言，要与哥嫂到州府大堂上评理去。

哥嫂一看钱蓉动怒，要惊动官府！心里就打起了小锣鼓，按照大清的戒律，男女私通，要定罪论处；若是强霸美女，还要遭牢狱之灾，那还了得吗？哥嫂三番五次地找人来中间调和。

刚开始，钱蓉坚决不答应，就是要与大哥大嫂到公堂上说个谁是谁非，后来，说情者频频上门，钱蓉这才勉强做出了让步，但条件有二:其一，红儿与乐儿的事，已经生米做成熟饭，那就请哥嫂把乐儿过继给她钱蓉做儿子；其二，祖上留下的家产，首先要一分为二。然后，乐儿过来之后，还要带上哥嫂应得家产的一半。原因是大哥家两个儿，乐儿本该得到父母的一半家产。

哥嫂那边，明知这一切，都是钱蓉设下的圈套，可钱蓉讲得句句都在理上，也只好忍气吞声地认了。

原载2016年第2期《小小说选刊》

夜红唇

黄殷夫

这是一座繁华都市的一条街巷。巷尾不远处，厂房林立，无边无际，分不清东南西北的各种口音，像一锅热气腾腾的大杂烩，弥漫在那方空气之中。每天夜幕还没有降临，这条街巷所有的屋檐下，橘红色的灯光就已经亮了，冷冷地、毫无表情地照着来来去去、悄无声息的人们。街巷里的角角落落，浸透了浓浓的脂粉味。

一年前，她就出现在这条街巷里。每天傍晚，她倚在门口，肉嘟嘟的双唇，鸡血一样的红。

出现在这条街巷之前，她可不是这个样子。她的家在一个山高皇帝远的大山里，空气比这座城市好多了，水也比这座城市清甜得多。那是一个祖宗八代都靠扛镢头为生的农家，大人们压根就没有想过让子女们走出大山。她同村里的其他女孩一样，没有进过一天学堂。小时候在家带弟弟，大点去地里打猪草，再大些就上山砍柴。

十八岁那年，她出落得眉清目秀、楚楚动人。娘说:“阿牛家托媒婆上门来说亲了，你肯不肯？”她想都没想就说:“木头木脑的人，谁稀罕？”她又说:“我还小呢。”其实，她的心里开始打着小九九。她要像村里其他的闺女一样，飞出大山。

爹娘劝阻不住，只得咬牙切齿地奚落，狗还不嫌家贫呢，你们这些后生闺女想是中邪了，连家里都存不住脚。

正月刚过，她终于冲出了大山，来到了这座城市。她第一次发现，这个世界真大。

每次想到这些，她心里就隐隐作痛。当初如果听了娘的话，嫁给了阿牛，也不至于沦落到这种地步。但她明白，世上没有后悔药，这就是自己的命。

她很勤快，又能吃苦，虽然没有文化，到厂里找点粗活重活干应该是没问题的。但是，上天捉弄人，她奔波了十多天，找了好多家工厂，竟没有一家要她。身上的盘缠用得差不多了，她心急如焚。

这时，一位虽然陌生但面目和善的中年男人出现了。男人对她说，看她无依无靠怪可怜的，愿意帮她介绍一家厂子。男人打的带她来到一幢大楼，又进了一个房间，和善的面目刹那间变得狰狞。她还没有完全反应过来，就完成了黄花闺女到女人的过渡。之后，她被男人打电话叫来的两个彪形大汉带到了这条街巷。身份证被缴了，手机被缴了，身上的钱也被缴了，房门口被守得严严实实。起初，她生死不从。十天后，一个男人强行闯了进来，二话没说就要了她的第二次。

这后来，她就和这条街巷里的许多女人一样，肉嘟嘟的双唇，鸡血一样的红。

这一年年底，老板同意了她回家。她递给爹娘几沓厚厚的钞票时，爹娘高兴得双手发抖。她肉嘟嘟的双唇，当然不会是鸡血一样的红。她若无其事地帮着娘准备年货，若无其事地在爹娘面前说笑。娘见她高兴，就说：“阿牛家前几天又托媒婆上门来提亲呢！我和你爹是这样想的，阿牛实诚，是踏踏实实过日子的男人，要不就答应了吧？”

她强压住心里的苦楚，背过脸说：“叫他去找别人吧。”

元宵刚过，她逃离了大山。

一直以来，她都认为这个世界很大。直到有一天，她在这条街巷里竟然遇到了阿牛，才知道这个世界太小、太小了。

那是一个毫无征兆的傍晚，她仍然倚在门口，鸡血一样红的双唇，嗑着瓜子。她忽然听到一句喊她名字的乡音。定睛一看，竟然是阿牛。她立刻收起慌乱的神情，当作没有听见。阿牛再次喊她名字时，她故作莫名其妙，用生硬的这个城市方言说：“帅哥，你认错人了。”当阿牛圆睁着双眼死死盯着她不走时，她愤愤地怒骂：“你有病呀？还不快滚！”

她还没有找到机会请求老板换地方时，阿牛再一次出现在她的面前。

这是第二天的傍晚。阿牛固执地说："我思前想后了一天一夜，我俩从小在一块长大，再怎么也不会认错你呀。你放一百个心，我不会乱跟任何人说，也不会怪你做这事。你就跟我回家，或是跟我换一个城市打工吧。"

她再也控制不住，两汪眼泪决堤般地冲刷着脸上的脂粉。她悲凉地说："阿牛哥，你先回去吧，明天上午来等我的回信。"

第二天上午，阿牛刚踏进这条街巷，就听有人窃窃私语，说昨晚有一只"鸡"，不明不白地就在房间里寻短见了。

阿牛的心一凉，怔怔地站着，双脚再也迈不动。

原载 2016 年第 9 期《小小说大世界》

廉正烟

刘　霞

同学中混得最好的还是邹大国，他是县医院的一把手。

同学们私下里都在叫他"邹四多"，说他车多房多钱多情人多，当然这是开玩笑而已。

那天，我到县医院去看我的母亲，在医院门口遇见了邹大国，20 年没见了，我还是一眼认出了他，但我不知道他是这家医院的院长，我望了他一眼，他也望了我一眼，他显然没认出来我，就在他的目光落到一位年轻漂亮的护士身上时，我说："你是邹大国吗？"

他的目光收了回来："你是？"

我报了自己的名字，然后问："你怎么也在这里？"

他呵呵一笑："这就是我的医院！到我办公室去坐坐。"

我跟着他来到二楼他的办公室，门上醒目地挂着"院长办公室"，直到这时我才知道他是医院的院长，他的办公室很豪华，是个套间，里面有床有卫生间。

他给我泡了一杯龙井，我看见他茶几上的烟灰缸里堆满了烟蒂，我犹豫了一下，掏出一包不到十元的“廉正牌”烟，弹出一根准备递给他，他看了一眼我的烟，立即从兜里掏出一盒软中华，弹出一根说：“抽我的吧！我一直抽中华烟，习惯了！”

我接过他的烟，有点尴尬。

在我抽烟的几分钟时间里他电话不停地响不说，不时还有人敲门来汇报工作。抽完烟我就走了，我知道他是一个大忙人。

我跟邹大国再次见面是一年后。

那天我下班回家，一辆小车停在我面前，玻璃摇了下来，邹大国面带微笑向我挥手：“上车吧！”

“你怎么来省城了？”

“开会，顺便来看看你这个大记者。”邹大国依然面带微笑。

邹大国的司机把我们带到一家豪华的酒店，看来他的司机对省城已是熟门熟路。司机点了一桌好菜，很丰盛，天上飞的，地上跑的，水里游的都有，喝的酒是茅台。

几杯酒下肚后，我说：“今天让你破费了，你是不是有啥事求我？”

“老同学叙叙旧而已，没别的意思。”

“来，抽根烟。”我哈着酒气，掏出“廉正牌”烟说。

“还是抽我的吧。”邹大国嘴上叼了一根，然后给我递上一根中华，点燃，嘿嘿一笑，“你一个大记者，就抽这种廉价烟？”

“便宜，实惠，再说我烟瘾也大。”我也嘿嘿一笑。

“廉价烟，伤身体。”

我转移话题说：“你这次一定是有事求我，你说，只要我能办到的，一定帮你办成。”

邹大国摸了摸头说：“我还真有一件小事，我们医院准备申报三甲医院，你帮我写篇文章吹捧一下本人和医院……”

我说：“目前国内三甲医院的数量是严格控制的，不是随便就能申报成功的。卫生部要对硬件、软件进行评估，要多次去医院实地考察。”

“这我知道，其他我自有办法，你只负责给我‘吹’就是，材料我都给你准备好了，到时我司机会给你的。”

那天，我喝醉了，都不知道是怎么回家的。第二天醒来，我才发现那个黑袋子，我打开一看，里面是一条中华烟和医院的材料，最下面还有一个厚厚的信封，打开一看，里面全是崭新的百元钞票。

熬夜几个晚上，稿子终于写了出来，发给邹大国过目，他很满意。

不久，这篇长篇通讯报道在我负责的版面上发了出来。

第二年，县医院终于被评上了三甲医院。电视上也报道了他，他被市里评为十佳院长。

此后，我和邹大国各忙各的，一个在省城，一个在县城，始终没再见面。其间，我在网上看到了各种负面消息，有举报他包养情人的，有举报他吃回扣的，有举报他打着为职工修建住宅楼的名义，实为自己修建别墅……但几年过去了，邹大国依然还是院长。我私下里听有人说他：妓女睡觉，上面有人。

转眼又是两年过去了，我去某监狱采访。采访完毕，正好是罪犯们放风的时间，在一堆堆的人群中我发现了邹大国，他虽然穿着囚服，留着小平头，但我还是一眼认出了他。

“大国同学，你怎么在这里？”我走过去拍了拍他的肩膀。

“你是？”他一愣，半天才回过神来，不好意思地说，“原来是你！”接着叹了一口气：“说来话长，有烟没？”

我说：“我知道你一直抽中华烟，我可都是便宜烟。”

“我烟瘾大，快给我一根。”

我掏出半包“廉正牌”烟递了过去，他接过四周看了看，弹出一根，点燃后贪婪地吸了一口，然后悠悠地吐了出来：“味道不错，虽然有点辣有点苦，但好抽……”

原载 2016 年 7 月 27 日《教师报》

魔鬼的皮箱

罗世容

这天，一个男人来到幸福小区门口，他走来走去，东张西望。保安发现了男人，觉得他不对劲，于是便悄悄地在一边紧盯着他。

这时，一个官员走了过来，男人拦住了官员的去路。官员瞪一眼男人："有事吗？"男人笑着说："我送一个皮箱给你……"男人的手中提着一个皮箱。官员看一眼皮箱，笑了："走，去家里说！"男人笑着说："不用。给你，拿着吧！"官员看看四周，迅速地接过了皮箱。男人又说："这是一个神奇的皮箱，你往皮箱里放100块钱，你就会得到200块钱；放1000块钱，你就会得到2000块钱。总之，你放多少钱，都能得到多一倍的钱；放的钱越多，得到的也就越多！记住，放钱之后过一分钟才能打开皮箱。"男人一脸的笑意。官员听得张大了嘴巴："有这么神奇？"男人笑着说："当然！不信你马上就可以试试！"官员说："我回家再试！你的话我记住了，你走吧！"官员说完立即提着皮箱进了小区。

男人和官员的话保安都听见了。保安眼睁睁地看着官员提着那个皮箱走过去。那是一个普通的皮箱啊，它有那么神奇吗？保安充满了好奇。

这时，一个商人走了过来，男人又拦住了商人的去路。商人瞪一眼男人："有事吗？"男人笑着说："我送一个皮箱给你……"男人的手中又有了一个皮箱。商人看一眼皮箱，笑了："走，去家里说！"男人笑着说："不用。给你，拿着吧！"商人看看四周，迅速地接过了皮箱。男人又说："这是一个神奇的皮箱，你往皮箱里放100块钱，你就会得到200块钱；放1000块钱，你就会得到2000块钱。总之，你放多少钱，都能得到多一倍的钱；放的钱越多，得到的也就越多！记住，放钱之后过一分钟才能打开皮箱。"男人一脸的笑意。商人听得张大了嘴巴："有这么神奇？"男人笑着说："当然！不信你马上就可以试试！"商人说："我回家再试！有事打电话联系，你走吧！"商人说完立即提着皮箱进了小区。

男人和商人的话保安都听见了。保安眼睁睁地看着商人提着那个皮箱走过去。那是一个普通的皮箱啊，它有那么神奇吗？保安充满了好奇。

保安终于忍不住走了过去。保安对男人说："先生，您好！能给我一个皮箱吗？"男人看看保安，笑着说："你想要一个皮箱是吧？好，我给你！"保安惊奇地发现，男人手中突然就多出一个皮箱。男人把皮箱递过来。保安立即接住。男人笑着说："皮箱的神奇之处你都明白了吧？"保安高兴地点着头："明白了。太谢谢您了！"男人笑着点点头："那就好！不用我多说了！"

且说官员回到家里，立即就拿了一万块钱放进皮箱，关上皮箱，官员等了一分钟就打开了它，结果，皮箱里多出了一万块钱。官员取出钱，看了看，是真的，他喜出望外，他发财了。官员觉得这皮箱太神奇了，他又立即将家里的现金以及存折全都放进了皮箱里。官员笑眯了眼：他有几百万的钱，马上就能变成上千万的钱。一分钟后，官员打开了皮箱，他却傻了眼：皮箱里的钱和存折都不见了。官员目瞪口呆：怎么会这样呢？官员急出了眼泪。

再说那个商人，他回到家里，也立即拿了一万块钱放进皮箱，关上皮箱，商人等了一分钟就打开了它，结果，皮箱里多出了一万块钱。商人取出钱，看了看，是真的，他喜出望外，他发财了。商人觉得这皮箱太神奇了，他又立即将家里的现金以及存折全都放进了皮箱里。商人笑眯了眼：他有几百万的钱，马上就能变成上千万的钱。一分钟后，商人打开了皮箱，他却傻了眼：皮箱里的钱和存折都不见了。商人目瞪口呆：怎么会这样呢？商人急出了眼泪。

官员和商人都觉得上当了，他们立即提着皮箱下楼。这时，得到皮箱的保安也正在做实验。保安拿了100块钱放进皮箱里，关上皮箱，他等了一分钟就打开了它，结果，皮箱里多出了100块钱。保安取出钱，看了看，是真的，他喜出望外，他发财了。保安觉得这皮箱太神奇了，他又立即将1000块钱放进了皮箱里。保安笑眯了眼：它马上就能变成2000块钱。一分钟后，保安打开了皮箱，他笑了：皮箱里真的有了2000块钱。保安抓起钱，关上了皮箱，他想他突然就发了一笔小财，足够了，不能太贪心了。他决定以后每个月都放1000块钱进去，这样，每个月都能多出1000块钱，等于涨了工资。

就在保安高兴不已的时候，他听到门口有人吵了起来，便出门来看，却是官员和商人与那个男人在吵。官员和商人说："你是个骗子，你骗走了我们的钱。我们放了钱在皮箱里，结果我们的钱却消失了。把钱还给我们！"官员和商人气势汹汹，恨不得吃了男人。保安走了过去："他不是骗子，放多少钱，都会多出一倍的钱，这是真的！"

男人说："我不是骗子。我给你们的皮箱，的确是一个神奇的皮箱。往里面放钱，的确能多出一倍的钱。但是，只要放得多了，钱就会消失。因为我是魔鬼，是一个贪心的魔鬼。皮箱里的钱多了，我就会取走。如果皮箱里的钱少，我就不会取走，我就愿意继续等下去，直到贪心的人装进足够多的钱再取走。"

保安说："我放的钱少，所以你才没有取走？"魔鬼说道："是的。如果一个人永远不贪心，每次都只放少量的钱在皮箱里，那么，我就永远都不会取走他的钱！”说完，魔鬼从三人眼前消失了。

保安自言自语道：“原来魔鬼也并不可怕，只要心中没有贪欲，就能战胜魔鬼。”

原载 2016 年第 4 期《微型小说月报》

你为什么不狡辩

刘正权

金玉以为，对偷情这种事，男人怎么也该找个借口狡辩一下的，男人却没有。

换而言之，也就是说男人已经没了同她说话的欲望，狡辩是颇费口舌的。

金玉忽然心里就蹿上了一股无名之火，不是恨男人，而是恨自己多嘴的姐姐，怎么着今天也是他们的结婚纪念日，你就不能换个日子挑明这件事?

姐姐自打和姐夫离婚后，就高举着讨伐男人的大旗向金玉喋喋不休地灌输天底下没有不偷腥的猫这一颠扑不破的真理。

这一回，姐姐更是像《焦点访谈》栏目那样，用事实说话了。

金玉的男人，那个一贯脾气温顺对金玉百般依从的男人出墙了，有照片为证。

出墙就出墙，问题是不能在金玉的结婚纪念日上让她知道这事啊。

残忍呢，这是。

金玉心里的疼就无法用文字来形容来描述了，也许他是迫不得已的呢。金玉在疼着时心里还没忘记为男人这么辩解了一句。

如果男人能给金玉一个合情合理的解释，金玉可以假想成这事并没发生过。

男人却没狡辩的意思，也就是说，男人不但不是迫不得已，简直是心向往之了。

无论如何得让男人辩解一回，以彰显自己存在的价值，金玉这么想时看了男人一眼。

男人居然没心没肺地打起了呼噜。

一个跟自己同床共枕了八年的男人，可以无耻到这种地步吗？金玉这么问自己时心里就恍惚了一下，你怎么就不狡辩一下呢？

狡辩不是让金玉相信什么，而是要让金玉觉得你出墙是有苦衷的，是受了诱惑的。人，谁能没点苦衷呢？谁能不受点诱惑呢？比如说金玉自己，也是有苦衷的。

金玉的苦衷在哪儿呢？金玉就回过头来审视自己，一审视，苦衷就出来了，金玉的苦衷在于她有个二杆子姐姐。

姐姐没读多少书，心窝子就浅，好话坏话就藏不住。

比如说金玉刚结婚那会儿，姐姐动不动就面授机宜给她，男人有钱就变坏，看紧你男人身上的钱，他想坏也没机会了。

金玉当时就开了句玩笑，假如碰上女人愿意倒贴的呢。

金玉姐姐立马恨铁不成钢地点了点她的额头，倒贴，只有你这样的傻女人才会倒贴的。

这话有所指，金玉嫁给男人真的是倒贴，男人自始至终就没为她花过一分钱。

金玉不想做俗人，钱算什么，钱能跟好男人相提并论吗？

好男人老公被金玉姐姐弄得很没面子，因为，这话她是没避着他说的。

男人就淡淡笑了一下，说，女人太精了男人未必会喜欢的。

金玉姐姐听出他话里暗讽她霸道的意思来，喜欢就能把日子过得风生水起啊。难为她还晓得用了风生水起四个字来反驳。

打那以后，金玉姐姐两口子还真把日子过得风生水起的，一直到波涛汹涌地离了婚都还风不平浪不静下来。为使妹妹不重蹈覆辙，她开始跟踪金玉男人，居然，就让她拔光草寻出了蛇。

风是姐姐生的，水是男人起的。

姐姐的讨伐旗帜还没亮起来，男人已经净身出了门。

姐姐有点意犹未尽，就这么便宜他了？

金玉看一眼姐姐，还能把他怎么的？

是啊，男人出门归出了门，孩子的生活费，家里的日常开支还依然在出，连户口都在金玉一家人的户口簿上。金玉暗里寻思过，也许，男人只是出去尝个鲜，日子一久，不就回来了？

男人是管不住自己的好奇心的。

这么想着，金玉也就坦然了，等他回头时再听他的狡辩吧，那时候自己是可以这么拿捏他一回的。

男人有口才，狡辩起来一定很出彩，不像姐夫，笨嘴笨舌的，离个婚吧，被姐姐骂了个狗血淋头不说还连头都不敢抬一下。

过后，金玉在大街上碰见姐夫，金玉说，你怎么不狡辩一下呢？狡辩一下，姐心一软，就离不成婚了。

姐夫说你姐给了我狡辩的机会吗？

金玉可是给了男人狡辩的机会的。

然而，一年过去了，金玉再次见到男人时，却是在法庭的被告席上。

男人被告犯了重婚罪。

那个令男人心向往之的女人一把鼻涕一把泪哭诉着男人怎么霸占了她的身体与青春，末了女人和她丈夫开出了一个条件来，如果男人把公司转给他们，他们可以撤诉。显然，这是蓄谋已久的。

金玉满以为男人会拍案而起滔滔不绝为自己狡辩的，然而，男人只看了一眼金玉，竟淡淡冲法官说，重婚罪我认了，判多少年都行，公司的法人代表是我妻子，我没权利给任何人。

金玉是在一周后探的监，男人隔着电视屏幕冲她惨然一笑，金玉忽然就哭了，你为什么不狡辩呢，那公司明明是你的啊！金玉不知道，男人早在净身出门时悄悄把公司转到了她的名下。

原载 2016 年第 6 期《小说月刊》

春深似海

龙会吟

夏场长对惠婶说：“你的两个组员出事了，你晓不晓得？”

惠婶吓了一跳，紧张地问：“哪两个组员出事了？”

夏场长说："小秋和大冬。"

惠婶更加紧张，声音都发抖了，问："他们出了什么事？"

夏场长一脸严肃，说："他们两人偷情。这么大的事都不晓得，你这个组长是怎么当的？"

夏场长和惠婶都在公社养猪场。那是大跃进年代，大队有养猪场，公社也有养猪场。夏场长和惠婶所在的公社养猪场，规模大，人员多，场下面有五六个组，每组五个饲养员，负责一座猪舍，百来头猪。饲养员都是从各大队抽调来的。

小秋的丈夫性情暴烈，动不动就对小秋拳打脚踢，小秋身上经常青一块紫一块，脸上也不例外。小秋为了逃脱丈夫的毒打，主动要求到公社养猪场养猪，和大冬分在一个组。大冬是个单身汉，为人憨厚，心眼好，和小秋很合得来。

组里五个组员，惠婶最喜欢小秋和大冬，夏场长说小秋和大冬偷情，她比听到炸雷还要吃惊。在那个年代，偷人和做贼是最可耻的行为，而这样的事发生在小秋和大冬身上，她怎么也不敢相信。

惠婶问夏场长："你看见他们那个了？"她不说偷情，她只说"那个"。

夏场长摇头，说："没看见。"

惠婶又问："有人捉住他们了？"

夏场长说："没人捉住。"

惠婶奇怪地盯着夏场长，说："捉贼拿赃，捉奸拿双，你既没看见他们，又没捉住他们，怎么就认定他们那个？"

夏场长也奇怪地看着惠婶，他不知道惠婶为什么这么激动，说："你不要这么激动，虽然没有捉住他们，但种种迹象表明，他们有那回事。你作为组长，从现在起，就要盯紧他们，一旦拿到证据，马上向领导汇报。"

"你要我当特务？"惠婶十分反感。

"不是当特务，是你的工作职责，只要完成这个任务，你马上可以当副场长。"夏场长始终一脸严肃。他对惠婶说过，公社领导有意提拔惠婶当副场长，现在正在考察。"你要经受得住组织的考验。"夏场长语重心长。

领导语重心长，惠婶坚决服从，她不能让领导失望，从此真的像个特务，加强了对小秋和大冬的监视。她发现小秋和大冬的举止确实有些出格，成天像对斑鸠，形影不离，干活时挨在一起，休息时挨在一起，就连吃饭，两人都要坐在一条凳子上。怪不得夏场长怀疑他们两人偷情，就连她都起疑心了。看来，要狠狠敲敲他们才行，不能让他们走得太远，不然，一旦被人捉住，两人就要被开除回家，一辈子在人前抬不起头来。

惠婶打算和小秋好好谈谈。母狗不摇尾，公狗不爬背，只要小秋守住女人的节操，大冬就不敢胡来。在一个雨后的下午，惠婶把小秋叫到猪舍外面，温和地对小秋说："小秋，你好久没有休假了，明天回家休息两天。"

小秋的头摇得像拨浪鼓，语气急促地说："我不休假，更不想回家。"

惠婶很惊讶，说："你不想和你男人团聚？"

小秋说："我不敢和他团聚，一团聚就要挨打。"

"你男人这么凶暴？"惠婶有点不信，她觉得小秋说谎。

"不信，你看我身上的伤。"小秋的泪水簌簌地滚了出来，见旁边没有什么人，把上衣全都脱了，让惠婶看她身上的伤痕。这哪里是个女人身子啊，女人的身子应该细嫩白皙，柔滑似水。可小秋的身子青一块，紫一块，伤痕累累，看得惠婶的眼泪也汹涌而出。小秋的男人也太凶残了，竟然这样对待自己的妻子。"要是我，早就跟他离婚了，这样的男人你还守着他干什么？"惠婶愤怒地大嚷。

小秋呜咽着说："我想跟他离婚，可他不离，一提离婚他就打得更凶。"

"离，坚决离，他不离，我带你去找公社妇联。"惠婶更加激愤，她已经忘记了夏场长交给她的监视任务。

小秋伏在惠婶怀里大哭，就像伏在母亲的怀里一样。惠婶慈爱地抚摸着小秋的头，温柔地安慰她说："孩子，别哭，你和那凶鬼离了婚后，就嫁给大冬，大冬是个好小伙，靠得住。"

小秋猛地抬起头来，眼里放出亮光。"惠婶，你也觉得大冬是个好人？"

"都说大冬是个好人，你嫁给他不会吃亏。不过，没离婚以前，你不能和大冬那个。"

小秋的脸红了，说："我和大冬没有那个，我只是和他合得来。"

"合得来就好。莫哭了，你和大冬去地里割猪草，大冬在那边等你。"

小秋向远处望去，只见山地那边，大冬正在向这边张望。她感动地吻了惠婶一下，急急地向那边跑去。

夏场长匆匆地走来，神情严肃地望着惠婶，问："小秋去那边干什么？"

惠婶说："我安排她和大冬去地里割猪草。"

"你糊涂！"夏场长一脸严峻，十分生气，"你这是助纣为虐，为他们偷情提供条件，你再也莫想当副场长。"

惠婶没有理会夏场长，两眼深情地望着远处。雨后的原野，风清云白，满目青翠，一簇簇野花，笑着向小秋和大冬致意，开得暖意浓浓，开出春深似海。

原载 2016 年第 10 期《天池小小说》

飞 狼

申 平

猎人刘老三在乌石山中追踪那条巨狼，最后累躺在一棵大树上睡着了。

恍惚间，他好像变成了那条巨狼，而巨狼呢，却变成了刘老三。他被它追赶着拼命逃窜。

一声枪响，他感到一条前腿一阵剧痛，低头一看，那条腿已经缺了一半。

原来猎枪真的好可怕……三条腿也要跑，无论如何不能被他捉住。他边想边跑，又听咔嚓一声响，另一条前腿又被提前埋设好的猎夹死死咬住了。

狡猾凶残的猎人，真是赶尽杀绝啊！他回了一下头，看见猎人刘老三正得意扬扬地提着枪向他走来，他脸上的表情好像在说：这回看你还往哪儿跑！

"想捉我，休想！"他毫不犹豫地张开大嘴，一口就咬断了被夹住的腿。而且他马上就像人一样站起来，就靠两条后腿支撑，重新飞一样向前跑去。

他仿佛看见后面的刘老三因为吃惊而五官移位……

恍惚间，他来到了一个巨大的狼穴之中。当他举着两条血肉模糊的残腿，迈着人一样的步伐走进狼窝的时候，他发现所有的狼立刻欢呼雀跃，口称大王，随后全都匍匐在地，中间让出一条甬道，而那甬道，直通一个金碧辉煌的宝座。

原来我是狼王！他走过去在那上面坐下来，立刻就有母狼上前为他裹伤，随后献上鹿肉。他吃了一块生鹿肉，感觉味道原来是那般甜美。

他开口说话了。他明明知道自己是猎人刘老三变的，但是他却恶狠狠地说：

“大王我这次出山，简直九死一生啊！猎人刘老三，他是我们的死对头，不，人类都是我们的死对头！以后大家见到人，就给我往死里咬，咬死吃掉，决不轻饶！”

群狼立刻大声附和：“咬死吃掉，决不轻饶！”

接着，他好像把两条残腿搭在二狼王的背上，率领群狼去寻找猎人刘老三，也寻找其他人类进行报复。在很多时候，他会像人一样站立奔跑，迅疾如风。他很奇怪自己为什么会有这个本事，后来他想明白了，他本来就是人变的。

山中出现人狼的消息吓坏了人类，他们立即组织起来，进山来围剿他，必欲将他和群狼统统消灭而后快。这天他正在山间行走，猛听脚下一声响亮，他的两条后腿同时被猎夹夹住了。他故技重演，忍痛咬断了两条后腿，并向不远处的二狼王喊：“快快过来救我！”

二狼王跑过来，看见他已经成了一个没有四肢的肉段，嘴角竟然掠过一丝冷笑，它喊了一声：“有人来了！”就带着狼群飞奔而去。

都跑了，竟然没有一只留下。他的心掠过一阵悲凉。这时他看见刘老三又提着枪，得意扬扬向他走来，他把牙一咬，就顺着山坡滚了下去，直到落下悬崖。

居然没有摔死！他躺在草丛之中，望着天上的飞鸟出神。“如果我能有翅膀就好了……”谁知道他这么一想，突然感觉两肋发胀，随着身体的一阵颤动，他竟然真的生出一对翅膀来。这翅膀又宽又长，可伸可缩，更奇妙的是，他的四个残肢也同时变成了四个锋利的鹰爪。

没怎么费劲，他就腾空而起。他飞上悬崖，在空中盘旋，很快就发现了刘老三，他向他俯冲过去，口中大喊：“刘老三，你去死吧！”

他看见刘老三惊恐万状，连滚带爬，枪也丢了，鞋也掉了，最后也像他一样滚下了山坡，滚下了悬崖。

他哈哈大笑。接着他飞过山岗，一直飞回狼穴之中。他看见二狼王正坐在他的宝座之上发号施令，不由分说就直扑过去，伸出四只锋利的鹰爪把它抓起来，几下就把它撕成了碎片。然后他在狼穴里飞来飞去，怒吼着：“你们这群没良心的东西，叛我者，死！”他看见群狼瑟瑟发抖，全部趴伏在地，没有一个敢抬头看他，只是一个劲地喊：“大王啊，饶命啊！大王啊，今后我们永远忠于你啊！”

再接着，他每天都率领群狼出山，去和人类作战。他总是先让狼群隐蔽好，然后飞上天空侦察，一旦发现目标，就在天上指挥作战，屡战屡胜。附近的人类闻风丧胆，纷纷搬家滚蛋，把本来属于狼和其他动物的地盘一点点腾了出来。

狼王，会飞的狼王，有着尖牙利爪的狼王，很快成为山中的百兽之王。

他开始培育会飞的后代。不但要培养飞狼，还要培养飞豹、飞猪、飞蛇、飞獾、飞鹿……誓与人类血战到底！但是这天他正在天上做飞行示范，忽听下面响起了密集的枪声，他感到全身一震，直向山涧跌去……

刘老三大叫一声，在树上醒了过来。他在树上呆呆坐了半天，忽然跳下树，摔了枪，头也不回向山外走去。

原载 2016 年第 10 期《小说月刊》

感情投资

马孝军

他知道局长不缺钱，要说钱，局长有的是，光民间传闻，局长在市西开发处那块地，就价值上千万。

给局长送点什么呢？他陷入了沉思。

他最后想到了感情投资，对于不缺钱的局长，看来只有在感情上投资了。

为了使营造的效果更加真实和看不出造假的痕迹，也就是感情发自内心的那种感动，他去了局长的老家了解局长的背景。车子在坑坑洼洼的路上颠簸，在一个拐角处，翻了，幸好被一块巨石挡住，从车里爬出，回望身后，令人胆战心惊。念一声上帝保佑，他走路去了局长家居住的那个小村。在村里，他了解到了局长苦难的身世，村里人告诉他，你是说三娃子吗，有出息啊，三娃子家很穷，穷到什么程度呢，给你说吧，一年的粮食不够半年吃，但是可喜的是，三娃子有一个伟大的爹，三娃子的爹，不论多苦多累都要供三娃子读书，记得有次，三娃子的爹在亲戚家得到一个油炸粑粑，三娃子的爹舍不得吃，就给在乡上读初中的三娃子送去，为了使那粑粑不降温，三娃子的爹就一直用肚皮捂着，到达乡上，三娃子的爹把粑粑拿出来，你猜怎么着，三娃子爹的肚皮都被烫肿了，流了一个冬天的脓。听到这儿，他就觉得差一点摔死的这趟没白来，这是多么催人泪下的事啊，够营造气氛的。

回到城里，他去了医院，他把想在局长身上进行感情投资的事给姐夫说了。姐夫听完，姐夫给他拿出一个药方，姐夫说，照方抓药，准确无误。看着处方上那些密密麻麻的看不懂的医学术语，他有点怀疑这药方管不管用，或者，会不会给人体造成伤害，譬如，服下去人会不会醒来，要是一下成植物人了，那就划不来了。姐夫看出了他的心思，一拍他的肩膀，兄弟，放心去干吧，这药方我研究十年了，就是国务院的专家来了，也看不出破绽，也不会给你造成人身伤害。

他就去抓了药。

他服下了药。

他拿起哭丧棒，头上裹了白布，就跌跌撞撞地去了。

想起局长父亲的伟大，他的眼泪就如断线的珠子落下来。

他哭得无法收拾，好多人来拉他都拉不住，他还用头去撞棺材旁边的墙壁。

他最后哭得晕死了过去。

他醒过来的时候，也是局长老父上山后的第三天，睁开眼，一道刺人的阳光射过来，此时的他，看见局长亲昵地站在他病床旁边。

局长握住他的手，局长动情地说，兄弟，你对我老父的这片真情，当哥的领了，哥保证，哥在台上一天，就罩你一天，单位里，谁与你为敌，就是与哥为敌，谁给你小鞋穿，就是给哥小鞋穿。

这一分钟，他对前途漾满幸福，这三天的昏迷没白昏，为摸局长的背景差点摔死也没白摔！

出院后，他就生活在等待中了。

局里要提拔一个办公室主任，他想，非我莫属了，嘿嘿！

公布的办公室主任不是他。

又过了两个月，局里要提拔一个科长，他想，这回，应该是咱了。

公布的科长也不是他。

他想，也许局长另有安排，想给他一个更拿权的那种干呢，譬如，下基层去任部门负责人。

他又生活在等待中。

半年后，下属单位的一个部门负责人出车祸死了，他做好了去继任的准备，这次再不轮到咱，那就太不像话了。

公布继任者，还不是他。

他简直晕了头，是哪环出错了啊，自己可是真心哭出声音来了的啊，当时哭着哭着，就哭成真的了，想起自己十年前就死去了的老父，老父没得一天福享就归西，自己一直内疚不安！还有那能使自己哭晕三天自然醒来的药方，姐夫也一再保证不会有破绽的啊！

到底是哪环出错了？

不好直接问局长，他就私下里向局长家的保姆打听。

保姆告诉他，我亲耳听到局长三次说要提拔你的，为的就是你对老爷子的那份感情。

可是？

保姆告诉他，局长三次说要提拔你，都被局长的老母打断了，局长的老母说，三娃子呀，提拔那个人干什么？那个人，你看他那个哭劲，哭得晕死过去，人家还以为他是老爷子在外生的呢！在外生的，这很让我难堪啊，这么多年了，我竟然不知道老爷子在外有个儿子，我这老脸往哪儿搁？羞死了！

听完保姆的话，他只差没晕死过去。

原载2016年第1期《故事林》

秦小娥

刘怀远

张百顷刚动纳妾的心思，秦小娥出现在慈惠墩。秦小娥姣美的容貌和苗条的身材，像汉江堤满坡嫩草中挺拔出的一朵金黄黄蒲公英小花，瞬间擦亮了他的眼睛。

秦小娥一家逃荒而来，她妈病倒在慈惠墩，情急之下，只好放出话来给闺女找婆家。多俊的小娥啊，求亲的人如过江之鲫，青年来求，鳏夫也来求，财主家更是让媒人许以重金。张百顷对秦小娥志在必得，秦家正在难处，肯定是谁给钱多，就许配谁家。

父亲让秦小娥自己选。小娥说，如果想把女儿全换成钱，我就去个财主家，如果让女儿能有个自己还中意的人，我就选阳大牛。父亲说，一路要饭都没饿死，给你找了婆家，难道还饿死了？

小娥就选了五官端正年龄相当的阳大牛，只是大牛家给出的聘礼，还不及张百顷许诺的一个零头。

都是穷人，一切从简，也不操办婚礼了，阳家就把小娥接过去。夜晚，红烛摇曳，推门进来的却是一身绫罗的张百顷。小娥惊呆了，你……张百顷嘿嘿一笑，我想你都快想疯了，你却不想嫁给我。你却不知，天底下哪有钱办不成的事儿？你金贵得很呢，我用五亩水田才换来你一晚。

小娥脑袋嗡的一声，忙对窗外喊，来人哪！

怕是喊哑了嗓子也没谁来，这一家人正高兴地在我给的水田里摸黑干活呢。

小娥撒腿跑到厨房，抄起菜刀，别逼我！

张百顷迷离地看着她，一步一步地走过来。

菜刀在脖子上猛地一横，顿时鲜血喷涌。

张百顷一下慌了，破锣似的喊，来人哪……

小娥没死，脖子上多了条蚯蚓似的疤，紫红。

一家人是畜生啊！小娥要走。阳大牛一家跪在她面前，大牛爹连连扇自己耳光，苦苦求她宽恕，说自己一时糊涂耳根软。她铁了的心软了，说到底，也是被穷逼的。可人穷，就会龌龊吗？

一年后，小娥身材丰满得更楚楚动人；两年后，小娥有了孩子。小娥白里透红的脸蛋儿上，多了之前没有的韵味。大牛种完自己家的几亩薄田，就去张百顷家打短工，清早去，晚上回来。几天后，大牛兴奋地说，我不用去地里累死累活了，我只在他家扫扫院子，看看大门什么的，就给一样多的工钱。

小娥说，能有这样的好事？

我不就干上了？

小娥说，你一身力气，不去种地，却画眉鸟似的养着你？我觉得不踏实，自己多留些心，啊？

大牛嘴上答应着，却不以为意。

果然，没过几天，张百顷派人来叫小娥，让过去理论。小娥心怦怦跳着，跟来人去了。

大牛被五花大绑在廊柱上，赤条条的，像刚从屠户案板上跑走的净毛猪。一个蓬头散发裸着黑黄皮肉的女人在一旁一抽一抽地哭。张百顷说，我好心留他做事，他却，却……

大牛你说，怎么回事？

大牛一言不发，头低得快扎进裆里。

张百顷说，大牛趁他午休时，拉住吴妈要做苟且之事，吴妈不从，现在非要把他送官。

秦小娥忙赔出笑脸，说，送官虽说能出口恶气，可对她也没什么好处，还是您给美言几句吧。张百顷故作神秘地把她引入另室，小声说，我还不愿意大事化小小事化了吗？可这吴妈就是哭着不愿意。我劝半天，这才吐口说不送官可以，但一定要赔偿，唉。

那得赔多少啊？

二亩水田。

二亩水田？小娥的嘴张得老大。大牛家一共就二亩半水田，三亩旱田。

不然她就送官，你看怎么办？

秦小娥银牙一咬，跪下来，人是您府上的，还是请您多通融。

张百顷笑笑，你是明白人，这样吧，你留下来，陪我一晚，两清。

秦小娥也笑笑，不呢？

一文不少，赔偿！

秦小娥冷笑两声，站了起来。

大牛回了家，家里的水田没了。

民国五年，蝗灾蔽日，田里绝收。临近年关，秦小娥家几天都没揭开锅，才会走路的孩子饿得哭声越来越弱。小娥说，要不，咱一家去讨饭吧？大牛爹摇摇头，我这么大岁数，还是死在家里，不做野鬼。小娥急得直跺脚，左邻右舍，除了张百顷家，谁家烟囱也不冒烟。小娥望着孩子，心如刀绞。

小娥走进了张百顷家。张百顷一愣，你来干什么？小娥低着头，边解衣服扣袢边说，孩子怕是饿得不行了，我来求你，给些米……

好半天，张百顷才缓过神来，望着面前已快脱成精光的胴体说，我喜欢你，是真心喜欢你，并且曾想方设法地要得到你。可眼下，我万万不会乘人之危来占有一个想救孩子的母亲！你要多少米，背走就是了！

穿好衣服的小娥，快步走出门去，散落的头发遮住脸，没有背走为她备好的散发着米香的袋子。

第二天，秦小娥不见了。有人说，小娥抱着孩子去讨饭了。也有人在波涛汹涌的汉江边发现了一只女人的鞋子，说是小娥的。

原载 2016 年第 8 期《小说月刊》

秤匠师

李世营

冷寂了多天的孙记制秤作坊终于忙碌起来。

老匠师默默地用手钻在浸泡打磨好的秤杆上打着星花，把一截截细铜丝嵌进去，钉星、割断、锤实、打磨，然后又把一截截细铜丝嵌进去，钉星、割断、锤实、打磨。阳光下，秤上星花里的一个个铜丝，就成了一个个闪亮的秤星，炫射得老孙头的眼也发出熠熠的亮光。

“爹，这单生意一下可以挣万把块呢，有多少年没这样的好生意了！”约秤的小匠师看起来很兴奋，掩饰不住内心的喜悦。

老匠师仍然不作声，默默地铆着他的星花。

“忙过这单活儿，我想到外面看看。”小匠师接着又说。

老匠师猜得懂小匠师的心思：作坊的生意一日不如一日，儿子早想去镇外的世界闯一闯。

老匠师依然虔诚地铆着他的星花。秤杆上的星花一旦铆差一丝一毫，整杆秤就废了，尤其是那颗定盘星，犹如杆秤的心，是杆秤的魂。

小匠师抬起头，露出一丝儿不易觉察到的笑容，狡黠地看看老匠师，也默不作声，双手依旧熟练地用叨子测盘星、标星花。

老匠师是镇上有名的孙记制秤作坊的大掌柜。孙记杆秤之所以在小镇传承百年，凭的全是一个“信”字。

据传孙氏先祖曾遇一奸诈不法粮商欲在秤头上玩伎俩，制作黑心的“吃客秤”谋取暴利，但他不为重金所惑，不被威逼所惧，甚至不惜自残双手来维护作坊的信誉，颇负佳名，由此盛极一时，享誉周边数百里。

小镇上的商贸交流，从不用电子秤，一直沿用传统的杆秤。小镇的商户尤爱用孙记杆秤来做买卖，是因为孙家从不做昧良心的“吃客秤”。

小镇临山依水，以种植采集山药为业，药材生意特火，火了几辈人了，老辈们归结为一个“诚”字，以诚待商，以诚会商，以诚经商。外地客商们乐意到小镇购置药材，是因为小镇的人做生意厚道，从不缺斤少两，欺诈宾客。周边的乡亲们和来往的客商信得过的，还是小镇有名的孙记杆秤。

不久前老街扩建，外地来的王老板，看准了小镇的商贸市场规则和人脉，更看上了孙记杆秤的信誉。他要在镇上建一个药材和山果批发市场，就找到了老匠师的儿子，私下商谈好久，按其提供的规格，出高于十倍的价钱定制了五十杆大秤、五十杆中秤、五十杆小秤。

接下来，作坊内，父子二人之间是一阵异常的沉默，寂静的空气里流动的，只有打钻、铆星花和打磨的声音。

突然，沉默的老匠师皱起了眉头，拿过一个秤杆，用叨子测测定盘星，然后又拿一个，接着又拿一个……

老匠师在秤杆的定盘星上，发现了儿子鼓捣的“猫腻”。

老匠师的眼神瞬间变得异样地呆滞而浑浊，脸黑得吓人。他陡然站起身，用两双粗大的手，抡起身边的铁砧子，走向那一堆堆制作规整的杆秤，狠狠地砸了下去。

夜里，听着儿子隔壁炕上嘤嘤的啼哭声，炕头上的老匠师，翻来覆去睡不着，他起身，取过好久没抽过的旱烟袋，坐在炕头，吧嗒吧嗒猛抽几口。

他看看窗外，夜空星星点点：世界这么大，明天是该让儿子出去闯一闯！

他掐灭旱烟，在大炕上磕打磕打烟嘴，起身出门。

第二天，老匠师送儿子出镇。临行，他拿出一把精致的准星秤送给儿子，告诉儿子：不管世界有多大，你能够走多远，这杆秤，都要随身带着，人有良心，秤有准星，做人，什么时候都要秤平斗满。

头天夜里，老匠师用上等的楠木连夜赶制了一杆精致的准星秤，秤杆上的两个醒目的金字“孙记”在阳光下显得格外炫目，直炫得儿子的双眼泪盈盈的。

那天夜里，听着老子在院子里钻星打磨的声音，翻来覆去睡不下的儿子，半夜偷偷溜出屋子，将老匠师劈断的一百五十杆杆秤，全部扔到了小镇后山的山崖里。

原载 2016 年 2 月 25 日《中老年时报》

“二奶”成长史

吴志强

她是位未婚妈妈，男友几年前在一场车祸中丧生了。可女儿得了重病，需要二十万元做手术。她仅仅是公司一位普通职员，每月三千余元薪水。一时间，她不知如何筹集到这笔天文数字的手术费。

他是一位有妇之夫，她公司的老板。他愿意无偿帮她垫这笔手术费，随便她什么时候还。

问题是他喜欢她，而她不喜欢他。他待她很好，而她对他却找不到一点感觉。她可不想一辈子做别人的地下情人，让人家背地里叫她“二奶”，但她更找不出理由无偿借人家二十万。何况，她有可能一辈子也还不清这二十万。她不想背负一辈子债务活在这个世界上。

“这样吧，不如你一次次光顾我，每晚两千元，怎么样？”

她说出这句话的时候，他眼睛瞪得特大，灯泡似的，照得她睁不开眼。女人低下头，喃喃地说：“这有什么分别呢，你不过想批发，我只零卖而已。”

男人很不愿意，但谁叫他喜欢对方呢。按照女人的意思，他们私下签了一份合约。合约签完，女人才心安理得地接过男人那张二十万的支票。

她女儿的手术做得很顺利，不久便出院了，恢复了以前活泼可爱的样子。看见女儿健康活泼，她觉得一切都无所谓了。男人三天两头来女人家过夜。接客人似的，她把他服务得很舒服。男人很惬意，每天赖在女人床上不肯走。每和女人多待一个晚上，他就对女人多出一份迷恋。渐渐地，他感到离不开她了。

“嫁给我吧，我可以和妻子离婚。”

他跪在床上，向她乞求着。女人怜悯地看了男人一眼，坚决地摇了摇头。

女人在床头挂了一幅挂历，男人每光顾一次，她就当男人的面在当天的日期上打一个钩。看着日期渐近，男人心急如焚。他知道，这一百个晚上过完，他就要失去她了。

女人按分论秒地掐算着每一天，一百天一过，她就彻底解放了。眼看女人就要陪完自己老板最后一个晚上，噩梦又降临了。无缘无故，她女儿被绑架了。绑匪歇斯底里要挟她要现金二十万元，不能报警，否则立即撕票。一接到电话，女人像被雷击了一下，蒙了，当时，她唯一想做的事就是不惜一切凑二十万块钱救女儿。女儿要是有个三长两短，她就觉得再活下去便毫无意义了。

第二天一大早，她不得不找自己老板。

男人一看女人低眉顺眼地来找自己，心里很高兴，立即命人提来现金二十万，毫不吝啬地交到女人手中。女人这次没有第一次接支票时那么自信了，结结巴巴地问：“我——我怎么还你？”男人很爽快，不假思索地说：“就按你以前说的办吧。”女人觉得刺刚刚拔出来，又让人狠狠地戳了进去，疼，却无法叫喊。按照绑匪指定的地点，女人把钱放了进去。然后，她忐忑不安地往回走。来到家门口，她发现女儿平安无事地回来了。母女俩抱头恸哭。第二天，她就把女儿送到乡下母亲家。送走女儿后的日子，几乎是男人天天光顾她的日子。

没有女儿在身边，有了这男人，她觉得生活也不是很寂寞。渐渐地，她习惯男人的光顾了。男人偶尔不来，她倒心里空落落的。“难道自己爱上他了？”女人经常扪心自问，又极力否决，“不可能，他年纪都快赶上我爸爸了，又是个秃子，而自己才二十几岁，美貌如花。”女人尽量不去想这个男人。可这个男人白天晚上都在她眼前晃荡。

眼看和男人签的第二份合同也满了。老家发了洪水，母亲和大哥的房子被冲垮了。大哥想重新搭间房子，问她借几万块钱。她本想向大哥诉苦，但想起几十年的兄妹情谊，她又不忍拒绝。自己积蓄早已花光，她又想起了那个男人。

她去借钱，男人永远是那么慷慨。只不过再次接钱的时候，她的头埋得更低了。这次，女人没提签合同的事，而是撂下一句话："你想来就来吧。"就这样，她成了他的情妇。成了老板情妇的女人再不用上班了，专门守在家里等候着侍候她的情人。

真正做了他的情妇，男人却不怎么来了。但她需要钱的时候，他总是那么毫不犹豫。基本上，女人不缺钱花了，不缺钱花的女人感到生活越来越空虚。这时，她想到了自己的女儿。于是和男人商量，要把女儿从农村接回来。男人说了句："随你吧。"便匆匆忙忙把电话挂了。

有女儿在身边，时间倒好打发了。可不久，女儿就上学了。女儿一上学，她才感到以后自己的日子很难过。此刻，她突然萌发了督促男人和妻子离婚的念头。于是用施舍的语气向男人撒娇说："经过这么多年考验，我决定嫁给你了。"没料到的是，她刚刚提出来，便遭到男人断然拒绝。从未遭到过拒绝的女人像只受了伤的老虎，厉声吼叫了起来："别忘了，几年前我女儿是你指使别人绑架的。"男人惊得半天说不出话，张着嘴坐在办公桌前直愣愣地发起呆。他不明白，这件事，女人是怎么知道的，既然她知道，当时为什么不报案？他开口刚想问，女人甩了甩头发，愤愤然地离去。看着女人细小的身影，男人汗珠滴滴答答从额角上落了下来……

原载 2016 年第 3 期《当代作家》

工伤九级

谷 昊

"眼看他起高楼，眼看他娶娇娥，眼看他宴宾客。"看着朱三笑容勃发，每天像发情的公羊一样，带着婆娘在村里晃荡着，找草堆垛，我开始可怜自己了。

要知道，我最初可怜的可是他！朱三大我四岁，我俩在泥塘里一起滚大，一起上学、逃课，为抄近路举着书包横渡大河，一起到村头偷刺拉拉的黄瓜，然后，又一起到县城技工学校学车床，成天闻着股铁屑味儿、润滑油味儿，在操场上喝啤酒吃泡面，给女同学发荤段子短信。

技校毕业，朱三说，去南京打工去，挣钱娶媳妇。朱三说这话的时候，满嘴铁锈味儿。朱三“媳妇”是隔壁班的黄丽，学的所谓财会，人可会算计呢。她说：“要想带我进门，房子、车子一样不能少。”朱三父亲去世早，就靠老娘伺候一亩二分地和三头猪过日子。我们俩的口袋永远是瘪的。

我们一起去了南京一家模具厂，一年下来，省吃俭用，戒烟戒酒才落得个三万块钱。朱三成天在我面前哭丧着脸，给黄丽打电话时则满嘴跑火车：“我这一年下来净落五万，你就在家等着我吧。”我笑他，国家要收吹牛税了。

春天是动物发情、朱三发骚的季节。那天下午，朱三给黄丽打了一通电话之后，再上车床，就不知深浅了，把那一套操作程序都踩在脚底板下了。在转动小刀架的时候，他估计还在回味黄丽的话呢，没停车，刀具直接杵手上了，左手食指——折了。我从来没见过朱三那个屄样，捧着手，哭得稀里哗啦的。

我带朱三去医院，医生说断骨没有碎也没有错位，可以保守治疗，给他打上石膏，纱布打个结，把左手挂在胸前。车间主任来了，丢了一千块钱就走了，其他啥话没有。朱三骂，就他妈一千块钱，打发要饭的呢，我这是工伤！

朱三吊着胳膊捧着手，找厂长理论。厂长拿鼻孔看人：“你这是没遵守操作程序，违规，我要开除你，要赔偿门儿都没有。”朱三倒是冷静：“那我们就去县劳动局仲裁去。”厂长笑起来，把烟轻轻地弹在烟灰缸里，抬屁股走人。

县上劳动仲裁的人跟朱三明确了两点，一个是朱三肯定属于工伤，二个，赔偿需要先做劳动能力鉴定，要按工伤等级来赔偿：“像你这个情况，估计属于十级。”

“十级？为什么不是九级、八级？”朱三几乎要哭了，“知道我当时多疼吗？我他妈从娘胎里下来，就没那样哭过。再说，我媳妇还没娶上门，就这样手残了，哪个肯跟我。”那一刻，我真的就可怜他了。

“按我们经验，你这程度通常是十级，重些的打了钢钉才会评到九级以上。”仲裁员也掏了实话，“最终要看医院的诊断和劳动能力鉴定结果。”

那晚上，朱三一宿未睡。认识他那么多年了，从没见他这么认真过，居然一字一句地把省工伤保险条例给翻透了。我是困得没劲了，迷迷糊糊地打着盹呢，突然被朱三一声惨叫给惊醒了。朱三，解下石膏，用右手硬生生将左手食指的断骨又拉开了，疼得满头是汗，直吸凉气："狗日的，我看过条例了，九级比十级要多赔五万多块钱呢。"

心想事成。朱三到医院打了钢钉，评了九级伤残。厂长不服县劳动仲裁决定，朱三又将他告到法院，法院一锤定音。厂里赔了朱三一次性医疗补助、就业补助和其他补贴赔偿金共十二万。

"眼看他起高楼，眼看他娶娇娥，眼看他宴宾客。"婚席上，朱三满嘴酒气地贴在我耳边上："兄弟，你也可以在车床上来那么一下子。"

当我一个人，像一只狗一样回家的时候，我不确定自己会不会也在车床上来那么一下子。

原载 2016 年第 4 期《小说月刊》

谜 底

徐明卉

电话铃响了，老太太接起电话，对方没说话。

"喂，你说话啊！"老太太着急了。

"你猜我是谁？"对方说。

"你是我儿子！"老太太脱口说。

"妈，您耳朵真好使，听出我是您儿子了。"

"那还有错。妈看天气预报了，说你那里变天了，气温下降，你多穿件衣服。妈给你织的那件毛衣你带着了吗？"

"啊，带着，带着呢。"

"那就赶紧穿上吧，别着凉。"

“啊，啊，知道了。”

“吃饭了吗？”

“吃了。”

“吃的什么饭？”

“吃韭菜包子。”

“你不是不喜欢吃韭菜吗？”

“啊，一个同学请客，我不好意思拒绝。”

“哪个同学啊，我认识不？”

“您不认识，是大学同学。他想让我入股办一个公司，可我没钱啊，眼看着一个挣大钱的机会要错过了。妈，您能不能帮帮我？”

终于绕到正题上。

“需要多少钱啊？”老太太问。

“十万，没有的话，五万也行。”对方很急切地说。

“我一个退休老太太哪有这么多钱，一万行不行？”

“行，行啊，一万也行。”对方更急迫了。

“好吧，你把汇款地址告诉我！”

“用银行卡打款吧。”

“我不会使用柜员机，你要钱的话就把地址给我，我给你寄去，不要就算了！”

“我要，我要！我告诉您地址，您把钱直接寄给我同学就行。”

“好吧。”

老太太找来纸和笔，把对方告诉的汇款地址、收款人记下来。

“你等着吧，马上就把钱汇过去。”

老太太放下电话，抬头看看墙上挂的儿子照片。照片旁边还挂着一张荣誉证书。儿子一年前见义勇为，为抢救一个落水儿童牺牲了……

老太太来到邮局，填了一张汇款单。在留言栏里特意写了一句话：“我儿子已经牺牲了，希望你拿这笔钱做点正经事，别再骗人了。”她就是为了在汇款单上写这句话才执意要骗子给自己一个地址的……

三年以后，老太太更老了，懒得下楼，也很少与邻居来往。她每天必做的事就是把镶着儿子照片的镜框擦一遍，然后坐在沙发上看着儿子的照片发呆。

电话铃声响了，老太太接电话。

“您还好吧？”对方张口说。

“你是……”

“我是三年前骗您的那个人。第一次就碰到了您，收到您的钱，我照您说的，洗手不干骗人的事了。做点小生意慢慢发财了。现在想去看看您，谢谢您挽救了我！能把您居住的地址告诉我吗？”

“好，好啊！”老太太的声音颤抖着。

“我想知道，您当时知道我是个骗子，为什么还要给我寄钱呢？”

“孩子，你说话的声音和我儿子一模一样啊！刚接到电话那会儿，我就把你当我儿子了。我太想儿子了，只不过是想和你多聊一会儿，听听我儿子的声音。我不愿意一个像我儿子一样的年轻人走上犯罪道路……”

老太太把谜底告诉了他，对方沉默。

“我很快就到家了，妈，您在家等我啊！”

电话里是哭泣的声音。

“孩子，妈等你回来。”

看着墙上儿子的照片，老太太心里暖暖的……

原载 2016 年第 7 期《啄木鸟》

白梅

张玉玲

那年秋天发生了一件事——林将军与白家大小姐白梅订婚了。这件美好的事情像初秋的风一样，传遍了凤城的大街小巷。自此，凤城的老街上每时每刻都流传着关于林将军与白梅的话题，人们总是神采飞扬，眼睛里满是喜悦：“哎呀呀，真是天生的一对儿……”

“可不是，这白家小姐，留过洋，人又长得天仙似的，也只有跟了林将军这样的大人物才算圆满。”

“昨晚听到钢琴声了吧？”说的人看一眼不远处白家的小洋楼，“听白家下人说，那是大小姐特意给林将军新作的曲子，昨晚白家的晚宴上，那曲子都把人听醉了。”

众人正说着，见一辆黑色的老爷车缓缓驶来，车上一男一女，一个军服，一个洋装，光鲜得如同时尚杂志上走下来的人儿，不用说，当然是林将军与白小姐。那时候，英俊潇洒的林将军与美丽优雅的白梅出双入对的场景，成了凤城最美的一道风景。

他们的婚礼，是在林将军接到上级任务，奔赴前线之前的那个晚上仓促举行的。那样地仓促于凤城人来说是出乎意料的，因为他们的脑海中早就有过千百次关于这场婚礼的预演，所以这个晚上的婚礼虽依然排场不小，但与人们脑海中预演过的场景相比，却还是相差甚远。

之后，白梅时常由下人陪着，走过老街，走很长的路来到城西，站在她与林将军分别的那个路口，望着他离开的方向，一站就是大半天。

后来，战争的情形越来越不好，所有的一切在人们一次又一次猝不及防中变得面目全非，当官的与有钱的人凭了各自的路子，匆匆忙忙都远走高飞，留下没有背景的老百姓，眼看这地方待不下去，便也各自散去。凤城最终变成了一座残破失落的空城。

再后来，战争渐渐平息。人们又纷纷从逃亡的路上回到家乡，各自重新整理门户。等一切安顿妥当，人们才发现了那个衣衫褴褛，常常出现在垃圾堆里捡废品的流浪女。有一天，眼尖的人终于认出，那流浪女竟是白家的大小姐。而她身上那件面目全非的衣衫，正是与林将军举行婚礼时穿的洋装。

“真是造孽呀，这可怎么了得？”一时间，人们无法接受这个事实。而让人们更加无法接受的另一件事，是从前线传来的：林将军牺牲了。这消息的传播曲折离奇，以至于人们始终没有办法搞清楚，林将军是什么时候，在哪场战役中牺牲的。当人们用疑问的目光搜寻白梅，想探究竟时，却发现她失踪了。

再看到白梅，她依然一身破旧的洋装，低着头，或翻捡垃圾，或背了鼓鼓囊囊的蛇皮袋匆匆离去。只有在每天的黄昏，她才会换一身干净的洋装，站在城西的那个路口，直到黑暗完全淹没她。

很多年之后。那是个天气晴好的下午，凤城 A 大艺术学院一位叫白小阳的女学生，慕名来拜访本学院曾经最负盛名的钢琴老师。当她同退休多年的白老教授一起坐在阳台上，侧目看出去时，洞开的窗外，是从时光深处蜿蜒走来的老街。斑驳的青砖墙上爬了半墙暗绿色的藤本植物，偶有旧的木格子窗棂开在其间，仿佛某一段旧时光里不肯沉睡的眼睛。

阳台一角的书柜上放着一个旧相框。照片里，穿军装的男子目光深邃，英气逼人，拥在他臂弯里的女子一身白色洋装，眉目如画，眼角唇边溢着浅浅的笑。白小阳看向它的目光安静轻柔，生怕惊扰了什么。

“姑祖母……”终于，白小阳看着照片轻轻地喊出声来，她觉察到身旁的老人瞬间僵住，接着，那目光深深地看过来。

“我爷爷的书房里，放着几张旧照片。”白小阳再次看向书柜上的旧相框，爷爷常常会捧着照片，给晚辈讲当年林将军与白大小姐的故事。“我爷爷念叨了一辈子，他说，不知当年，姐姐是如何走丢的。”

过了许久，白老教授终于开口了：“不是走丢的，当年，我是躲开家人的视线，悄悄从那艘开往香港的轮船上逃回来的。因为他走的时候说，让我在这里等他，我答应了的。”白老教授也看向书柜上的旧相框，目光落在男人身上：“如果不是战争来得太突然，也许，此时他就坐在对面的摇椅上，摇椅已经不年轻了，就像这些年我对他的守护，一点，一点，都留给了回忆。”

也只能给回忆了！

白小阳毕业后没有离开凤城，她希望远在新加坡的父母能理解并支持她，因为她决定陪姑祖母一起等那个人，她和姑祖母一样坚信，那个人没有牺牲，他一定在从某个地方走向这里的路上。

就像当年的自己一样。

当年，白小阳就是坚信自己一定能找到姑祖母，才从大洋彼岸飞回来的。

原载2016年第2期《大观·东京文学》

99 次

赵晏彪

“科学家失败 99 次也没有关系，只要成功一次，就可能获得诺贝尔奖”，李富贵最喜欢美国这位科学家的话，这句话是鼓励他的动力，也是他在爱情上的进取法宝。屈指算来，他追求刘美玉已经一年多了，可以说失败多次，他目前写的情书整整 70 封了，他在等待，他在等待着刘美玉的回答，也是在等待他那第 99 次以后的奇迹出现。

其实刘美玉并不是校花，她人不高长相中规中矩，一般人，但她的家庭却很好，母亲是一所林牧学院的系主任，父亲是国家林牧部副部长。李富贵虽然不是出生在农村，是在山东一个渔村海边长大，由于吃鱼儿的缘故，他脑子聪明，学习用功，家里多少代也没有出现一个大学生，他在整个小渔村都是出类拔萃的。上了大学后，他最知道自己要什么，他有三个宏愿：一是要上研究生，二是要留在北京，三是要找一个对自己有帮助的家庭的女孩。这三条，他已经做到了第一条，研究生就要毕业了，如今他面临着要完成第二个宏愿。然而，李富贵是何等聪明，他知道，这第二个宏愿是与第三个宏愿紧密联系的，或者说，如果没有第三个宏愿，或者他的第二个宏愿也将化为泡影。

为了这三个目标，他选择了刘美玉，首先是刘美玉的家庭符合他的标准，其次是刘美玉质朴大方，没有官二代身上的通病——看不起农村出来的或者没钱没势的男人，刘美玉心肠软。

李富贵天生的好身材，山东人，一米八的个子，不怕吃苦，为了刘美玉他什么都肯干。在班上同时还有一个同学追求刘美玉，那个男生叫冯龙，家里也是高干，且在北京。他出手大方，思想活跃，在班上是个讨人喜欢的主。说来也怪，班上有班花，也有追求他的女生，可他不知道怎的就是喜欢刘美玉。

刘美玉知道他们两个人都在追求自己，一个是几天一封信，一个是几天送一个礼物。一个是有钱，一个是有文采，刘美玉对两个人都保持着距离，或许她也在考虑跟谁更适合。

毕业前夕，刘美玉约上几个好朋友到家里聚会，冯龙和李富贵都在被邀请之列。那晚上，大家吃喝玩乐，谈笑风生。冯龙见多识广，一直在侃侃而谈，而李富贵却默默无声地帮助刘美玉家里的阿姨在收拾碗筷，倒垃圾，拖地，一直忙到快要散了，刘美玉才把他叫过来跟大家一起唱一首结束歌。

就是这次的聚会后，刘美玉收到了李富贵的第99封信，其实，这时在她心里已经有了结果，她是在等李富贵会不会写第100封信。

果然，三天后她收到了李富贵的第100封信："希望我在失败99次的时候，这第100封信能够打动你的心，因为只有打动你的心，我才是最幸运的，而你才是最幸福的，我们才是最美好的一对。"

李富贵实现了他的梦想，终于在第100封信后成功走进了刘美玉的家庭。他成功了，也成功地留在了北京，这一段99次失败的佳话，是他们每逢结婚纪念日必谈的。

十五年后，李富贵一直恪守不渝"失败99次，也要成功一次的"准则。他一路顺风顺水，不怕失败，不怕挫折，几年一个进步，几年一个台阶，在他41岁的这一年，完成了许多人一辈子也完成不了的梦想，在自己的努力下，在岳父大人的一路推举下，他终于成功地升职为某林牧局副局长。三年后，天上又掉下来一个正局长的位置，不偏不歪地盖在了他李富贵的头上。大家都说，李富贵得益于他的岳父，有的却反击说，李局就是有水平，全靠自己的业绩说话。

李富贵几乎达到了90%的成功率，因为他从来都是成功的，每一步都是扎实的，都是阔步向前的。

2015年五一劳动节到了，这也是李富贵与妻子刘美玉结婚十八年纪念日。就在这天的晚上，李富贵在一家私人会所举办了一场盛大的晚宴。刘美玉还有些不高兴地说："咱们家一向节俭，你怎么忽然搞起这一套了？"

李富贵没有说话，而是用一种复杂的眼神望着妻子，他把儿子叫过来说道："爸爸明后天要出差，你要听妈妈的话，不要太争强好胜。"

刘美玉觉得丈夫有些怪，但也没有太多想。

晚宴散了，李富贵的秘书找到刘美玉说："李局长让我交给您这封信，他说不回家了。"

刘美玉不敢打开那信封，她心里很冷，她知道这信一定是祸，但是什么祸她猜不到。

回到家，刘美玉鼓起勇气打开那封信，一行熟悉的字体跳入眼帘："亲爱的美玉，你曾经对我说过'科学家失败99次也没有关系，只要成功一次，就可能获得诺贝尔奖，还有下半句，官员成功 99 次，只要失败一次，仕途和命运都会改变的’，我为什么没有听懂你的这后半句话呀，我真正地做到了成功 99 次，我只失败这一次呀，就仅仅一次呀……”

刘美玉头只觉得一晕，倒在地上，她的那只很贵重的翡翠手镯碎了。

原载 2016 年 7 月 8 日作家网

车 窥

刘会然

那晚，大卫开着自己的新车在自家楼下转了好几圈，竟然没有找到一个空车位。大卫气嘟嘟地把车停到了小区公园的草坪里。

大卫熄了火正准备开车门离开，眼前竟然出现了意想不到的一幕：一对恋人正偷偷地躲在灌木丛里亲吻，他们肆无忌惮的动作让大卫看了都脸烫。

大卫赶紧把眼睛别开，可不远处同样的场景再次出现。大卫这才想起，小区的公园历来就是年轻人谈情说爱的好地方。大卫和妻子小芬谈恋爱的时候也来过灌木丛，不过情形不如眼前的年轻人这般前卫。大卫抬腕看表，时间还早，自己并不急着回去，况且，现在回去家里也是空无一人。小芬去外地出差好些天了，也不知道哪天能回来。

大卫再次抬起双眼。大卫想，人家都大大方方地在公园里亲热，我看几眼有什么要紧？大卫决定不再忸怩，他把目光扫向整个公园，此时的公园在弯月的映照下如梦如幻。

第二天上班，大卫双眼如兔，通红如血。同事询问大卫昨晚干什么去了。大卫笑而不答。晚上，大卫直接把车停在公园的草坪上。不多时，灌木丛里钻出一对男女。女人看到了大卫的新车，立即跑了过来，大卫的心都吊到了嗓子眼，难道他们发现了自己？谁知那女孩来到大卫的车旁只是借助车镜，整理头上紊乱的发丝。龟缩在车内，大卫气都不敢喘。第二天，趁着中午休息的时间，大卫赶忙把车开到了4S店，要店里帮车换上最深颜色的车膜。很快，新车的玻璃都染上了黑夜的颜色，车厢内简直成了一团夜的深渊。

每天晚上，大卫的轿车孤零零地停在草坪上，像一只落单的孤雁，但大卫却让这只孤雁跟着自己尽享艳福。

车成了大卫窥视公园的碉堡。在车里，大卫的心时而微风细柳，时而惊涛骇浪，时而空山鸟语，时而虎啸猿啼。大卫暗暗得意。人逢乐事劲头足。这些天，大卫一到单位里就春风满脸。同事问大卫有什么高兴事。大卫依旧笑而不答。同事们不肯罢休，非得八卦一番。大卫这才把车窥的好事全盘托出。可同事们都不信大卫的鬼话。

大卫越是辩解，同事越是不信。一个同事说道，大卫一定是趁老婆不在家时和哪个良家妇女搭上了。

大卫大呼冤枉好人。同事们见大卫恼羞成怒更加恶意取笑，说大卫真行，老婆几天不在，外面就彩旗飘飘了。同事们纷纷向大卫讨教经验。大卫真是有苦难言，哭笑不得。最后，大卫抻长脖子说，你们不信，好，今晚就和我一起去见识见识，谁不去谁是缩头乌龟。

大伙说好啊，我们今天就随你去。可到下班时候，大伙拍拍屁股就想走人。大卫哪里肯，说，你们今晚一定要去，我要让你们洗刷我的清白，你们的话传到我老婆耳里，我如何向她交代？

这个同事说好好，我去外面打个电话，向老婆请个假。那个同事说好好，我上个厕所就回来。大卫像水里抓泥鳅，抓了这个溜了那个，转眼同事们就溜得没有了踪影。

最终大卫还是抓住一个同事。大卫说，你再也不能走了，走了他们嫁祸给我，我的冤情再也说不清楚了。大卫诉说完后才发现逮住的是小孟，单位里唯一的未婚女孩。此时的小孟也并不恼怒，说，好啊，反正我也无家可回，今晚就跟你去瞧瞧新鲜事儿，去学习人家如何谈恋爱，也好把自己早点嫁出去。大卫感激地连连说，委屈你了，委屈你了。大卫抓住小孟就像抓住了一根救命的稻草。

夜色如水，洒在公园的角角落落。虽然月亮正圆，可在这树高林密的小公园里，灌木丛依旧影影绰绰。透过树叶，皎洁清白的月光女神也变得绰约妩媚。

大卫和小孟坐在黑幕遮蔽的汽车里，等待真相的大白。

不久，车后响起了高跟鞋敲击地面的“嗒嗒”声。大卫似乎感觉高跟鞋敲击地面的声音非比寻常，但急于让小孟做证的大卫忘乎了所以。

风尘仆仆的高跟鞋路过汽车的时候，她疑惑地注视着这辆孤零零的汽车。她从手提包里掏出汽车遥控钥匙。

“嘀嗒。”高跟鞋用手中的遥控钥匙打开了大卫的车门，慢慢朝汽车走来。

原载2016年第8期《喜剧世界》

春天的故事

崔　立

1

春天的时候，我在临街的路边开了一家服装店。

店刚开张的时候，生意并不好。我心里很着急。脾气，自然也好不到哪里了。

我的门口，经常走过一对打扫卫生的老夫妇，很多的时候，他们一个人推着车，一个人打扫着马路，一路走过去。他们打扫后扬起的灰尘，常常令我厌恶。我厌恶这里的生意差，如同厌恶他们扫起的灰尘。

以至于有一天，那个老头拿着一个空杯子，怯生生地走近我的门口，说：“可以让我倒杯热水吗？我老太婆她肚子有些疼。”我冷冷地看着他，冷冷地说：“对不起，没有热水。”老头无奈地看着我，无奈地走了。老头走向不远处，那个蹲在那里捂着肚子的老太婆的背影，有些沉闷，有些苍白。

我的心，隐隐地有些不忍。

2

老婆来店里看我。

依老婆的本意，并不希望我开什么店。她还是希望我本本分分地上一个班，而我，终是有些不甘寂寞，不撞南墙不回头。

我把拒绝给老头提供热水的事说给她听。事实上，我是有热水的。

老婆圆瞪着眼，看我，说："你不该这样的。一点热水，这么小的事儿。"

我叹一口气，说："是的，我做错了。从老头离开我的店，我已生出悔意。我甚至想过喊住老头，但我终究下不了这个决心。"

其时已近中午，我看到那对老夫妇，他们坐在不远处的小板凳上，正拿出饭盒、面包，还有两只塑料杯子。看起来，他们是要吃午饭了吧。

老婆朝我努了努嘴，眼神落在了角落里的热水瓶上。我明白了。我鼓起勇气，打开门，朝着他们走了过去。

我到了他们跟前。他们看到我有些慌张，以为是做了什么不好的事情。

我说："我给你们拿来了热水。喝点热水，对胃会好。"我打开了热水瓶，热水倒在杯子里，冒出暖暖的热气，热气缓缓地上扬。

他们说："谢谢你。"还有些诚惶诚恐，有些不相信一样。

我笑笑，说："没关系。"

我还说："以后，需要热水了，随时来我店里倒。"

3

店里，原本只有一个热水瓶。我又买了一个，现在有两个了。

有时，老头或是老太，他们会来我店里倒水。有时我会给他们倒好水。有客人在的时候，会让他们自己去倒。

老头，或是老太走出去的时候，也许是碰到了路过的需要倒热水的行人。

一天，一个男人进来，问我："请问，这里有热水吗？"我愣了一下，刚想拒绝，男人又说："我刚才看到一个老头，从你这里倒了热水出来。"我拍了拍脑袋，说："对，对。"

我给男人的杯子里倒满了热水，男人连声说着："谢谢，谢谢。"男人走出去。门口，站着一个怀孕的女人。男人把热水递给女人喝，女人缓缓地喝着水。男人女人回过头，还朝我甜甜地一笑。我也微笑，微笑地看着男人小心地搀着女人离去。

4

我的店里，准备了五个热水瓶。每天一开店，我的首要任务就是把那几个热水瓶给倒满。

越来越多走过的行人，会到我的店里来倒水。只因我在门口，用A4纸打印了几个大字：免费倒热水。为了让他们倒水方便，我还将五个热水瓶都放在了门口。

店里的生意渐渐好起来了。我一个人开始有些忙不过来，于是我请了一个人来帮忙。老婆来店里看我，脸上写满惊讶，连连说："看来你这店还开对了。"

我想说："你没看见，我这边的门口，被打扫得特别干净吗？那当然会有很多客人光顾了。"

我其实还想说："还有，被打扫得无比干净的心灵。"

准备说话的时候，我的头看向落地玻璃窗外。那对老头老太正打扫着缓缓地走过去。

阳光下，一派春意融融。

原载2016年4月5日《浦东时报》

大爷和田鼠

厉剑童

早年，我有个本家大爷，方脸膛，一米八几的个子，身材很魁梧，走路落地有声。按说这样的男人不应该打光棍，可不知什么缘故五十多了一直单着。

我问父亲。父亲瞪我一眼，说，一个二流子，有什么好打听的，就你多事！母亲看了父亲一眼，扭头走开了。我看到，母亲的眼圈红了。

大爷平时和村里人没什么两样，吃饭、种地、睡觉，睡觉、吃饭、种地。

大爷和村里人又有些不一样。空闲时间，大爷喜欢满山转，撅着个筐，拿卷细铁丝，到处支扣子逮兔子、挖田鼠窟窿。

大爷不喜欢小孩子，对我却是个例外。每回煮了兔子肉，大爷总喜欢喊我去吃一碗。我不上学的时候，大爷常带我去山里坡里瞎转。这让胖墩几个小伙伴看我的眼神多了些东西。

那些年，每到秋收秋种结束，小麦刚发芽的时候，大爷就带着我满山跑，有时是为了教我支扣子逮兔子，有时是教我找田鼠洞挖老鼠的过冬粮，有时教我拾干菌子。我最喜欢的是掏田鼠洞。

田鼠是一种很聪明，很会过日子的动物。每到秋天，田鼠们常出没在庄稼地里、山岭上，偷玉米、偷花生、偷板栗藏在洞穴里，准备过冬粮。田鼠洞大都挖在很隐蔽的地方，比如棉槐条子的墩子里，地堰子的烂石头墙里，临河的高处。没有经验的人很难发现的。大爷无疑是这方面的高手。每年秋冬，田野里这里那里被刨过的洞，大都是大爷的杰作。大爷每次都满载而归。满筐子白花花的花生、油亮褐色的板栗，晃得村里那些小媳妇眼睛都直了。

那年，麦子刚落地，天凉得早。大爷带着我去挖田鼠洞。转了一上午一无所获。真他妈邪门了，见鬼了！大爷骂道。朝地上吐了口唾沫，一只过路的小蚂蚁被打得昏头转向，半天了才趔趔趄趄跑开。这时，我的肚子不争气地叫唤起来。我嚷嚷着回去吃饭。大爷白了我一眼，说，小兔崽子，就你不扛饿，再找会儿！就在踏破铁鞋无觅处的时候，在坝头地边那块大石头根下我发现了一个洞，凭大爷教给我的专业知识断定，这应该是一个田鼠洞。大爷抻着头，围着洞口左转三圈右转三圈，说，你小子长本事了，有戏！

大爷拿镐头刨土。我跟在后边用铁锨往一边倒土。很奇怪，我们挖了很深，却始终不见田鼠的粮仓，也没见里面跑出一只田鼠。我泄气地说，这是个空洞，白忙活了。铁锨一扔，正好碰在石头上，发出当啷一声响。

大爷一声不吭，弓着腰，屁股撅着，小心翼翼往里挖，先是直着挖，又侧向一边挖。太阳直射在头顶。大爷的额头冒出密密的汗珠。大爷干脆将上衣脱了。突然，大爷说，小子，快看，出仓了！随着大爷镐头的一进一出，一堆白花花的花生赫然呈现在眼前，接着又刨出一堆板栗。每一粒板栗都鲜亮亮的，在太阳的照射下发着红光。我们足足装了一大筐子。大爷说，别都拿回去，留下点。大爷说着，挑了些又大又饱满的板栗和花生放进石头边。我很不情愿，可见大爷说得很认真，没得商量，只好闭紧嘴巴。

我们满载而归。大爷说，这小东西很聪明，打了三个洞，一主两副。这副洞里面有一个是虚仓，是老鼠布的迷魂阵。我问大爷，老鼠有这么高的智慧？大爷看了我一眼，没有说话。

路上，我忍不住问大爷，为什么要给老鼠留粮食，这人都不够吃的，白让它们糟蹋了，多可惜。大爷说，这人做事不能做绝了，绝了就没有了生路。大爷说这话的时候一脸庄重。

第二天，我和大爷继续出去“作业”。路过昨天那块坝头地的大石头边，我下意识地朝里瞥了一眼，顿时惊呆了：两只老鼠躺在那里，一旁散落着一些花生和板栗。黑毛的一只脑浆迸裂，红毛的那只两条后腿没了，眼睛瞪着，眼神里满是愤怒和绝望。我用脚尖踢了踢，它们的身体也已僵硬。

这是？……

不是人祸害的，是自杀死的。大爷神情黯然，语气有些伤感。他的表情让我很诧异。你看这石头上。大爷手指着石头，我这才发现上面隐隐有些血迹，已经干涩变淡。

走，不掏了，不掏了。大爷喃喃着。我有些不乐意。大爷也不搭理我，自顾自地往回走。我闷闷不乐地跟在后边。

回到家，大爷把昨天掏的那些花生、板栗一个不剩地全装进筐子里提着，一声不响出了门。我很纳闷，紧跟在后边看究竟。不一会儿我们来到老鼠自杀的地方。大爷将两只老鼠小心翼翼地收起来，并排放在一起，又将那些散落的花生栗子，还有筐子里的东西全倒出来紧贴着老鼠埋了。

大爷做这些事的时候始终一言不发。山风呼呼地吹起来，卷起细小的沙粒，直扑人的眼睛，我赶紧压低帽檐挡着。透过帽檐的缝隙，我看到，大爷的眼睛红了。

从此，大爷再没有掏过田鼠洞。这让村里人很纳闷。有问他的，他也不说。

大爷在他六十出头的时候没的，就葬在鼠洞旁的那座荒岭上。那里只有他一座坟墓。大爷没了后，每年忌日，父亲都要吩咐我说，拿刀纸，给你大爷烧烧去。

原载 2016 年第 5 期《小说月刊》

冬夜

高沧海

康麻子来提亲，康麻子看中了我三姐。

两床红缎子被面，一匹蓝平纹棉布，重要的是，康麻子找人背来一袋面。天爷呀，那可是精打细作的一袋面、细皮嫩肉的一袋面、不掺麸皮不掺糠的一袋白面呀，爹手指肚儿捻着白面儿说，皇帝老儿吃啥，咱吃啥哩！

娘抱着棉布抽抽搭搭地哭了，在她有限的关于布料的记忆中，她所能拥有的布从来都不是以这种奢侈样子出现。去年，娘家兄弟娶儿媳妇，她偷偷裁了二尺半的确良，给自己做件新衣裳，在娘家人面前不能太寒酸，多少添些体面。吃酒回来，爹脱下脚上的鞋，用鞋底狠狠地教训了她一顿，败家娘们呀，老李家，家门不幸！

抿过二两小酒的爹乜斜着娘，乜斜着那卷布，他说，败家娘们，可劲号！

娘号啕大哭，哭过后，不知哪来的胆量，她竟然把爹的酒杯从桌子丢地面上，还一脚踢到墙旮旯，她说她要一下做两身新衣裳，谁也管不着。爹撅腚拱腰把酒杯掏出来，用袖子擦擦。天爷呀，爹竟然在笑，他竟然如此无视娘的无礼和败家，而不是像原来那样欺上身去劈头盖脸地揍一顿。

爹从村东到村西穿街而过，他说，看看今儿冰冻封住河没有，他又从村西到村东迂回而来，听说有三只狗在村东树林里打架。爹像一条鱼，娘说，爹把身上的鱼鳞来来回回都蹭掉了。

爹的心思，估计家里的狗都明白，只是狗不会像人那样吹捧爹，老李呀，赚了个有钱女婿，恭喜，恭喜！

爹做梦都双手抱拳说，同喜，同喜！

爹已经完全以康麻子的老丈人自居了。

至此，三姐将来要嫁给康麻子，是铁板上钉钉，铁打的事实。

但是三姐不同意，她把被面扔到娘身上，谁爱嫁谁嫁！

爹把桌子拍得震山响，他舔酒的三钱小酒盅都从桌子上跳起来，爹说，反了！三姐挤身要出去。爹说，锁起来！

爹说，捎信给康家，过年节礼跟上轿衣一起送。定喜日，年前接人。

爹又交代娘，咱也不能作践自己，便宜了康家是不是？跟媒人说，咱厚道，康家来礼，也要厚道，厚实！

三姐被锁在西厢房里，我从窗棂里看。三姐说，七弟，你还记得张生吗？我当然记得张生，夏天里我跟三姐割猪草，张生还往三姐的筐里扔写字的纸，三姐就像吃了糖。

三姐让我告诉张生，来救她。我说，张生早就来了，天天在咱家后面转悠，爹拿铁锹，打跑好几回了。

腊月十六，康麻子来送礼，爹把西厢房的锁去掉，叮嘱我看好三姐，等夜里客走了给我吃鱼吃肉。康家彩礼肩挑手挎，果然厚实，爹高兴，把三钱小酒盅换成了一两一个，从日晌喝到天黑黑，刺溜刺溜痛快淋漓，脚下无根，脑壳跌破了鲜血直流，爹还唱，好年景了，骡子马子一大天井了。

三姐问我，七弟，张生还在外头吗？我说，在外头。

三姐说，她去看看张生。三姐跟我拉钩，说一霎儿就回。我说，好。

三姐抱住张生，三姐哭着说她不嫁那个麻子。

张生说，我带你走。

三姐挥手对我说，七弟，自己好好回家。

我正发呆，娘出现了，娘说，妮，先别走。

月亮亮堂堂地照着娘的新衣裳，蓝棉布的新褂子新裤子，蓝棉布的新鞋面，康麻子是贵客，贵客上门，娘自然要表现得体面，这种从头到脚的光鲜，甚至百年都难得有一回，谁叫贵客是康麻子呢，有钱的康麻子，富贵的康麻子，百里挑一万里挑一的康麻子，跟咱是一家人。

娘捂着脸蹲下，康家的面，咱吃了，康家的布，咱穿了，康家的钱，咱花了，咱家落下的饥荒，康家替咱扛了……妮，爹娘老了，只有你七弟这一根男苗，康家的债，你忍心，他替你还？

三姐看一眼张生，寒夜霜重，风冷心凉，他衣衫单薄，瑟瑟发抖，三姐一阵哽咽。

她给张生整一整衣衫，理一理头发。三姐说，回吧，回去找个好女子成家。

腊月二十六，美丽的三姐嫁给了很老的、跟我爹一般老的康麻子，1977 年那冬夜的凛冽，她留给了自己。

原载 2016 年第 1 期《洛神》

狗屎运

朱文彬

俗话说，人倒霉了喝水也硌牙，放屁也砸脚；俗话又说了，人的运气一来，出门天上掉馅饼，脚踩狗屎也拾金。

周子问自叹真是倒霉透了。好不容易从一场没有硝烟的惨烈厮杀中突围出来，成为提拔任用的唯一人选，公示的第一天，却因为高兴多喝了一杯，路上被交警截了查出是酒驾。本来交警中队长也是拜把子兄弟，按惯例是很容易摆平的，没想到被人用手机拍了照，录了像，放到网上去了，舆论大哗，一顿穷追猛打，再一番“人肉”搜索，揪出是正在公示准备升官的公务员，顿成众矢之的，落水之狗。最终，升职不成反惹一身秽气，郁闷之极。

此时，局里正为不知派谁去山区扶贫而苦恼，正好周子问闹了这一出，于是理所当然地他就被“发配”到石灰岩地区扶贫去了。

驻村扶贫的日子是寂寞清苦、孤独难熬的。幸而当地的“土炮酒”是不缺的，晕晕乎乎间，周子问想，这穷乡僻壤里，可也有交警，也有醉驾？

这天，又是一顿酒后酣眠。醒来，已是日照西斜了。走出村委会到茅房里撒尿的时候，裤袋里手机叮叮咚咚地响了起来，拿出来一看原来是16个未接电话的短信提醒！这破地方，手机信号不好。再看另一条短信：速来，省领导带队检查工作查岗，他们走之前你赶不到就完蛋了！

周子问吓得尿意全无。怎么把这么大件事都忘了呢？一年一度的省考核组来检查验收，查岗不在的那是要被扣分，连累市里扶贫考核不达标或排名靠后，就连市委书记、市长也要被省里约谈的！

周子问骑上摩托车就向洞头村飞奔，也不管什么酒驾醉驾了，乡野的风和他心里的惊慌早把他的酒气散了个一干二净。倒霉的是，崎岖的山路让他摔了个狗吃屎，幸亏没有伤到筋骨，只弄得一身灰头灰脸，好不狼狈。

赶到洞头村的时候，大合照刚刚照完，漫天的彩霞把气氛渲染得很煽情，把周子问反衬得好狼狈。正手足无措之际，经常在电视上露脸的市委书记朝他招手：是二洞村的扶贫干部吧？来，向首长报个到。

嗯嗯。周子问瑟缩着，硬着头皮走过去。旋即就被“首长”的宏大气场吸住了。“首长”是省里的大官，民间传闻马上要上调中央了。这里是首长的扶贫联系点，年年春节期间他都会轻车从简，来探望探望，检查检查。

你就是周子问同志？首长一把握住周子问脏兮兮的手问，满脸平易近人和蔼可亲。

嗯嗯……周子问感到首长的手宽厚温暖有力，心也稍稍定了些。但一个巨大的疑问却在脑海里盘旋：省里大领导如何知道我的名字?!

仿佛看穿他的心思似的，首长说，刚才在扶贫名册上看到你的名字就问起你，他们说你在邻村跟进农户项目了。怎么样，有什么困难没有?

没有，没有……周子问机械地回答。

看你这一身泥一身土的，真是和山民们打成一片啊。扶贫干部长年累月驻扎山区，真的很辛苦。向你们表示敬意！首长紧紧握手，又扭头对身边的人说，在扶贫工作中涌现出来的好干部，一定要大胆用起来。

好，好，一定，一定！身边大小干部响应道。

来，趁这晚霞还在，我们补个影，免得小周同志遗憾！首长说。

咔嚓！镜头定格了燃烧的天空，灿烂的笑容，以及贫瘠而充满希望的山村。

因为这张和省领导并肩而站的合影，周子问羞惭了很久。也因为这张刊登在报纸上的照片，周子问很快就成了省扶贫工作先进个人，很快又被破格提拔为市扶贫办的副主任，这比当年争得头破血流而不得的职位要高得多。

机关里的人都说，周子问因祸得福，行了狗屎运。

只有周子问知道，自己的内心是多么惶恐不安。提拔公示那天，周子问就做了个梦，自己开着摩托车在山路上飞跑，突然被交警拦了下来，查出他是醉驾，要吊销他的驾照，判他拘役半年。他奋力争辩：没有！没有！没有喝酒，不信，你问首长，首长为我做证！

说着拉过身旁的首长，位居国家领导人序列的老朋友。

“老朋友”却一脸严肃，目光如炬：小周同志，你是扶贫好干部吗？是吗?

周子问骇然惊醒，大汗淋漓。

原载 2016 年第 3 期《金山》

奶奶的荣耀

黄克庭

暮秋时节，太阳还没有下山，寒气就开始逼人。

在那闹饥荒年代，人们为了减少消耗，都早早地关门上床睡觉。我家也不例外。

那天，天还没有擦黑，我家就已经关了门，熄了灯，全家八口人都已上床睡觉。

突然，大门口响起了“咣当——咣当——”的敲门声。

“大姨娘……大姨娘……开开门，开开门……大姨娘……”

全家人都听到了。全家人都知道是朱其福来了。

朱其福是我奶奶的妹妹的儿子，年纪还不满十六岁，住在离我家约六十里外的一个小山村里。五个月前，他的父母因饥荒而病倒，不久相继离开人世。朱其福成了孤儿，由于他生来体质虚弱，干农活的事就常遭人嫌。那时，农民们都合在一起劳作，朱其福因为劳动能力差，每天所挣的工分只有其他成年人的四分之一，因此，他分到的口粮就比别人少四分之三。

朱其福又来叫门了，大家都知道他是来讨吃的。

这一次，我家人全部铁了心，不管门外的朱其福怎么叫喊，怎么敲门，都当作没有听见，谁也没有起床去开门。

挨到半夜时分，持续了三个时辰的朱其福的叫门声终于停止了。

既然人家有意回避你，你也该有自知之明——回去吧。

没有敲门声了，全家人终于舒了一口气，静悄悄地各自睡了觉。

第二天早上，我奶奶打开大门时，吓了一大跳！

天哪！朱其福根本没有走，还是坐在大门外的门槛上，只是他已不再叫喊了。因为他实在是叫累了，也知道叫喊不管用。

奶奶终于流下了一大把眼泪，用自己的双手捧起朱其福那双冰凉的手，默默地把朱其福领到了家里。

奶奶让朱其福坐到客厅里，先给他一碗热水喝，然后流着眼泪，狠了狠心，到米缸里取米，给朱其福烧饭。

米缸里一共只剩下两斤三两大米。米缸里有一只用竹筒做成的量筒，平口装满，里面的大米正好是一斤。

奶奶一把一把地从米缸里抓米，把抓来的米放进竹筒里，以便计量。

奶奶每抓一把米似乎都抓了一把自己的心——毕竟这点米是全家八口人的口粮啊！

米从米缸里一把一把抓出，放进竹筒里。

随着米缸里的米不断在减少——竹筒里的米不断在增加，奶奶取米的手就越来越沉重了。看看米缸，又看看竹筒，奶奶有些舍不得，把一部分竹筒里的米放回米缸里。

再看看竹筒，奶奶又觉得米太少了，又往米缸里抓米……

如此，反反复复折腾了五六次，最后奶奶终于果断地取出了一斤大米，烧成饭，给朱其福吃。

第一碗饭是奶奶亲自送到朱其福手里的，桌上的菜只有两盘，一盘是咸萝卜，一盘是霉干菜。

奶奶告诉朱其福："大的都去生产队里开早工，小的都去找野菜了。大姨娘在家里事也多，既要给家人烧早饭，还要切猪草，没有人陪你吃饭，饭你自己去盛，别客气，吃饱为止。"

奶奶忙了一通家务事后，看到朱其福默默地坐着，就又客气地对他说："没有人陪你吃饭，饭你自己去盛，别客气，吃饱为止。"

没有想到，朱其福就是不声不响地坐着。

起初，奶奶没太在意朱其福为何不声不响地坐着，直到揭开锅盖后才明白答案。

原来，一斤米烧起来的米饭已经全部被朱其福吃光了——"饭锅一干二净，干净得连锅也不必洗了"。

由于闹饥荒年份连柴火也缺，迫使奶奶练就了一身"不会烧焦一颗米饭"的本事，就像今天的电饭锅烧饭一样。

那天，朱其福是跪在我奶奶面前拜了三拜后才离开我家的。

临别前，朱其福对我奶奶说："吃过这顿大米饭，死去也甘心了。"

朱其福回去后不到十天，就传来了他被饿死的消息。

噩耗传来，奶奶大哭了一场。

然而，奶奶并不是很伤悲。

后来，奶奶就经常说："幸好那天让其福吃了一斤米的饭。否则，以后死了如何去见妹妹啊！"

二十年后，奶奶病危。

回光返照之时，奶奶拉着爸爸的手说："娘这辈子很普通，没有做过让别人能说好的事。然而，让我自己很欣慰的事是有的，那就是给其福吃了一斤米的饭。"

奶奶临终前告诫爸爸，在自己十分困难的时候，要多想想比自己更困难的人。

日月如梭，光阴似箭。

如果奶奶健在，今年有一百岁了。虽然她老人家离开人世已经三十年，村里人却没有忘记她。

今年，富起来的乡亲们决定修一部村志。经过群众推荐，研究决定，首部村志将收录我奶奶的故事。这是奶奶的荣耀，也是我们的荣耀。

前两天，村主任把村志的初稿送给我看，我才知道奶奶的故事。

在这部村志的初稿里，记述了我奶奶"给其福烧一斤米的饭"和"让亲生儿子（我爸爸）辍学，供养子（我叔叔）上大学"的事迹。

据我叔叔说，读书成绩一直来都是我爸爸好，可是奶奶就是不支持爸爸读完小学。

做了一辈子农民的爸爸，只要有人提起奶奶，总是一脸的自豪。

原载 2016 年第 14 期《微型小说选刊》

无比凶猛

徐树建

齐山水的日子一直过得相当郁闷，四十出头的人了还只是个有职无权的副科长，而那些各方面不如自个儿的同僚一个个噌噌噌地往上蹿，就连几个新进单位的小青年都升到自个儿头上了，即使昔日不拿正眼瞧的一些同学也开起了名车住进了豪宅，一个个风光无限。

失眠、郁闷的时间一长，齐山水觉得腹部隐隐有点疼，这天到医院一检查差点吓瘫：肝部竟有了癌细胞！

医生一脸严肃地说："烟酒多、熬夜多伤肝，气郁更加伤肝，以后一定要注意了，幸亏这是早期，但即使是早期也得注意保养，否则任其发展下去，哼……"

回到家齐山水是思前想后辗转反侧，几番无眠之后终于豁然开朗：自个儿以前的所作所为其实是在找死啊，跟生命比起来，那些所谓的地位、金钱、美色又算得了什么？一切皆过眼烟云，趁还来得及，过自个儿一直想过的生活吧！

回过头齐山水就拿着医院的检查报告请了病假，然后卖了一套多余的房，回到农村老家买了一处大宅院。望着整齐宽敞的新家，深深呼吸着新鲜的空气，齐山水兴奋得大叫："新的生活从此开始啦！"

从此后，齐山水的人生完全变了样：一清早迎着凉爽的晨风，听着鸟语嗅着花香在林间小路上跑步；早饭后看看书练练书法，或者钓会儿鱼；中午就着鸡蛋炒韭菜吃上两大碗饭，那鸡蛋自然是土鸡生的，而韭菜更是满含着阳光的味道，香极了！中午小睡一会儿后捧着茶壶跟老少爷们下棋摆龙门阵，说说笑笑遍体通透；晚上更是早早睡觉，烟酒不沾无思无欲，一觉睡到大天亮，失眠这个顽症早给抛进了太平洋。

这样优哉游哉赛过神仙的日子一晃就过了好几个月，齐山水觉得精神头健旺极了，到医院一检查，医生奇怪不已："癌细胞全没啦！"

回到家齐山水激动不已，自个儿这算是从鬼门关又回来了，就在这时有好友来访，一见面好友连声惊呼："山水兄，你这气色也太好啦，面皮看上去都年轻了好几岁！"

看得出好友并非是瞎奉承，齐山水心中得意，就在这时好友告诉他一个绝密消息：齐山水所在单位的科长调离，目前正计划从几位副科长中挑选一位，据内部消息说如果齐山水身体没病的话，绝对是最佳人选。

好友走后，齐山水陷入深深的沉思之中：自个儿也才四十出头，难道就这么一辈子做个山野农夫吗？那些理想、激情呢？农村虽好，但绝非久留之地，毕竟前途还是要的……

于是齐山水又回到了城里，果不其然，自个儿当选科长的呼声极高，可是暗中潜流还蛮汹涌的，不过不怕，只要努力一下希望应该极大。

齐山水立即行动起来，拜访领导、团结同事，各方面争取表现，这其中自然少不了跟大伙用各种方法沟通感情，例如一起吃饭啊，打牌啊，唱歌啊，等等。

盼望中科长一职终于任命了，但不是他！

齐山水好像当头挨了一棒，一时间眼前发黑气血翻涌，就在这时一个更糟糕的消息传来：一夜之间房价暴涨，且有越来越涨之势。这样一来以前卖出的那套房亏得一塌糊涂！

又是一夜无眠过后，早上齐山水一照镜子吓了一跳，镜中人眼泡虚肿面容无光萎靡不振，唉，这都是一夜未睡的缘故……不对不对，睡不着觉不是一夜两夜的事了，什么时候起失眠这个顽疾又复发了？

还有，近段时间为了当上科长，烟酒不知下肚多少，熬夜、忧虑、焦急更是成了家常便饭如影相随……

齐山水这么一回想忽然觉得肚子有点痛，到医院找那位医生一检查，医生异常惊讶地喊起来："你这人怎么回事？癌细胞怎么又出现了？而且这回来势无比凶猛……"

原载 2016 年第 10 期《微型小说选刊》

过了腊月就是年

宋向阳

进了腊月，年已经不远了。

往年这个时候，村里已经快有人操持杀年猪了。栓子坐在工棚里，满脑子都是老家柳河村的影子。他仿佛看见了自家的小院，老爹正举着尖镐劈树桩，娘一脸忧愁地坐在门槛上。

刚才，他去找了包工头小六。可是人家说：工程款还没到手，再等等吧。这不是愁死人吗？

栓子的眼前浮现出了萍子漂亮的脸蛋，冲着他笑。萍子是他的未婚妻。春天出门的时候，萍子把他送到车站，一脸不舍地说：你可得早点回来。栓子说：咋也得腊月吧。萍子轻轻地叹了口气，却在栓子的心上重重地砸了一下。

这时，食堂的李嫂推开门走了进来。她见栓子一副垂头丧气的样子，笑着问：兄弟，是不是想对象了？

栓子不好意思地说：想了又能咋样？一天拿不到工钱就没法回去。

李嫂说：老板给小六打电话，好像说工钱还没到日子，倒咋弄啊？

栓子听了更加沮丧，蒙上被子睡了。

又过了几天，工钱还没有结算。栓子他们一伙人都继续守着。李嫂的儿子生病住了院，她在小六面前掉了一大坨泪，也没拿到工钱，哭着跑去车站了。望着李嫂的背影，栓子他们的脸色都青了。

栓子指着小六说：你们的心太黑了。

小六吐了一口烟圈，冷冷地说：上边不给，我有啥办法？

栓子攥了攥拳头说：你不要欺人太甚。

小六说：你要是捅我一指头，让你一年白干。

老马拽了一下栓子，劝他千万别冲动。栓子只好把冲到脑门子上的火强压了下去。

傍晚，工地上的几个老乡一起到街上吃饭。二嘎说：咱今儿个一醉解千愁。老马说：钱得省点花，别末了连路费都没了。栓子说：拿不到工钱，咱上包工头家过年去。酒入愁肠，几个人的情绪激动起来。老马趴在桌子上哭了。栓子想劝劝他，眼睛也已经湿润。二嘎拍着桌子骂人。另外两个大声地叹气。

我还等着钱娶媳妇呢。栓子愁眉苦脸地嘟囔着。

我还等着钱过年呢。二嘎说着，把半碗酒都干了。

等他们走出小吃部，街上的车辆和行人已经很少了。几个摇摇晃晃的影子被路灯拉得很长，在风里飘着。

年越来越近了。民工们更加不安起来，成天窝在工头的办公室里。小六也有些急了，面色苍白地给老板打电话。栓子夺过他的手机，刚说一句对方就挂了。他举起手机想摔，见小六毫不在乎的样子，又放下了。

这天，小六从老板那里支来一些钱，说是给大伙分分，先邮回家置办点年相儿。人们仿佛看到一丝曙光，都规规矩矩地排好了队。小六把一张办公桌横在门前，大声地吆喝着。

突然，李嫂风尘仆仆地出现了。见她一脸憔悴，人群里出现了躁动。李嫂的眼中流着泪，哭着喊道：小六啊，你快行行好吧。小六顿时愣住了。大伙不再排队，把李嫂围在了当中。

嫂子，家里又出啥事了？栓子关切地问。

李嫂擦了擦眼泪说：我儿子得了急性脑膜炎，已经转到市医院，家旦实在借不着钱了。说完，她把孩子的诊断书放到了桌子上。

人群立刻静了下来。诊断书在民工们的手里传来传去。大家面露难色，仿佛听到了彼此的心跳。

栓子涨红着脸说：今天的钱我不要了，先给李嫂吧。

老马道：年一晃就过去，可孩子的病耽误不得呀。

二嘎说：我的工钱也往后放放。

民工们都齐刷刷地闪到一边，把眼前的路让给了李嫂。

小六望了望大伙，说：你们真不急了？

栓子大声地说：别啰唆，先把李嫂的工资都算了。

过了一会儿，李嫂将一沓钱装进口袋，冲大伙鞠了一躬，匆匆地去了。人们望着小六手里的两百块钱，都陷入了沉默。

小六突然笑了，啪地拍了一下桌子道：这点钱不分了。栓子不解地说：蚂蚱也是肉啊。小六道：咱去喝酒，不够了我掏。于是，一堆人都去了饭店。

几天后，在小六的争取下，大伙都拿到了一年的工钱，踏上回家的路。

栓子在柳河村边下车时，已经是小年了。村里传来稀稀拉拉的鞭炮声，他的内心即刻被点燃了。远远地，他看见萍子双手搀着爹娘向这边走了过来。他的喉头滚动一下，眼里忍不住流下了泪。扔下行李，他朝亲人大步跑了过去。

原载 2016 年 1 月 7 日《河北科技报》

时空移民

金　波

约翰尼是一个疾病缠身的“病秧子”，他成天无精打采的，没有工作的热情，也没有生活的勇气，感到前程渺茫。

这天早上，经受一夜折磨的约翰尼，精神萎靡地走到大街上，心情沉重，样子十分痛苦。正在这时，他听见一只喇叭正在不断播送一则征募启事：“如果您有志于为人类未来的移民生活做出贡献，请报名成为志愿者吧！您将是第一个吃螃蟹的人……”

约翰尼一听，心头一亮，立即朝喇叭响起的地方走去。

原来，发明家比杰先生新近研制了一款“时空移民机”，并进行了若干动物的试验，都取得了圆满成功。这个发明意义重大，它满足了人类试图移民外星系，或进行宇宙旅行的心理要求。唯一令人却步的是：这个时空移民机在操作过程中，是让一件物体瞬间变成一束光子，并把光子集合起来，向目标星球发射，然后在对方的星球上重新复原，变成同一个物体。虽然动物试验很成功，而人的生命毕竟高于一切，万一发生意外怎么办？特别是将一个活生生的人体瞬间分解，实在是一件匪夷所思的事。

为了吸引志愿者，比杰正在实验室里一遍又一遍地播放试验录像。在录像里，他把一只小老鼠、一只狗和一只猴子分别装进时空移民机里，很快一道又一道白光从这个机器里射出来，冲向茫茫宇宙……实验都取得了圆满成功。

同时，比杰兴致勃勃地向观众发表演讲：“物体重新构造，就相当于把一个泥巴人打碎了重新捏一个。如果我们的人体也分解一次，再重新组合起来，就相当于我们的生命是从婴儿开始的。这样的话，我们的器官通通是崭新的，这会大大地延长我们的生命时间啊。第一个吃螃蟹的人无疑是令人钦佩的，难道诸位当中就没有一位这样的英雄？”

话音未落，约翰尼从人群里闯进来了。他大声说：“比杰先生，我愿意成为您的志愿者！”

比杰急忙迎了过去，高兴地问约翰尼：“真的吗？欢迎欢迎！请问您了解我们的试验过程吗？”

约翰尼说：“我刚才观看了您的试验录像。”

“您真的愿意成为第一个吃螃蟹的人？”比杰还是有点儿不相信。

“我是一个病入膏肓的人，您让我的生命重新开始，我为什么不愿意呢？”约翰尼说。

“可是，我必须向您申明，任何一项试验都是带着风险的，可能会遭遇意想不到的情况。”

“没关系！”约翰尼毫不在乎，“如果您的试验成功，我就会重获新生；如果遭遇不测，也与您没有任何关系。”

“那么，你是否同意马上签订保证书？”比杰进一步询问。

“当然，现在就签，而且实验也可以马上开始。”

“好！好！”比杰兴奋不已。

双方立即履行了相关手续，并开始实验。

根据比杰的指示，约翰尼脱光衣服，钻进了空间移民机里。霎时间，一道强光从长长的发射孔里冲出来，奔向蓝天。接着，比杰打开卫星图像装置，从上面可以清楚地看到，这道白光正向遥远的 W 星系 M 星飞去。据说，这个星球的气象环境与地球相似。大约 20 分钟，这道白光被 M 星球的一个装置全部接收（也是比杰提前发射过去的）。很快，一个完整的地球人钻了出来，好奇地观察着那个陌生的星球，脸上荡出可爱的笑容。不错，那模样，与约翰尼毫无二致。

“成功了！成功了！”试验室里顿时欢呼一片。

“只成功了一半，”比杰先生兴奋而又而谦虚地说，“只有把他接回地球，才算圆满成功。”

“那么，何时才能把他接回地球呢？”

“只要他回到机器里，就会自动启动发射程序。你们放心，机器里有食物，即使是没有思维能力的动物，也会进去寻找的。”

果然，约翰尼很快回到机器身边，伸手好奇地摸了一遍又一遍机器，然后嗅嗅鼻子，又从出口爬了进去。霎时间，一道白光发射出来了。20 分钟后，比杰的空间移民机在开始接收光束，并进行复制，很快就从里面钻出一个人来，走路蹒跚不稳，双手向前伸着，正是志愿者约翰尼。

“先生，请谈谈您这次宇宙旅行的体会。”人们围拢过来。

约翰尼摇摇头，冲人群发出咯咯的笑声。

“先生，你怎么啦？”比杰感到有点不对劲儿。

“先、生、你、怎、么、啦？”约翰尼一字一顿地回答。

“先生，你不认识我了吗？”比杰又问。

“先、生、你、不、认、识、我、了、吗？”

看到这个情境，比杰的脑子“嗡”了一声，恍然大悟：“不错！物质是可以重构的，而非物质的东西却不能。他已丧失了记忆，大脑变成一片空白，需要像婴儿一样重新输入知识。这可是我万万没有想到的啊！”

原载 2016 年第 4 期《知心姐姐》

死 蛹

徐国平

一切与马兰的出现有关。

好些日子，郭庆的眼前总是晃动着一棵树。

那是一棵他亲手栽下的白杨树。

当时，校园后面有一大片荒地，高二的植树节，学校组织在那里植树。挖坑，栽树苗，填土，给树苗浇水，每人承包一棵。马兰也在植树，由于要挖坑，还要提水，身体瘦弱的她累得脸红扑扑的，汗珠儿晶莹在额前颌下。

他就在一旁，几次去帮马兰。可当着众人，她有些害羞，执拗地谢绝了他。

他犹豫了一会儿，最后将自己手中那棵杨树苗，栽在了马兰的那棵树苗一旁。并且悄无声息地用一根红绳，在枝头系了一个小小的蝴蝶结。也不知马兰察觉到了没有。

他心里明白，他跟马兰同桌，眼看毕业在即，不知为啥，他很想留下一种纪念。尽管这种念想朦朦胧胧，一直深藏心底。

自从栽下那棵树，不知为啥，他上课的时候总是走神，满脑子晃动着马兰的影子。

一天下午的自习课，他憋了很久，最终鼓足勇气，写了一张字条，悄悄地塞给了马兰。约她到那片小树林，确切位置就是两人栽的那两棵白杨树下。

马兰看过后，脸色稍稍红了一下，也没吱声。

那片树林里，小草开始萌出嫩嫩的绿芽。他掏出削铅笔的小刀，在自己栽下的那棵树苗身上，仔细地画出了一颗心形的图案。

当他做完了这一切后，就听到了树林里响起了脚步声。马兰竟然准时赴约。他暗自高兴。只是，他怦怦心跳着，憋红脸说了一句，你来了？便埋下头，不知再说啥为好。

两人相对无语。有几只麻雀在枝头上蹦跳不停，且欢欢悦悦地叫着。

这时，马兰看到了白杨树身上那颗心，正往外渗着汁液，有些惊讶地用手抹了一会儿，然后，转过身对他说，你不必这样做，这么小的树，长大会留下疤的。

看到马兰痛惜的样子，他有些后悔自己先前的举措过于冲动。但嘴上还是竭力解释说，我只是想跟你永远做朋友。

马兰开始解下枝头上那个蝴蝶结，仔仔细细缠在树身那颗心上。这时，树林里飞来一对蝴蝶，翩翩起舞着。他又借此开口说，如果我们像那对蝴蝶该多好。

或许，马兰明了他想表白的意思，羞红着脸，直到那对蝴蝶飞走，都没有吱声。

这时，远处传来一阵下课的铃声。马兰终于做出决定，我们还是把心思用在高考上吧。

好吧！他鼓起勇气，伸出一只手轻轻地握了一下马兰的手。马兰也把另外一只手握在他的手上，微笑着说，共同加油！

只是，随后的高考，他考得一塌糊涂。而马兰考取了南方的一所大学。从此，相隔天涯，起初，两人还鸿雁传书。后来，由于种种变迁，失去了联系。那种萌发的感情渐渐泯灭在心底。

如今，郭庆靠自己的打拼，开了一家公司。娶了一个贤惠的妻子还有一个懂事的儿子。

孰料，今年春节的一次同学聚会，却打破了他平静已久的生活。消失多年的马兰，猝然出现在了他的视野中。虽然，当初清纯靓丽的马兰，变得白皙丰腴了许多，可她成熟得体的举止一下子迷倒了众多男生。

特别是郭庆，更多了一种久别重逢的激动。他始终守在马兰身边，滔滔不绝地询问着她的近况。

其实，马兰的小生活也过得很滋润。她大学毕业没几年，就随丈夫去了新加坡，并有一个女儿。现在，随丈夫回国发展。不过，从她幽怨的倾诉中，听出她丈夫为了生意，四处奔波，很少在家陪她。女儿也在国外读书，一个人孤守空房，倍感寂寞。

随后，两人都敞开心扉，互诉衷肠。恨不能时光倒转，重新再回到高中时代。

短暂的同学聚会，就像一截被岁月浇灭的导火索，重新在两人的心中燃起火花。

郭庆开始蠢蠢欲动，并编着各种理由，偷偷跟马兰约会。很快，被细心的妻子发现了。自然，家庭冷战，闹得一地鸡毛。

马兰的处境也同样如此。丈夫也察觉出了一些异常的苗头，开始严厉地警告她。

两人的激情开始退烧，并被迫做出最后痛苦的选择。

徘徊中，郭庆突生了一个念头，对马兰说，我们去看看那棵白杨树吧。

于是，就选择了一个阳光明媚的上午，旧地重游。幸好那片树林还在，他们很快找到了那两棵树。只是那棵刻有心形图案的白杨树，随着年轮的增长，除了留下了一道深深的疤痕外，早已变得模糊不清。两人仿佛又回到了高中时代，忙着用手机拍照。

这时，马兰眼尖，发现白杨树的那道疤痕深处，藏着一个蛹茧。

郭庆感到好奇，小心翼翼地取下那个蛹茧。拿在手中，仔细一看，是个早已枯瘪的死蛹，便毫不在意地说，是个死蛹。正欲扔掉，马兰却接了过去，默默地端详着。过了许久，她突然变得伤感万分地叹息道，太可惜了，它错过破蛹化蝶的机会。

不知为啥，马兰这句话后，两人来时的兴致瞬间大减，相反，心里变得沉甸甸的。最后，两人将那只死蛹埋在枯叶中，不再言语，一前一后走出那片树林。然后，黯然分手。

两人再也没联系。过了几天，郭庆又路过母校。远远瞧见校园后面有几台挖掘机正起劲地轰鸣着。那片树林已不复存在。他徒生几分伤感，突然收到马兰的微信，她已回新加坡了。

也怪，那棵白杨树再也不再他眼前晃动了。取而代之的却是那个死蛹。

原载 2016 年第 8 期《小说月刊》

青花瓷瓶

赵悠燕

月初，我去江南的青瓷镇，好友彦霖托我给她带样东西，说无论多贵都要给她买来。

她在微信上传了一张照片过来，一只镂空的青花瓷瓶，薄壁透亮，清净素雅。

彦霖一年前去青瓷镇旅游，在一家青瓷展厅看见这只青花瓷瓶，心里欢喜，边拍照边问烧窑的主人价格。这时，一个十来岁的男孩突然跑过来，大声报出一个数字。

彦霖觉得虽然有些贵，但还可以接受，正要掏钱，男孩自豪地说，这是我的作品!

彦霖狐疑地看了男孩一眼，长得瘦弱文气，半截衣服塞在裤腰里，几绺头发黏在冒汗的额上。

她把钱包塞进包里，又仔细端详起来。她打算把这个送给她的上司，一个酷爱青花瓷的男人。镂空青花是在瓷器坯体上通过镂空工艺，雕刻出许多有规则的玲珑眼，然后施以釉烧，制成洞眼呈半透明状的亮孔，十分美观。彦霖虽然不是很内行，但她知道这需要手工雕刻技术，一个十来岁的男孩……

她唤过同行的一个男人，刘老师，你帮我看看这个。

刘老师把眼镜架在鼻梁上，摸了一阵，又瞧了一会儿，说，应该不错吧，我也不是很内行。

彦霖说，真是他做的?

窑主看了儿子一眼，说，这还有假？

彦霖伸出手指，说，既然我已经说出口了，就这数字吧，我买走。

窑主还在犹豫，男孩一把抢过彦霖手里的瓷瓶，大声说，不卖，少一分也不行！他的脸涨得通红，脖子上绽起了青筋。

彦霖有些尴尬，拿眼睛看着窑主，窑主笑了笑，他说不卖我也没办法，他亲手做的，他就认为值这个价。

男孩把瓷瓶放在柜台上，说，我不卖给不懂欣赏的人。

这话惹恼了彦霖，头一次被一个小孩子奚落，她说，不卖就不卖吧。扭头就走。

青瓷镇满大街都是这样的瓷器，还怕找不着一个相似的瓷瓶？彦霖憋了一口气在镇上的店铺里进进出出，可也怪了，也许是第一眼入了脑子，她脑海里浮现的都是这个青花镂空瓷瓶的样子，别的瓷瓶，她不是嫌这里不好，便是觉得那里不满意。

彦霖有些后悔，当初不还价买来便是了，差几百元也不是多大的数字，也怪自己倔脾气，跟一个小孩子较什么劲呢？

刘老师看出了她的心事，说，我看还是那家店铺的瓷瓶吧，我帮你去买。

彦霖说，算了算了，我也不是非要买。

于是，在其他几家店铺里挑挑拣拣，买了一堆瓷器回来。

晚上，当地的朋友做东请彦霖他们几个吃饭，席间说到那个做瓷瓶的小男孩。

朋友说，他可是我们这里的小名人哦。他家祖传烧窑技艺，从小耳濡目染，做了很多瓷器，卖出的钱都捐给了贫困山区的儿童，上个月，省电视台还专门为他做了一期节目呢。

彦霖听到这儿，不由自主红了脸，恨不得找个地缝钻进去。

听了彦霖的叙述，我不由笑起来。彦霖家庭富裕，自小被宠，人生经历几乎都遂着她心愿过来的，怪不得她要跟一个小男孩较劲。

我说，放心，我一定帮你买回那个瓷瓶，买不回来至少也带几样小男孩的作品回来。

在宾馆安顿好，我按着彦霖给我的地址打了一辆的士过去。

我走进这家叫作翠墨轩的店铺，店里似乎没有人，我自言自语了一声，有人吗？

一个男人从地上站起来，原来，他在整理底层货柜的瓷器。

我把照片给他看，问，这里是否还有这件男孩做的作品？

店主脸上的笑容暗淡下来，说，没有了，只有一件我们还留着，不卖的。

我说，我是受人之托，多少价钱你来定。

店主依然摇头。

我只好把彦霖的故事和盘托出，并说知道了他孩子的事迹，真了不起，并问那孩子现在是否还在做瓷器。

店主看了我一眼，进屋，一会儿，他出来，手里拿着一张报纸。

我接过，A 版上有一个报道，青瓷镇合路小学开展慰问贫困山区留守儿童活动，为大山深处的孩子们送去冬日的温暖和新年的礼物。……汽车坠下山崖，车上 8 人不幸遇难。

我没有仔细看下去，我走出店铺，恍恍惚惚地一路走到了宾馆，感觉脚疼，脱下鞋子，脚上起了一个大水泡。

我要想想，回去后该怎么跟彦霖说。

原载 2016 年第 7 期《小说月刊》

请你天天去跳舞

张军霞

女人出现在广场，扭动着肥胖的身体，跟着音乐跳舞的样子，像笨笨的企鹅。每次，只要她出现，总有几个人停下来，对着她指指点点："这不是那个卖菜的女人吗？""胖成这样，还敢来广场跳舞，真行呀！"

有时候，她们干脆一起停下来，偌大的广场，就只有她独自在跳．她不在乎这份难堪，因为医生说了，只要她坚持天天跳舞，就不收她的诊治费，况且，她的身材也会变得苗条。

从前，女人也很苗条，那时，她还没有结婚，算得上村里最漂亮的姑娘。因为漂亮，心就大了，她不愿待在山村。一天，有辆货车路过村里，因为下了雨，车陷在泥里，怎么也开不出来。天色很晚了，司机想找个人家歇息一晚，第二天再想办法。

他正好就来到了她的家。她洗菜淘米，有意无意和他聊天，知道他是城里人，帮亲戚卖菜，这次就是特意到山里来进货的。那天夜里，她就睡不着，第二天，偷偷把自己的电话号码塞给了他。

半年之后，她如愿嫁到了城里。新娘漂亮，新郎却又黑又瘦，他们站在一起，就忍不住让人们有一朵鲜花插在什么之上的联想。女人对他唯一的要求是，自己摆个菜摊单干，老给别人打工没出息。

男人很听她的话，夫妻两个就在路口摆个菜摊。生意清淡时，女人就望着菜摊对面的门诊发呆。那个穿白大褂的医生，每天坐在窗前，没有病人时，就安安静静地看书。有一次，他到菜摊来，买了几根黄瓜，接过她找来的零钞时，轻声道谢。

医生离开后，女人发了半天呆，又过了几天，女人说喉咙不舒服，掸掸衣服上的灰尘，跑到药店去，医生给她拿了药，叮嘱她要多喝水。

不知怎么的，她感觉他的声音特别地温柔。从此，女人变得魂不守舍，每天出摊前，她总要在镜子前站上半天，即使天气再冷，也不再穿臃肿的羽绒服。可是，这样折腾有什么用，每天风吹日晒，她的皮肤早已粗糙，皱纹也过早地爬上了额头。

一天，她看到电视里卖一种美容保健药，尽管价值不菲，她还是咬咬牙定购了一整套。谁知道，药没吃完，她的身体却像被水泡过的豆子，很快变得肥胖起来。她心急如焚，躺倒在床上，再也没有勇气出门。

男人劝了她多次，一直没有效果。后来，男人沉默了半天，慢吞吞地说：“你去找菜摊对面的医生看看吧，听说他针灸的效果很好。”她想了想，终于鼓起勇气去了，没想到，医生对她很热情，并且鼓励她说：“你坚持来看病，我不收费。另外，晚上去广场跳舞吧，你能好得更快。”

女人就真的去跳了，别人怎么嘲笑，她才不管，是医生让她来跳的，她一定要来。每次伴着音乐起舞，她的眼前都是他温柔的眼神，干净的笑容。半年后，她的舞技早已娴熟，身材也恢复了昔日的苗条，越来越自信的她，看医生的眼神也越来越温柔。

忽然有一天，她又去针灸时，医生说：“你已经完全恢复，不用再来了。另外，我这段时间要到北京去进修，我女朋友也在那儿。”她的脸色一下子变得灰暗。医生想了想，又说：“你家男人对你真好，他怕你舍不得花钱看，每次都提前付了诊疗费。他还怕你老窝在家里心烦，让我叮嘱你去跳舞。”医生又拿出一沓钞票说：“这些天，你经常给我送新鲜的蔬菜，这是我给你的菜钱。”

女人捏着那沓钞票，感觉很扎手，仿佛做了一场梦。回到家里，她真的蒙上被子大睡了一场。天黑了，男人回来，惊讶地发现，女人收拾了房间，还炒了一桌子香喷喷的菜。

男人就心疼地说：“你身体不好，咋不多睡会儿？这些活儿，我都能干。”

女人说：“我做了一个梦，很长。”男人又问：“什么梦呀？”

女人仿佛没听见，低着头摆放碗筷，然后才说：“从明天开始，白天咱们一起卖菜，晚上你陪我去跳舞。”男人答应着，和女人一起埋头吃起饭来，日子里是满满的烟火的味道。

原载 2016 年 3 月 12 日作家网

市长进不去男厕所

顾聚星

县城北四道街有一处公共厕所，附近由于建立了服装厂、鞋厂，所以每天来这里方便的女人多于男人。

可是最近这个厕所发生了一件事，县城的厕所也就发生了翻天覆地的变化。

一天中午，女人们又结帮来到了厕所，女厕这时已经满了。可是她们见男厕空着，就嘻嘻一笑，便进了男厕所。女人们还没有排完号，这时一辆轿车由远而近，吱的一声停下了，接着下来两个男人。一个方脸的男人和一个中年人，方脸男人很急地向男厕所奔来。

几个女人立即挡住男厕的门，告诉这个男人说，里面有女人方便。

男人捂着肚子，想进又不能进，在厕所前来回地踌躇着。

这时中年男人过来恳求说，让我们先方便一下吧，他坏肚子了。

女人翻了一下白眼说，这事还有商量的吗？谁知里面的姐姐蹲到啥时候。

中年男人被呛得没了话语，但他反应得还算快，他拉着方脸男人走进了一个不远的胡同。

原来那个方脸的男人是市长郑长明，那个中年人是县长张晓林。今天郑市长来参观农村的大棚基地，在回来的路上肚子突然疼了起来，走到北四道街时他看到了这个公共厕所，肚子就反应得有些不能等待了。

当时张县长说，到南四道街的厕所吧，那个厕所卫生好。

郑市长摇着头说，不行，来不及了。

张县长是一个思想敏捷的人，他若不把郑市长及时地领进胡同，郑市长的裤子可能就成了灾。

郑市长蹲在胡同起来的时候，裤子还没有提上，就被迎面过来的清洁工看到了。清洁工一脸不满地说，你咋这么不讲究，这屎是随便拉的吗？

郑市长脸抽巴着说，我实在憋不住了。

清洁工说，那你拉到这里就不管了？

张县长赶紧过来，从兜里掏出一百元钱塞给了清洁工说，不好意思，这就算我们的罚款吧。

清洁工把钱推过去说，你以为这钱就什么都能解决吗？我要的是你们把这里弄干净了。

郑市长拿过清洁工的铁锹说，都是我的错，还是我来清理吧。

张县长有些急了说，不，郑市长还是我来清理吧。

话一出口被清洁工听到了，他一听这个破坏卫生的人是市长，市长不万不得已是不会到这里方便的。正在他不知所措的时候，淘粪的大车过来了，他向大车招招手。郑市长这个台阶总算是下来了。

但郑市长没有就此上车走开，他被清洁工这种负责任的精神感动了，他走到清洁工面前，赞扬了他的责任心。

郑市长嘴里赞扬着，心里想着，基层的工人，真比一些上层的人物要有觉悟啊。郑市长问，你们的县城厕所怎么这样少？

清洁工说，收钱的厕所都是有头有脸盖的，你想想他能让公厕盖得多吗？

郑市长的心一翻个儿，他想怎么厕所的算盘还有人打？于是他又问清洁工，那这里的领导不管？说完他看了一眼张县长，张县长变得很呆滞。

清洁工扛起铁锨说，这个还是问县领导去吧。说完走了。

郑市长看着走去的清洁工，心里有点放不下厕所的事情了。

这时他的肚子又疼了起来，郑市长说，走，到南面四道街的厕所。

到了地点，郑市长说，你们在车里等我，厕所是个脏地方。市长的话大家都听从。

郑市长走进厕所，墙上挂着收费的字样。一个很胖的中年人见来了顾客，两眼笑眯眯地说，欢迎你，先交下费。

郑市长交了费，出来的时候问胖子，这里的人多吗？

胖子说，多啊，一天一千元不够收。

郑市长说，唉，以后公厕普及了，你们就不能有这个收入了。

胖子不高兴了说，你说了算啊，你比公安局局长大多少？告诉你这个厕所就是公安局局长黄老五以我的名义开的，你能怎么样？

郑市长此时什么都明白了，清洁工没有说错。

郑市长很快回到了市里，张县长的心里惴惴不安。不久市里来了通知：调查处理官员以别人的名义建筑收费厕所，和阻挡建筑公共厕所的行为。

不久黄局长被撤职了，张县长碍于情面没有起到领导的作用，被降级了。县城很快就建起了公厕，收费厕所在这个县城从此消失了。

有了公厕大家方便了，再也没有出现女人占领男厕所的事情。但大家的口头没有忘记郑市长进不去男厕所的故事，走到哪儿讲到哪儿。

原载 2016 年第 7 期《现代作家文学》

生意人

王维新

民国初年，北京金鱼池富家女子蔺红玉在珠市口大街开了一爿饰品店，专卖玉石类挂件。

一天早晨，她打开店门，洒扫门前，发现地上放着一个襁褓中的婴儿。她急忙抱起孩子，东张西望，想找到遗弃孩子的人，街上不见行人，只有路灯孤零零地站在街边。她只好把孩子抱回家，打开襁褓，一看是个男孩子，里面什么信物也没有留下。她想可能是这个孩子有什么先天性疾病，才被人遗弃的吧。她把他抱到附近的诊所，请教会的西医给检查了一遍，医生说孩子是健康的。

蔺红玉纳闷了，为什么要遗弃孩子？周围都是偌大的商铺，为什么偏偏放在自己这个小店的门口？她为这事纠结着。小孩子圆圆的脸庞，黑葡萄似的眼睛，朝着她笑，看到这些，她心软了。不忍心把他重新放到街道去。

她想要收养这个孩子。她赶紧买了奶粉、奶瓶及婴儿用品，将这个被遗弃的婴儿抚养起来。

大约两年后，她的丈夫黑人杰从欧洲回来了，看见家里多了一个孩子，心存疑窦，对妻子的忠诚产生了怀疑。他们结婚时，她正来例假，并没有同房，父亲已经给他定好了机票，催促他赶快启程。这个孩子是哪里来的？

任凭蔺红玉怎么解释，黑人杰就是不相信。他甚至想和她离婚，只是父亲坚决不允许和蔺家断交，他没有办法，只好和她继续在一起生活。但是，心里有了隔膜，经常不回家，后来干脆到烟台做生意去了。

在这个有名无实的婚姻里，蔺红玉把这个孩子拉扯大，一晃十八年过去了。儿子黑子奇长成了大小伙。在学堂里，他结识了一个女孩子，名叫宋子萍，两人谈起了恋爱。黑子奇把女朋友领回家，征求母亲的意见。蔺红玉见那姑娘长得漂亮水灵，又慈眉善目，温顺可人，就答应了。她给儿子准备了礼物，让他们一起去拜见宋子萍的家人。

在通州一个老式小区里，宋月儿一见黑子奇突然眼前一亮，她走到黑子奇身边，拨过他的左耳端详了半天，问他："你妈是不是姓蔺？是开饰品店的？"

黑子奇感到奇怪："你怎么知道？"

宋月儿没有回答他的话，而是问了他的年龄，她突然严肃地说："你们两个不能谈对象……"

"为什么？"两个年轻人对宋月儿的态度变化有些抵触，突然感到他们的爱情红线有被掐断的危险。

“这个……”宋月儿欲言又止，脸上掠过一丝痛苦的表情。

“你不同意我们来往，是嫌黑子奇家里是做生意的吗？”

“不是。”宋月儿呢喃地说，“我们也是生意人。”

“那……”宋子萍好像就要哭了，她没有想到会是这样。

黑子奇说：“阿姨，你就同意了吧，我保证一辈子对子萍好。”

“不行。没有商量的余地。”

“为什么呢？”

“去问你爸！”宋月儿突然大吼一声，把黑子奇吓了一跳。

他沮丧地回到家里，向母亲诉说他去宋家的遭遇。蔺红玉恍然大悟，莫非这是老天爷的安排！

蔺红玉安慰儿子说：“你不要着急，我去找她妈妈谈谈。”

两个做了母亲的女人为了儿女的婚事坐在了一起。

宋月儿知道蔺红玉为什么要约自己出来喝茶，她微微一笑：“这个孩子不是你生的！感谢你养了他十八年。”

“你怎么知道？”

“他是我当年放在你家店门口的。”

“啊？”蔺红玉惊叫一声，“你为什么要遗弃孩子？”

宋月儿喝了一口茶，讲述了过去的伤心往事。

原来，宋月儿年轻时在富商黑大贵家当保姆，他家公子黑人杰被她的美色所迷，趁家中无人的空隙，多次强暴了宋月儿，致使她怀孕。当时，黑大贵正在竞选“国大代”，他的竞争对手正在寻找把他打下去的爆料，正好家中一个早就对宋月儿痴情没有得手的管家把这事捅给了娱记，《燕京晚报》用黑体字标出这则花边新闻，轰动京城。黑大贵勃然大怒，把宋月儿赶出黑家，强行让儿子与富家女子蔺红玉结了婚，黑子奇借口朋友有重要项目，邀请他去考察，逃到了欧洲。

黑大贵命他的家人要弄死这个孽种，免得留下后患。好在有人给她报了信，她将这个孩子抱到黑人杰媳妇的店门口，她想这是黑人杰的骨血，他不会不管的。但是，她不知道黑子奇逃到了国外。

家丁没有找到这个孩子，威逼宋月儿交出孩子，她没有办法，跳入运河，想了此残生。被水流冲到下游，被摆渡的戴宏盛救下，她就在戴家生活，后来戴宏盛病故了，她改嫁给通州一个做服装生意的宋大壮为妻，为其生了女儿宋子萍。

蔺红玉给黑子奇打了电话，说你回来吧，有人找你认亲，你一辈子不待见的人却是你的儿子！回来去做鉴定吧。黑子奇发了一条微信："开什么玩笑，没有的事！我生意忙……"

原载2016年第6期《北京精短文学》

桃花朵朵开

宋 超

是个桃花朵朵开的晚上，桃花又来到二蛋山货收购部。门敞着，二蛋正躺在沙发上看电视。

上学那阵子，油腔滑调的二蛋拼死拼活追桃花，桃花却偏偏喜欢上了老实憨厚的土豆。后来，桃花和土豆结了婚。这些年，两口子一直为了生计疲于奔命，渐渐就把二蛋这家伙忘了，只知道二蛋毕业回家后在他们那地方开了一家山货收购部，挣了不少钱。

到底借不借？桃花进门单刀直入。

你已经想好了？二蛋不咸不淡地问了句。

不想好能来吗？桃花也不想拐弯子。

真的想好了？二蛋又不咸不淡地问了句。

借，还是不借，给句痛快话，借，咱们就……桃花一个字也不想多说，顺手关了门，开始脱衣服。

他知道吗？二蛋有了反应，欠了欠身子坐了起来。

他知不知道与你有关系吗？桃花大声说。

二蛋说的他是桃花男人土豆。土豆在一次交通事故中走了。桃花每每遇到重要决定都要到坟上去告诉土豆的。二蛋知道。

她知道吗？二蛋又问。

她知不知道与你有关系吗？桃花又大声说。

二蛋说的她是桃花婆婆。婆婆急性胰腺炎住在医院里，还等着桃花拿钱去交手术费。

她还没出院？二蛋又问。

出院？出了院还轮得到你狗日的占便宜？桃花说，衣服扣子已经解开，手停在裤腰上。

借，还是不借？桃花有些不耐烦了。

借，咋样？二蛋来了精神，嬉皮笑脸地问，一双小眼睛滴溜溜地盯着桃花白花花的胸脯。

借，咱们现在就……医生说，娘的病明天早上必须手术，晚了就……我没有时间跟你瞎磨叽。桃花把裤腰往下滑了一点，露出粉红色的内裤。

不借又咋样？桃花急，二蛋一点也不急，一副欲擒故纵的样子。

不借，咱就……桃花又把裤腰往上提了一点。

你要来真的？二蛋还是不慌不忙地问。

你不是想吗？你只要答应，我就……桃花说。

你这样做值吗？

值不值跟你没关系。

我觉得你这样做不值。

我觉得值就值。

何况，又不是你亲妈。

在我眼里就是我亲妈。

真的？

真的。

二蛋下了床，去里间的保险柜里取出一沓钱，折回来重新回到沙发上坐下。

二蛋把钱放在茶几上。

桃花一只手提着裤腰，腾出一只手去拿钱。

桃花的手刚伸出去，二蛋一下子又把钱从茶几上迅速拿了回去。

真的想好了？二蛋又问。

信不过？没想好能大老远从城里赶回来？桃花说。

不后悔？

后悔就不来了。

能回答我一个问题吗？

借，就能；不借，就拉倒。

能，就借；不能，就拉倒。

好。

当初，你为什么非要跟穷得叮当响的他好？

他比你厚道。

厚道就能让你过上好日子？

日子是苦了点，但过得比你踏实。

现在他不在了，你总不能一辈子守着一座坟过日子吧？

这个好像也不是你考虑的问题。

我得考虑，必须得考虑。

与你有关系吗？

有，我想娶你……

不可能，我有婆婆……

如果你肯嫁给我，你的婆婆就是我的妈。

你不可能那么好心。

我是真心的，我不骗你。

在学校时，你就不是个好东西。

人是会变的，我是说如果……

没有如果……

有没有如果我都等你。

你真没结婚？

没，等你。

和你同桌的那个不是千方百计讨好你吗？

没成，心里老装着你……

装着我，装着我还能做出这么下流的事？哄你娘的鬼去吧！咱卖血也……

桃花穿好衣服，头也不回地走了。

桃花连夜赶到医院，天刚刚亮，婆婆已经去了手术室。桃花大吃一惊，不是要先交手术费才能手术吗？

你男人已经把手术费交了。收费员说。

我男人？桃花一下子蒙了。桃花来不及细想，转身去手术室门口等婆婆手术成功出来。刚拐进手术室走廊，就看见一个疲惫不堪的男人正靠在门口的椅子上打着呼噜。

桃花一愣，旋即疯了一样冲过去，抬脚就狠狠地踢了那个男人两脚。

二蛋，你个狗日的……桃花冲那男人吼了一嗓子。透过走廊窗户，桃花看见院子里前天还含苞待放的桃花一夜之间全开了。

原载 2016 年第 13 期《微型小说选刊》

酸枣仁

孟宪歧

冀北山区的青牛村，漫山遍野都是酸枣树，秋风一吹，树叶飘零，山山岭岭被玛瑙般的酸枣儿染红了。村里人都知道这酸枣仁可是宝贝。它有安心提神的功效，是中药里用来治失眠和提神的好方子。谁有个心事睡寝不安，就弄一把酸枣仁用砂锅炒熟了吃下去，保准睡个安稳觉；谁要是像遇见瞌睡虫一样总睁不开眼睛，那好，吃一把生的酸枣仁，保准精精神神。

那一年，青牛村最漂亮的姑娘紫菊被宝山镇的刘大头娶去做了三姨太太，这让青牛村的男人垂头丧气。最垂头丧气的便是蒋维新，蒋家是祖传中医。俗话说龙生龙凤生凤，老鼠生来会打洞。不错，蒋维新就继承了他爸的衣钵，当了江湖的郎中。蒋家和紫菊家是邻居，自小就熟悉。两人私下里你心里有我，我心里有你，只等媒婆上门了。

可登上紫菊家门的不是媒婆，而是国军的一个团长，姓刘，他爸是宝山镇的刘大头，一跺脚宝山镇就哆嗦的大财主。

前不久，紫菊去刘大头的绸缎庄，被刘大头一眼看中。

刘大头就一个儿子，觉得人单势孤，还想再讨太太再生儿子。

刘团长腰里掖着盒子枪，领着俩卫兵，来到紫菊家。

紫菊爸一见当兵的就害怕，不知道发生了啥事儿，哆里哆嗦地问："不知长官来我家干啥？"

刘团长笑嘻嘻地说："恭喜你啦，以后你就是我亲爷儿。我爸相中了你家闺女，今天是五月初八，等六月初八，就来娶亲。"

一句话弄得紫菊爸蒙头转向。

刘团长拿出一根金条说："这是聘礼，您收好！"

刘团长说罢，啪的一声给紫菊爸敬了军礼，吓得紫菊爸后退好几步。

刘团长昂首挺胸走了。

紫菊采猪草回来，爸高兴地说："紫菊，咱的好日子来了！"

紫菊惊问："爸，您说啥好日子啊？"

爸说："刘大头相中你啦，这不，让他儿子来下聘礼，你猜猜，下的什么聘礼？乖乖，一根金条哇！"

紫菊一听差点气晕了。大声问："爸，刘大头比你岁数还大呢，反正我不嫁他！"

爸阴了脸："不嫁？你我说了都不算数。刘团长腰里那玩意儿可不是吃素的。"

紫菊急得哭起来。

爸说："掉进蜜罐里啦，哭啥？准备准备，六月初八就是好日子。"

紫菊哭罢，就偷偷去蒋维新家。结果，蒋维新去山外给人家看病了。紫菊天天去蒋维新家，但就是见不到蒋维新的面。

一直到紫菊被刘大头接走，蒋维新也没回来。

紫菊嫁到刘家，刘大头对她百依百顺，像心肝宝贝一般疼着。可紫菊就是不让刘大头近身。刘大头也不急，就慢慢磨她熬她。生拉硬拽的事儿没意思。等她尝到甜头，自然会主动投进怀抱的。

这天，正好刘大头有事进县城。下人告诉紫菊说："三太太，外面有一个自称是你家亲戚的。"

紫菊出门一看，却是蒋维新，不觉泪如雨下。

蒋维新更是眼圈发红。紫菊问："你咋才来？"

蒋维新长叹一声："天意如此啊。"

蒋维新告诉紫菊，他去为人家治病，回来的路上被一伙逃兵抓了壮丁，跟着他们跑了一个多月，趁被包围的空儿，他脱掉军服逃了回来。

紫菊用手擦擦眼泪说："你快回去吧。"

蒋维新从衣兜里拿出一包草药说："记住，每月初一吃一小包，管你皮肤白嫩细腻的。"

紫菊点点头，依依不舍离去。

时间不长，紫菊便投进了刘大头的怀抱。刘大头百般呵护，整日沉浸在温柔梦里。可惜，刘大头天天努力，夜夜播种，紫菊这块肥田沃野却寸草不生。

3个月后，刘大头的儿子刘团长被击毙。

刘大头思子心切，精神失常，终日无法安息。紫菊便捎信请蒋维新来给刘大头看病。

蒋维新给紫菊开了方子，紫菊亲自回家给刘大头抓药。

蒋维新给刘大头开了许多酸枣仁，告诉紫菊："记住，回去把枣仁炒熟，用山荆草水煮两个时辰，晒干，开水服用，一星期便好。"

紫菊哭说："我看他们爷俩挺可怜的，你就尽力给治，我给你钱。"

蒋维新说："你就放心吧，我不需要钱，但我需要你！"

蒋维新说罢就攥住了紫菊的手，紫菊忙抽回手说："那我就回去了。"

蒋维新还想说什么，紫菊却走出了药铺。

蒋维新望着紫菊的背影怅惘若失。

可是，刘大头服了酸枣仁后，越发精神，竟然三天三夜眼睛连眨都不眨，第四天便一命呜呼了！

紫菊回到了青牛村。蒋维新终日守在紫菊身边。

紫菊喃喃自语："你说那酸枣仁咋就不管事呢？"

蒋维新神秘地微笑说："我的傻紫菊啊，你哪里知道，炒过的酸枣仁，再用山荆草水煮，作用正好相反啊！"

紫菊勃然变了脸色："这么说你是故意要他死？"

蒋维新答："那老头子不死，哪有我们的今天啊？"

紫菊又问："那你给我的那包草药到底是干啥的？"

蒋维新恨恨地说："那是管避孕的草药。我不能让你怀上他的种！"

紫菊猛然挣脱了蒋维新的怀抱，不认识蒋维新似的说："你咋会这样啊？亏你还是个治病救人的郎中！却害起了人！"

蒋维新激动地说："紫菊啊，我这一片苦心，都是为了你啊！"

紫菊冷笑一声："都是为了我？为了我也不能害人啊？他刘大头再不好，也不应该让他死呀！"

紫菊依然离开了蒋维新，又回到了宝山镇，因为她是刘大头的三姨太。

原载 2016 年 9 月 7 日作家网

高端招工

菊韵香

春节过后，张吉安又背起铺盖卷进了城，想找份赚钱多的俏活儿做。可他一没文化二没手艺，还不肯出大力，合心的工作自然难找。这天下午，他正在沿街踅摸招工启事，无意中一扭头，瞄见了一个熟悉的身影。

是牛顺，去年在建筑工地一同摆弄钢筋水泥的工友。啧啧，短短俩月没见，这家伙居然西装革履夹着包，打扮得人模人样，颇具大公司白领的范儿！

"大牛，瞧你这身行头，发大财了吧？"张吉安迎上前打招呼。牛顺挠挠头，嘿嘿笑说："算不上发财，就一中介，在帮人招聘员工。"

张吉安忙问："啥单位？累不累？待遇咋样？"

牛顺突然不笑了，满脸的郑重其事："如果我说工作很清闲，差不多躺被窝里就能把钱挣了，你信吗？"

"少胡扯。能躺被窝里赚钱的是小姐。"

"我没开玩笑。"牛顺愈发认真，掰着指头说道，"这份工，低投入，高回报，上班时间宽松，早点晚点都没关系。最重要的是，薪水日结，足额发放，绝不拖欠。”

话音未落，张吉安已兴奋得叫起来：“真的？到底是啥活儿？”

“暂时保密。但我敢拍着心口发誓，若有半点不符，十倍返还介绍费！”

接下来，牛顺有板有眼地介绍起了这份堪称高端大气上档次的工作——所谓低投入，仅仅是指500元的中介费。看在咱们曾是工友的情分上，我给你打八折，够意思吧？至于高回报，在写字楼上班的白领，月薪也就五六千，我包你比他们赚得多。对了，还免实习免培训，签完合同就上岗，且男女搭配，说不准能泡个老婆回去。啥，在哪儿上班？你站稳了，说出来吓你一趔趄。知道本市最繁华、寸土寸金的商贸区吧？没错，就在那儿！

这时，牛顺的手机响了。

“你好，老板。啥？就差一个名额了？行，我这就回去，不招了——”

俗话说：过了这个村，再没这个店，必须得抓住机会。不等牛顺挂断电话，张吉安早已掏出四百块钱硬塞给了牛顺。亲兄弟，明算账。牛顺打了收条后又从包里取出两份合同，请张吉安过目。

张吉安边走边看，禁不住心花怒放。与其说是用工合同，倒不如称员工权益保障书更贴切：包吃包住；包教包会；不收押金；保证在商贸区上班，车接车送……喏，从衣食住行到薪水待遇，足足有十五六条，可谓细致周详，处处彰显人性化。

“大牛，谢谢你。走，我先请你撮一顿去。”张吉安飞快地在合同上签下了大名。

“哥们一场，不客气。”牛顺收好合同，抬手指向不远处，“你看，那个女人就是你的搭档。”

只一眼，张吉安便惊愕得嘴巴大张。

街边，有个中年女人正跪在地上行乞。身前，摆着一只破碗；身后，堆着一堆破旧被褥。

敢情，是让我假扮乞丐！稍一愣怔，张吉安不觉火大，骂咧咧找牛顺算账。可一转眼的工夫，牛顺早没了影儿。与此同时，那个中年女人却咧嘴一笑，一个劲地冲他招手：“喂，你就是我委托中介找的搭档吧？趁没人快过来，钻被窝里装我男人。记住，如果有人问，你就说你得了绝症，肝癌肺癌外加膀胱癌，说得越重越邪乎越好。快点啊，咱在城里磕头，回家就盖楼！”

这行当，低投入高回报，地点在繁华商贸区，男女搭配干活不累，躺被窝里就把钱给赚了，奶奶的，还真是一点不假！

原载 2016 年第 1 期《民间故事》

脱俗爱情

顾文显

这顿饭，小韫吃得味同嚼蜡。

一大早，她就满怀柔情地打过去电话，说中午在第一次见面的饭店请他吃饭。他的兴奋之情从电话里都感受得到：“好，届时有小礼奉上。”小韫芳心怦然，会是什么小礼呢？这个人儿一贯挺男人的，说是小礼，其实……哪想到见面后，他从包里捧出一只鼓囊囊的信封，微启封口：“生根了呢，好好呵护，它会象征你我的感情。”

满腔热情一下子凉到脚后跟。那是一株仙人剑，有四寸高，干巴巴地愣在小韫眼眸中。

原来是如此小礼啊。什么朝代了，还玩这种无聊的浪漫！然而，她仍然微笑着说了声“谢啦”，小心翼翼地把信封垂直放入坤包，小韫是个相当有淑女范的女子，内心的厌恶从不写在脸上的。

此后，他仿佛还说了一些什么，小韫有一搭无一搭地听着。小韫想，已经无关紧要了。人啊，期望值过高本身就是愚蠢，电话里还好意思提什么小礼，矫情呢。这东西带盆儿二十元，在花店里挑着买，这么小的，街头上两元钱！象征你我的感情，感情就两元钱吗？

她买了单。

他说：“谢谢。”

小韫淡淡地回答：“小菜。”

然后出门。送小韫上出租车，他连车钱都没付。往常，从来没这样过。

车门咬牙切齿地关上。那一刹那，外面挥手的他显得很夸张，很模糊。

用得着如此提示吗？处不下去，给个话就是。小韫想，无关紧要了，只恨结束得太迟。这种人，恋他有什么呢？

此时，他发来短信：“140521。”哼哼，2014 年 5 月 21 号，去年他俩第一次吃饭的日子。还应当加上是在夜晚。噢，今天才 19 号，后天，纪念日呢。

有用吗？小韫想，无关紧要了。

突然就下起了雨。这天，跟小韫的心情一样！

顶着雨下车，小韫强忍着没有哭出来，跟头把式地冲进公寓小区。急雨中，小韫没忘记把那只信封掏出来，恶狠狠地塞进垃圾筒里。到该去的地方象征去吧，感情。

这一夜，小韫辗转反侧。打电话嘲讽他一下？算了。他说过要飞南方，飞机上不许打电话的。即使接通，说什么呢？告诉他那东西扔掉了？告诉他今后别活在虚幻中？告诉他，自己不比当年的村姑，一块糖就哄得死心塌地一辈子？唉。

第三天，短信又过来了：“发照片我看。”

还继续玩呢。小韫想，手机里存的照片多的是，我让你删除也无济于事，由它去呗，想入非非也行，无非是个平面图像。不过。打算骗我的心，您过于老成了。

糊糊涂涂过到傍晚，他电话又打了过来：“小韫，你是不是哪儿不舒服呀？”

我没一处舒服的。小韫简直要呕吐出来了。然而，她是淑女呢。于是：“我？挺好的呀。”她尽力让自己语气轻淡些。对，不能让他看出自己计较，要做出他离开如同飘过一丝微风的那种感觉。

“那怎么没看到照片？我让你发照片给我看看嘛。”

“你要什么照片？”小韫说，“你手机里存够一百张了吧，有什么稀罕的。”

“不是。”他说，“我要看看你买的钻戒是什么款式，跟我心目中想象的是不是一样。当然，不一样，也是我审美档次不如你。”电话那边，居然贱兮兮地笑出声来。

“什么乱七八糟的，我听不懂。”小韫的声音有些不耐烦。

“钻戒啊。”他说，“那天在金店里征求你意见，你一个劲地说不看不看。但是，我感觉，你虽然超凡脱俗，心底一定喜欢的。所以，那天我在仙人剑的信封里搭配了一张卡呀。事后，我短信告诉你密码，咱们相识的日子。我的小韫如此冰雪聪明，这点技巧肯定难不住你。钻戒买了吧，宝贝儿？今天是咱俩的纪念日。”

小韫眼前金花乱舞。的确，他几次提出过要给小韫买这买那，小韫料定迟早跑不了的事，何必表现得轻浮贪婪呢，于是郑重地推却：“别把感情庸俗化。”这样，在对方心里，她无疑越发尊贵高雅。但这个呆子信以为真，担心当面给银行卡她不接受，竟然以这种愚蠢的方式送她！

为了牢牢控制住对方，小韫曾经无数次表白过：“物品的本身价值算不了什么，只要是你送我的，便无比珍贵。”天知道冰雪聪明的她，怎么会让一株龌龊的草给气乱了方寸！那草，她可以弄一株类似的仙人剑顶替，形状有差异，便咬定是她精心呵护的结果；然而，那张无法得知数额的银行卡，让她怎么去复制呢？……

原载2016年第5期《小说月刊》

活着

喜春来

男人突然发病，病情危急。女人急得手足无措。

我叫女人在手术单上签字，女人手抖抖的，捏不住笔。

医生，求求您，一定要把他治好。不管花多少钱，我们都会想办法的，只要能救他的命。女人乞求说。

从医多年，病人家属的心情我能理解。我对女人说，请放心，我们会尽最大努力的。但情况不容乐观，你们要做好心理准备。

女人一听，眼泪唰地就下来了。

不！医生，求您一定把他治好。他是家里的顶梁柱，没有他，这个家就完了。女人哭泣着，两腿一弯跪在我面前。

给医生下跪的家属我见得多了。女人这一跪，跪出了我的反感。我冷冷地说，请不要这样，我们会尽最大努力的。

不，您不答应，我就不起来。女人说，泪不停地流。

这不是道德绑架吗？克制着内心的不快，我用平和的语气说，好吧，我答应你，我们一定尽全力救治——你快起来。

女人抹了把泪，站起来。这个乡下女人三十出头的样子，脸颊丰满润泽，衣着齐整，家境应该不错。

历经三昼夜的抢救，男人终于挺了过来。

看到男人睁开眼，女人紧锁的眉头一下舒展开来，连声说，李医生，谢谢您！您不仅救了他，更救了我们全家。第二天，她提来一篮鸡蛋，坚持要我收下。李医生，这是自家喂的鸡下的蛋，一点心意，您不要嫌弃。我推辞不掉，把鸡蛋分给了科室的医护人员。

男人第二次病危是在半年后，一入院就进了重症监护室。女人晚上才急匆匆赶来，一见我就问，李医生，您看有多大的把握？

跟半年前比，女人明显憔悴了，脸瘦了一圈，面色灰暗，神情疲惫，穿一件蓝灰色的工作服，显然是直接从工厂赶来的。

我想说，有上次的抢救经验，这次应该没什么问题。可想到前不久另一个科室发生的医疗纠纷，我改口说，大概有百分之六七十的把握吧。

女人哦了一声。张了张嘴，似乎要说什么，又没有说。她把目光移向别处，喃喃道，那还得花多少钱呀——孩子马上就要上幼儿园了。

我说，作为家属，首先要树立信心。精神的力量是不可估量的，家人的鼓励和关心，是病人最大的精神支柱。有了精神支柱，病人才能战胜疾病。

女人摇摇头，我不懂支柱不支柱，我只知道，首先我得活下去，我还有孩子。

你的处境我理解。但只要有一线希望，就不应该放弃，是不是？

但愿他能快点好起来，我真的快撑不住了。女人说，眼眶红了。

这次，男人两天就脱离了危险。对男人病情的好转，女人没有表现出半点喜悦，也没有对我们医护人员说一句感激的话。

随后的几天，女人常望着窗外发呆，不时发出一声沉沉的叹息。

夏季刚过去，男人的病再次复发，病情比前两次更凶险。

第二天上午，女人才赶到医院。

见到我，女人说，李医生，请您跟我说实话，这病好不了，是吗？

这——我不想女人失去信心，但为了避免医疗纠纷，还是以实相告：这种病治愈的希望几乎为零，只能延缓病情的发展。

那何时才是个头哇？女人小声说，好似在自言自语。

不要丧失希望，只要有信心，就有可能创造出奇迹。

人家只准了我七天的假。女人答非所问，看不出任何表情。女人似一根经年的晾衣竿，整个人都干枯了，连眼神也是干枯的，蓝灰色的工作服空荡荡的。

这时一位护士进来说，李医生，39床已欠费5000多，财务科催了好几次了。

什么治病救人？什么创造奇迹？我看你们就是为了多赚钱！我一个月累死累活还拿不了3000，全给你们都不够，你们都是强盗，吸血鬼！女人突然情绪失控，大声叫嚷起来，引来不少病人和家属围观，小声议论。

别激动。我忙给女人倒了一杯水，来，喝口水，冷静一下。

女人双手捂脸呜呜地哭了。哭了一会儿，女人擦去泪水，小声对我说，李医生，对不起，我能去看看他吗？

看看钟，快到十二点，我点头道，好吧，请跟我来。

重症监护室里，男人躺在病床上，一动不动，身上插着各种管子和仪器。女人快步走到男人身边，蹲下身，握住男人的手，轻声说，对不起，我没有能力救你，我只能……

看一眼男人的心电图，就像无风的湖面，只微弱地有一点起伏。我转身叮嘱护士，这两天是高危期，千万不能大意。一旦有情况，马上通知我。

待我再回头，男人的心电图已变成一条直线。我一惊，目光转向男人，男人的呼吸机歪在一边。

女人慌乱地避开我的目光，将头伏在男人的胸口哭了，越哭越伤心。

我掏出手机，按了人人都熟悉的那三个数字，再要按拨号键时，有一只无形的手拉扯着我，不让我按下那个键。

手机掏出来，又放回去。放回去，又掏出来。每次都在最后停了下来。狠命地扔出手机，手机的屏碎了。

现在我夜夜无法入眠，我总怀疑我是杀人犯，经常走到公安局门口……

原载2016年第9期《小说月刊》

规 矩

云 樵

大学毕业那年，经过一番活动，我去了人人羡慕的县府办，也就是县政府办公室。我是名牌大学中文系毕业的高才生，抄抄写写那些活儿自然不在话下。很快，我就适应了办公室的生活。

一次，县府办主任老杨带着我去赵县长那里汇报工作。进了县长办公室，赵县长热情地招呼我和老杨坐下。开始，我没反应过来，树桩似的站着，不敢坐。老杨扯了扯我的袖子，暗示我坐下。于是，我就和老杨一起在沙发上坐了下来。

在领导面前坐沙发是有学问的，这些学问我当然知道。在领导面前坐沙发只能坐半个屁股，不能坐满，更不能靠在沙发背上，那样是对领导的不尊重，领导会不高兴的。所以，当看到老杨半个屁股坐在沙发上、腰板挺直、一脸谦恭的时候，我也半个屁股坐在沙发上，腰板挺直，上身微微前倾，做出随时聆听领导重要指示的姿势。老杨瞄了我一眼，脸上现出满意的表情。

汇报很顺利，赵县长对县府办的工作挺满意。结束时，赵县长笑容可掬地送我们出办公室。我看见老杨是一边哈着腰说“县长留步，县长留步”，一边倒退着身子出去的。到了办公室门口，我朝赵县长伸出右手，说：“县长您忙，我们走了！”赵县长犹豫了一下，然后跟我轻轻握了握手。

到了县府办，老杨一改在县长办公室的谦恭，非常严肃地批评我：“张三，你还懂不懂规矩，啊？”

我被老杨批得一头雾水，就说：“怎么了，杨主任，有啥不妥吗？”

老杨说：“怎么了？人家赵县长没跟你握手，你却自作主张跟赵县长握手。到底是你大，还是县长大？领导没有跟你握手，你就不要乱伸手，这是机关的规矩，记住没有？”

原来如此，我忙说记住了记住了。有了这次教训，再碰到领导，我就不敢主动跟他们握手了。

两个月后，县里开招商会。招商会由县招商局主持，具体日程归县府办安排。应邀来参加会议的都是企业家，有本地的，也有外地的，个个戴金表，开豪车。会议期间，我对企业家们笑脸相迎，点头哈腰，热情接待，周到服务，就是不跟他们握手，连座谈会上都是只坐半个屁股。

会议结束后，老杨又非常严肃地批评我："张三，你到底懂不懂规矩，啊？"

我再次被老杨批得一头雾水："又怎么了，杨主任，我哪儿做得不对了吗？"

老杨说："又怎么了？招商会是县政府召开的，那么，我们就是主人，与会的企业家就是客人。作为主人，你为什么不跟客人们握手？你不跟客人们握手，人家就会认为我们没有诚意，是在走过场。另外，有人反映你在企业家们面前点头哈腰，一脸媚笑，开座谈会时半个屁股挂在沙发上，哪里像个政府官员，简直就是资本家的'乏走狗'。你说，你这不是在损害我们政府的形象吗？"骂完之后，老杨还狠狠地瞪了我一眼。

第二年冬天，县里换届。老杨荣升副县长，在老杨的大力举荐下，我顺利当上县府办主任，而赵县长却退居二线。赵县长退居二线没多久就生病了，还住进了医院。

那天，老杨把我叫到他办公室。老杨说："赵县长长期担任领导工作，为我县的发展做出了重大贡献。现在退居二线，水土不服，有些不适应，生点儿小病也很正常。你们政府办去医院探望一下，务必把县政府对老同志的关怀带过去！"

说完，老杨跟我交代了看望赵县长的每一个细节，包括带什么礼品，见面说哪些话，政府办哪些人员随同前往，等等。

我将老杨的话工工整整地记在笔记本上。最后，我问了老杨一个问题。

当时，我半个屁股坐在沙发上，腰板挺直，一脸谦恭。我小心翼翼地问道："杨副县长，有个问题我还要向您请示一下，可以吗？"

老杨说："什么问题，你讲！"

我继续小心翼翼地问道："去看赵县长的时候，我敢不敢主动地跟他握手？"

老杨一听，笑了："张主任，你是不是真的不懂规矩？赵县长在位的时候，他是县长。现在，赵县长退居二线，那他就是普通干部。你是现职政府办主任，正科级领导。对于普通干部，你想怎么握都可以！"

原载2016年5月5日《检察日报》

宝 贝

孙全鹏

这些年，老张出外做字画生意，可谓有声有色，可是一上六十就越发想家，谁让自己恋家呢？他卖掉所有的字画，带上钱财，偕夫人一起回到了朝思暮想的家乡将军寺。在家乡，老张天天没事做，他有钱，经常和夫人喝个小酒，与镇上的人聊聊做字画生意的经历，感到很惬意。

一天，老张看见一个二十多岁戴着个破帽子的小伙子，向别人兜售八宝印泥，但很少有人搭理他。小伙子举起一菱行的宝盒说:“这个印泥是祖传的，印在字画上永不褪色。大家过来看下，你看这质色，闻这幽香，绝对物有所值。”

老张走过去，拿在手里，打开盒子，一瞬间香气满鼻，又看了看质感，凭多年的经验，他一眼就发现这是个宝贝。老张一遍遍地把玩着，但不想付太多的钱，就压低价钱，小伙子却不同意。

一个六十多岁的老汉跑过来，二十多岁的小伙子转身跑了，老汉一把夺过八宝印泥说:“这是俺家的宝物。”

“你家的？啥意思？”老张眼巴巴地瞅着老汉手中的宝物。

老汉说:“你别急，俺是孙一多，就是那个逃跑的小伙子他爹，孩子不争气，偷老子的宝贝来卖……”

老张听着，心里酸酸的，感到有点遗憾，到手的宝贝就这样跑了，早知道买下不就没事了。他像失了魂落了魄，他喜欢八宝印泥，脑海中还老想着八宝印泥，有一年，他花重金收购了一幅名字画，却因印章模糊导致价值全无，赔了很多银两。因此，大家都想用不褪色、保存时间久的印泥，这就是八宝印泥，可是制作工艺已经失传很久了，世面上流传的也少，没有想到今天得以相见，他想把这个宝贝弄到手，怎么办呢？幸好，老孙邀请老张去他府上坐坐，老张愉快地答应了。

老张想，既然老孙人不错，自己也不能丢了礼节。一日，老张就以宝会友邀请老孙去鉴宝。老孙看到了老张珍藏的一幅花鸟图，清中期的，颜色古朴，质感很好。老孙喜欢花鸟图，画上十只小鸟，形态各异，有的飞翔，有的驻足，有的鸣叫，有的沉默，他就准备买下，就说:“你出个价吧。”

“老实说，俺卖掉了所有的宝贝，就剩这一个值钱的宝贝了，这是无价之宝，想要的话，必须用你的八宝印泥换。”

可是，老孙却摇头没同意。

老张见老孙不答应，静静地卷起画，走入了房间，老孙偷偷地记住了老张放画的位置，在堂屋西间的那个大柜下面。

第二天一大早，老孙家传过来消息说：“自己家的八宝印泥丢了。”接着又传过来消息说：“老张家的一幅花鸟图也丢了。”将军寺一下子炸开了锅，谁偷了这两件宝贝呢？

可是，老张却不着急，丢过宝贝后像没事似的，他夫人却郁郁寡欢，竟在抑郁中生病去世了。从此，家里就剩老张一人了，没事的时候，老张和老孙经常在一起议论到底是谁偷的，商量对策，久之，两人竟然成了知心的好朋友。

没过几年，老张生病了，而且非常严重，老张没有亲人，也就老孙一个朋友。临死的时候，老张把老孙喊到床边，悄悄地说：“俺有个宝贝要送给你。”说着，他指了指大柜后边的一块砖，老孙走到那里，取出砖，竟然有一幅画，打开一看，正是他想要的那幅花鸟图。

“反正也是要死的人了，这个宝贝俺也不能带走啊，就送给你了。”老张有气无力地说。

“你的花鸟图不是丢了吗？”老孙不解。

“是啊，丢了，都怪俺太贪心，老想着你家的八宝印泥，俺偷了你家的八宝印泥啊。”老张叹了一口气，指了指床下接着说，“老天有眼啊，那个晚上，俺家也进了贼，偷走了俺的花鸟图。不过，干这行的，都留一手啊，俺把假的放在了明眼处，丢就丢了，反正是假的……”

老孙愣住了，心里咯噔了一下。

“从你家偷来八宝印泥后，俺心里就一直内疚，从没有打开过一次，俺对不起你，俺成了一个贼啊，人做事都要凭良心的啊……不过，现在还给你，对不起了。”老张气息越来越弱。

老孙好长时间没有说话，突然他发疯似的说：“老张哥，俺也有错啊。从你回家乡的那一刻起，俺就一步步地设计你啊。先是让儿子用八宝印泥吸引你，然后邀你去俺家做客，俺料想你会以诚相待，定会让俺观赏你的花鸟图。你家的那幅花鸟图是俺偷的啊，俺心里一直痒痒得很，趁着夜色到了你家，在那个大柜下面，俺找到了字画……”老孙说着，重重拍打着自己的脑袋。

一阵沉默。

“你保存的那个八宝印泥也是假的，俺也是防止偷，换成了假的啊，没想到被你偷走了，还一直当宝贝珍藏，俺昧良心啊。今天，俺得到所有的宝贝，可丢了最珍贵的宝贝啊……”老孙哭了起来。

好长时间，都没有回音，老孙仔细一看，老张已经咽气好久了。

原载 2016 年第 1 期《小小说大世界》

插队高人

万 芊

李歌是个插队高人，只要有队要排的地方，他便如鱼得水一般。插队买票、挤公交车、开车插档，如此之类，他总是机智灵敏、身手不凡、捷足先登。几十年了，他常常以此为傲。其实，他的本事还是在他爹一手调教之下才渐渐入门的。

记得那年，李歌 11 岁，他还不懂他爹对他的一番苦心。李歌原本在学校里读书很用功，年年拿奖状回来，而这却让他爹很不舒服，常常把奖状一卷塞进煮咸猪头肉的炉膛，说，读书只会越读越死板，你看你们老师一个个只会教书，呆头呆脑的，不是我一次次帮他们，连排个队买个肉都买不成。

李歌爹那时在镇头摆个熟食摊。人家都不敢摆，他爹就敢摆。人家说要“割资本主义的尾巴”，李歌爹说：“我是无产阶级，没有尾巴可以给你们割。”熟食摊当家的熟食是咸猪头肉。那时候，咸猪肉是紧俏商品，到镇上供销社猪肉店排队买咸猪头，规定只能一人买一只。排队买咸猪头，当然是李歌爹每晨必做的功课。老宽是个会过日子又善于思考的能人。日子过得磕磕绊绊的李歌爹，总在反思自己，李歌爹不愿儿子也像自己总是磕磕绊绊。按照李歌爹对于人生的领悟，书是书呆子写的，只会越读越傻，唯有社会才能出真才实学。在老宽这一人生感悟指导下，李歌 11 岁那年，被他爹老宽推入了社会。李歌在他爹的调教下早早地体会到了生活的不易，也早早地开始在磕磕绊绊中得以历练。

那晚，李歌正睡得迷迷糊糊的时候，他爹一把把他从床铺上扯了起来。在李歌不知所措时，他爹往他手里塞只破竹篮，让他跟着去了镇上。

那是初春的深夜，薄薄的雾气，在镇上石板老街上昏黄的路灯光里弥漫着，供销社肉店潮湿油腻的木栅长门前，稀稀拉拉排着一串长队。李歌耷拉着眼皮，似梦非梦地站在他爹指给他的位置。长队里，只是人家一些破旧的小板凳、破竹篮、破草帽之类，稀稀拉拉，却毫无疑义地占着各自的一席之地。

李歌爹说，你给我死守着这位置。爹让你来排队，是告诉你，书是吃不饱肚皮的，只有排上队，买上咸猪头，才能换上钱，吃饱肚皮，活得像个人样。11 岁的李歌不知爹所说何事何理，为不遭爹骂，便老老实实坐在爹圈定的位置上排着队。排队很无聊，李歌心里想要是这时能够带上一本书看看那就惬意了。

到了凌晨，李歌实在困得支持不住，靠着墙根睡着了，睡得很沉，即使一次次被冻醒，还是耷拉着眼皮继续昏睡。不知到了什么时候，李歌被一阵杂乱的骚动惊醒，睁眼一看，眼前已是一大片人影，高高的。李歌被人影淹没了。又一会儿，更杂乱的骚动，把李歌挤得东倒西歪。好不容易站住了，李歌已无法回到他爹给他指定的位置。李歌根本没法挤过去，更没法死守他爹给他指定的位置。李歌似乎看见供销社肉店的人在给排队的人发票。11 岁的李歌也知道拿到那张票将决定着什么，但他就是被挤来挤去永远离那发票人几臂之距。李歌拼命挤过去，就在他即将挤到发票人跟前时，却被人一把领口揪了出来。李歌本能地挣扎着，却见那揪他的大男人一脸凶相，还带着个红袖章。李歌知道那是管排队的人，不敢造次。眼巴巴望着发票人手上的票全部发完，李歌绝望了。

李歌没取到票，也没买到咸猪头。没有咸猪头，李歌爹的熟食摊只能打烊歇摊。没有生意，李歌娘一整天在那里唉声叹气，似乎天要塌下来一般。这一天，李歌爹让全家三顿喝粥吃萝卜干。李歌从这一天开始，知道读书不能读饱肚皮，人要吃饱饭，就得学会排队、学会精明。

第二天夜里，李歌爹陪着李歌排队。在排队无聊的时间里，李歌爹反复给李歌讲授排队的要领，以及所有插队的诀窍。到了天亮发票时，李歌爹又亲身示范如何一身两用、两次插队、取到两张咸猪头肉票的绝技。李歌服了，他第一次觉得爹的精明能干远远超过他钦佩的老师。之后，他爹教他的插队技能也常常在生活中大派用场。

过了好多年，李歌爹犯病走了。走的时候，李歌爹给李歌留下靠精明赚下的一些钱，带些遗憾跟李歌说，我这辈子最遗憾的事，赚了这么多钱，没有到外国去看看西洋景。

李歌爹犯病走后，李歌靠爹传下的熟食店也赚了一些钱。这时，李歌便想出去看看西洋景。第一回出国，李歌到的是 A 国。到了 A 国，李歌便大发感慨，说这外国哪有我们好，到处排队，像我们几十年之前一样。但排队的事难不倒李歌，他总是一个转身就插到队伍的前面，而且人家外国人比中国人好说话，他插队，没人跟他吵架。于是，该吃的，他总是先吃；该上去的，他总是先上去；该进去的，他总是先进去。他因此自得其乐。

旅行团走到第三天，到了一处荒漠中的景点。导游在车上吩咐说，下一个停车点，是我们用餐、上洗手间的地方，大家记住了，这是在方圆七八十公里中，唯一一个用餐的地方，开餐厅的台湾老板又有洁癖，进餐厅用自助餐都是排队一批批进去的，我们在这里能够停留的时间很紧，而要在这里停车用餐的旅行团又相对集中，如果谁排不上队，误了用餐很有可能饿着肚子再走下面的行程。

李歌听了导游的吩咐，车没停稳就跃跃欲试了。车一停，大家纷纷下车时，李歌一个转身就没了身影，一会儿便出现在人家排好队伍的最前面。谁料想，李歌一插入那队，那队里的人就不安了，人家都是外国人，不安的时候也是文文静静，打着手势，反反复复跟李歌说，WOMEM，WOMEM。李歌却跟人家外国人打起马虎眼，也反反复复说，YES, 是我们！ YES, 是我们！

半晌，导游过来拉他，问他，你一个大男人插在这队里干吗?！人家是上女厕所的。李歌一看，傻了，队伍里清一色的都是文文静静排队等着上厕所的洋女人。

原载 2016 年第 7 期《微型小说月刊》

偷窥

邢庆杰

这些天以来，小苟每天都看着钟点盼天黑。因为每天晚饭后小苟要干一件他非常愿意干的事——看王莹洗澡。

小苟是偶然发现了王莹有每晚洗澡的习惯的。小苟的宿舍离女宿舍很近，有一天晚上小苟从王莹的宿舍门前经过，听到屋里传出了“哗哗”的水声。王莹是单位的一级靓女，小苟又处在对女人很感兴趣而又缺乏深入了解的阶段，所以小苟很想看看光身子的王莹是什么样子。开始时小苟试图从门缝里瞅，结果门缝太严，什么也看不见。小苟就又猴急地蹿到屋后，想从后窗户上做点文章。后窗户是大玻璃，可是王莹在玻璃的里面贴上了报纸，小苟急得抓耳挠腮，只看到报纸上印的一只大熊猫的轮廓。后来小苟终于想出了一个办法，他乘王莹到前院的水池边洗衣服的工夫，悄悄溜进王莹的宿舍，把后窗户玻璃上的报纸抠了一个黄豆粒大小的小洞。

第二天，小苟见王莹仍然像个快乐的天使，在办公楼里飞上飞下，胆子就大起来。到了晚上，小苟贼一般溜到王莹宿舍的后窗下，透过那个黄豆般大小的小孔往里窥视。这一看，小苟蓦地呆了！王莹正一丝不挂地在屋里洗澡，小苟看到的是王莹的侧面，那洁白如玉的肌肤和起伏有致的线条淋漓尽致地展现在小苟的眼中，立时使二十岁的小苟体内发生了异样的变化。

自此，看王莹洗澡成了小苟每晚的必修之课。小苟并不想怎样，他只是想看。有时小苟也想再看一次就不看了，可是小苟最终没有抵挡住那种美妙的诱惑。小苟感到自己正滑向罪恶的深渊，而他又没有能力控制。他一方面感受着王莹的青春躯体带来的刺激，一方面还承受着罪恶感带来的痛苦。小苟矛盾极了。

小苟终于下定决心，再看一次绝对不看了。小苟下这次决心的时候正在王莹的窗下。下完决心后小苟毅然将眼神从室内抽出来。小苟正为自己的勇气感到自豪时，右肩被人不轻不重地拍了一下。小苟一哆嗦，回头一看是另一个科的小宋，就尴尬地嘿嘿了两声。小宋也嘿嘿了两声，没说什么，两人就都离开了。

第二天晚饭后，小苟决定以散步的方式消磨睡觉前的这段时间。走来走去小苟竟鬼使神差地又来到了王莹的宿舍后面。小苟暗骂了自己一声“馋狗离不开肉架子”，正想离开，猛然发现王莹的窗下站着一个人。小苟想，妈的是谁接了我的班，就悄悄走过去，在那人的肩上不轻不重地拍了一下，那人一哆嗦，回过了头，竟是小宋。小宋尴尬地冲小苟嘿嘿了两声。小苟也报之以两声干笑。两人就离开了。

第三天晚饭后，小苟又来到王莹的宿舍后，想看看小宋是不是又来了。他往后窗户那地方一看，顿时又惊又怒，后窗下竟站着三四个人，在争先恐后地抢占着最佳位置，最活跃的是小宋。

小苟大喊了一声，来人了！人群才“哄”地一下散了。

一种难以言说的痛苦时刻压抑着小苟的心。这种痛苦里包含着愤怒、懊悔、嫉妒和无奈。最令他难受的是还蒙在鼓里的王莹，她整天仍然像一个快乐的天使，在众人面前飘过来飘过去。她一点儿也没有感觉到人们看她时那异样的目光。她那美丽的裸体已被人看到了，而她一点儿也不知道，小苟觉得她可怜极了。

小苟决心将那个孔补上，给这件事画上一个句号。在一个星期天的上午，小苟乘王莹去水池边洗衣服时，又悄悄溜进她的宿舍。小苟掏出随身携带的化学胶水，拧开盖子，将胶水涂在那个小孔上，然后从口袋内掏出一张指甲大小的小纸片，贴了上去。做完这些，小苟退后几步，认真地看了看，觉得挺满意，就将胶水装在自己口袋里，想转身溜走。小苟刚转过身，就惊得差点儿尿了裤子。王莹正站在门口，静静地看着他。小苟做贼心虚地看了看后窗户，一时不知说什么好。

你出去。王莹轻轻地说。

小苟忐忑不安地度过了这个星期天。第二天一上班，小苟就被一个消息击晕了：王莹昨天晚上服安眠药自杀。

小苟醒过来之后就变了一个人。从此，小苟的口袋里经常装着胶水，见到窗玻璃就往上贴纸，整个办公楼上的玻璃都被他贴上纸后，他被送进了精神病院。

王莹服药自杀，但被抢救过来了，之后她就调走了，走得很远，谁也不知她去了哪儿。

原载 2016 年第 3 期《雨花》

结婚戒

石　磊

今天是一个特殊的日子，是我和咏春结婚25年的纪念日。我和咏春结婚25年，我骗了她25年，可我实在是无可奈何。25年前，我和咏春相爱了，就要结婚时，岳母一定要我买一枚金戒指给咏春。当时，家里很穷，实在买不起金戒指。无奈之下，只好在街边买了一枚4块钱的假戒指给咏春。我想等我有朝一日，有钱了再买一枚真的金戒指给咏春。把真实情况再告诉她，她一定会理解我的。哎，真想不到，一等就25年！结婚以来，真是祸不单行，不是父亲病了，就是母亲入院。日子过得很不如意，咏春跟我也苦了25年。现在，终于雨过天晴了。孩子有出息，大学毕业后找到了一份理想的工作，我的小生意也好了起来。

我来到一位同学的一家金银首饰店，叶菲正在跟一位顾客谈生意。她看见我，微笑着向我点了一下头，我也向她点了一下头。那位顾客离开了店，叶菲笑着问我："郑明，好久不见了，今天怎么有空到我这儿来？"

"来看看老同学，不欢迎？"我笑着说。

"欢迎欢迎。"叶菲笑着说。

闲聊了一阵，我对叶菲说："叶菲，我想买一枚戒指。"

"买戒指送老二？"叶菲跟我开玩笑说。

"你看我是那种人吗？"

"你要是那种人，我立即就告诉咏春。"

"老同学，不瞒你说。我这枚戒指就是买给咏春的，我骗了她整整25年。"我不好意思地对叶菲说。

"我听不明白，怎么回事？"叶菲不解地看着我问。

我本想不告诉她的，可她非要我说不可。想了一会儿，还是把事情的经过原原本本告诉她。叶菲听后，长叹了一声。她这一声长叹，表示对我多年来艰辛的同情。我买了戒指，离开了叶菲的首饰店。

迷人的烛光照着我和咏春，咏春在烛光的映衬下，虽年过四十，却显得很动人。结婚以来，这是我们最为浪漫的一个夜晚，我们经过了许多坎坎坷坷，迎来了我们的银婚纪念日。在柔美的旋律中，我拿出了一个精致的盒子，慢慢地打开了盒子，盒子里的那枚金戒指在烛光的照射下，闪着灿烂的光芒。咏春看到我手里的戒指，脸上出现了迷茫。我看着咏春，道歉地说："咏春，请你原谅我。我骗了你 25 年，我……"

我实在说不下去，咏春一面惊讶，一面问："你骗我什么？"

"我买给你的结婚戒指是假的，当年，我实在买不起戒指。我没有办法，在街边买了一枚 4 块钱的戒指给……给你。咏春，请你原谅我！"

"绝对不可能！你开什么玩笑？"咏春用肯定的口气说。

"你拿出来吧。"我对她说。

"几年前，儿子读大学时，我不敢跟你说，偷偷地把它卖了。我想孩子读书要紧，要是跟你说了，你一定不同意。"

"把它卖了？"

"是的。老公，对不起，那时我们没有办法。"

"你卖给了谁？卖了多少钱？"

"卖给叶菲，卖了 2300 元。"

"2300 元？"我吃惊地看着咏春，不相信地问。

"是啊。"

"假的！绝对是假的！"

"那……"

音乐停了下来，屋子里静得出奇，我考虑了一会儿，说："叶菲是真不知道，还是……"

咏春好像猛然想起，说："当时，叶菲这样问过我，她问我说戒指是哪里来的，我回答她是你买给我的结婚戒指，她又问我，为何卖它，我回答孩子读书，没有办法。后……后来，她称了戒指之后，就拿给我 2300 元。"

"走，我们去找叶菲。"我对咏春说。

我们来到叶菲的首饰店，叶菲看到我们，就笑着问："戒指不合适？"

"叶菲，四年前，我卖给你的戒指还在吗？"咏春答非所问。

"怎么问这件事了？"叶菲平静地问。

"刚才，郑明才告诉我，当年，他买给我的那枚戒指是假的。"咏春如实告诉她。

咏春说完，我接着问：“叶菲，你难道不知道是假的？”

“一到我的手，我就知道是假的。连真假不分，我的店能开到今天？我知道你们一定很困难，咏春才拿出结婚戒指来卖。”叶菲微笑着说。

咏春听到这话，再也控制不住，跟叶菲拥抱在一起，含着泪花说：“我的好姐妹，今天，要不是郑明买了戒指，我至今还蒙在鼓里……”

我很是感动，自言自语：“人家都说真金无价，其实，假金也同样无价啊！”

原载2016年3月12日《宁波晚报》

罪恶的钥匙

雷三行

汪鑫像幽灵一样混迹在这座拥有五百多万人口的城市里。初三那年，被动的压抑的学习，让他喘不过气来，更让他受不了的是，因为中考排名同样压得喘不过气的老师们的冷嘲热讽。终于，在距离中考还有一百天的日子里，他选择了辍学。

在小镇做小生意的父母希望汪鑫好好学习，上好大学，今后找一份体面的工作。但是父母一厢情愿的希望，随着汪鑫的辍学而土崩瓦解。父亲用皮鞭也没能把儿子赶回学校，相反，汪鑫用仇恨的眼神对父亲说，没有你们我照样能活下去。第二天，他从家里偷了五百块钱离家出走。

在城市混生活不是他想象的那样简单，小饭店服务员的工作又累又脏，搬运工的活儿让他眼冒金星双腿打战，干门卫又是那样的僵硬无聊。但是，不干这些还能干什么，他宿命般地在这些工作当中转来转去。兜里从没有停留能让他炫耀的钱，工资下来，交房费，支付饭钱，余下的钱便会约上几个哥们喝上一顿，再通宵上网。

他认为，生活就这样吧。朋友介绍，南郊工地上一份扛钢管的活儿，累是累点，每天能赚两三百块钱。汪鑫心动了，辞掉工作跑到南郊找房子。南郊外来打工的人多，一时半会儿找不到合适的房子，正着急时，房东打电话催要房费。汪鑫嚷着说他不住了。汪鑫忘了这些房东是谁。纷纷涌进城的打工者和求学者，让这些城中村的农民在短短时间内，个个摇身一变，成土豪了。因为成土豪了，说话就有了底气。房东在电话里吼叫起来，小子，不住了快滚，明天不缴来房费，后天就变成两个月的啦！

后天是下个月的 1 号，汪鑫无论如何要在 1 号前退掉房子，不然，多交一个月的房费，比割肉还让他难受。何况他兜里已经空空如也。汪鑫穿梭在南郊城中村的巷道里，想找一间既便宜又安全的地方住下来。

房子一时半会儿没找到。退掉房子，新房子又没找到。汪鑫烦透了。他一个人好办，在网吧里窝着就过去了，但是两床被子、二手电脑、脸盆等东西怎么办？这些东西虽不值几个钱，但却是汪鑫生活的必需品。

路旁配钥匙的摊位让他眼前一亮。配一把钥匙，问题不就解决了？退掉房子，东西仍放在里面。他知道房东是不会打扫房间的。他前面租房子，里面就有前房客留下的一床被子，还有乱七八糟的生活用品。

退掉了房子，汪鑫手中仍有一把钥匙。

几天后，汪鑫在南郊租了房子。回到以前的租住屋，果然，房子没租出去，他的被子还有破电脑依旧缩在拐角里。离开的时候，他准备把钥匙给房东，或是丢在房间。但是想起房东一脸的横肉，他把钥匙依旧塞进兜里。或许哪一天我到这里，还有歇脚的地方。他这样想。

扛钢管的活儿超出了他想象的累，几天下来，他的肩膀肿得老高，一根手指放在上面，也会让他疼得跳起来。但是，想到每天能赚两三百块钱，他忍住疼痛，坚持了下来。

后天是汪鑫二十岁生日，工地上的哥们说要给他送蛋糕。

我二十岁了，时间真快啊。

他第一次对时间发出了感慨。但是兜里不到一百块钱，后天生日肯定要让哥们喝个够。难得哥们看得起他。

七八百块钱就够了。他想，上哪儿弄七八百块钱呢？他想到了那把钥匙。那房子应该有人租住了，有人住就应该有钱。他有钥匙，走进去就能拿到钱。他想碰碰运气。

锁还没换，开门的瞬间，一股清香扑面而来。他心里一阵激动，看见了墙壁上歪歪斜斜贴着的明星图片，还有脸盆架上挂着的蕾丝内裤和蓝色胸罩。房间里干干净净，只有一截收拾电路留下的电线散落在拐角里。

来不及多想了，他的目的是来找钱。然而，让他丧气的是，抽屉里、衣柜里、枕头下，统统没钱。看着被他翻乱的房间，他伸手恨恨地捏了捏脸盆架上的内裤和胸罩。

门锁在转动，他吓坏了，赶紧躲在窗帘后面。

是一个漂亮的女孩。女孩很快发现了他，他先下手为强，用电线捆住了女孩。他压低声音对女孩说，别喊，我只要钱，不会伤害你！

他从女孩包里掏出钱和银行卡，他数了数，八百多。他乐了，把银行卡依旧放进女孩包里。出门的时候，他松开女孩的手，低声说，自己解开脚吧，别喊！

他刚走出门，身后的女孩尖利地叫了一声：救命！

他气坏了，返回，一巴掌掴在女孩脸上。这时，他注意到了女孩的胸，还有女孩白皙的皮肤。

女孩被强奸后勒死。

三天后，汪鑫在生日聚会上被警察带走。

记者采访汪鑫，你后悔吗？

我恨死了那把钥匙，如果没有那把钥匙，我就不会进那间房子，更不会伤害那无辜的女孩——罪恶的钥匙！汪鑫愤愤地说，一脸的沮丧。

原载 2016 年第 8 期《小说月刊》

母亲的婚事

姜铁军

他和母亲站在墓碑前，把一杯酒放在墓碑前面，还放了几个香蕉。母亲说，父亲生前最喜欢吃的就是香蕉。父亲的遗像镶嵌在墓碑的上方，很年轻，也很精神。他从来没见过父亲，母亲和他说，父亲在他一岁的时候就在一场意外事故中去世了。什么事故母亲没有说，他也没问，生怕母亲难过。

在他的记忆里，小的时候总是搬家。家里没什么值钱的东西，搬家也方便。他不太明白，母亲为什么喜欢搬家。上小学的时候，有一个叔叔总来找母亲，帮助家里干这干那的，这个叔叔来的时候，母亲脸上总是笑得很灿烂，在他记忆里母亲难得这样开心地笑过。有一天，母亲忽然和他说，让叔叔给你当爸爸好不好？他愣住了，坚决地摇头。母亲问，为什么不同意啊？他吧嗒吧嗒地掉眼泪，然后说，我们班里有个同学就有个后爸，老打他，不给他饭吃。这个同学受不了，就在学校跳楼了！母亲一下捂住他的嘴巴，连连说，妈是给你开玩笑呢。不会给你找后爸的！以后，那个叔叔就再也没来过家里……

上中学的时候，又有一个中年叔叔常常来找母亲，有时还带一个小姑娘来。中年叔叔有时会买肉买菜，在家里和母亲一起做饭吃，那个小姑娘叫他“哥哥”。他觉得很别扭，躲在自己的屋子里不出来。有一天，母亲跟他说，我们和叔叔变成一家好不好？给你找个妹妹……没等母亲说完，他转身就跑了。一个晚上没有回家。母亲疯了一般到处找他。在建筑工地上的大水泥管子里找到他的时候，母亲抱住他放声大哭。孩子，妈永远也不会给你找后爸了！从此，母亲不再和中年叔叔来往……

他考上了名牌大学，毕业后考上了公务员，后来结婚，有了儿子……他很孝敬母亲，知道母亲这辈子不容易。不知为什么，母亲有时候会一个人坐在沙发上发呆，心事重重。他想，人老了，也许是怀旧吧。想到明天是父亲的祭日，于是和母亲说，明天一起去给父亲上坟吧。

从墓园里出来，他打开轿车门，让母亲上车。母亲忽然和他说，孩子，我想和你商量个事。看到母亲一脸的严肃，他心里“咯噔”一下，不知母亲和自己谈什么事情，为什么不能在家里谈呢？母亲看看他，张口说，我想找个老伴！他立时就蒙了，万万没想到母亲竟然说出这样的话，马上反对，不行！您都这么大岁数了，还找什么老伴啊？说出去不怕别人笑话吗？再说，你找老伴，外人还以为儿子不孝顺呢，我这脸往哪儿搁啊？还有，我现在是局长预备人选，这个时候您要改嫁，也影响我的前程啊！您这辈子都过来了，不能老了老了做出叫人耻笑的事啊！您当年说过，永远也不会给我找后爸……

母亲看着他，嘴角颤抖着，没说出话来，眼泪在眼圈里转。

一年以后，母亲病倒了，是肝癌晚期。临去世的时候，母亲握住他的手说，别把我和你爸埋在一起！

他无论如何不能接受母亲说的，为什么不能和父亲埋在一起啊！

他和妻子一起把母亲平日喜欢的东西收拾到一起，准备在殡仪馆一起烧掉，让这些东西陪伴着母亲，也算尽到自己最后一点孝心。妻子在母亲用的那只旧皮箱里找到一个小布包，里面有他从来都没见过的东西：一张民政局开的领养证，证明他是母亲领养的。还有一封信，是一个叫李玉明的小伙子写的。

“希望你再好好考虑考虑领养孩子的事情。他是个地震孤儿，你不管政府也会管的。你只不过是孩子的邻居，用得着把自己的青春都搭上吗？一个大姑娘领着一个孩子，别人会怎么说你？孩子他妈都扔下孩子走了，你犯得着捡一个累赘吗？如果你放弃孩子，我们还可以结婚……”

他和妻子都愣住了。他忽然理解了小时候母亲为什么总要搬家，是怕别人闲言碎语啊！母爱的伟大，这一刻，他才理解得刻骨铭心！

他跪在母亲的遗像前，头磕在地上“咚咚”地响……

原载2016年第6期《群众文艺》

杀年猪

蒋先平

今天是小年，吃过早饭老李带上家什去了屯东头张小抠家。

昨天晚上，张小抠特意来家里请老李明天给他家杀年猪。老李跟张小抠开玩笑说，这是太阳打西边出来了，咋想起杀年猪了？

张小抠红着脸说，念研究生的大儿子明天下午回来，上大学的小儿子明晚也能到家。孩子都回来了，杀头猪吃一顿，留着猪头猪蹄儿过年，多余的猪肉再卖点钱花，这么多年没有杀猪了，也让孩子乐和乐和。

老李在村里杀了一辈子年猪了，可还真没给张小抠家杀过呢。张家两个孩子学习好，小哥俩一个赛一个：大的考上了大学，小的就上了重点高中；大的考上了研究生，小的又念上了大学。

这些年，张小抠一家人省吃俭用供孩子上学，家里年年都养头大肥猪，但到年底从来不杀猪，都卖活猪了，卖的钱又给上学的孩子花了。

在村里几个小伙子的帮助下，张家猪圈里的肥猪被绑上抬到了面板上，老李手起刀落，肥猪不再叫唤了。

浇水、褪毛、刮皮，老李猪杀得干净利落。

猪开膛后，大伙都傻眼了，猪肉上竟是密密麻麻的小豆豆。这是痘猪，肉不能吃啊。老李擦了把汗说。

这、这，这可咋办啊？早知道是痘猪，不如卖活猪了，卖了钱还能买肉给孩子们吃，现在啥也没有了。张小抠掉眼泪了。

老李拿上家什回家了。

回到家里，老李眼前总是闪现着张小抠那沮丧的眼神。

老李抽了根烟，跟老伴说，你把前两天儿子给的那五百块买烟钱给我。

老李的儿子在城里开了个大饭店，一年能收入几十万。儿子特别孝顺，老李一家吃的用的，包括老李喝酒抽烟钱都是儿子供着。

要钱干啥？家里不是还有两条烟吗？老伴问。

不是买烟，是买张小抠家的痘猪肉。老李说，今早给张小抠家杀猪，可猪却有痘啊。小抠家这么多年好容易杀回猪还是痘猪，真是怪可怜的。刚才我给儿子打了电话，他说联系上一家化工厂，可以收购痘猪肉呢。我这就把定钱给张小抠送去。

厂子收痘猪肉做什么啊？要是卖给人吃，那不是坑人吗？老伴着急地问。

人家是加工成油料，做汽车机油啥的。老李笑着说。

那行，那行。快给张小抠送去吧，让他用这钱买些猪肉，听说他家的两个大学生要回家过年了。老伴把钱递了过来。

老李去了张小抠家。

大兄弟，刚才跟城里的孩子打了个电话，说了你家痘猪肉的事，他特意给联系了买家，这是定钱。老李掏出了钱。

张小抠说，谢谢李大哥的好意，可咱家的猪有痘啊，咱可不能坑人啊。

咋坑人呢？人家是化工厂，收这痘猪肉加工提炼成机油，给汽车当燃料呢。

老李认真地说。

要是那样，可太好了，谢谢大侄儿啊。张小抠接过钱高兴地说。

老李用张小抠家的手推车把瘟猪肉推回了家里。

吃过晌午饭，老李跟老伴说，一会儿城里化工厂的车到村头修理部送汽油，让我现在就把瘟猪肉送到修理部。

老李走后不一会儿，张小抠慌里慌张地跑到了老李家。

大嫂，李大哥呢？刚才我大儿子放假回来了，问我咋没有杀猪呢，我说杀出瘟了，卖给城里炼油厂了。他说那是骗人的，瘟猪肉根本炼不成机油。我猜你家李大哥和侄子也是让城里人给糊弄了，咱可不能干坑人的事啊。张小抠上气不接下气地说着。

快……快去村头！你大哥说一会儿人家来车去村头修理部拉瘟猪肉呢。老李的老伴急了。

张小抠急急忙忙来到村头。在树林边，老李正往地上的瘟猪肉上浇汽油呢。

李大哥你这是干什么？张小抠愣住了。我把它点着。说着老李划了根火柴扔了过去。

看着烧得冒油的瘟猪肉，张小抠明白了。

张小抠掏出五百块钱递给了老李。快回家买些猪肉给孩子做点好吃的吧。老李把钱硬是塞回了张小抠的兜里。

原载 2016 年第 8 期《农村青年》

证 据

孙艳梅

不年不节的，秋月竟然从东莞回来了。

美娥坐在家门口择韭菜，看着秋月拖着行李箱顺着绿荫小道由远及近。她和秋月是邻居，一把萝卜一把葱小十年，对秋月的家事像熟悉自己的十根手指头一样。若不是秋月男人被年久失修坍塌的老屋砸断腿，哪用得着秋月外出打工啊。记得秋月刚出去时，银盆大脸像十五的满月，仅仅三年过去，就瘦成了初一的月牙牙，瘦得风一刮就倒了。命啊，这是。美娥想她的命可比秋月的强多了，在外打工的男人一早许下话，等她把婆婆伺候终老，就带她进城享福。婆婆已经风烛残年，她的盼头就在眼前。秋月能这么不急不躁地过日子吗？

美娥站起来和秋月打招呼，咋回来了？

干够了，秋月做个深呼吸说，外头哪有家好，吸口空气都是绿的。

空气有啥好的，看来人家秋月赚足了哇，东莞那么远，她说走就走说来就来像逛自家菜园子似的。美娥问，听说那里的钱好赚？

秋月说，不能那么说，赚钱就像种地，要吃得下苦。我在玉石厂磨玉石，有时候一磨就是一通宵，等站起来，浑身都成“雪人”……

秋月的声音越来越弱，最后几乎声不可闻。美娥说，你累了，赶紧回家休息吧。秋月好像一下子回过神说，也不知怎么回事，最近总是乏得很。

秋月回来没多久，美娥就被她的男人打了，被打的原因是她说婆婆的坏话。美娥的婆婆是个半瘫，自个儿独居老宅子。美娥一直认为是婆婆阻碍了她进城享福的路，于是她就伺候得很不耐烦，送饭时候艮着脸把饭菜往桌上一杵，打扫卫生时候弄得满屋叮当乱响。婆婆当时不敢说什么，可会在儿子看望她的时候说，女人三天不打上房揭瓦。而美娥男人听了也就听了，从没生出动美娥一指头的念头。

可那天从老宅子回来的男人态度有了变化。村里出了个好女人秋月，男人残废了，毫不嫌弃，还赚钱养家。自己的老婆呢？每天睡到日上三竿，伺候个婆婆还怨声载道。原来女人和女人是不能比的呀，一比就比出差距比瞎了呀。于是回家再听到美娥说自己老娘坏话的时候，男人就火冒三丈了。他当时正趴在美娥身上，一个鹞子小翻身下来，一脚把光溜溜的美娥踹翻在地，你看看秋月，再看看你，你还是人吗？

光溜溜的美娥躺在冰凉的地上，嘴张得像大水瓢一样呼天抢地。她和婆婆过招多少回，男人都听之任之，若不是秋月，她哪会挨打啊。她不恨说自己坏话的婆婆，不恨打自己的男人，她恨起秋月来。

第二天，美娥在村西头的老槐树底下和一伙娘儿们跳广场舞。美娥说，你们说秋月在东莞到底是做什么的？一个娘儿们说，不是磨玉石吗？美娥说，还记得那阵子电视上放的东莞新闻不，恰巧这节骨眼，秋月就回来了……

美娥有一天正吃着饭，忽然听到秋月家里传来一阵噼里啪啦碗筷摔地的声音，她屏息静听，但听一声暴喝，你说你没干那个，谁证明？然后美娥就看到秋月男人拄着拐杖，怒气冲冲地从她家门口闪过，美娥一口馒头噎在嗓子眼里。

秋月男人是一根稻草的活儿都不肯干了，整天醉醺醺地提着个酒瓶子回家。一天半夜，秋月家又传来碗筷摔地的声音，美娥猛然听到秋月男人惊慌失措的狂喊声：秋月，秋月……

美娥再也沉不住气，敞开大门冲了过去。

秋月像一棵伐倒的树倒在地上一动不动。美娥二话没说，一溜小跑回家，摸起电话就打给娘家的兄弟，娘家兄弟有辆面包车。

医院里，秋月虚弱地坐在凳子上，旁边的医生皱着眉头对着灯光看一张胸透片，那是秋月的胸透片。片子里秋月的肺缺掉一大块，像被虫子蚕食的老菜叶。医生转过头说，尘肺病。

男人问，尘肺病是什么病？

医生说，顾名思义，长期吸入粉尘而导致的一种肺部疾病，这个病治不好……

秋月眼里放射出奇异的光芒，她说，大夫您是说，我这个病是长期吸入粉尘，才得上的吗？秋月小心翼翼地把片子紧抱于胸前，生怕片子长腿跑了似的。她转身对男人喜悦地说，证据找到了！又转身对美娥喜悦地说，证据找到了！

美娥和男人的眼泪唰唰地淌下来。

原载 2016 年第 3 期《百花园》

抓 背

高玉芳

孙强丢了四岁儿子小明。小明活泼可爱，眉清目秀。是患心脏病的妻子舍命给孙家留的根。他爷爷视如珍宝。一次孙强带着义子毛孩外地巡演时，家里的小明被人拐跑了！爷爷捶胸顿足，说是孩子丢失前，一福建男子来家讨过水喝。

从此，老孙带着义子毛孩常年流落在福建找儿子。

毛孩也是没娘的孩儿。是孙强路过山林时，一只冻死的老母猴从树上摔下，它怀里吱吱叫的小猴被他揣回家。起名毛孩。

他这奶爸喂猴子高钙奶，让儿子喝普通奶粉。晚上被窝里，猴子和儿子一边一个。一天半夜，刚给儿子把完尿放回被窝，毛孩从被窝里一蹿，仰身架在老孙胳膊上，得意地眯着小眼岔开小腿，尿盆里顿时哧哧有声。这待遇，义子也要享受。

毛孩平时活蹦乱跳，天生是个表演家。它金色长毛，金睛雪亮。长尾直竖，踱步轻盈从容。孙强训练他骑车、爬杆、翻跟头，跳水过天梯，还练会口叼飞刀的绝技。

流浪中，他洗头离不开猴子。毛孩捧着塑料桶立在他肩上，往头上浇水。可能站位偏，水流经常淋湿衣服，往脖子里灌。孙强也不在意，每次洗完总脱衣擦身。猴子就递上毛巾。

老孙有皮肤病，后背常刺痒难忍。手够不着痒处，常让毛孩用爪子给他挠痒。猴子天生是挠痒痒专家。抓得老孙大呼小叫，疼痛中解痒又舒服。天长日久形成一种定式：只要身上痒痒，他就连拍巴掌，毛孩立刻会意，掀起他衣服就抓。

那年老孙串亲，留毛孩和儿子在家做伴。小明的小手里总攥着糖块、水果之类。它围在他身边转，伸出小爪子讨吃。吃了还回报：给小明表演翻跟头，拿大顶。逗得小明咯咯笑。拍起小手连连鼓掌。这一鼓掌不要紧，毛孩像得了指令，蹿到孩子跟前，巴结地撩开他衣服，在他后背卖力地挠痒。小明疼得大哭小叫，毛孩以为他舒服，更卖力地挠。娇嫩的皮肤被抓得道道血痕。

老孙回来一看，魂飞魄散！拿起棍子追打毛孩。毛孩委屈地看看老孙。好汉不吃眼前亏。它满院乱窜，惊得鸡飞狗跳，刺溜上了树。

每次演出，他都打出寻找儿子的横标。在福建找了几年无音讯。

一天，一轿车司机在半路发现有只金毛猴子挡在路中心，任你鸣笛、威吓它它也不动，两眼直愣愣看着司机。司机觉得蹊跷，下车一看，原来一中年人倒在路边昏迷不醒。这昏迷的人正是孙强。司机赶忙将他抬送到医院，孙毛孩跟着闯抢救室，溜 CT 室，再钻进观察室，寸步不离孙强。谁撵它，它跟谁狠狠龇牙瞪眼。原来孙强患重感冒昏迷。两天后老孙醒来。毛孩高兴得欢蹦欢跳。

一个星期天，他带毛孩来到县福利院门前广场表演。毛孩的挑水过天梯节目需要水，孙强拎着塑料桶去院里找水。迎面碰上一个十来岁红领巾少年。少年闻讯，扭身为他打来一桶。老孙感激地邀他进场里看。演出最后，亮出孙家独门绝技——口叼飞刀。

围观人群满满当当。毛孩站在离老孙七八米处，从容地来回走动。金睛闪光，瞄着老孙手里的飞刀。老孙大喝一声：看刀！三把刀一起刺向猴子的左、右胸和咽喉。只见毛孩从容来了个前空翻，两手翻腕，各反握住一把飞刀，眼看中间那飞刀飞了过去，猴子两腿一夹，正好夹住刀柄。所有接刀过程都在前空翻的动作中完成。稳稳直立站定。

全场欢声雷动。红领巾高兴地递给毛孩一块糖。孙强递给毛孩小铴锣，让他围着场子收费。谁知一向听话的猴子却围着红领巾打转转，不错眼珠地盯着他。老孙拿起鞭子吓唬它：“馋儿子，敛钱去！”红领巾笑着接过铴锣说：“大爷别打。我替他敛。”这时，毛孩却突然转身拎来塑料水桶，噌地蹿上红领巾肩头，冲着他头上狠狠一泼。可怜红领巾浑身湿透，成了落汤鸡。他忙脱下短袖衫，光着膀子拧起来。

“这泼猴！今是咋了！”老孙赶紧上前替猴子赔不是。这时他发现：红领巾背上有一道道细长的疤痕，像无数条长长的蚯蚓。

原来，早年小明被公安机关从人贩子手里解救，找不到亲人，由旁边这所福利院养大。

原载 2016 年第 7 期《佛山文艺》

意外的发现

何　竞

男人是四年前下岗的，那时大陆刚刚施行“零关税法”，进口十几种台湾水果都免掉关税，男人想，如果开家台湾水果店，可能生意不错。

对于他的想法，女人向来支持。她身体很差，进医院是家常便饭，只能在家里做点小手工，常常怪自己没用，拖了男人后腿。男人抱着她的肩粗声大气说：别胡思乱想了，我一定好好照顾你！

夫妻俩将家里所有的钱都凑起来，开店还差了一万，女人就佝偻着身子回娘家去帮男人借了钱，他有些感动，信誓旦旦说以后赚了钱一定让女人过上好日子！女人睫毛上有泪光闪动，心里溢满了甜蜜，觉得嫁给这个男人，已经是最幸福的好日子。

男人雄心壮志，生意却不如想象中好，并没有做到风生水起一夜暴富。有些水果放到不新鲜了，果皮都开始皱巴巴时，男人只能忍痛贱价处理。

生意不顺，男人的脸色就沉下来，女人每天中午到店里给他送饭，他都有些不耐烦，对她大呼小叫的，心里隐隐也觉得是这个病秧子拖了后腿，让自己触了霉头，才发不了大财。他甚至挑剔她做的菜越来越难吃，只放一点点油，连肉星都看不见！每次他骂她，她都缩着脖子站在角落，不分辨也不反驳。

有次女人刚走，他发现将进货款忘在家里了，于是回家去取。男人打开门，从后面看见她握着饭铲拼命较劲，才知道最近她为什么那么瘦，身体那么虚弱，因为她每天中午吃的，就是饭锅里刮下来的一点剩米粒，在炒菜锅里放点开水和盐，兑成“汤”，就是她的菜肴。

她一直都在用自己的方式省钱，怕他担心，什么都不说。他的双眼湿润了，想起她为了帮自己开店借钱，受了哥嫂不少冷眼；身体再不好，每天也坚持做手工换零花钱；医生说她要多吃富含维生素的蔬果，他却连店里一个菠萝都没舍得给她吃过……男人没有惊动厨房里的女人，转身轻轻离开了。

当天晚上回家，男人拿了两个碰伤的阳桃，看上去青翠欲滴，如果不是身上“伤”了两处，肯定能卖个好价钱！他发着牢骚：顾客说这个水果烂了，贱价都卖不掉！

负气一般，他将阳桃塞给她：帮忙消灭了吧！

她怔怔地，有薄薄泪雾，漫了上来。

接着，他又漫不经心地说：以后中午我们一起吃饭吧，一个人吃实在太无趣了！

依旧是油星和肉荤少得可怜的菜，但他和她一起吃，将肥肉咬下，瘦肉全都夹到她碗里，还不住嘴说：原来两个人吃饭这样香啊！

她没有抬头，怕他发现自己的秘密，看到眼角的泪。

从那天起，他几乎每天都从店里拿回一两个台湾水果，它们身上都有碰伤或压伤，有时是芒果，有时是木瓜，有时是一捧青枣，那么硬，竟然也在运送途中被挤伤了。

女人很心疼地清洗着伤痕累累的水果，她说：好可惜啊，本来可以卖个好价钱的。男人鼻子有点发酸，仍旧粗声大气地说：这点水果，又能损失多少钱？反正送给人家都不要，还不如便宜我们自己尝尝鲜！

四年过去了，男人因为经营得当，终于将水果店口碑竖起来，很多人都慕名来找他这家台湾水果专卖店。他换了新房，买了小车，唯一没有改变的，还是每天中午和女人一起吃饭，他们依旧会将一块排骨在空中让来让去，企图夹到对方碗里。咣当一声，排骨落到地上，男人有些生气地瞪眼：你看你！

女人不敢说什么，她节约惯了，就算现在有了钱，也舍不得乱花一个子儿。有时男人拿店里新鲜水果给她吃，她都坚持不要，说这个太酸了，那个太淡了，其实，是怕浪费钱。

两人将排骨掉在地上那天下午，看起来天阴阴的，像是将要大雨倾盆了，女人明知男人开车不会淋到雨，还是忍不住拿了伞给他送过去，也许，她只是想用这种方式，委婉地跟他说声“对不起”。

她惊异地发现：半掩的店门后，男人正拿着一只完好的番石榴，拼命往地上扔，终于看见番石榴身上有明显的“伤疤”了，他才心满意足地住手，小心捡起水果，用棉布细心擦干净上面的灰尘，放进自己口袋。

女人站在店门口，心情像四年前他无意间发现自己的秘密那样：那么震惊，那么感动，那么甜蜜。

他给她的，只有每天一两个卖不出去的“伤果”，却在这些费心制造的伤疤中，铭刻了他沉甸甸的圆满爱意，化成最好的维生素，滋养了她的幸福。

原载 2016 年第 10 期《故事会》

一块创可贴

一只男鸳鸯

这天，牛牛放学回家，一边走一边玩游戏机。牛牛只顾盯着游戏机屏幕不看路，在转过西街尾偏僻的街角时，猛地一下把一位老奶奶撞倒了。

老奶奶仰面躺在地上，疼得直喊“哎哟”。牛牛吓坏了，茫然不知所措。

老奶奶一看是个小毛孩，苦笑着责怪道：“看你这顽皮蛋子，眼睛长到哪里去了？还愣着干啥，把奶奶扶起来呀！”

牛牛这才缓过神来，连忙蹲下来扶老奶奶。牛牛发现老奶奶的右手正滴着鲜血，不由得惊叫起来：“老奶奶，您的手受伤了！”

老奶奶这才注意到，自己刚才倒地的时候，右手刚好磕着地面的一颗小石头，把拇指擦破了皮……

老奶奶皱皱眉，牛牛后悔地哭了：“老奶奶，都怪我不好，对不起！我家里有创可贴，我马上拿来给您止血！”

老奶奶一听这话，眉头一下子舒展开了，笑着说：“看你这顽皮蛋子，能认错，能道歉，这点倒值得表扬！我只是受点小伤，不碍事，你不用回家拿创可贴了！”

不料牛牛噘起小嘴，执拗地说：“不！我闯了祸就得负责任！我家就住在前面的桂花小区，老奶奶您等着我！”不等老奶奶回话，牛牛飞也似的跑了。

牛牛跑回家，看见妈妈正在悠闲地织毛衣，爸爸正在悠闲地看电视。牛牛喘着粗气说：“爸爸妈妈，我把一位老奶奶撞伤了！”

牛牛爸妈一听大惊失色，马上停下手中的活计，异口同声问：“怎么回事？”

牛牛擦擦额头的汗，把事情的来龙去脉大致讲述了一遍。

牛牛爸妈脸色凝重地对看一眼。

牛牛爸追问："是在西街尾偏僻的街角撞倒的吗？"牛牛点点头。

牛牛妈追问："当时没有其他人看见吗？"牛牛再次点点头。

牛牛爸妈这才放下心来。牛牛爸说："那个地方没有监控，又没有人看见，牛牛你就当这事没有发生吧！"

牛牛一听急了，反驳道："怎么可能没有发生？老奶奶还等着我拿创可贴回去贴伤口呢！"

牛牛妈一听责骂道："你这小笨蛋，拿什么创可贴？要是老奶奶讹上我们家，可就惨了！不准去！"

牛牛拿着创可贴，犹豫着还是想出门，被牛牛爸一把拉住了。牛牛没办法，只得赌气躺在床上，不搭理爸爸妈妈。牛牛爸妈在客厅里嘀咕了很久，牛牛没有听清内容，也不想听。

从第二天开始，牛牛妈担负起接送牛牛上学的任务。跟以往上学大不同的是，这回彻底改变了路线，绕了很大一个圈，距离撞倒老奶奶的那条街远远的。

一个星期下来平安无事，牛牛爸妈的心像卸下了千斤重担，终于松了一口气。

感觉风险期已过，牛牛妈正准备不再接送牛牛上学时，邻居却带给她一个惊人的消息。邻居说，桂花小区来了个老太婆，说要找一个不知名的小毛孩，不知道那老太婆想干啥。

牛牛妈把这事赶紧告诉牛牛爸，商讨对策。牛牛爸蒙了，喃喃道："哟，这老奶奶能耐还挺大，大事不妙！不过她是怎么找到这个小区的？"

牛牛在旁偷听到大人的谈话，忙站出来承认："是我告诉老奶奶我住在桂花小区的！"

牛牛爸一听气得要扬巴掌，被牛牛妈止住了。牛牛很憋屈，赌气躺在床上睡午觉，不搭理爸爸妈妈。牛牛爸妈在客厅里又嘀咕了很久，牛牛没有听清内容，也不想听。

牛牛睡得正酣，忽然被妈妈叫醒。牛牛看见爸爸妈妈已经收拾好东西，准备出门。牛牛揉着惺忪的双眼，疑惑地问："爸爸妈妈，我们这是要去哪里呀？"

牛牛妈小声回答："我们这是要搬到城东的舅舅家去住一段时间，免得老奶奶来桂花小区找我们家的麻烦！"

牛牛不情愿地收拾好书包，跟着爸爸妈妈走出门。刚到小区楼下，牛牛就看见被他撞倒的老奶奶站在那里。牛牛奔跑上去，关心地问道：“老奶奶，您的伤好了吗？”然后又指着爸爸妈妈迫不及待地解释：“不是我说话不算数，是爸爸妈妈不让我给您送创可贴的！”

牛牛此话一出，牛牛爸妈脸色大变，但又不好躲开，只好尴尬地上前打招呼。

老奶奶抚摩着牛牛的头，欣慰地说：“你果真是个好孩子，奶奶没有看错你。奶奶这次来找你，没有其他目的，只是想来看看你，想亲口告诉你两件事：第一是人要讲诚信，说话要算数；第二是走路不要玩游戏机，不安全！”

牛牛认真地点点头，说：“老奶奶，谢谢您，我懂了，我记住了！”说完从书包里拿出创可贴，拉着老奶奶右手拇指，把创可贴轻轻贴上。老奶奶和牛牛都笑了，因为老奶奶右手拇指上的伤口，早已经好了！

看着这一幕，牛牛爸妈的脸红了……

原载 2016 年 2 月 21 日《吴江日报》

笑 杀

石上流

江湖传言，柔夫人笑可杀人。

这个世上，没人见过柔夫人的笑。见过柔夫人笑的人，都已到了另一个世界。

柔夫人有“赛玉环”之称。

能与“回眸一笑百媚生”的杨贵妃媲美，柔夫人的魅力可想而知。

柔夫人倾国倾城，武林第一美女的桂冠自然非她莫属。

柔夫人不仅貌美无双，凹凸有致的身子还散发着令人着迷的奇香。

试问，天下有哪个男人能抗拒得了这样的尤物？

牡丹花下死，做鬼也风流。那传言固然骇人听闻，可追逐柔夫人的男人仍数不胜数。

柔夫人眼光极高，罕有受其青睐者。

得不到的才是最好的。柔夫人不屑一顾视若无睹的冷淡，反而激起一帮江湖豪客的征服欲。

甚至连平素习武成痴、不近女色的“鹰王”游苍穹，也拜倒在柔夫人的石榴裙下。

游苍穹皮糙肉厚，其貌不扬，外人原以为这样的男人定然难入柔夫人之眼。

然而，事实出人意料。

不知是天火勾动了地雷，还是游苍穹使了什么迷魂大法，总之没过多久，柔夫人那秋水般的明眸竟似黏在游苍穹身上。

柔夫人与游苍穹恰似一对神仙眷侣，如胶似漆，出双入对，好生令人羡慕。

如果要说有何美中不足，那便是柔夫人宛若一个冰美人，从未向游苍穹展露过笑靥。

尽管日日相伴的有明艳动人的面庞、仪态万方的风姿、柔情似水的目光、令人陶醉的体香，游苍穹还是感到些许遗憾。

游苍穹想，这女人如此美丽，如若展露笑颜，定然艳光四射，不可方物。

可是，任凭游苍穹怎么哄柔夫人开心总难奏效，她从不以笑脸示人。

转瞬间，柔夫人与游苍穹在沉香坞共同生活已达百日之久。

这天早晨，睡眼惺忪的游苍穹再次闻到那熟悉不过的体香。那气味较之往日，似乎有过之而无不及，令人意乱情迷。

凝视着枕边那散乱的云鬓，游苍穹忍不住抚了一把，又抚了一把。

柔夫人缓缓地掉转脸庞，幽深的目光将游苍穹罩了个严严实实。

石破天惊！

恍惚中，游苍穹看到一张无以言表、美到极致的笑脸。

那笑脸，开始像雨后彩虹般赏心悦目，惊艳绝俗。随后，又像一朵盛开的罂粟花，挟着一股无法抗拒的神秘力量，带着游苍穹向无边黑暗下沉……下沉……

数日后，当有人发现游苍穹直挺挺的尸体时，沉香坞已不见柔夫人的踪影，只有细若游丝、挥之不去的香气。

游苍穹嘴角上牵，带着一抹诡异的笑影，全身上下完好无损，竟无丝毫伤痕。

铁塔一般健壮、叱咤江湖多年的“鹰王”，就这么不明不白地死去，任何痕迹也没有留下。

柔夫人笑可杀人的传言，再一次铺天盖地喧嚣如潮。

这其中秘密，唯有天机老人知晓。

——柔夫人原名紫月，乃剑客慕容冲之义女。

因剑术无双遭人妒恨，慕容冲夫妇被一帮恶徒设计害死。

为了替义父义母复仇，紫月隐姓埋名远赴西域，从一异士处获一秘方，只身闯入毒虫无数的万花谷……

三年后，九死一生的紫月脱胎换骨，越发娇妍。

更重要的是，日积月累的食花生涯，让醉人的芳香渗入紫月肌肤。这体香初始宜人，尔后迷魂，最终会让人因中毒太深产生幻觉，直至在幻觉中殒命。

重返中原后，紫月化名柔夫人，开始了自己的复仇行动。

所诛之人，皆为当年害死义父义母的仇人。

事实上，自从踏上复仇之旅，柔夫人便不曾展露过笑颜。内心深重的恨意与杀机，已让她忘却欢笑的滋味。

游苍穹之流看到的醉人笑靥，不过是开在虚幻土壤上的招魂夺命之花。

“鹰王”游苍穹，是柔夫人解决的最后一个仇人。

如今大仇得报，柔夫人才真正露出久违的笑容。那笑影背后，隐藏着难以言说的沧桑与悲凉。

尔后，柔夫人毅然走向大山深处……

原载 2016 年第 7 期《精短小说》

相逢时难别亦难

王卫斌

王名卫老人临终前，突然拿出一只青铜貔貅，交到了独生儿子王远祥的手上，口齿不清地交代：“记……记住，你有一个大伯，名叫王名万，如果他还活着，应该是个大官大将了……”接着，他向后人说出了一段尘封已久的往事——

1934年，王名万和王名卫兄弟俩双双参军入伍，离开了当时的家乡忠孝县仁爱乡信义村，跟随着中央红军北上抗日。临行前，父母亲分别送给他俩一只祖传的青铜貔貅，嘱咐随身佩戴，作为思亲想家的信物和逢凶化吉的护身符。

当部队行进到贵州遵义境内时，王名卫因贪杯，偷偷地喝下了大量当地盛产的茅台酒。偏偏就在当天晚上，突有一股土匪袭击驻地，在短兵相接的混战中，他因醉意上涌，昏昏沉沉支持不住，结果被敌人一刺刀捅中屁股，掉进了一条幽深的水沟，昏迷了几天几夜才苏醒过来。

此时部队已经开拔，方向不明，王名卫心有余悸，不敢贸然前行，索性打起了退堂鼓，沿途乞讨大半年，历尽艰辛，好不容易才返回家乡。

几十年来，他对自己的这段历史一直守口如瓶，讳莫如深，以为奇耻大辱。在生命的最后一刻，他终于鼓起勇气，硬着头皮自揭其丑，不禁老泪纵横，泣不成声。

王远祥得知真相，气得破口大骂："老家伙，你怎么不早说呢？当了一回红军，莫说混个一官半职，竟连补助款、抚恤金也没有捞到一分半文，害得我们过了这么多年苦日子，白白挨了土匪一刀，活该！"

王名卫惨叫一声："造孽啊……"四肢一挺，随即气绝身亡。

从此，王远祥仗着自己的叔父辈当过红军，居功自傲，隔三岔五就跑到当地政府要官要补助，拍桌子打凳无理取闹："你们知道今天的好日子是怎么来的吗？凭我们王家一门两个红军的功劳，国家就是封老子一个镇长、市长，养老子十代、八代都不过分！"

此外，他还千方百计寻找着大伯王名万的下落，凡是在外工作的金盆籍老干部都被他排查遍了，但一无所获。他不甘心失败，临死前，又把那只青铜貔貅交给了儿子王科勇，寄望于下一代："记……记住，你有个大爷，名叫王名万，如果他有子孙，肯定有钱有势了。你若找得到他们，我们王家就有了靠山，往后不愁没有好日子过……"

王科勇在王远祥的言传身教下，从小就养成了游手好闲、吊儿郎当的恶习。王远祥去世后，他益发肆无忌惮，整天价带着一伙二流子到处惹是生非、坑蒙拐骗，做起了为害一方的土霸王。由于他们越闹越不像话，终于激起了公愤，纷纷群起而攻之。眼看着在家乡混不下去了，王科勇被迫纠合了狐朋狗友张三和李四，一路流窜作案辗转来到了西北某城市。

这天晚上，他们趁着夜深人静之际，撬开防盗门溜进了一座公寓里。正在翻箱倒柜，不料惊动了主人，连呼：“来人哪，捉贼！”王科勇见势不妙，杀心陡起，拔出匕首把主人捅翻在地，然后招呼张三和李四各散东西，落荒而逃。

正在附近执勤的巡警闻讯分头展开追捕，王科勇只身杀出重围，一路穿街过巷，越墙爬壁，最后误闯进了一条死胡同。后面一个警察步步紧逼，王科勇走投无路，挥舞着匕首负隅顽抗，企图拼个鱼死网破。警察警告无效，被迫果断开枪，正巧击中他佩戴在胸前的青铜貔貅上，侥幸免于毙命。王科勇急中生智，干脆假装中弹倒地，等到警察靠近，他突然持刀一跃而起，以迅雷不及掩耳之势当胸向警察刺去，不料手臂一麻，匕首“哐当”一声掉落地上，直痛得他呼爹喊娘。

“他奶奶的，算你狠！刚才若不是老子有护身符在身，差点就栽在了你这个无名鼠辈手里！”警察冷笑一声，掏出手铐正要俯身把他捉拿归案，突然目光盯在了他胸前的青铜貔貅上。

“你是不是王名卫大叔的子孙？”警察从怀里掏出一只一模一样的青铜貔貅，试探着问。

原来，当年王名万果然走完了长征全程，但因文化太低，又被分配负责炊事工作，因此没有机会立功、升职，仅仅是当了个炊事班长。更不幸的是，他所在的部队进驻西北某小城时，突然一颗炮弹飞来，不偏不倚正好落入锅内，把一锅稀饭连同他的一条大腿也炸飞了。从此，他被迫退伍就地养伤，并与当地一个农村姑娘结婚，做了一个地地道道的农民。

他生前曾多次请人写信寄往家乡，但由于记忆失误，叙述不清，再加上家乡经过几番合并、升格，已经发生了翻天覆地的变化，因此信件发出后，无不犹如石沉大海，杳无音信。他在弥留之际，遥指南方，告诫子孙后代，一定要认祖归宗……

他的后人遵照遗嘱，从未间断过寻找远方亲人的努力，但依然没有任何结果。万万没有料到，两个红军兄弟的第三代，却在这种尴尬的场合意外地相逢了！

两人互相盘问了一些家史，验明了正身，王科勇喜出望外，“扑通”一声跪在地上，连连磕头求饶：“哥哥，如今我命案在身，还望你念在咱们骨肉亲缘的分上，快快放我一马！”

警察正在犹豫不决，这时，远处红灯闪烁，警笛长鸣，对讲机骤然响起。“兄弟，国法如天，你逃得过我的手，逃不过别人的手；你逃得了今天，逃不过明天，休怪哥哥我无礼了！”警察大喝一声，猛地铐住了王科勇的手腕，押着他朝警车方向走去……

原载 2016 年第 3 期《芒砀》

杨小青的诗和远方

秦兴江

我跟杨小青一起上学的时候，他最大的特点就是喜欢脸红，得到表扬脸红，受到批评脸红，见了女同学脸红，跟人说话还脸红，更别说跟人吵架了。他除了会脸红别的好像什么也不会，可就是这么老实的杨小青后来却干了很多让我吃惊的事情。

杨小青是我邻村的，他村小，没有学校，整个小学时代都是在我们村度过的。他跟我关系玩得好，所以我习惯说杨小青是我的小学同学。初中毕业以后，我俩都没考上高中。那时候我们家境都不好，父母不同意复习，只好回家务农。我开始跟着父亲学耕地、压场、扬麦，还有编篮子、织蓑衣。杨小青不知干啥。那时候我们才 15 岁，那是 1991 年。

到了第二年夏天，那天上午我一个人在村后堤坝上放牛，手里拿着一本小说，边走边看。不知什么时候，突然听到一声喊：“小胖子——”我急忙抬头，迎面看见一个帅小伙骑着一辆绿色的自行车，车梁上挂着绿色的邮包，车后架上也是。再一看，这不是杨小青嘛！可杨小青的身上也多了一件绿色的制服。“杨小青，你当送报员啦！”我有点喜出望外，就好像骑车穿制服的人是自己一样。杨小青赶忙下车。

那天上午我俩聊了好长一阵子，我祝贺杨小青找到了一份好差事，邮差在当时是很洋气的一种职业，不是谁都能当上送报员的。可更让我惊讶的是，杨小青告诉我，他还学会了写诗。

“你也写吧，我教你！”看着我瞪得比牛眼还要大的眼睛，杨小青兴奋地对我说。我竟然点点头，就好像杨小青一教我就会写了似的。

对于诗我们在课本上都学过，并不陌生。可杨小青写的到底是什么样的诗呢？我会写吗？那天杨小青走后，我继续放牛，事实上已经成了牛放我——我的眼睛直直地盯着甩来甩去的牛尾巴，心里再也不能平静了。

杨小青能写诗，我为什么不能呢？从那天起，我也开始做起作家梦，梦想着自己成为一个大诗人，有时候做梦还能笑醒呢！哈哈，我想，杨小青应该也是如此吧。

可是，到了第二年秋天，杨小青出事了。

听说杨小青利用送报纸的机会给东庄村书记家的闺女写情诗，后来发展到约会，一来二去被发现了。那个村支书把闺女锁在家里，又一拳把杨小青的鼻子砸破了，流了满脸血。

杨小青与所有的人不辞而别。我的作家梦也随着杨小青消失了。

那时候村里还没有电话，如果在外的那个人不跟家里写信，你是没有任何办法可以联系到的。所以在头三四年里，就连杨小青的父母也不知他到底去了哪里。只知道他临走的时候，借了别人 50 块钱，身上再也没有值钱的东西。

不过几年后，却断断续续听到了他的消息。原来杨小青离家出走后，直接坐火车去了延安。延安，那可是革命圣地啊，杨小青去那里干什么呢？原来还是写诗。为了写诗，他去看延安，看黄河，看长城，看雪山，总之凡是想看的地方都去了！没有钱他走到哪儿随时帮人家干两天活儿，挣了路费就出发。有时候他干脆步行，也拦过车，困了就随便找个地方睡一觉，渴了饿了就去人家家里找吃的。他就这样一路看，一路写，到一个城市就去找当地报社和杂志社，把他那些“大作”拿给编辑老师看。有个编辑听说了他的传奇经历，还为他配了照片，写了简介，甚至称他为“流浪诗人”“诗痴”。他那些写延安、写黄河、写长城的诗，真的陆续在各大报刊发表了！在东北，有一个林场老板被他感动，还拿钱为他出了一本诗集。

杨小青真的成了诗人。当然，所有这些具体的细节都是后来我见到杨小青的时候，他自己跟我讲的。这时候，已经是 15 年以后，我的孩子都上学了，杨小青三十好几了却刚刚领回来一个如花似玉的南方姑娘。

事情到这里应该是皆大欢喜，尘埃落定了。杨小青功成名就，终于过上了几年安稳的日子。谁知日子太安稳了也不行，杨小青结婚后整天沉浸在幸福的生活中，写诗的激情少了，钱包也逐渐瘪下来。孩子上小学后，杨小青还是不急不躁，他沉得住气，女人可沉不住气了。有一天，女人提出想回南方老家一趟。杨小青恋恋不舍送到车站。

过了两个月，杨小青想急了就去南方那个城市接女人。女人说在那边已经找到了工作，不管杨小青怎么说，咬住牙不回。

今年刚过春节，杨小青说请我吃饭。跟我说这些事的时候，他抱头痛哭，像一个受了极大委屈的孩子，怎么也劝不住。惹得饭店的小老板伸头探脑，好奇死了。

“过年也没回来吗？”我问。

“回来看了一眼孩子，住在县城小旅馆里就是不回家！呜呜，你说——我和孩子想她难道她不知道吗？”

我能说什么呢，只好深深地叹口气，在他痛哭的时候，悄悄把账结了。

那天临走，杨小青回头告诉我，女人离开的日子里他又写了很多很多诗，他打算再出一本诗集，等女人过年回来的时候送给她。

原载 2016 年第 9 期《百花园》

人间烟火

王文钢

雅是中学美术课的老师，她的课一般都是在下午。午后的阳光慵懒漫长，雅在办公室准备好画夹彩笔，踏着上课铃的响声走出办公室的门，朝不远处的教室袅袅婷婷走去。

学校里的很多老师都惊异于雅的柔美飘逸和她那保养得皓如凝脂般的肤色。雅已经是一个十岁孩子的母亲，却还如同二十岁的女子般面如冠玉风姿绰约。

雅喜欢穿旗袍，一袭旗袍在身，回身举步，恰似柳摇花笑润初妍。每一天，雅都精心把自己侍弄一番，宛若一件完美的艺术品，她能从别人艳羡的目光中得到一种心灵的满足。当然，出门遇到那些炙热若火般的目光雅亦能泰然自若。

雅的密友跟别人透露，雅一向崇尚完美。她追求完美的心理在上大学的时候就有了，就像她画中的人物和景色一样，超凡脱俗，让欣赏者有一种美妙的感受。

那一次，雅站在讲台上，让学生根据自己的想象画一幅画，风景人物都可以。此时，窗外微风习习，树梢微摆，几只黄鹂站在枝头鸣唱跳跃。雅看得痴了，回转身想拿起笔作画的时候，却发现有不少学生画中的异样，走近看了，画中人物竟然是她。

她站在窗前凝思的神态走进了那些学生的心里，画中的她淡雅如仙，美丽至极，如不食人间烟火的仙子般玉洁冰清出尘脱俗。这事后来成了赞赏雅的一段佳话。

雅的老公颇有本事，先办厂后开公司，几年间生意做得风生水起。一个儿子是雅的掌心宝，这样的家庭不知羡煞了多少人的眼球。

却有一日，有人见到雅一脸落寞，眼角似有泪痕，犹如梨花带雨般令人怜爱。一连多日都是如此。

后有消息传出，雅的老公感情出轨。雅是一个追求完美之人，岂能容忍，终究没法忍受跟他离了。一连多日，雅眼袋低沉，肤色晦暗，行走时碎步轻盈，身姿飘然若纸。

儿子判给了男人，周末的时候雅把儿子接来。有一次，雅的儿子跟院子里的孩子一同玩耍的时候，竟爆出粗口，撒娇耍赖。众人方悟，这孩子已让雅宠坏了。再看雅，脚步杂乱，面露忧容。

半年后的一天，有人看到雅身后多了一个年过半百的男人，夹着一个皮包跟在雅后头。有时开着车过来，雅低头上楼，碰见熟人也是低头走过，男人尾随其后。

晚上，有人望着雅那灯光朦胧的窗口，就感叹，这个雅，当真是破罐子破摔了！

时间久了，有人知道，那老男人是一家装潢公司老板，据说不光钞票可以塞满轿车的后备厢，而且有才，画得一手好画！

这是许多人没想到的。又是许多人意料到的。

那一天，学校家属院的大门口多了几个乡下来的汉子，一连几天逗留此地。

有人警觉，问起，说是找人。

问找谁。说找一个装潢公司的老板，他的相好是一个老师，住在这里。

有什么事吗?

汉子叹气，老板少我们的工钱，我们没办法，只好堵他了，但是他跟那女老师住在哪个单元我们又不知道，只能在这里等。

那天黄昏，几个汉子照例蹲在大门口等。有一个家里出事急等用钱的汉子开始哽咽低泣。

一个女子飘然而至。是雅，依旧风姿绰约。她从随身坤包里掏出两沓钞票递过来，你们的工钱，耽误你们用了，实在是对不起。

雅转身离去的时候，几个汉子还呆愣在那里，稍后有人叹息，表情有惋惜之情。

几个汉子走后不久，就听见从雅住的那栋楼传来争吵声。雅的声音第一次在院子里回荡，你给我滚，我瞎了眼，没认清你这个狼心狗肺没良心的东西。

片刻，众人看到那个年过半百的老男人夹着包狼狈而出。

院子里很多人叹息，雅这次当真回到了人间，感受到人间烟火的气息了。

翌日午后，阳光很好，空灵而又饱满。没人见到雅来校上课。

有人站在教学楼里看到雅站在家属楼六楼的阳台上，一袭粉色旗袍，柔美飘逸，清幽淡雅。丽日下的雅，神情淡淡忧郁，仍有一副不食人间烟火的气息!

原载 2016 年第 8 期《百花园》

你像领导

徐均生

那天唐汉无所事事，在街上闲逛。

有一个叫张山的人跑到他跟前，毕恭毕敬地招呼他："领导，您好！"

唐汉非常吃惊，眼睛睁得大大的，连忙否定："你认错人了。"

张山非常认真地说："没错，您就是领导。"

唐汉喝道："你胡说什么呀？"

张山解释说："领导，请您别发火。您只要去一个地方，您就知道您就是领导了。"

唐汉觉得很好奇，便说："好啊，你带我去。"

张山就带着唐汉来到一家大酒店，酒店里有人在结婚，很热闹，快开席了。

张山便领着唐汉往前挤，刚走了几步路，很多人都闪开让出了一条路，有人悄悄地在说："这不是领导么！""是啊，新郎新娘真有本事，领导都请来了。""哎哟，他们是亲戚。""原来是这样啊！"

唐汉顿时脑袋发麻，天下竟然有这等事！

张山已经领着唐汉来到新郎新娘面前了。

新郎新娘连忙站起来，惊喜道："领导，您……谢谢您参加我们的婚礼！"

张山就从口袋里掏出一只红包递给新郎新娘，说："这是领导的心意！"

新郎新娘满面欢喜，连忙道谢："谢谢！谢谢领导！"

唐汉这时候不得不说话了，他满面春风地说："首先祝福新郎新娘新婚快乐！甜美无比！再祝你们早生贵子，白头到老，永结同心！"

唐汉的话音刚落，就响起了热烈的掌声。

接下来，唐汉被新郎新娘请到了首席，一杯一杯地敬酒，当然，还给张山敬酒。张山很少喝酒，只吃菜吃肉。唐汉吃得很少，跟很多人碰了酒杯。

婚宴散场时，新郎新娘把唐汉送到门口，还有一袋东西让他拎着。唐汉没有接，张山连忙接过来了。新郎新娘也给张山一袋东西。

张山就和唐汉回来了，回到一个地方。张山边打开袋子，边说："看看有什么东西。"

"哇！不错啊！"张山叫了起来。

唐汉说："你叫什么啊？"

张山说："新郎新娘还送你五千块钱的红包哩，我只有一千块！"

唐汉问："他们干吗要送我红包？"

张山说："这叫还礼，刚才您不是也送了一个红包吗？"

唐汉问：“你包了多少？”

“二百。”张山又说，“这样吧，我们一人一半，你三千，我也三千，当然那两百得扣除。你看行不行？”

唐汉说：“行！”唐汉就拿到了两千九百块钱回家了。

过了几天，唐汉在街上又遇到了张山。张山问唐汉：“今天您想不想去当领导了？”

“想啊！为什么不想？”唐汉断然地说。

唐汉跟着张山又去一家酒店吃喜酒，包了二百，回赠了五千块。唐汉分得两千四百块。

唐汉大喜，这钱太好挣了，便隔三岔五地跟张山一起去吃喜酒，分钱。

有一天，唐汉问张山：“你怎么知道这样能弄到钱？”

张山说：“这非常简单，你长得像领导，是领导就能弄到钱。”

唐汉明白了，这弄到钱的功劳是因为自己像领导，跟张山没有什么关系。这张山要分一半钱去，真是太黑心了！

“我干吗要让张山分钱呢？”唐汉心里很不平衡，就想着自己单干。

这不，周末刚好有一家结婚办喜酒的。唐汉事先包好了一个二百块钱的红包，独自走进了宴会厅。有人就叫起来了：“这人像领导。”“他怎么一个人来了？”“他是不是下台了？否则不可能不带秘书一块来的。”“有可能，你看他走路的步子，也没有领导大，胸也没有领导挺。”“就是，他不是领导。”

唐汉傻了眼，但还是硬着头皮往里面走。新郎新娘却没有迎出来，见了他也没有理睬。唐汉把红包递给新郎新娘，新郎新娘才说了声“谢谢”的话，让唐汉落座，让唐汉喝酒。唐汉不知所措，非常尴尬。

忽听有人说：“领导来了！”

大家纷纷扬扬起来欢迎，新郎新娘快步迎出去。

唐汉也抬起头来，眼睛睁得大大的。

门口，张山和一位领导模样的人，笑眯眯站在那里，但这人一点也不像领导。

新郎新娘非常高兴，感谢个没完。大家也跟着向这叫领导的人敬酒。

事后，张山怪唐汉：“你怎么好独自去呢？”

唐汉心里嘀咕着，说：“我想，我想，我等不到你就来了。”

张山说：“告诉你吧，没有我，他们根本不会认你是领导。”

“为什么？”唐汉真的不知道原因在哪里。

张山不无得意地说：“因为我像领导的秘书。”

唐汉若有所悟，问：“你是说他们只认秘书？”

张山说：“是的，现在的人就是这样的。”

原载2016年第5期《微型小说选刊》

寻找好人

葛有杰

朱副局长泡上一杯上等的碧螺春，点上一根“中华”，左腿翘到办公桌上，右腿翘到左腿上，轻轻吐出一口烟。扭头看看窗外，天清云淡。朱副局长心清气爽，心中漫过一阵得意。

老局长退居二线。新局长要从朱、马、胡三位副局长中提拔。朱副局长早早做了准备，让在省城工作的二叔给县领导打过招呼，朱副局长又“巩固”了和县领导的关系。给县领导们留下了不错的印象。马副局长上面也有人，但是没有朱副局长的关系硬，下手又晚，已落下风。胡副局长是个女的，无权无人，属于陪太子读书的角色。昨天晚上，二叔打来电话，县里几位常委明确表示支持他，是新局长的不二人选。等人大常委会通过，局长的位置就是他的了，板上钉钉。

不到四十岁就当上了一个大单位的一把手，前途无量。朱副局长没有理由不得意。

朱副局长放下办公桌上的双腿，碰掉一沓报纸。弯腰捡报纸时，看到县报上面的一则“寻找好人”的消息。

“我母亲昨天出门买菜，心脏病突发，摔倒在路边。一位好心人路过，把我母亲送到医院，没有留下姓名和联系方式。医生说，要是再晚来五分钟，后果不堪设想。我代表我全家真心感谢您，我知道您不为名不为利，但是请您站出来，接受我们全家的一声谢谢。好人，你在哪里？”

朱副局长摇摇头，心想：这个好人还真有钱呀！路边摔倒的老太太也敢扶。

回到家，打开电视，电视上也在播放“寻找好人”的新闻。网络上本地论坛已经炸开了锅，有上千人发帖留言，希望这位好人赶快现身。

这将会成为全城谈论的一个热点。如果自己能和这件事有什么关联的话，那不就是给自己“加分”吗？我要是能把好人给找出来，自己也能跟着露露面。朱副局长心想。

朱副局长赶紧给妻弟打电话，让他调查这件事。妻弟这个人神通广大，黑白两道通吃，在这个小城，好像没有他办不成的事。

妻弟也没有让他失望，通过公安局的一位朋友在一家小超市的监控设备中找到了这段完整的救人视频。

朱副局长安排妻弟一是要保护好这段视频，一定要独家拥有；二是要等到大家快绝望时再公布这段视频，这样更有爆炸性；第三点最重要，公布视频时一定要说明是朱副局长千辛万苦找到的。

过了两天，通讯员小毛推门进来：“朱局长，好事呀！那个好人找到了，一大批记者在宣传部领导陪同下往咱单位来呢，您是不是……”

不等小毛说完，朱副局长就朝小毛摆摆手，让小毛出去迎接记者。这件事妻弟办得漂亮！一切都在自己的计划之中，这不，记者不都是来采访了吗？发现好人的过程本身就是个不错的新闻。

“作为一名领导干部，弘扬社会正气，传播正能量，也是我们义不容辞的责任……”朱副局长把草稿又背了一遍。窗外，记者们已经下了车，往办公楼涌来。

乱哄哄的脚步声越来越近，朱副局长的心也随着这脚步声兴奋起来。可是这些脚步声通过他办公室门口时并没有停留，越走越远。

怎么回事？朱副局长开门一看，记者们正往胡副局长办公室挤呢！

“作为一名领导干部，弘扬社会正气，传播正能量，也是我们义不容辞的责任……”胡副局长侃侃而谈。

“那你为什么不留姓名呢，这么长时间都不现身呢？”一位记者问。

“老人摔倒了，有人扶就行了，这个人是谁并不重要。我也不想曝光，只想安安静静地上班，做好自己的本职工作。”

掌声久久不断！

朱副局长蒙了，这个好人竟然是胡副局长！

接下来一段时间，胡副局长成了红人：上省报的头版；被评为小城“最美的局长”；被县委、县政府表彰为先进个人，奖励五万元人民币……一时风光无二。完全盖住了朱、马二人的风头。

一天的晚上，朱副局长和老婆、妻弟一帮人在高档酒店吃饭，喝得醉乎乎的。去卫生间的路上，听到另一个包间的争吵声。

“事先谈好的，事成之后给五万，怎么就给了两万？”

“两万？两万还算便宜你了，做事不用脑子，你让那个老家伙摔倒的时间、地点就不对，那时候一个人都没有。我扶人时你也不安排人拍张照片留个证据！差点坏了我的大事，要不是那头‘猪’，谁知道我扶人了？”

这个女人的声音朱副局长太熟悉了，是他现在的顶头上司，现在的局长，原来的胡副局长，胡丽同志。

原载 2016 年第 7 期《时代青年》

一把椅子

张风雅

王洪宇家的客厅里只有一把椅子，专供自己坐。他是村支书，村民们找他说事，只能站着说话，即使想喝杯茶，也要弯腰去取，站着喝，那喝茶的样子像敬佛一样。

在城里做生意的王志学想回家要块宅基地，修建别墅，落叶归根养老用。他觉得自己是巨富显贵之人，走到哪里都应受到别人的尊敬，一个小村支书在他眼里算不上什么。为了把事情办好，他还是破费了一点，拿上两瓶茅台酒、两条中华烟去找村支书王洪宇。见到王洪宇，只见王洪宇双腿盘坐在椅子上，看了一圈也找不到另外一把椅子，只好站着说明来意。王洪宇说，现在宅基地归镇国土所管，一律不批。让他把礼品拿回去。王志学想，这么点小事还刁难我，不识抬举，连个座都不让我坐。又想是不是礼太轻，他看不上眼，环视支书家一周，想看看他家缺什么，缺什么就送什么，看来支书家只缺椅子。在王志学看来，只要肯花钱，没有办不成的事。

第二次登门，王志学送去四把红木椅子，花了两万多元。本以为王洪宇会很高兴，肯定会把事给办了，结果王洪宇脸色更阴沉，怒喝道：拉回去，快点拉回去！有点钱就了不起了，有钱就为村里办点好事，帮扶下村里的穷人！

王志学碰了一鼻子灰，小声骂道：官不大，架子不小！

新来的镇党委书记去村里检查工作，来到王洪宇家里，王洪宇也没有让座的意思，镇党委书记站着和他说话，心里别扭，强压住气，说了两句话就气呼呼回镇政府去了。心里想，这个村支书架子也太大了，端坐在椅子上，连个座都不让。

村民们私下议论：这下要惹麻烦了，镇党委书记肯定要给他小鞋穿。

王洪宇脾气倔，认死理，什么当官的、有钱的，还是老百姓，在他面前一律平等！

王洪宇是个伤残军人，在中越自卫反击战中两条腿负过伤，走路一瘸一拐的，在村里干了二十多年支书，办事公平、公正，口碑不错。就有一条，村民们不理解，为什么他家客厅里只摆有一把椅子？

不出所料，那镇党委书记还真是小肚鸡肠，不多久就找出一个莫须有的罪名，把王洪宇的村支书给撤了。

村民们又开始议论了：何必呢，我们老百姓去你家，不让座就算了，镇党委书记来你家，官比你大，官大一级压死人，你王洪宇就让个座，也不至于把官丢了。

王洪宇倔脾气上来了，他到镇政府找到镇党委书记，一把抓住他衬衣领子，吼道：狗官，如果在当年，老子手里有把枪，我就一枪毙了你！

镇党委书记脸色通红，说道：你也别倚老卖老，居功自傲，你做的那点事都是老皇历了！

周围的工作人员都偏向镇党委书记，把王洪宇拉到一边，并且报了警。110出动，把王洪宇带到派出所里，王洪宇抓起一把椅子把派出所桌子砸了！王洪宇被拘留了。

一个炎热的下午，一辆军车开到王洪宇的村庄，一个白发老者带了两个随从，从车里下来，一路打听来到王洪宇的家，王洪宇见到来人，忽地站了起来，一个标准的立正，大声喊：首长好。急忙让座，并且让老婆从偏房里找出几把椅子来，让两个随从也坐下。原来他家好多椅子，都放在偏房里。

白发老者声音洪亮说道：我接到你的电话，就派人调查此事，查出那镇党委书记有不少劣迹。你是一个好支书，你是一个好兵，你是功臣，祖国不会忘记你！人民不会忘记你！历史不会忘记你！你有什么困难和要求对我说，我给你解决！

王洪宇说，我没什么要求，我就想在村里干支书，为老百姓做事，让他们尽快富起来。

事后村民们得知：那人官不小，是个将军，从首都北京来的，王洪宇原先是他手下的一个兵。

王洪宇私下对村民们讲：我是在枪林弹雨中爬出来的人，最看不惯那些装腔作势的官，也看不惯那些有几毛臭钱自以为了不起的富人，我一生只为祖国的功臣让座。我不给乡亲们让座，是想让你们长话短说，不喜欢做事婆婆妈妈的，赖在我家不走，我身体不好，需要休息。

首长走后，王洪宇让老婆把其他椅子收回放到偏房里，客厅里依然只摆有一把椅子。不过，去他家的人更多了。

原载 2016 年第 8 期《参花》

养个儿子当乡长

蔡兴荣

牛老汉五十二岁得了一子，取名旺福。旺福长得浓眉大眼，细皮嫩肉，那真是心肝宝贝的疼啊。地里的活儿，一点儿都不让旺福沾边，当作菩萨一般养到了八岁。

年二十六，东坪镇是街会，方圆百里的人，都来赶集。牛老汉牵了儿子，拎了两只鸡去换点现钱，好给旺福买件新衣服。

街会摆在狭长的街道上，人山人海，吆喝声，叫唤声，嬉笑声，牛羊声，织成一幅幅快乐的年景。

牛老汉好不容易找了空地落脚，摆出鸡来，这草鸡是城里人的稀罕物，毛色光亮，爪细体丰，不一会儿，鸡就出手了，可一转身，旺福不见了。

旺福，旺福。他的声音简直就像一粒沙掉进了沙滩上。他吊长了脖子，四处张望，不远处，一个算命摊上，看到了旺福。

牛老汉拉了旺福就要走，好像衣角被人拉住了，回头一看，是眉毛长飘的算命先生，他叮嘱道，老哥啊，儿好好养啊，将来最少都是一个乡长。

乡长，那在牛老汉的眼里，和皇帝的官也差不多了，他见过最大的官也就是村长。乡长，乡长，牛老汉摇摇头，不以为然。

牛老汉的隔壁是个瞎婆子，孤苦伶仃的，牛老汉常常差旺福拿点地瓜、土豆之类的送去。有一天，瞎婆子要见牛老汉。瞎婆子人很精神，还很神秘，她抓住牛老汉的手，牛兄弟，我昨天做了个梦，我的梦很灵的，梦见你家旺福当大官了。

第二天，瞎婆子就过世了。牛老汉恍惚了好几天。

大年初二的时候，有几个孩子在山上放炮仗，不偏不倚，点着了牛老汉家父亲的坟头，牛老汉勃然大怒，要找几个孩子算账。村里人提醒说，你坟头冒青烟，那是好事啊。牛老汉一听没了谱，抓抓脑袋，找算命先生去了。

算命先生听了连连贺喜，老哥，你家祖坟冒青烟，那是先人有话说啊，一命二运三风水，这是贵人出头的先兆啊。你赶紧好好拜祭一下。完了还收了牛老汉200元喜钱。牛老汉虽然心疼，但一想到能让旺福当乡长，也就认了。

牛老汉备了猪头、水果、酒水，带了旺福，在祖坟前重重地叩了几个头。他已经深信不疑了，旺福是当乡长的命了。

牛老汉仿佛看到乡亲们对他恭恭敬敬，又是递烟，又是送茶，他腰板挺得笔直，处处是笑脸。他真希望旺福明天就当乡长了，他有点等不及了。

旺福的“乡长”的绰号，在村里叫出了名，一群毛孩子整天跟着他乡长、乡长地叫。把旺福的腰杆也叫硬起来。

半个月后的一天，旺福把村长的儿子给打了。老汉心一惊，赶到家，旺福脸上也挂了彩，牛老汉一把扯住他，你好大胆子，村长的儿子，你也敢打。旺福扬起脸，五福是村长的儿子，我将来是当乡长的，乡长打村长的儿子，有什么不可以。

牛老汉一巴掌刚要打下去，可一想，旺福说得也对，况且儿子将来是要当乡长的，这一巴掌打下去，岂不是坏了风水。他手掌愣是转了一个弯，一巴掌落在自己的脸上，算是替未来的乡长挨了。

说归说，眼前这光景，旺福毕竟还不是乡长，可人家是实实在在的村长当着的，左思右想，牛老汉买了烟酒要送到村长家，临走前，他告诉儿子，这是送给村长的，以后你当了乡长，要加倍还给你的。

牛老汉觉得不会吃亏的，他高高兴兴地去了。

过了小半月，一天晌午，牛老汉在地里锄草，村里的马二慌慌张张地跑来，牛老爹，快，快，你儿子掉塘里了。牛老汉头一下子蒙了，他一脚高一脚低地跑到了村里的塘边，一群人围在边上，旺福已经捞上来了，脑袋软软的耷拉着，没了气息。牛老汉从胸腔一声闷叫，天哪，就瘫倒在地上。

晌午，旺福在塘边碰见了村长的儿子，仇家见面，旺福又落了单，被推进了塘里，他不会游泳，沉浮了几下，一只手，最后在塘面上伸得很长，很长，像领导一样用力挥了一下，沉了。

牛老汉疯了，他看见村里人，就说，还我乡长，还我乡长。有时候还会很神秘地抓住一个人，你知道吧，我儿子叫旺福，他是乡长呢。你有啥事，找我，我帮你。

过了一段时间，牛老汉家的祖坟又冒青烟，而且很旺，很旺，白烟子竖起来上百米，远近村里都看见了。牛老汉把自己也化成了一炷烟。能生出乡长家的祖坟，这青烟一定要很旺很旺。

原载2016年第8期《天池小小说》

枪 手

陈耀宗

枪手的枪法很准，百发百中。

枪手是单位的枪手。

枪手很出名。枪手手中的枪不是真枪，而是一支笔。简而言之，就是写东西的或曰摇笔杆子的。

枪手是领导从一间中学挖过来的。

那时候，枪手是一间中学的语文教师。一次，领导到这间学校视察时，听校长介绍，我们这里有个写手，很有本事，写得一手锦绣文章。领导很感兴趣，让校长找来写手见见。进门时，写手捧着一本厚厚的剪报本，上面全都是署着枪手名字的大作。

领导眼前一亮。

于是，枪手被领导调到自己身边做秘书。

枪手很快派上了用场。枪手每天的工作，就是专门为领导写各种各样的材料、讲话稿。枪手写稿速度快、质量好，领导审阅后，很少有改动之处，篇篇让领导满意。

枪手很全面，综合素质很高。他不但为领导写材料，还捉刀为领导炮制论文，拿职称;代考试，拿文凭，等等。知道领导底细的人晓得，领导本来只有高中文化。可几年下来，“大专”“本科”“在职研究生”都被一一拿下来了。这全都是枪手的功劳。

领导非常满意。

领导很快提拔了。

临走前，领导特意把枪手叫来，对接任的新领导说:“这可是咱们单位的国宝哟，你可得好好珍惜！”

新领导频频点头:“一定，一定，我晓得的，请放心！”

新领导到任后，枪手积极配合工作。他一如既往为新领导写材料，卖力为领导捉刀。领导的讲话稿全都是出自他的手笔。

枪手写的东西篇篇过硬，他从来没有失过手。

他不光为正领导写稿，而且为副领导写稿。枪手总是有求必应。深得领导班子成员的喜欢和好评。

领导非常欣赏他，不久，让枪手当了办公室主任。

领导视他为心腹，常常把枪手带到身边，出入于各种会场、宴席等场合，将枪手隆重推出:“这是我单位的大手笔。”

有一次，领导还把枪手向上级领导推荐："这是我单位的头号写手。"

上级领导半信半疑，当场命题，让枪手现场写篇稿子。

按照规定的时间和要求，枪手很快完成了这篇"命题作文"。上级领导拿来稿子一看，果然，枪手身手不凡：稿子写得立意新颖，文采飞扬。

上级领导大喜，赞不绝口，很快记住了枪手的名字。

枪手深得上级领导赏识。

不久，上级领导派人下来考察枪手。

很快，枪手高升了，成了上级领导的秘书。

这下子，枪手这个笔手，成了一朵鲜花，墙内开着也香，墙外闻着更香。

枪手不负上级领导的厚望，不但写材料是高手，而且在生活上为领导排忧解难，鞍前马后服务领导，周到，细心。

上级领导很感动。多年后，上级领导因年龄到线，从领导岗位上退下来。临退前，他将枪手提拔为本单位的副职领导。

自然，成了副领导后，枪手轻松多了，不用再写材料了。因为单位新进了一位枪手，俗称资料员。单位的正领导、副领导的大大小小的材料，都由这位新进的资料员代劳。

当了副领导的枪手显得悠闲自在。每天上班除了上网，就是开会，应酬饭局，打麻将。

学勤三年，学懒三日。当了副领导的枪手学懒了，不想再动笔了。自然而然，他的笔开始"刀枪入库，马放南山"。俗话说，拳不离手，曲不离口。久而久之，他手中的笔生锈了。

说来奇怪，时间一长，他居然不会产生灵感了，脑子开始变钝了。

当然，有时候，枪手觉得不写点东西，太对不起手中的笔，更对不起头上曾经戴过的枪手桂冠，他觉得不能荒功废业，可他脑子空空如也，写不出东西来了。

有一次，甚至有一个极常用、简单的字，他都想了老半天，硬是想破头皮都想不出来。

一次，县里组织枪手在内的领导干部赴外地学习考察，回来后，每人要交一篇学习心得。按惯例，这还不是小菜一碟?！枪手以为应付就是了，便交代单位那位资料员捉刀。单位资料员是老油条了，由于多年的媳妇熬不成婆，一直得不到提拔，便耿耿于怀，觉得自己老是被别人当枪使，太没意思了！所以他对写东西越来越不上心，开始偷工减料了。他也以为写学习心得，随便敷衍一下就是，加之他对这类东西很是厌倦。一厌倦，便不上心，便干脆上网百度搜索，然后是复制粘贴。

副职领导枪手写的稿子很快交上去了。没想到，这篇稿子由于“写得”特别好，居然被县里看中，被刊登在县报理论版上。

孰料，没几天，网上突然曝出：枪手写的这篇大作，居然是剽窃某名家的文章，除了标题和作者姓名不同外，全文只字不漏，与名家的一模一样。

一时间，这条丑闻在网络上传播得沸沸扬扬。

想不到，“百发百中”的枪手居然也失手了。他恨不得钻进地底下，甚至产生了手中如果有枪的话，立马将单位那位资料员一枪毙了的念头。

就连那位退休在家的上级领导闻讯后，嘴巴也张得变了形：枪手怎么会抄人家的东西呢？太没有文德了！他甚至怀疑枪手以前写的东西会不会都是抄的。

原载 2016 年第 4 期《百花园》

最后的微笑

王培静

华老师已经是胃癌晚期，通过两次大手术和六期化疗，她的身心经受了极大的创伤，她自知自己在这个世界上的日子不多了。

她是省师范大学的教授，几十年来，从她手中毕业的学生成千上万，有的成了相当级别的领导，有的当上了上市公司的老总，有的移居国外发展。她的许多学生在得知她重病在身的消息后，从全国各地和国外回来看她，见到这么多学生，知道他们都很记挂她，她也着实感动过。

但说过、哭过之后，没学生在场的时候，她脸上时常显露出些许的失望。这一点没有逃过女儿小倩的眼睛。小倩轻轻凑近妈妈的耳边说：妈妈，您有什么心事，说给女儿好不好？只要能办到的，再难我也会努力去完成妈妈的心愿。妈妈，我可是您的亲生女儿。小倩看着妈妈有些憔悴的脸庞，话没说完，眼睛里已经有泪溢出。

傻丫头，妈妈这一辈子知足了，有你爸爸的爱，有你这个懂事的女儿疼我，有那么多学生惦记着我，我还有什么不满意的？妈妈努力抬起一只手，去给女儿擦眼泪。小倩双手抓住妈妈那只抬起的有些苍白的手，紧紧地、紧紧地攥着……

有一天，妈妈打着吊针，轻声长叹了一口气。小倩赶紧握住妈妈另一只没打针的手说：妈妈，您心里有话，还是说出来吧。

妈妈示意小倩把床摇起来了些，小倩重新握紧了妈妈的手。

我心里老是想，我教了这几十年书，带了这么多学生，虽然他们事业都发展得不错，可仔细想想，没一个还在干教育专业的，包括你在内。想起这事，我心里就有点不舒服。是我的人生观有问题，还是你们学生的人生观出了问题，我教书育人，教育我的学生也教书育人，应该是没有错呀。可我带了这么多学教育的学生，没一个干我这行的，我怀疑，这是不是我的一种失败。

妈妈，您想多了，不管您的学生现在在干什么，当官也好，做事业也好，只要有出息，只要没人进监狱，就算您的成功。

妈妈，既然您这样说，我想好了，我辞职不在机关干了，我去考教师资格证，我要去教学，干您的老本行。

你真的这么想？妈妈好像一下子有了精神，声调也提高了不少。

小倩使劲点了下头，妈妈脸上浮现出了笑容，母女俩的目光对视着，继而都笑了。小倩心里想，好久没有看到过妈妈的笑容了。

小倩忙向校友群和同学群里发了个微信，说明了妈妈的情况，让大家帮忙寻找有没有还在教育系统里的妈妈的学生。可几天后，有人提供的几个线索都被否决了。她从网络上搜索，什么情况也没搜索到，看着妈妈越来越虚弱的身体，小倩不免有些失望。

大概是半个月后的一天，有人敲病房的门。小倩去开门，一个农民打扮的中年人站在门口，胆怯地小声问：华老师是住在这个病房里吗？

你是？

我是她的学生张小柱，我现在的名字叫张育仁。

张小柱？你是贵州安顺的那个同学张小柱？

华老师，是我，您还记得我？那中年男人进来一下子跪在了病床前。

怎么不记得？你的普通话说得不好，同学们都笑话你。虽然你在班上学习不是最好的，但你学习刻苦，从来没有旷过课，挂过科。小柱，快，快起来。华老师努力想坐起来，但一直没有成功。

小倩说：妈，您身体太虚弱了，还是躺着吧。

小柱起来，坐在病床边拉着华老师的手说：华老师，我可能是您的学生中，最没出息的一个。

你现在从事什么职业？生活上有问题吗？

老师，我毕业后就回了老家的大山里教书，我现在是我们家乡一所希望中学的校长。

真的？太好了。

华老师眼睛里闪出了光芒，她示意女儿，自己要坐起来说话。

华老师，得知您得了重病，我想我一定要来看看您。我上学时向您借过两次钱，我一定要亲手还给您。

那点钱，不值得一提了。

华老师，我给您带来了两个礼物，这是我的全国优秀老师证书，这是我二十多年来写下的教学心得，想请您指点后出版。

太好了，小柱，不，育仁，我为有你这么一个好学生，感到高兴和自豪。我答应你，你的书稿我会认真看的。

这一刻，华老师像打了强心剂，声调高了，说话也有了底气。最重要的是，她的脸上浮现出了久违的笑容。

最后的这段日子，华老师过得很舒心，她身心的痛苦好像一下子减轻了许多，嘴里有时还哼上了歌曲。

一个月后，华老师安详地走了，身边放着她给育仁精心编辑和核对过的那部书稿。

原载 2016 年 6 月 23 日作家网

人生的考题

李　建

若干年前，公司招聘事务员，要求是法律专业毕业，负责公司内部法律文书撰写以及处理公司对外各种经济纠纷。

招聘启事通过网上人才市场发布后，收到了很多应聘人员简历。

一天下午，天气很热，一位年轻的小伙子大汗淋漓地赶到公司面试。老板看过他的简历后，很满意，因为他要的薪水很低，而且又是法律专业一本毕业的高才生。

小伙子说，他家里很穷，上大学已经把家底掏空了，还借了不少债。所以他急需一份工作，赚钱来帮家里还债。他恳求老板聘用他，他一定会努力把工作做得很好。

老板问了他几个问题之后，就拿出了试用期合同，打算聘用这个朴实的小伙子。

可就在这时，办公室里闯进来一个人，大吵大闹起来。原来，公司试用期合同上有一个条款，新招聘进来的员工，有两个星期的无薪试用期，如果在这两个星期内的表现没有令老板满意，随时都可以辞退，公司不用支付一分钱薪水。这个人就是刚干了一个星期被老板辞退的员工。她来找老板要那一个礼拜的薪水，可老板以合同条款为由，拒绝支付，所以吵闹起来。

老板非常生气，对正在被面试的小伙子说："小刘，你是学法律的，你说说看，我该不该支付她这一个礼拜的薪水？"

小刘以为这是一道面试题，诚惶诚恐地说："按照法律规定，您只要聘用了她，就该支付她的薪水，否则就触犯法律了。"

这时，还有一个客户在办公室里和老板谈生意，也连连点头称是，说老板违反了劳动法，试用期也应该支付薪水。

老板听后，脸色突然变了，叫来会计，把她的工资给结了。等客户走了之后，老板一把就将给小伙子的试用期合同扯过来，撕得粉碎。

老板冷着脸说："我招你来，是叫你为我说话的，而不是让你和外人一起，说我的不是！如果你现在是律师，就算我是一个杀人犯，你也要为我辩护，你知道吗？”

小伙子血气方刚，认为自己没错，辩解道：“但我现在不是律师，我学法律就是为了维护公平与正义！”

老板哈哈大笑：“那就请你到别处去维护公平正义吧，我这里不需要救世主。”

小伙子一听老板说不聘用他了，顿时软了下来，这才明白这并不是一道面试题，自己现在的身份也只是一个到城市里来找工作的打工仔，他必须要找一份工作来糊口，帮家里还债。

可不管他再怎么苦苦哀求，赔不是，老板就是不愿聘用他了。小伙子只好垂头丧气地离开了办公室，在他走出房门的那一刻，老板说：“小伙子，你别怪我铁石心肠，社会就是如此现实与残酷，等你踏上社会后，就会明白了。”

小伙子听后连连点头，泪水止不住地往下流。

小伙子走后，这件事情成了老板教育我们的典型案例。我和同事们也都明白老板经常讲这个故事的用意，他要我们完全服从于他，一切为公司利益着想，而不是胳膊肘朝外拐，生意场上没有公平正义可言，只要能赚到钱用什么方法都行，正所谓无商不奸。

每次我听到老板讲这个故事，就会想起那个姓刘的小伙子，他离开公司后，会去哪里？会选择一条怎样的人生之路，在这个充满各种诱惑和陷阱的世界里，他还会坚持他的人生法则吗？还能和刚出大学校园时一样是非分明，坚持正义吗？

十多年后，老板因为窃取同行公司商业机密，被对手告上了法庭。律师对老板说，这个案子多半会输掉。老板不信，他要通过非正常渠道来赢得这场官司，俗话说，有钱能使鬼推磨。

在法庭上，桀骜不驯的老板一直趾高气扬，他坚信这场官司不会输，因为他已经暗地里委托律师给主审法官送了一个厚厚的红包。

可当他看到法庭上那个严肃的法官时，他愣住了，这个人他似曾相识。想了好久，老板终于想起来了，主审法官竟然就是他在故事里经常讲到的那个小伙子。老板一阵眩晕，他已经感觉到这场官司要输掉了，而且还会再多一条行贿的罪名。

后来，老板果然输了这场官司，受到了法律应有的惩罚。此后，我们也再没有听到老板扬扬自得地讲起那个老套的故事。

原载2016年第10期《故事林》

晚 晴

王生文

吴大叔上工时，看见有外乡的婆婆向村里走来，她们肩挎布包，手臂上挂着个丁字把的撮箕，撮箕里放着把铁刷。吴大叔知道，又到了秋后淘金时节。

淘金是旱乡的说法。说是淘金，其实是淘谷，稻谷黄澄澄的，可不像金？旱乡不种水稻，为了能吃上几顿白米饭，那些旱乡的婆婆们，每逢中稻登场都要赶到水乡淘金。哪里有金淘呢？自然是田间地头垛过稻谷个子的地方。这些地方往往会散落些稻谷颗粒，婆婆们先用铁刷子把它们从地上刨出来，扫进撮箕，然后用水淘洗，淘到最后就是一颗颗金子般的稻谷了。

傍晚时分，吴大叔收工回来，走进院门口，发现家里有一个婆婆，正纳闷间，女儿翠芳迎出来了："爹，我答应刘婶借宿了。"

"这孩子，也不想想，不方不便的……"吴大叔有些不悦。

翠芳冲爹一笑："有我呢。"

吴大叔再不悦，也得顺着女儿，走进家主动招呼刘婆婆："她大婶，家里食宿条件差，就怕委屈了您。"

刘婆婆边说着感谢的话，边忙不迭地接过农具，替吴大叔安放好。这些借宿的婆婆都会见机眼快地替东家跑前跑后。

该做晚饭了，刘婆婆去厨房里帮着翠芳操持，吴大叔则坐在门前的豆架旁抽着烟卷。

"翠芳……"刘婆婆叫了翠芳一声，好像有话要说。

翠芳抬起头，望着刘婆婆。

"我想换一户人家……"

“婶，您只管住，家里不还有我吗？”翠芳不等刘婆婆再开口，忙岔开话头问，“婶，您去年来了吗，我怎么不认识您？”

刘婆婆微微摇了摇头：“没有……家里出了点变故。”

翠芳还想问，见刘婆婆脸色不大好，将话咽了回去。

厨房里有些静。灶里的秸秆缓缓燃烧着，映红了翠芳的脸，刘婆婆走过去，试探着说：“翠芳，婶能问你句话吗？”

“可以的，婶。”翠芳挪了挪，让刘婆婆挨着她坐了下来。

“你妈走了几年？”

“六年。”

“六年？”刘婆婆有些吃惊，“你们父女俩就一直这样过？”

“嗯。”翠芳双眼一下湿润了。

“别难过，翠芳。”刘婆婆拉过翠芳的手，安慰她，过了会儿，又说，“这些年，也难为了你爹……”

吃完晚饭，刘婆婆和翠芳去东边房里睡，吴大叔朦朦胧胧听见她们说了很久的话。

第二天，刘婆婆早早地起来去地里淘金，到午餐时也没回来，翠芳便把饭菜温在锅里。下午一收工，翠芳就往家赶，远远地一抬头，只见炊烟从自家的烟囱里袅袅飘出来，家的温馨顿时溢满了心头。

刘婆婆把淘来的稻谷晾在院子里，有七八斤，翠芳进来时，见两只鸡在偷食，手高高一扬，把它们赶走了。

吃过晚饭，刘婆婆倒好温水让吴大叔去洗，然后，端起油灯往桌边一坐，吩咐翠芳：“去把你爹的衣服都拿来，让婶看一看有没有要补的。”

吴大叔听了，忙说：“她大婶，累了一天，你早点歇息去吧。”

“不累，在家也不是天一黑就睡的——快去，翠芳。”

“也好，让翠芳跟你学一学针线活。”吴大叔也就顺了刘婆婆。

很快，吴大叔的衣服一件件寻来了，刘婆婆这里看一看，那里补一补，翠芳坐在身边，帮着递个针线或是布头。不一会儿，吴大叔洗完了，端了把椅子也坐过来，分享着油灯的光。

几天下来，刘婆婆淘了大半袋稻谷，也替吴大叔和翠芳把该补的都补好了。

最后一天，刘婆婆整个下午都留在家里，帮着吴大叔把一些厚重的衣物翻出来，全洗了一遍。做完这些，刘婆婆捋了捋头发，眉眼间全是笑。

这晚的油灯比平日亮得更晚，好像家长里短都拉完了，刘婆婆忽然说：“他大伯，家里没个女人可不像个家。”

“谁说不是呢？”

“再过两年，翠芳一嫁，你这日子就更难过了。”

“我知道。”

“知道，就该找个伴，都六年了……”

“唉，这家境，我怕人家嫌弃。”

“说不定也有不嫌弃的……”

“要是有个跟婶一样的人就好了。”翠芳插进来说。

“看你这张嘴，怎么说话的？”吴大叔嗔怪着翠芳。

刘婆婆赶紧打圆场：“孩子嘛，想着什么说什么——他大伯，要不，我跟你打听打听，赶上有能凑合的，就捎个信过来？”

灯花炸了一下，吴大叔适时站起身，催刘婆婆快去睡觉。

这个夜晚过得真快，吴大叔只觉得刚合上眼，天就麻亮了，他翻身下床，胡乱抹了把脸，提过刘婆婆的布袋，倒了个底朝天，然后，装进自家金黄的稻谷。

“哎呀，他大伯，你这是干什么？”刘婆婆慌忙走过来，要夺布袋。

吴大叔呵呵一笑：“没什么，就换给我们喂鸡吧。”

刘婆婆一时手足无措，喃喃道：“这怎么好呢……”

“这有什么不好，谷换谷，又没便宜你。”吴大叔说着，已经将袋口牢牢扎紧，提起来，对站在一旁的翠芳说，“背上，送你婶一程。”

“他大伯……”刘婆婆抿了抿嘴唇，对吴大叔说，“这么沉的谷，我想让翠芳送我回家一趟，好吗？”

吴大叔连声说好。

翠芳去了两天，两天里吴大叔像丢魂了一样。两天后，翠芳回来了，一到家，就迫不及待地附在吴大叔耳边，说了句悄悄话，吴大叔一听，瞪大眼睛问：“什么，你刘婶？”

翠芳点了点头。

“她老伴呢？”

“去年这个时候走了。”

“哦，难怪……”吴大叔立在那里，搓着手，不知道该做什么好。

原载 2016 年第 4 期《天池小小说》

返璞归真

万俊华

半年前，老伴查出恶性肿瘤并及时做了大手术。随着老伴伤口慢慢愈合，身子得到恢复，一个逃离城市、回归大自然的生活计划，便在老石这对刚刚退休的夫妻俩心中酝酿形成。

很快，他们来到一个三面环山又有温泉的山区小镇。租住下来后，夫妻俩每天爬山、泡脚、唱歌、跳舞，尤其是和一些天南海北的朋友谈天说地，进入森林深处采野菜、挖春笋、找草药……他们忘记了城市的喧嚣、烦恼，远离了汽车尾气、满天雾霾，还有那隔三岔五的到处拆迁、围堵等各种脏乱差污染源，享受着山清水秀幽静环境。

面对如此美好的生活，按说，他们开心着呢。

然而，好好的生活，竟让老伴一些语言上的反常现象给全糟蹋了。说老伴语言反常，这是因为，在做手术之前，她是一位得理也让人、特别能忍、讲理的主儿。可如今老伴常常出言不逊，而老石只能看在眼里，痛在心里，让着她。

这天一大早，老石夫妻俩来到小河边菜市场。菜场门边从东数第二个摊位，摊主是一位当地瘦高个、长脸形小伙子。老石夫妻俩来到小伙子摊位。老伴蹲下，伸出右手摸了摸一只母鸡。当边上又挤进一位中年妇女时，她丢下一句话走了：这鸡是用激素催大的，吃不得。那人一听，一声不吭掉头就走。

出得门来，老石忍不住了：梅子，你不买也就算了，何苦要说那种话呀？

老伴气鼓鼓地说：把事实说出来，难道这也有错？你凭什么剥夺我说话的权利？我警告你，你太过分了。

到了星期天，秦保安当班。他将自己从山上挖到的春笋放在值班门边椅子上。一时围过来好多人七嘴八舌的：这笋好嫩还便宜，买了晒干留着慢慢吃可好呢。

老伴也挤进圈子凑个热闹。她左看看，右瞧瞧，随后又丢下一句话走了：天气预报说，下个星期天天都是雨，买了笋肯定会霉掉。话音刚落，这群人立即四面散去。

老石又说话了：你不买也就算了，何必要提下雨的事呢？

老伴又生气了：我想说什么话，这是我的自由。你管得也太宽了吧！

不久之后的一天，他们和年过六旬的隔壁单元邻居刘阿姨准备一起去爬山。

刘阿姨询问：梅子，你这衣服蛮好看的，是什么牌子的呀？

老伴随意说：我也没注意，女儿买的。管它什么牌子，只要穿着舒服就行了。

哦，我只穿名牌产品。我的衣服都是从网上买的名牌。刘阿姨边说边用左手向后指指自己背包说，就连这个包也是我儿子从网上买的名牌产品。

听刘阿姨这么一说，老伴用目光扫视了一下她那丑陋的背包后快言快语：刘阿姨，告诉你，网上买不到名牌，你这包肯定是假货。

此话一出，刘阿姨便立即收起笑容，再不与老伴搭腔，扭头便走了。

老石到底还是没有忍住：平时刘阿姨待我们不薄，你可不能这样损人家呀。

老伴脱口而出：我说什么你管不着。你再这样干涉我，你就走人，哪儿凉快待哪儿去。

老伴出口没好话，周围的人恐怕都要让她得罪尽了，关键是还说不得。这事让老石很为难。再这样下去，可真要憋出病来。他想改变现状，可一时又无计可施。

老石，我几次问门边那个买菜的小伙子白菜多少钱一斤，他就像没听到一样，不会是聋子吧？这天上午从菜场出来，老伴说。

老石苦笑着说：人家才不聋呢，是有人失忆了。这位小伙子曾经用眼神向你挖着呢。

哦，想起来了，老伴也笑了，毕竟断人财路的话不好乱说，可我当时就是忍不住。

那天傍晚，他们泡脚回小区时看到秦保安，老伴对他笑笑，他竟折过身去不理睬。事后老伴对老石说：这样的人都有！太没礼貌了。

老石说：你说过什么话不记得了，可人家却会记住你一辈子。

老伴想起来，便对老石说：哦，我不该砸人家场子。

这天爬山路上，老石他们与刘阿姨相遇，刘阿姨不说一句话径自走了。

老伴疑惑一会儿又自言自语：哦，明白了，我说话得罪过她了。

老石接过话：是呀，她爱面子，你就让她好了。干吗非要揭人之短呢？

感觉老伴上次的气好像还没消似的：你不揭穿她，她就总以为自己很了不起。看她说话那神气劲，我心里就憋得慌，难受死了。话一说出，心就舒坦多了。

生活了大半辈子，说了大半辈子言不由衷的话，以前我总是那样忍了过来。老伴接着说：可你知道吗？忍字头上一把刀呀！

老伴，实话实说，你没有错。至于别人怎么想，那是人家的事，管他呢。老石终于懂得并理解老伴了：只要感觉开心，说啥都行。

老伴感慨地说：我不想重复过去，更不想委屈自己，我想要另一种活法。得罪人就得罪人，从死亡线上走过一回的人，怕啥呢？

又是一个晴好的上午。租完三个月的老石夫妇背着行李刚走出小区，迎面遇上刘阿姨。当得知他们要离开这里时，刘阿姨赶忙伸出双手，紧紧握住梅子的手，依依不舍：梅子别走，大伙儿会想念你们的……

原载2016年第20期《微型小说选刊》

刺十字绣的女人

吴明华

这是一个无耻的故事，在这里我能够赤裸裸地给你讲出来，是要足够的勇气的。

在我的一生中，至死也不会忘记两个地方。有一处已人去楼空，杂草遍地，廊檐下，长满了青苔，蝈蝈在那里做窝，晚上，风穿过弄堂发出“呜呜”的声响，像一个少妇在伤心地哭泣。另一处是马园的一条街上。当然，现在已经不是街了，因 109 国道改迁，很少有车子进来，人气少了，那些小贩也纷纷挪地。街道两旁大多数是两层高的楼房，而今蜘蛛在里面结网，有的店门还洞开着，在寒风瑟瑟的晚上，成了叫花子的栖身之处。

我有一个比我小十岁的妻子，不知为什么，我们年轻的时候经常吵架，而一到老了，却相安无事。我总是沉浸在过往当中，我定定地望着前方，良久良久。妻子问我看什么呢，前面什么也没有。

其实她不知道，有一个叫惠子的女人此时正在我的视线里做着麻利的手工活。

惠子的十字绣做得很好，穿针引线地能把大鹏展翅绣得活灵活现，特别是那些古代美女，惠子给她们的眼睛绣上灵性，用丝线给唇抹上口红，挂在墙上，人见人爱。

惠子不算美，但她的腰很好，遗憾的是，她总是把她的头发绞起来，在后脑上形成一坨，惠子的头发很滑，很长，若泼散开来，走在春风里一定会像杨柳摆枝那样风情万种。惠子长着一张扁平脸，但很有弹性。

那时，我刚从马园街上卖鸡回来，途中要经过山岗，再从惠子家门前的小溪穿插过去。惠子说，卖鸡的，过来，我要买鸡。

惠子的声音很好听，嗲嗲的。在很多肃静的夜里，我的耳朵里时常响起这种声音，绕绕萦回，像一阵春风扑及全身。

我挑着我的鸡，当然美滋滋地走了过去。这时，我突然感到我的下身有点不适。后来，我才知道那时的不适，来自当天干下的那场无耻之事。

那天，刚逢下过一场雨，马园街上行人寂寥，偶尔一辆车驶过，就会把黄泥汤高高地溅起来。我早早地收了摊，回家。在街转角的地方，我习惯性地朝那栋供销楼望去。其实这时的供销社已经解体，大大的一栋楼里空荡着，后来，租给了一个南方老板。

这是一栋不同寻常的楼，楼里设有餐厅、发廊、卡拉 OK，还有一间一间的包厢，从包厢的窗台上偶尔会露出几个发型时髦的女人。那些窗户多半用绛色的帘子遮盖着，有几盆水仙在窗台上翠绿欲滴。

这栋楼后来被当地人称为凤凰楼。此楼就像一个大大的磁场吸引着我的眼球，心想，在这些绛色的帘子后面会不会有任心旌荡漾的风景呢？我摸了摸口袋，有点蠢蠢欲动。

事实证明，为了这个念头，我真的行动起来了。后来扪心自问，这要归功于我的妻子。每当在夜里的床上，年轻的妻子总是要把我推得远远的，她说我有一身老男人的气味。我说，莫不是你跟哪个老头亲近了，要不你怎么知道是老男人的气味呢？结果我们就吵了起来。所以，我们的感情很不好。

当这个念头产生的时候，我的身上像火烧似的燥热，一把火一把火地烧起来，结果把火箭推向了天空。

激情和钞票迅速消退之时，我身体里的五脏六腑也好像被掏空了，太阳很暖，一路上，我跌跌撞撞。突然，惠子在向我招手。

她在向我招手的时候，我又看见了她的笑脸，春意在她的脸上荡漾着，走近了，我才发现，惠子那一圈一圈的红晕里泊着许多的落寞。

从我干上贩鸡这门营生，要经过惠子门前的次数很多，在冬日，我常看见惠子在暖阳里绣花绣朵，曼妙的身姿使她沉浸在画里的鸟语花香之中。

惠子说，先喝杯茶吧，我给你放茶叶。惠子的茶是清泉水，很甜，非常解渴。

我说，你郎公该回家了吧？

惠子的脸上闪过一丝忧郁，是啊，两年多了，该回来了。

接着，我们就攀谈起来，惠子一会儿哭一会儿笑。我的心情也随着一起一落。真是家家有本难念的经，想起妻子，我和惠子就有了一种同病相怜的感受。

惠子说她要买五只鸡，留着过年吃。我称好了斤两，惠子叫我跟她进屋子里取钱。

惠子的屋子很干净，墙上挂满了她绣的画。惠子说十字绣值钱，过了年就叫她哥捎去城里卖了。我指着一幅美女图，调侃地对惠子说，她就像你。

惠子的脸上很快就升起了一片红霞，她看了我一眼，说，我真的有那么美吗？

我鼓励她说有。惠子跨进她的房间去取钱。可好一会儿，左等右等也不见惠子出来。我走进去一看，惠子却正在傻傻地想心事哩！

这时，我看到了铺在她床上的鸳鸯被，鸳鸯在上面卿卿我我。我受到了感染，突然就把美丽的惠子抱了起来。

惠子的泪从眼眶里滑了下来。不一会儿，只见她咬了咬嘴唇，像下了很大的决心似的，用力把我一推！

砰的一声，我的头猛地撞上了墙角，倏地凸起了一个大包。

空气像是凝固了，我们就这样呆呆地站着。也不知过了多久，一抹晚霞斜进了窗棂，我说，我得回去了。

惠子起身给我鸡钱。我不要。惠子坚持要给！

太阳下山了，我从惠子的屋子退了出来。惠子移动了几下步子，我回眸，仿佛看到一股凉意正侵袭着惠子。

惠子再也不理我了。

第二年，惠子搬离了那栋屋子随哥进城去了，从此音信杳无。

惠子的离去，让我很失落，在很长的一段时间里我非常想念惠子，特别是看到惠子住过的屋子孤零零地矗立在那里，耳边不禁又响起惠子的声音：卖鸡的，过来，我要买鸡……

后来一场风雨，惠子的那所住处轰然倒塌了，不几月，目经之处荒草萋萋。

原载 2016 年第 1 期《时代文学》

丢 银

郑武文

明朝正德年间的一天黄昏，益都县副都头李豹满头大汗急匆匆跑进县衙，向县令汇报剿匪之事，出来的却是县令的小妾嫣红。嫣红说："全县蝗灾严重，老爷自你们离开就去视察灾情了，至今尚未回来。李都头战况如何啊？"李豹长叹一口气，知道多说无益，一下子瘫坐到衙前。

此时众衙役也气喘吁吁抬着一具尸体来到衙前，将人放在台阶之下，呼来仵作验尸。仵作说："张都头武功盖世，方圆数百里无人能敌，却被人一刀砍下脑袋，而其却丝毫没有反抗，可见杀他的人武功之高，高不可测啊！"原来衙役们抬来的断头男尸正是都头张虎。李豹不禁冷汗直流："难道土匪当中真有如此武功之人？那我等是无力剿匪了，只能再求救知府大人派兵围剿。"仵作叹一口气："当然也有另外一种可能，那就是张都头在毫无防范的情况下，被人一刀砍掉了脑袋……”

大家正在议论纷纷，县令何其远带着两个随从风尘仆仆赶来。看到眼前情况，忍不住泪如雨下，转身对李豹说：“益都县西邻群山，连年匪患不绝，抢掠百姓，打劫客商。知府大人屡次责备本县办事不力，特派你和张虎二人前来协助剿除匪患。本县也对你二人深怀期望，委以重任，没想到初次剿匪，就让张都头为民殉难，却让我如何向知府大人交代？对了，李豹，你先说说怎么个情况。”

李豹说：“今日凌晨，我等辞别大人，清晨即到方山脚下，想要给匪首王麻子一个猝不及防。怎奈山高林密，地势险峻，硬攻肯定损失巨大。而且土匪好像得到密报，戒备相当森严。我们正在踌躇，张都头得到密报，然后孤身一人去了侧面山头。天已近午尚未回来，我们就安排几个衙役前去寻找，却只发现张都头早已身首异处倒在血泊之中，大家无心恋战，只好暂时回来，再作打算。”

何县令怒道：“这些土匪甚是可恶！本县恨不得即刻出发荡平他们的匪窝。只可惜事有轻重缓急，益都县遭遇蝗灾，庄稼几近绝收，百姓饿殍遍野，承蒙朝廷拨下赈灾款银，明日即可到县，还望李都头全权管理灾银，以待逐步拨放。剿匪之事，我们再从长计议。”

第二天，朝廷钦派的赈灾款由锦衣卫袁成带队运到益都县。县令何其远亲自带领县里官员感谢皇恩，并委派李豹全权管理发放款项。县令还设宴招待了袁成，对于县里所遭变故痛哭流涕地做了汇报。袁成说道：“因为朝廷另有安排，所以袁成不敢耽搁，不过我所带来的一千精兵可以暂留县里，由何县令全权指挥，先完成剿匪之事，而且随行还有两门火炮，对于剿匪定能派上用场。”何县令一揖到地，对袁成感激涕零。

第二天，袁成回京。何其远忙完县中杂务，带领衙役、士兵浩浩荡荡开进方山。到了山下，二话没说，先支起大炮，轰隆隆打了几炮，山门顿时坍塌，众军士一鼓作气，冲上山去……却只发现一座空山，哪里还见王麻子半点踪影？既然进得山来，又有精兵相助，何县令便趁热打铁，又端掉了几个匪窝。最后自然是大获全胜，一伙人浩浩荡荡返回县衙，准备向朝廷请功。

可是刚进县城，就发现遍地狼藉，在家留守的李豹哭哭啼啼跑来，一下跪倒在何县令面前捣头如蒜：“老爷啊，大事不好。你们去剿匪，王麻子却早已经得了消息，带领一干土匪，骑着快马，直接抢走了赈灾银两！小的无能，还求老爷饶命啊！”

何县令长叹一声："赈灾银两乃是朝廷发放，我想饶你，怕是也饶不了啊！为了大家活命，我也只好挥泪斩马谡了。来啊，先把李豹绑了，待我奏明朝廷，秋后问斩！"

何县令回到县衙，紧闭大门，温上一壶老酒，小妾嫣红扭扭捏捏出来，坐到何县令腿上，何县令边喝边唱，然后忍不住哈哈大笑……笑声未完，老管家慌慌张张跑进来。何县令把脸一沉："真是不懂规矩！谁叫你进来的？"老管家却一下子跪倒，结结巴巴说："老爷，大事不好了，朝廷那一千精兵把我们县衙都包围了！"正说着，传来咚咚的敲门声，何县令叹一口气，对嫣红说："看来我们还是高兴得过早了，把那一千精兵忘了。还好老爷我做得天衣无缝，谅他们也看不出什么破绽。"于是气定神闲去打开大门，却发现站在面前的是锦衣卫袁成和青州知府。何县令急忙跪下给两位上司见礼，并顺口问道："袁大人不是回京了吗？怎么又回来了？"知府厉声喝道："何其远，你可知罪！"何县令说："下官奉命剿匪，导致李豹丢失赈灾银两，有不可推卸的连带责任，还望知府大人明察！"袁成呵呵笑道："何其远，你看这是何人？"身后兵士推出一人，看到那一脸麻子，何其远顿时颤抖不止，急忙磕头如捣蒜："大人饶命啊！下官该死！"知府说道："这几年益都县匪患严重，我只道是你剿匪不力，把我的得力助手给你，却万万没想到是你勾结土匪。想那张虎，一身武艺，若不是给你磕头行礼，又有谁能一刀砍下他的头颅？"袁成又说："受青州知府委托，我送来赈灾银两，假意回京，麻痹于你，实则藏在县城，将那王麻子抓获，让你罪行大白于天下！"

随后，袁成将何其远押解进京，并在县衙后院搜出遗失的赈灾银两，由知府大人亲自督办，发放到灾民手中。

原载 2016 年第 6 期《佛山文艺》

尴尬的手机

魏东侠

侯倩倩手握那个不值钱的手机，就像握一枚马上爆炸的手榴弹。眼看午休时间一分一秒过去，也没找到手机藏身的地方。卧室很大，她却感到憋闷。她烦乱地转圈，又下意识看手机，确定是关着的，长出一口气，接着转圈。

手机是楚菲的。她没手机，和楚菲周末一起闺蜜游，她把手机丢了。当时楚菲就是用这个破手机给她拍的照。浏览照片时，她无意中发现了楚菲和黄一明勾肩搭背的照片。她心一紧，问楚菲，想不到楚菲就那么羞答答承认了。

黄一明一直在追她侯倩倩，全单位的人都知道，追两年了还没追上。怪不得最近没什么动作了，原来改了航线。说心里话，侯倩倩真不喜欢黄一明，娘儿们，写的字也很狗屎。但有个人总在身边围绕，到底是好的。侯倩倩说不出地失落，开始心不在焉。甚至在楚菲提出看蝴蝶馆时，她都拒绝了，独自一人坐在台阶上等，还随手从包里翻出面包来大口大口地嚼。手机大概就是在那时丢的。她双手撕扯面包，自己才买的三星手机便被随意弃在了台阶上。然后楚菲一出来就炫耀她手机中的蝴蝶，边炫耀边拉起她就走。半小时后当她"哎哟"一声，手机早花落别家，还关了机。

楚菲建议让值班保安广播一下，万一人家还呢。侯倩倩冷静地说："打算还就不关机了。"

楚菲还打算游两个景点，她永远一副单纯的样子，侯倩倩真心希望她不是装的，但侯倩倩不信。

侯倩倩丢了手机，一想，还丢了个人，就懊恼地回家了。

周一上班，侯倩倩一进办公室，就见黄一明在给楚菲泡咖啡。而平时，黄一明只给她泡的。多少有些尴尬，黄一明脸一红说："来了？"

侯倩倩没吭声，坐在自己那儿等，却一直没等来习惯了的那杯热咖啡。

更令她不快的是，一上午楚菲都在哼小曲，和谁说话也一脸灿烂。

熟视无睹了吗？侯倩倩感觉自己肺都炸了。

大概是天意吧，临下班，侯倩倩在厕所内竟然意外发现了楚菲的手机。她不确定，滑开看了看，不禁一阵惊喜，正是楚菲的。至于为什么惊喜，她也没深究，赶紧关机藏在了口袋中。

这个厕所说是单位公厕，因为临街，社会上也有不少人进出，所以，楚菲永远也不会把账算到她头上。

她并不喜欢楚菲的手机，就像她也不喜欢黄一明这个人，但她抓住机会了，就要报复一下，她尝到了丢手机的别扭，也要让楚菲尝一尝，谁让她……总之，别人拾了她的不还，她拾了别人的自然也不还。但侯倩倩的心忽然就那么跳了一下，她想到一个字——偷。

这算偷吗？明明拾的，怎么就觉得是偷了呢？

下午一上班，单位就沸腾了，大家都在议论楚菲丢手机的事情。楚菲更是痛苦，一个劲儿喊：“号码全丢了，照片和录像也丢了，以后我拾着手机，多好都还给人家，太不方便了！倩倩啊，咱俩同病相怜了。”

有人说：“快去补卡，不然别人会盗用你号的。”

有人说：“快改微信和QQ密码，注意钱财安全。”

大家七嘴八舌，黄一明走过来：“菲，我看你手机快烂了，就偷给你买了个，本打算过几天你生日给你，想不到这会儿派上用场了。”说着，一个iPhone6塞进楚菲手中。响起一阵热烈掌声，侯倩倩有种被众人扇脸的感觉。

楚菲幸福地红着脸说：“谢谢。”

黄一明摸摸楚菲头：“傻瓜，别急着补卡，我试过了，你手机一直关机，估计晚上才敢开吧。我发了短信，要是对方肯把咱照片传给咱，我给他五百块钱。你补了卡，他就看不到我短信了，也就永远不会还咱那些美丽瞬间了。”又一阵热烈掌声。

侯倩倩心里不是滋味，下班回到家就想把手机扔垃圾桶，去你们的瞬间吧！

她很后悔丢了手机没给拾到者发个短信，继而又好奇，黄一明会在短信上说什么呢？

她平复一下心跳，打开了手机。

手机上趴着七条未读短信。

她只看完第一条，就险些昏倒，不知是羞愧还是兴奋的。

短信内容：“楚女士你好，我是景点保安，你哭着求我帮你朋友找的三星手机找到了……”

那么问题来了，眼下，她侯倩倩要拿她手中的这个手机怎么办呢？

原载2016年第1期《天池小小说》

高档餐厅

郑付林

他看见，旁边的那些餐桌，每一桌都摆得很丰盛，人们体面富态，谈笑风生，唯独自己，寒酸窘迫，桌上空荡荡的，雪白的桌布和一副碗筷，伴着孤零零的他。

要不是这一片只有这一家餐厅，要不是早已饿得头晕眼花，他是无论如何都不会到这里吃饭的。他本想买个馒头吃，哪怕冷馒头也好啊，但繁华的街道上，没有卖馒头的。他实在走不动了，摸摸口袋里仅有的五十块钱，心一横，便进来了。尽管他心里清楚，自己这身打扮，与这家高档餐厅格格不入。

他埋头看菜谱——根本没看菜名，眼睛只在价格上紧张扫视，那些动辄数十、上百的数字，像炭火一般，烫得他的目光躲闪不迭，不一会儿，那炭火就把他烤得一头汗水。

他看中了一个最小的数字，慌乱地用手一指，低着头小声道：来份这个。

他担心服务员的脸上有讥讽和嘲笑，自卑得不敢抬头。

好的，请稍等。服务员答应道，声音爽脆、热情，似乎没有鄙视的色彩。

他又饥又渴，张了好几次嘴，想要一杯茶，却始终没好意思说出口。他想，自己就点了一个极为普通的麻婆豆腐，总共消费也就二十多元，人家没有冷嘲热讽看不起他，就应感恩戴德了，怎么还能厚着脸皮索要茶水呢？

餐厅里，不时有顾客高声大气地催促：服务员，我要的龙虾呢？赶紧上啊！

服务员，我点的红烧甲鱼呢？咋这么慢？

他等了很久了，几次想小声问一下服务员：我要的麻婆豆腐，啥时能好？

但转念又想，人家肯定要先把那些名贵大菜做好后，再做普通廉价的菜呀。不过他有些纳闷，那些人桌子上已经摆得满满的了，怎么还不停地催促呢？

他很饿。知道其他顾客都在对着山珍海味大快朵颐，他更饿。他在心里默念，等做成了这单“生意”，一定再来一次这家餐厅，点几盘鸡鸭鱼肉，好好享受享受。

有了憧憬，便多了份耐性，他开始欣赏墙上的油画，颇有些气定神闲的模样。

他的菜，终于上来了。一盘油汪汪的麻婆豆腐，红白相间，翠绿的葱花点缀其间，很是诱人。米饭也很好，雪白晶莹，糯软清香，拌着豆腐吃，非常开胃。

但他吃得很小心，生怕弄脏了面前洁白的桌布。旁边那些客人，将骨头鱼刺肉皮乱七八糟吐在桌布上，让他觉得是在糟蹋东西。他想，桌布这么干净，这些油渍、污渍洗得掉吗？

饭菜很快被他吃了个精光，有些意犹未尽。很想再来碗米饭，又觉得难为情。嗨，吃个半饱也不错的，肚子不再像刚才那么饿，应该知足了。他这么想着，打算结账走人，却见服务员端来一大碗乌鸡汤，轻轻放在他面前，笑道：饭后一碗汤，身体更健康。

我没要汤呀！他诧异道，同时看见汤里有只鸡腿，还有肚片和墨鱼，扑鼻的浓香，使他不由自主地吞了口口水。

是老板娘赠送的。服务员灿烂一笑，笑得明眸皓齿、亲切可人。

赠送，为啥？他很是不解，一头雾水。

老板娘夸您很有教养。我们餐厅每天选一位最有教养的顾客，奖励一碗乌鸡汤。服务员轻柔地说道。她很善良，刻意隐瞒了老板娘说的另一句话：那小子肯定没吃饱，看他面黄肌瘦的，定是饿坏了。

我？有教养？他分明听到服务员用的是“您”，心里一颤。

是呀！您等了这么久，却没催促一声；忘记给您上茶了，您也没抱怨；用过的餐巾纸掉落地上，您马上给捡起来了。还有，您用过餐后，将碗筷摆放得整整齐齐，面前的桌布干净如初……

服务员声音很轻，甜润而流畅，简直把他夸成了绅士，使他在不知不觉间挺直了腰板。

您慢用。服务员夸完了他，轻盈离去。

他豪爽地吃光了那一大碗鸡汤。

终于饱了。他想，吃饱的感觉真好！他很惬意。

离开时，迎宾小姐殷勤地替他拉开大门，面带微笑：先生慢走！

先生？我这样的身份，也是先生？他突然想起，刚才进门的时候，他还担心自己衣着寒酸被拒之门外呢，没想到，她们竟向他微微鞠躬：先生中午好！欢迎光临！当时一阵慌乱，没留意她们的用词，现在想起来，竟鼻子一酸。

我是先生？！我这种出身贫寒、身份低微的人，我这种长期被包工头拖欠工资、经常挨饿、已经准备去做小偷的人，也可以是先生?!

他心里一热，突然间泪流满面……

他一边流泪，一边暗自决定：那单“生意”不做了，去好好找份工作，努力做一个正派、体面的人。

他回头望望餐厅的门脸，含泪鞠了一躬，转身将撬锁工具悄悄扔进垃圾箱，昂首挺胸地走向劳务市场。

原载2016年第4期《微型小说月报》

医者

周国华

读高二那年，我妈病了，疼得满床打滚。我背着她到赤脚医生那里，医生为她打了针止疼剂，手一摊：怕是大病，赶紧送县医院。

我家离县城远，又没车。我借了辆三轮车，把我妈拉到县医院。医生诊断后，把我叫到一边：你妈得的是癌症，晚期了，花再多钱也没用，你自己决定吧。

癌症?！我好似挨了一记闷棍，眼前发黑。我爸走得早，这些年来，我妈就靠种那点承包田供我上学，如今……

不能就这么放弃！我刚想办住院手续，我妈含笑进来说：医生，给我开点药吧，止疼的就行，我命硬，能挺过去。

拗了半天，我还是按我妈的意思做了。我知道，我妈要是决定了的事，没人能改过来。拉着我妈回家的路上我拼命憋着，不让眼泪掉下来。兜里只有三百块钱，那是全家仅剩的那么一点儿。

救不了妈，我想让她在不多的日子里，尽量过得好点。我去村里小店买东西，无意中听到有人说，隔壁乡有个老中医挺神的，治好过一些大医院都没法治的怪病。我立马找了过去。

老中医家坐着很多病人，得什么病的都有。老中医话不多，而且很轻，只是在搭脉后简单问上几句，就摇头晃脑开起方子，完了，又叮嘱几句，也看不出有啥高明之处。最后一个轮到我，老中医瞅了我一眼：病人呢？

我拿出医院的诊断书，讲了我妈的病情和家里的情况。我说来得急，我妈也下不了地，我先来问问。说到最后，我的眼泪扑簌簌往下掉。

老中医瞪了我一眼：这么大了还哭，没出息，走，带我去看看。

老中医给我妈搭完脉，捋着花白的山羊须在屋里踱来踱去。我垂手，惶惑地盯着他。老中医让我把三轮车上的那个蛇皮袋拿进来，一打开，里面全是草药。老中医告诉我，把这几种药分均匀，半年服完，大致就可以了，不行的话，再去找他。

我连连点头，掏出三百块钱：只有这些了，别嫌少。

老中医没接钱，双手把玩着桌上的青花瓷瓶，左看右看，还不住点头：不用了，你留着做学费吧，这个东西卖给我吧。

我妈连忙摇手：不，这是我的嫁妆，几块钱买来的，乡下人没闲心插花，我常说，还不如碗勺来得实用呢。

老中医晃着头，捻着须，说：实用不实用我不管，我家里有一个，正好配个对。

送走老中医，我和我妈还不敢相信天下竟有这种好事，诊费、药费没付不说，还白白拿了一千块钱！

半年后，我陪着我妈去了医院，诊断结果让我欣喜若狂，我妈竟痊愈了！

我拿着锦旗去谢老中医，老中医一笑：有钱了，就把瓶子赎回去，价钱嘛，翻倍。我点头。

我如愿考上了医学院。用那些钱，我撑过了第一个学期。之后，我勤工俭学，再没用过家里一分钱。毕业后，我凭借优异的成绩，被省城一所大医院聘用。我接我妈进城，贷款买房，娶妻生子，进修深造……

二十多年后的一天，我偶然观看了《鉴宝》节目，一个青花瓷瓶引起了我的注意，那个瓶子，看上去跟我家的一模一样。专家几百万元的估价让我又吃惊又愤恨，原来老中医早就知道瓶子的价值。我想起了老中医眯着眼的神情，哼，狡诈，虚伪！

我憋着满肚子怨气去找老中医。老中医已去世，他儿子接过我的字条，一笑：家父说你定会成为医生，果然没错。

我突然想起，那天我对老中医说，我想放弃学业，赚钱养活我妈。我有点发蒙，是不是自己太“小人”了？

里屋的橱柜上，摆放着两个青花瓷瓶，花纹一样，成色迥异。老中医的儿子取过那个釉色发暗的瓶子：民国的，不过也值几千块钱。

我脸红了。瓶子的内壁上，依稀还能看到我儿时调皮的涂鸦，是我家的那个！我疑惑地望着另一个青翠欲滴的花瓶。

这个是我祖上为一官宦人家就诊时，那家主人给的。

我掏出一万块钱，老中医的儿子执意只收下两千：家父嘱咐，不敢有违。

对着老中医的遗像，我郑重地磕了三个头。泪眼婆娑中，我又看到了那双似笑非笑的眼睛，温馨，深邃。

一块匾额悬在壁上，上面的两个字熠熠生辉——医者。

原载 2016 年第 1 期《文苑》

一条叫欢欢的狗

王明新

恋爱五年婚姻却只有一年多，缘分就走到了尽头。他们打算协议离婚，财产已分割清楚，他也从他们共同租来的房子里搬了出去，就差去民政局办理离婚手续了。唯一没有分割的财产是一条叫欢欢的狗。欢欢是什么品种他们也不清楚，但不是名狗却可以肯定，因为欢欢是他们恋爱期间捡来的，那时候欢欢大概只有一个多月大。从此，他们一家两口变成了三口。

欢欢之所以没有分割不只因为欢欢本身就无法分割，还因为他们都深深地喜爱着欢欢。去办理离婚手续的时候他们就带着欢欢去了民政局，他们都希望在最后这段时间把欢欢争取到自己手里。

手续很快就办完了，但欢欢的命运仍有待决定。出了民政局，他们有一段共同的路，然后就要各奔东西了。终于他决定让一步，因为自己毕竟是个男人，离婚也是因为自己犯错造成的。他于是说，你先领欢欢走吧，我不想让欢欢看见我们各走各的。喜出望外，她点了点头牵着欢欢向前走。但看见男主人没跟上来，欢欢坐在了地上，回头看着男主人，任她怎么拉扯绳子欢欢就是不走。欢欢虽不是名狗，块头却足够大，50多斤，像一匹狼。她到底没拉动欢欢。这时候男主人欣然跑过来说，欢欢不跟你走，还是给我吧。她无奈地放了手，说那你先领欢欢走吧。同样，欢欢见女主人没跟上来，走了几步也坐在了地上。他力气虽然大，但也没办法把欢欢拉走。

这是他们谁也没料到的，一条普普通通的狗居然如此有情有义。一时不知道该怎么办，他们站在路边上左右为难。

欢欢与他们难分难舍，他们对欢欢也充满留恋。这不仅因为欢欢见证了他们的爱情，还因为欢欢与他们有过一段难忘的故事：

结婚后，他们打算生个孩子，但听说猫或者狗是一种叫作弓形体病的传染源，孕妇与猫或者狗过多接触就有可能传染上这种病菌，而影响婴儿发育。于是，他们决定把欢欢送人，或者说找人暂时代养。他们与她的一个闺蜜达成协议，在她怀孕期间由这位闺蜜代养，她生完孩子后，如果那位闺蜜想继续养，他们就把欢欢永久送给闺蜜，反正相距不远，他们可以经常去看望欢欢，如果闺蜜愿意奉还，他们当然乐意把欢欢接回来。

欢欢被她的闺蜜接走了，她却开始失眠，整夜整夜睡不着，夜里听见狗叫就以为是欢欢。终于，有一天夜里她实在受不了这种折磨，她把他叫了起来，她说，我天天听见欢欢在小区的栅栏外面叫，肯定是它逃了出来，却进不了小区，我们去看看吧。其实这些天他也没睡好，她这么一说，他立即从床上爬了起来。他按了一下床头上的手机，显示的时间是1点20分。他们穿好衣服，顶着冬天凛冽的寒风向外走，走出小区大门，再绕到“欢欢”叫的地方，正好是半个“回”字形，要走30多分钟，但他们谁也没嫌远，谁也没感到冷。终于，他们走到了那个地方，有一只狗向他们狂吠，她用手电照了照，不是欢欢。那里是一个旧巷子，狗是住在旧巷子口的人家养的，巷子口正好面对一条大路，夜里也常有汽车、摩托车从巷子门口过，这时候狗就会叫起来。

从外面回来，她摸起手机，拨通了闺蜜的电话，还没开口就号啕大哭。毕竟是闺蜜，相互之间太了解了，闺蜜说我明白了，明天我就把欢欢给你送去。

她急忙说谢谢谢谢！放下电话，又哭了一会儿，她睡了，那一夜她睡得无比踏实香甜。

欢欢回来了，她的失眠也好了。她怀孕了，几个月后她发现他有了外遇，她眼里揉不得沙子，无论他如何检讨自己，表示要痛改前非，她都无法原谅他。他们先是分居，然后她生下了孩子，她决定自己把孩子抚养大。不久，他们走进了民政局。

无奈，他们只得牵着欢欢一起向前走。很快就到了分手的时候，从此他们将形同陌路。

绳子牵在他手里，他转身的时候，欢欢却扑在她身上，用两只前腿抱住了她，她甚至看见欢欢眼泪汪汪。她抚摸着欢欢的头，也流出了眼泪。他把绳子默默地交到她手里，转过身要走。欢欢又转而扑向他，用两只前腿把他抱住，同样是眼泪汪汪。

他们都被这一幕感动了。他紧紧抓住她拉着欢欢绳子的双手流着泪说，我错了，我一定改，为了欢欢请给我一次机会！只一次！

她痛哭失声。过了一会儿，他们牵着欢欢向同一个方向走去。

原载 2016 年第 3 期《东方剑》

捉鳖

朱树元

1

纪伟回乡下看望父亲，给父亲捎了两条好烟。

父亲说：“这烟老贵了。”

纪伟说：“您只管抽，反正不要我花钱。”

父亲又叨叨起来：“你走到今天不容易，得处处小心哪！”

“我还是那句话，现金购物卡什么的一律谢绝。”纪伟说，“至于收两条烟孝敬您……”

“先不谈这个。”父亲打断纪伟，拿起一根木棍状的工具，“走，咱捉鳖去，捉那只逃跑了的鳖。”

纪伟年纪尚小的时候，屋后的小河里生活着一只小鳖。纪伟撞见过它，就缠着父亲给他捉。父亲用猪肝钓，鳖就是不咬钩。父亲埋伏在河边，用鱼叉戳，可是鳖迅速下潜，鱼叉仅擦伤了它的背壳。

后来，鳖转移到附近一条宽阔的大河里，把远在鱼叉射程之外的河心作为透气点，平安地生活着，年复一年，长成了老鳖。

2

父子俩来到了大河边。

纪伟望着水面：“鳖呢？”

父亲说：“别急，它马上就会现身。”

过了一会儿，河心果然浮出一只如小斗篷般的背壳带有伤痕的老鳖。

“好大的鳖啊。”纪伟说，“可是它离我们有四五十米呢，怎么捉啊？”

父亲没有作答，而是捡起一颗石子，瞄了瞄老鳖。

“别砸。”纪伟说，“会把它吓跑的。”

父亲还是挥动了胳臂。扑通一声，石子落在老鳖附近。

老鳖竟然没有逃跑。

纪伟说：“咦，它咋不跑呢？它咋不怕呢？”

父亲说：“刚开始砸，它跑，砸多了，它就不怕了。”

纪伟说：“您总砸它干啥？”

“它个头越来越大，胆子也越来越大，我站在岸边时也敢大摇大摆出来透气，好像知道我拿它没辙似的。”父亲说，“我嫌它碍眼，招我生气，就用石子砸它，想把它赶走。”

“石子没什么威力，伤不了它；石块砖块扔不出那么远，碰不着它。”纪伟说，“它这是公然向您挑衅呢。”

“但是，我现在有了捉它的办法。”父亲扬了扬手中木棍状的家伙，“用我新制的鳖枪。”

鳖枪长约一米五，最前端有一个小滑轮，后半端有一个绕着鱼线的大轮子。鱼线从大轮子上引出，顺着木棍，从小滑轮中穿出。鱼线顶端，挂着一个鹌鹑蛋似的铅坠，铅坠和小滑轮之间的鱼线上系着一串带有倒刺的鱼钩。

父亲抡起木棍，让铅坠垂在身后，然后瞄好方向，猛地向前挥去。木棍画出一个半圆，甩出了铅坠。铅坠嗖嗖往前飞，越过老鳖上方落在水里。接着，父亲飞速转动大轮子，往回收鱼线，老鳖就被鱼钩钩了个正着。

父亲把老鳖拽上岸，装进网兜。

“您先麻痹它，然后攻其不备。”纪伟感叹道，“这一招真是厉害！”

3

回家后，父亲进屋取出一盒烟，抽出一支抛向纪伟。纪伟麻利地接住，叼到嘴上。

父亲说：“别急，你先看看这烟能不能抽。”

纪伟捏着烟，看到烟卷中装的不像是烟丝，就将它撕开，把里面的东西抽了出来——居然是两张卷着的百元大钞。

“上次你捎回一条烟，里面全是钱。”父亲把手中的烟盒抛向纪伟，“这是其中的一盒，你自己瞧瞧吧。”

纪伟没有接烟，而是惊叫一声，侧身让开，像是躲避来袭的利器。

父亲又把老鳖拎到纪伟眼前：“你好好看看它。”

纪伟看到了老鳖的眼睛。老鳖的眼睛亮晶晶的，如一面小小的凸面镜。纪伟从老鳖眼里看到了自己的模样，恍惚中觉得自己被关在一道栅栏里，不由得出了一身冷汗。

父亲拿开老鳖：“现在，你有什么想法没有？”

“烟里的钱要么退掉，要么汇进廉政账户。”纪伟回过神来，“还有，我明白了一个道理，那就是不管什么东西，只要不是我的，我绝不能沾手。”

“这就对了。”父亲说，“你一定要清清白白做官，坦坦荡荡做人。”

纪伟认真地说：“我记住您的话了。”

父亲说：“咱怎么处理这只老鳖呢？”

纪伟想了想："让我把它养起来，让它成为我的镜子，行吗？"

"嗯，这个主意好，我看行。"父亲欣慰地笑了。

原载2016年第2期《稻河》

卫兵与修鞋女

林万华

部队迁入新驻地。

他是警卫连的老兵。

那天在营区大门旁站岗，他发现马路对面那棵长得挺古怪的老柳树下，有个修鞋女正朝他这边张望。

六月，骄阳似火，修鞋女端庄的面庞被蒸烤得红扑扑、妩媚动人。

他想，她真会找地方，这儿有这么多兵，整日摸爬滚打，还愁挣不来钱。他收腹挺胸，双目平视，笔直地站着。可时间久了，视线就不由得偏转过去：她缝补、钉掌、粘底，活儿干得麻利，一看就是个巧姑娘。

星期天，他忽然想起床底下还有一双磨薄了底、许久未穿的作训靴，便拎着朝营区大门走去。

她一眼就认出他，微笑着说："补鞋？"

"粘底。"他答道。而后把皮靴递了过去。

"听口音你是四川人？"他坐在她对面的小板凳上。

她双眼一亮："嗯，四川的。"

"你呢？"

"我也是。"

她惊喜地说："那咱们是同乡。"

"对，同乡。"

"真巧！"

“真巧！”

……

“当兵想家吗？”

他笑了：“咋不想，还想咱家乡的辣子面。”

她也笑了：“可不，我出来时还特意带了一包，明天给你拿点来。”

……

“你一个人跑这么远，家里人不惦记？”

“惦记我也不回去！”

“为啥？”

她低下头，神情中露出一丝忧郁。沉默片刻，她嗫嚅着说：“他是消防兵，去年执行任务时……”

他看到她那双黑亮的眼睛里有泪光闪烁。他心里不由得颤了一下。

她停顿了一会儿：“我不想总靠乡里帮助，我还年轻，有手艺，将来生活一定会好起来的。”说着，她神情中露出坚定与自信。

“你是为……”

他愕然，随后把欣慰与敬佩的目光投向她。

她羞涩地低下头。

他依旧每天站岗，她依旧每天来修鞋。

他两眼平视，目光投向远方。可时间一久，视线就不由得转向她。

她闲下来时两眼便痴痴地望着他，一副心事重重的模样。

六月天，小孩的脸，说变就变。那天，突然下起雨，她在老柳树下躲避，雨水淋湿了她的衣衫。他透过岗亭上的玻璃窗望着她，觉得应该叫她过来避雨，便走出岗亭，招呼她。她迟疑了一下，还是跑来了。他把她让进岗亭，她抹一把脸上的雨水，一扭身见他还站在外面，便说：“你怎么不进来？”他看她一眼，挺挺身，仍一动未动。

雨蒙蒙，营区的甬道上，没有一个行人。

一晃，雨季过去了。再一晃，秋来了，树叶纷纷坠落。

他服役期满，离开部队前，他把平日积攒的钱，全部“借”给了她。

她每天依旧坐在那棵老柳树下修鞋，投向营区大门的目光却渐渐黯淡了，心中的惆怅也越来越重。后来，她的身影，便在那棵长得有些古怪的老柳树下消失了。

原载 2016 年 5 月 19 日作家网

我在漩涡等你

刘万里

落日黄昏，江北风尘仆仆来到了漩涡镇。

江北立即被眼前的美景吸引了，“漩涡”这两个字他曾从阿庄嘴里听了无数次，如今他来漩涡镇就是为了了却他的一桩心愿。他坐在石阶上抽了一根烟，一只小船划过，河水荡漾，哗哗作响。他的耳朵突然也哗哗作响，是枪炮的声音，往事如潮水漫了过来……

江北所在的国军某连队负责阻击日本人，他们跟日本人激战了七天七夜，打退了日本人无数次的进攻，国军也付出了惨重的代价，只剩下十几个弟兄了，眼看要弹尽粮绝。那晚他们在战壕里又冷又饿，受伤的阿庄说：“江北兄弟，我有种不好的感觉，如果我死了……”

江北立即打断他，说：“放心，我们死不了的，再说上次跟日本人肉搏战，要不是你及时给那日本人一刺刀，我早就见阎王了。我还欠你人情没还呢。”

阿庄捂着伤口，笑了笑说：“拜托你一件事，等赶走了鬼子，去漩涡看看我的母亲。我的大哥在台儿庄战役中牺牲了，我的二哥参加了八路，现在也不知是死是活。我参军打日本鬼子时，没过门的媳妇也答应了我，她等我。”阿庄掏出自己的照片和女朋友的照片，还有母亲给的平安符，递给江北说：“你先替我保管吧。”

天一亮，鬼子又疯狂进攻。炮弹在阿庄身边爆炸，阿庄突然消失了，只留下一个大坑。炮弹声停止时，黑压压的日本鬼子朝阵地赶来，而此时阵地上只剩下了五个人，他们做好了跟日本鬼子同归于尽的准备，每个人都给自己留了一个手榴弹。就在这时，增援的部队赶来，包围了日本人。这次战役他们大获全胜，江北受到了嘉奖和表扬，提拔为连长。本来他想去漩涡看望阿庄母亲的，但部队奉命又去开辟新的战场。转眼几年过去了，日本人投降了。后来，江北所在的部队起义了，他们参加了解放军直到全国解放。

就在江北陷于往事的回忆时，天色已暗，挂在廊檐下的大红灯笼都已亮了起来，一盏连着一盏，灯光映照下的江面特别美丽，把夜晚的漩涡镇装扮得朦胧而又神秘。

桨声灯影中，一只小篷船慢悠悠地荡来。

“船家，请问去老街怎么走？”江北站了起来，挥了挥手。

小篷船突然停了下来：“你找谁？”

“我找阿庄的娘。”江北才看清这是一位姑娘。

“你——是？”姑娘很激动。

“我是阿庄的战友。”

姑娘笑了笑：“上船吧，我带你去吧！”

姑娘又说：“阿庄，他现在好吗？”

江北看见她眼里有泪，仔细一看，好面熟：“你认识阿庄？你就是阿庄的那位吧？”

“是的。”

“我有你的照片。”

“你怎么有我的照片？”

江北掏出照片递给姑娘：“阿庄交给我的，我把你和阿庄的照片放在胸前捂了六年，一直盼望能亲手交给你们。”

姑娘突然号啕大哭：“他答应我回来，要跟我结婚的。”

江北想安慰姑娘几句，他感到语言又那么苍白无力。他看了看四周，星斗开始出现了，一只只小木船急速地从爬满青苔的桥洞中穿过，长长的石板街上已是行人寥寥，纷纷打烊的店铺里溢着腊肉脂香。

姑娘哭够了，她说：“我们回家吧。”

姑娘心事重重地划着船。

“跟你商量一件事。”姑娘回头说。

“你说吧。”

“阿庄的娘天天想念儿子，哭瞎了双眼。最近她的身体一直不好，我估计她剩下的日子不多了，如果她知道阿庄牺牲了，我怕她挺不过去。我希望你能冒充阿庄。”

“这行吗？”

“你的身材跟他差不多，这么多年你一直在外打仗，就说口音变了。有我在旁边给你打圆场，你怕啥？”

江北点了点头。

船在老街旁停了下来，姑娘拴好船，领着江北走上了石板街。

“娘，你看谁回来了！”姑娘推开门喊了一声。

从里屋走出一位举着拐杖的白发老太太：“是庄庄回来了吗？”

江北走了上去：“娘，我是庄庄。”

老太太的拐杖掉在地上，又哭又笑，像个小孩：“让娘看看。”老太太伸出双手从头到脚把江北摸了一遍：“你瘦了。听说全国都解放了，这次回来不走了吧？”

“不走了。”

老太太笑了：“你走后都是丫丫照顾我的，丫丫是个好姑娘，今晚你们就圆房吧，我早就想抱孙子了。”

“娘——”姑娘脸红了。姑娘的小名叫丫丫。

老太太又笑了：“快去给庄庄弄点吃的，这么远回来，又这么晚了，一定饿坏了吧？”

江北说：“娘，我不饿。”

老太太说：“这怎么行？丫丫快去做饭。明天给你庄庄哥捎几只猪蹄回来，在外边可吃不到正宗家乡味道的猪蹄吧？”

姑娘应了一声，闪进了厨房。

吃完饭，他们又闲聊一阵。老太太见时候不早了，就说：“我先去里屋睡了，你们也快睡吧。”

外屋只有一张床，江北悄声说：“你睡床吧，我睡躺椅。”

“万一被老太太发现了怎么办？要不你睡这头，我睡那头。”

这一夜，江北睡得很踏实。

儿子回来了，老太太这几天精神非常好。

一天晚上，江北和姑娘来到了石桥上。姑娘说："我问你，你喜欢漩涡吗？"

江北说："喜欢，漩涡太漂亮了，山清水秀，我迷上了这个地方。"

姑娘深情地说："等老太太走后，你再决定是离开漩涡，还是留在漩涡吧！我听你的。"

江北点了点头。

晚风柔柔地拂着江北的脸颊，他感到了惬意而温馨。借着月色，他看着映着双桥倒影的河水，发现自己已爱上了这个地方。

原载 2016 年第 2 期《老山》

修鞋匠阿三

林庭光

阿三是个修鞋匠。

在一个繁华地段的拐角处，阿三在那里摆了个地摊，每天天不亮，就推着摊子出来了。阿三的腿不好使，有人说阿三是当兵时参加战斗负的伤。也确实有那么回事，因为有人看到过阿三的胸前曾经戴过英雄勋章。阿三依旧是阿三，是一个补鞋匠，每天天不亮就出摊，围着他的是身边堆积的很多需要修理的旧鞋。阿三呢？也总是埋头修理着。

半晌的时候，秀姑会坐在阿三身边。秀姑是负责这个地段的清洁工，她长得并不像她的名字那样秀，身体肥胖，皮肤很黑，且是个寡妇，听说她男人是个清洁工，出车祸死了。男人死了，秀姑顶替男人继续扫大街。

阿三认识秀姑的男人，也认识秀姑。秀姑的废话很多，多数是道途听说来的。秀姑会指着城管队员说东答西，阿三只顾听，继续修鞋，从不搭腔。秀姑坐着，唠叨着，说累了，就会站起来，到大街上拾垃圾。每当这时候，阿三就从后头看着秀姑扭动的大屁股，吧唧一下嘴："丧门星，克死男人的女人。"自然，他是不敢大声的，秀姑听不见。

阿三继续修自己的鞋，很少离开自己的座位，来修鞋的很多都是漂亮的女人。女人们坐在阿三身边，就和阿三聊天，他也会说起自己的故事。阿三总是眉飞色舞地讲自己当年战场上的往事：“那些女特务都是光着屁股，奶奶的，要是有邪念，枪子是没长眼睛的。”女人们捂着嘴笑：“阿三，你难道一点也不动心？”阿三会盯着问他话的女人：“那些都是玩命的女人。”

阿三的手工活非常好，女人们刚买的鞋需要加固的，也会来找阿三。阿三总是一边钉鞋，一边和她们说一些往事。慢慢地大家都晓得了，从阿三口里知道他复员后，就已经是一级伤残军人了。阿三的抚恤金不少，但阿三在家里待了几个月，觉得实在没意思，就向街道申请了这个位置，开始给大家补鞋。

那些女人走后，秀姑就转回来了，会靠过来，坐阿三身边，露出讨厌的神色说：“都是些不要脸的东西，穿的都是什么呀，大腿露着，脸盖着，胸半裸着。”

阿三看一眼秀姑，就朝地上吐了口唾沫。秀姑不高兴：“阿三，你吐谁？”阿三指了指地上说：“吐沫。”

秀姑愤然离开。

有好事人看到秀姑总爱坐在阿三身边，就开始劝阿三娶了秀姑。阿三的头摇得和拨浪鼓似的：“万万使不得的，那女的，妨男人的，一脸克夫相。”接着，阿三会说出很多理由来。

等到这些规劝的人离开后，秀姑会转回来，再坐在阿三身边。秀姑会夺过阿三手中的鞋，扔在地上：“阿三，你不带这么造谣呀，你这么说，俺以后还咋找男人？”阿三盯秀姑一眼，再不紧不慢地拾起地上的鞋，拿起来继续补：“怎么，你还想找对象呀？”

秀姑生气了：“咋能不找呀，俺四十岁不到。”阿三听了，不说话，只朝地上吐口唾沫。秀姑生气，朝阿三吐一口：“阿三，你必以为自己是战斗英雄就了不起，告诉你，追我的男人多得是，看见那个老王吗？昨天还敲我的门呢，我是那么随便的人吗？”

阿三继续吐。

秀姑站起来，红了脖子大声嚷起来：“你个瘸阿三，死阿三！”

立即围上来很多人，秀姑愤愤不平继续又说又骂，阿三不搭理，继续修手中的鞋。秀姑就哭着离开阿三的摊位。大家也都摇着头散了。

和往常一样，阿三到了路灯发亮的时候，开始收拾自己的鞋摊。当他把修鞋机子搬到三轮车上的时候，秀姑站到了阿三身边："阿三，你就给我一个痛快话，你愿不愿意？"阿三不说话，继续搬自己的家什。秀姑摁住阿三的手："你给我一个痛快话呀。"

阿三把秀姑的手拿开，看着秀姑："什么痛快话？我和你家里的是兄弟，我答应过他照应你，缺什么，我这里有，你可以拿走。"秀姑看着阿三："你说我缺什么？我啥都不缺，就缺个男人。"阿三慌张地看着秀姑，眼里流动着复杂的神情："你说的啥呀？我还得回家加班修鞋，明天等着拿呢。"

后来，阿三继续在那个地方修鞋，秀姑则继续在那儿扫大街，但再也没在阿三的摊位旁坐过。

再后来的一天，秀姑衣着光鲜地走到阿三摊位旁，说："过几天是我与老王凑合到一起的日子，去热闹下，好吗？"阿三一听，"呼"地站起来，盯着秀姑吼："我不同意！"

原载 2016 年第 2 期《华文小小说》

血瞳

桔　子

"阮氏秋香。"

看到这个名字的时候，脑子里浮出一张秀气的面孔，黝黑的大眼睛，透着柔弱。

六年前，因为有规定医务人员晋职时，必须有下乡工作的履历，我被派到烂塘岭卫生院工作三个月。

那是一段我人生中少有的几个值得回忆的日子之一。能静下心，想透彻许多从前想不明白的东西。对于"城里来的医生"，山里人更多的是信任。在这里，人和人之间的关系简单纯朴，用心看病，不必担心医闹刁难之类的混账事，我很开心。

那个雨天，诊室里半天没一个病人，我打开书翻了几页。一阵脚步声响起，迎脸走来的是两个潮湿的山里男子，看模样是父子俩。地上一架竹子做成的简易担架，担架上我第一次看到了那张秀气的小脸。目光游移迷蒙着，小脸衬得眼睛格外大，不知是冷的还是疼的，她脸上透着层苍白，轻皱着眉，左手抓着担架，右手抚着腆起的肚子，臂上还套着小碎花袖套。看样子她是快要生产了。

简单检查后，我迅速作出判断：前置胎盘。这病有大出血的可能，需要住院观察，随时准备手术，我请家属过来谈话签字。

签字的是打后面跟来的一个小个子男人，手里拎着跟女人袖套一样花色的小碎花包袱。一瘸一拐地赶来，那是小儿麻痹症的后遗症。心里冒出个叹号：真心不般配啊！

然后我弄清楚了四个人的身份：女人，阮氏春香；女人的丈夫、公公和小叔。

女人极少开口，努力地微笑，小个子男人很积极地替她答话。我从没见过这种名字，问了问，没想竟是从异国嫁过来的。

"准备六千元钱住院，或者抓紧去城里。商量好了告诉我，我去通知手术室。"

趁他们商量期间，我抓紧写病历。一会儿，三个男人进来了，期期艾艾地问我："刚检查了，肚里的是男孩还是女孩？"这个问题是雷区，大医院来的我很是敏感，脱口道："这个不能告诉你们。"

再等一会儿，没有听到商量后的结果，我出去问了问。公公的脸阴晴不定："医生不说，肯定是女孩。"小叔子别过了脸嘀咕："又是六千块，都够再娶个媳妇给我了。"丈夫垮着脸，看完这个看那个。

半个小时后，我得到了结果：去城里看。

我有些意外，现在去城里，说实在的很有风险，但我得尊重病人和家属的意见。临走时，那双黝黑的大眼睛朝我看过来，张了张口，终究没说出什么来。这个场景刻在我脑子里许久。

"李主任，可以让下一个病人进来吗？"护士的话把我从沉思中拉了回来。嗯，今天我坐不孕不育专家门诊，看样子是眼前这个名字让我想起了一些事。

我打量了下进来的阮氏秋香，小脸上一双大眼睛，还真跟阮氏春香有些像，尤其是那眉眼。

果然秋香也是从异国来的，她的中文很好，跟她交流毫无障碍。她说她没病，给她开一些维生素片就行。不过她请求让我跟她再聊一会儿，出去太快了外面的男人会不高兴。

她告诉我她是来这儿找姐姐的，她家七个姐妹，她和这个孪生姐姐感情最好。姐姐前些年嫁过来，不久她想着法儿也来了。巧得很，两人嫁的竟然是同一家。可姐姐已经不在了，说是难产大出血，赶不及送医院，死了。孩子也没了，是个男孩，那家人心疼了好久，一直说，医生的意思明明就是个女孩。“我现在采一种草药吃，我不想怀孕，怕跟姐姐一样。”

没听清楚她絮絮叨叨又念了些什么，眼前闪过那双黑幽幽的大眼睛，那一抹幽黑，正被洇成了刺目的血色。忽然忆起她那天的口形，是“救我”两个字么？转了许多回念头：如果，那天我告诉他们是个男孩……

头好痛。

原载 2016 年 6 月《浙江小小说》创刊号

伞

张以进

去上班的路上，就在距离我办公室不远的时候，雨突然下了起来，似乎应了那句“天有不测风云”的话语。

雨滴有点大，我打开了雨伞。父母时常关照要“晴带伞，饱带饭”，那天早晨，天灰蒙蒙的，看看手机上的天气预报：多云。不过，我还是习惯性地带了一把伞。女儿在外地工作，妻子也出差了，家中就我一个人，真的遇上雨，没有人会给我送伞。

雨细细密密的，透过雨伞，远处的山和树成了别样的风景。没走几步，我遇见了她。一个十多岁的女孩子，穿着红色的校服，肩上背着一只大书包，红扑扑的脸蛋，额前的几缕头发已经被雨淋湿了。她的脚步匆促，显然她没有带着雨伞。

就在她和我相遇的一刹那，她用明亮闪烁的眼睛看了我一眼。我的内心一下子被触动了："小朋友，你等等，这把伞你带去。"我知道，离这里最近的学校也有一二公里，没有雨伞，她肯定会被淋湿。

她停下了脚步，不信似的看着我，似乎在说：您把伞给我了，您自己怎么办？

"我就在前面那幢办公楼上班。"我把伞递给她。

她迟疑着接过伞，说："您在哪个办公室？我明天就把伞送去还您。"

"808。"我对她说完，就小跑着和她分别，雨又大了许多。

第二天，我提早半小时到了办公室里，为的是那个女孩会来向我还伞。但是，一直过了上班时间，那个女孩却没有出现。也许那个女孩临时有事吧，伞也不急用，我这样想着。

第三天，第四天，……。日子过得很快，女孩始终没有出现，也让我对她前来还伞的事情逐渐变得淡漠。一把雨伞，就算送人，也不值多少钱。

三个月后的一天，我正在办公室写材料。随着敲门声，我看到门外竟然站着那个女孩，依然是红扑扑的脸，一双明亮闪烁的大眼睛，她的手上拿着一把伞。

"叔叔，您的伞。"女孩笑着把伞递给我。

我接过伞，既意外又惊喜。意外的是过了这么长时间，女孩还会来归还雨伞；惊喜的是女孩能够遵守她的承诺。

"这伞不是我那把。"我打开伞，发现竟然是一把全新的伞。

"叔叔，真对不起。您那把伞被我弄丢了。"小女孩眨着眼睛说。那天，到学校后，她把雨伞放在教室外想晾干，想不到放学的时候，不知道被谁拿走了。没了雨伞，她不敢来。上个月放暑假，她去街上捡废品，积攒了二十多块钱，买了新雨伞才送过来。"叔叔，谢谢您那天把伞给我。"她满脸的灿烂。

我拿着那把伞，心中有种说不出的感动。二十多元钱对我来说并不算什么，但是，几分钱一个的塑料瓶，几毛钱一斤的废纸，我不知道这个小女孩为赚这些钱付出了多少的艰辛和努力，为的仅仅是守住她心中的那份感恩。

我擦了擦眼角，问她："你叫什么名字？"

"叔叔，我叫叮当。"

“你爸妈呢？”我又问。

“我爸爸在城里骑三轮车，妈妈在菜市场里卖菜。”女孩说着开心地向我道别。她走了，背后的两条小辫子欢快地跳动着，走廊上留下了她一串银铃般的笑声。那背影，那笑声，一直留在我的心底里。

原载2016年第8期《上海故事》

楼上楼下

李忠元

楼下搬来一对年纪轻轻的小夫妻。

楼上住进一双年过半百的老两口。

楼下的小李是个时尚青年，愣头青，好乐呵，爱听歌曲，常常跳舞，总把电脑的音量开得大大的，把家里当成了歌厅，很吵人。

楼上的老人李老爷，是个倔老头，心脏不大好，喜欢安静，受不了吵闹，对小青年简直恨之入骨。

找物业又没人管，李老爷没别的辙，就来了个以毒攻毒，正巧家里有一只木头凳子，李老爷就在屋地上推开了凳子。

楼下的屋顶就隆隆地响，好像要拆迁扒楼似的。一时小李也坐不住了，气急就把电脑的音量开到了最大，简直是震耳欲聋。

楼上楼下开始对峙起来，楼下的音乐一起，楼上就有了连锁反应——推凳子。

楼上的李老爷本来还十分气愤。但时间一长，却在推凳子上找到了乐趣。只要听到楼下的音乐，老人就条件反射地笑着，来了精神，孩子似的顽皮地推起凳子来，老伴儿在旁边取笑他：你还把这当成老年健身运动了！

习惯成自然。楼下的小夫妻对推凳子的隆隆声充耳不闻，唱啊，跳啊，生活得异常出彩。

楼上楼下住着，李老爷和小李总有碰面的时候。小李不小心碰上了李老爷就扭过脸去，看也不正眼看李老爷一眼；李老爷不经意地遇到小李，就往地上大声地吐唾沫。

楼上的李老爷和楼下的小李真正成了仇人，冤家似的。

突然有一天，音乐声戛然而止，楼上楼下恢复了应有的宁静。楼上的李老爷很纳闷，怎么搞的，难道楼下……

楼上的李老爷不必再推凳子了，心里变得空落落的。出门一打听才知道：楼下的生小孩了。

李老爷闲极无聊，搬个小凳坐在二楼的阳台上晒太阳，与人聊天。

聊着聊着，李老爷就看到楼梯口一个乡下打扮的老太太把着扶梯晕倒在地……

李老爷子虽然犟脾气，但也是个热心肠，马上掏出手机拨打了120，并将老太太亲自护送到医院，又是挂号，又是垫钱，好一顿忙活。不一会儿，医生走了出来，对李老爷说："大爷，您老伴儿已经清醒，没事了！"李老爷很不好意思，马上予以更正。医生和护士知道这老爷子是学雷锋做了好事，都对李老爷肃然起敬。护士就找老太太，给她的家人打了个电话，通知家属来医院。李老爷看也没事了，准备在家属来了之后交代一下就走。

真是冤家路窄啊。在病房外的走廊里，坐在椅子上休息的李老爷和小李竟不期而遇。

李老爷也没管医院的规定不规定的，照地上就吐了口唾沫。

小李更是来气，侧过脸去不看李老爷，嘴里还不停地嘟囔着："老不死的……"

李老爷气不打一处来，站起来倔强走向了走廊的另一头……

可刚走了两步，就被护士叫住了。小李被护士拉着来到李老爷子面前，红头涨脸地扑通一声跪在了地上……

原来，这生病的老太太的儿子就是小李。老太太本是来侍候月子的，可是有高血压，出门遛弯儿不巧犯了病，幸亏遇到好心人。

李老爷生气地放下票据就走，回家了气还没消。老伴儿就苦口婆心地开导他："杀人不过头点地。不管是谁，咱也不能见死不救，是吧？"

正说着，有人"咚咚"地敲门。老伴儿忙跑过去开门。李老爷一见是楼下的小李搀着他刚出院的老妈，拿着大包小包的礼品上楼来。

这回小李换了一个人似的，异常客气，嘴上像抹了蜜，笑着喊大爷、大娘，对以前的不懂事一再道歉；老太太也激动得直流眼泪，还千恩万谢的。

李老爷也不是爱钻牛角尖的人，听了娘俩这么一说，反倒有些磨不开面了，择日去楼下坐了坐，还随了个礼。

从此，楼上楼下邻里和睦，相安无事。

楼上的李老爷无论走动还是拿放东西都蹑手蹑脚地，老两口生怕动静大了会惊扰了楼下的婴儿。

楼下的小李再听音乐就戴上耳机子，小夫妻每天总是相互提醒：嘘，楼上的老人有心脏病……

原载 2016 年 9 月 10 日《大河报》

夜航灯

墨　村

太沉重的苦难是无法言说的。那年冬日失去工作的我曾一度陷入了悲观绝望之中不能自拔。

二爷来了，他一言不发地坐在了我的对面，吧嗒着玉石烟嘴，粗壮的烟雾呛人鼻孔。二爷的脸淹没在一团模糊里。少顷，烟雾缓缓上移，闪出了二爷那张沟壑纵横写满沧桑的脸。这张脸我太熟悉了，它曾在我的一部中篇小说里出现过。二爷混浊的眼睛直勾勾地望着我。

二爷终于说话了。二爷说，娃儿，别丧气，你这个样子，爷看着心里疼啊！爷知道你的为人，咱彭村的父老乡亲没有人不夸你，说你腼腆厚道心地善良。娃儿，你可是咱彭村人一直挂在嘴上的骄傲哩，你是靠真本事从农村进入城市的！眼下遇到了人生的坎儿怕个啥。工作丢了就丢了，只要有人在就好，你手中的笔谁也夺不去，你以前的荣耀都是靠的这支笔。只要心不死，就有你娃子东山再起的时候！你可不能让彭村的老少爷儿们失望啊！

二爷磕去了一锅烟灰。二爷说，这些年你虽然吃了些苦头尝遍了酸甜苦辣，可你却认清了谁是你真正的朋友，谁是落井下石的小人。这些年已经很少看到你发表的文章了，经过这一劫说不准你重新一掂笔就能一炮打响因祸得福哩！爷不会讲大道理，可爷明白人是靠一口气活的，要是你的心死了，你就真的没救了。

二爷缓缓地装了一锅旱烟，吧嗒着玉石烟嘴。二爷说，我年轻的时候，在涅阳城遇到了一位相好，她是周家绸缎庄周俊仁的闺女，我俩那个恋啊！可女子的爹不同意，他说，你地无一分瓦无一片，在我的柜上学相公混饭吃，这样的一个穷光蛋拿什么养活我闺女？我闺女金枝玉叶,跟了你还不喝西北风？不过，话又说回来，三年后的今天，你若能拿出十块银圆的彩礼，我就答应这门亲。

那一天是民国 34 年 9 月 18 日，我刚满十八岁。血气方刚的我一个人跑到了汉口，跟一位银匠当了徒弟。徒弟徒弟三年奴隶，第一年，我没有挣到一块银圆，可我没丧气。我一门心思地学艺。快三年了，我仍然身无分文，我原想能偷偷克扣客人的一点粉金碎银，可我又总是下不了手。眼看最后的期限就要到了，我心里那个急呀，茶饭难进，晚上一个人蒙在被窝里流眼泪。师傅得知实情后帮我凑了十块银圆。

我怀揣希望拜别师傅赶回来，等待我的却是另一种结局，与我相好的女子却被她爹周俊仁卖给了一个做生意的下江蛮子。周俊仁发现女儿早已有了我的骨血。那一天，她披头散发地赤着脚丫，哭着喊着我的大名，纵身跳入了护城河，又被追上来的人捞上了岸，硬是被那个下江蛮子带走了……没有人知道那人姓啥名谁家住哪里，只知道是个下江蛮子。我哭跪在护城河边，绝望得只想一死了之。可等我哭瘫了，哭累了，静下心来了，就又想开了。唉，是男人就不能让人击垮。我虽说失去了相好的女人，可我却学会了一门不错的手艺。于是我就感叹，这是老天爷的恩赐，是他交给了我一个两手白拙的穷光蛋养家糊口的本领啊！

二爷吧嗒着玉石烟嘴，他的脸又被浓浓的烟雾淹没了。二爷的声音遥远而苍茫。

二爷说，从那以后，我终身未娶，可经过我手打造而出的那些小巧玲珑散发着生命光泽的戒指、耳环、头饰……就是我心爱的女人啊！二爷说着，哆嗦着从贴胸的口袋里掏出一个红绸布小包，一层层小心翼翼地打开来。我猛然感觉眼前一亮，惊讶地瞪大了眼睛：这是一个栩栩如生美轮美奂的绝色女子，她明眸皓齿光彩照人，略含羞色地静静躺卧在柔滑如水的绸缎上，身上的旗袍盘花的纽扣纹路毕现，是那种瞟一眼便使你心神摇荡的销魂女子。

二爷哽咽着，这……这就是与我相好的那个她。她永远这么年轻俊美，永远温顺地陪伴在我的身边形影不离。她是我用劳动的双手挣回的钱，换了白金用心打造而出的。有她在我身边，我这辈子知足了。每天夜晚，她就躺在我的身边，我俩有说不完的知心话哩……

二爷不知什么时候停止了叙述，双手颤悠悠地捧着他心爱的人儿，泪眼痴痴地凝视着。

我被二爷这鲜为人知的故事深深震撼了。我们彼此沉默着，陷入了深思。远处的大街上不断传来各种车辆驶来驶去的声音，轰轰隆隆的，近了，又远了，远了，又近了，没有个完。二爷又抽了一口烟，口鼻里却不见烟雾冒出。二爷烟锅里的旱烟早已熄灭了。二爷不管，只管一口接一口地吧嗒着玉石烟嘴。

良久，二爷终于打破了沉默。

二爷说，爱是一盏灯，能照亮黢黑的夜，人啊，活在这个世上不易啊，想干成一件事，就要风吹不倒雨打不散地干下去。你出力了，流汗了，不一定能得到你想得到的东西，可你不出力不流汗，就一定没有东西可得！

二爷意味深长地说完这句话便悄然走掉了。再后来，我离家南下谋生，尝遍了苦甜酸辣，积累了丰厚的生活素材。十年之后，我重拾秃笔涂鸦，时不时有作品接连见诸全国报刊，其中有些篇什还获了奖。我不知道这算不算新的开始，但我清楚我之所以能走出生活的阴影，并取得了这些成绩皆与我二爷有关。

原载 2016 年 7 月 7 日《百色早报》

一块红布

刘学兵

儿子狠狠地往嘴里扒拉着饭，饿死鬼投生似的，差点把整个头都埋到饭碗里面去了。

他坐在那里，木然看着儿子。

儿子是悄无声息地进来的，一点声音也没有。幽灵一样。可是，他的耳朵好使，耗子在洞里吱吱地磨牙，他也能听见，更何况是自己的儿子呢。风从门缝里挤进来，儿子的气息也偏着头从门外挤进来了。

“锅里有饭。”他只说了一句话。

儿子用筷子将碗里的最后一粒米刨进嘴里，筷子和饭碗碰撞的叮当声压得很低，仿佛怕谁听见。

儿子说：“三天没有吃饱饭了。”

他的心嘶嘶地痛了几下，犹如针在扎。从小到大，儿子还没有这样挨过饿。他相信，儿子当镇长的时候，更没有这样挨过饿。只是儿子太不知足了，一笔一笔的钱，不是自己的，拿着烫手呢，咋能放进自己腰包里？到了现在，有家不能回，有老婆孩子不能见，还像落水狗似的跑到这乡下的老家来，作孽啊！

他想劝儿子去自首。

他说：“就这样？”

“还能怎样？”儿子有些悲观，打定了破罐子破摔的主意。

他不再说话，眼睛出神地看着陈旧的沙发。

沙发上是一堆脏衣服。他下地回来换下的，老伴儿换下的，还没有来得及洗。在那些脏衣服上面，还有一块红布，很仓促地卷曲在那里，很耀眼。

看见红布，他立刻想起了一个人。

那个人眼睛很小，却炯炯有神。背也是直直的，很挺拔。说起话来慢条斯理，却落地有声。

那个人说：“你儿子贪污了巨款已经成为事实，逃避是没有用的，你要劝他来自首，争取宽大处理。”

他觉得那个人说的话有道理。

那个人没有用“逃跑”“潜逃”，而是用“逃避”，让他一下子觉得那个人很亲近。

“这样吧，你儿子要是回来了，也不用你扭送，你就在门外给我们留个记号，我们依然算你儿子是自首，如何？”

那个人的目光在家里环视了一下，似乎在考虑留一个什么样的记号。他低头沉思了一会儿，开始用手在身上摸来摸去，先是摸出一个打火机，然后是一个瘪了的烟盒。最后，那个人摸出了一块红布。跟着那个人一起来的，还有几个年轻人。他们看见那个人摸出一块红布，都笑了起来：“队长给谁准备的红盖头呀？”

那个人说：“哪里呀，老伴儿布置的任务，买几尺红布，说是给小孙子做红裤衩。”一个年轻人说：“看不出来，咱队长也迷信。”那个人说：“红色是好运和喜庆之意呢，哪来的迷信？”

那个人告诉他：“如果儿子回家了，就把这块红布搭在屋外的晾衣竿上……”

儿子吃完了饭，坐在沙发上看电视。

他也坐过去，想借机再劝劝儿子。但是，儿子也许是太累了，不一会儿便靠在沙发上打起了呼噜。

他掏出烟叶仔细地卷了起来，火柴也许是受潮了，划断了好几根，也没有点燃旱烟。他失望地丢下火柴，拿起儿子的打火机，终于点燃了。吧嗒吧嗒抽了几口。平时吸着香喷喷的烟叶，这个时候吸进嘴里，却是一丝丝的苦涩。抽完一只，又卷了一只。忽闪忽闪的烟头，照亮了他布满皱纹的脸，平静而毫无表情。

他慢慢地拿起那块红布，来到院子里。天已经开始蒙蒙亮了，晾衣竿在雾气氤氲的晨雾里显得有些模糊。他看了看手里这块红布，它在曙色里依然很耀眼。他慢慢把那块红布搭在晾衣竿上。

在走进屋里的那一刻，他想起了儿子小时候的样子，想起了他缺了两个门牙，把“爸爸”叫成“发发”，想起儿子做游戏的时候，把自己笨拙地藏在水缸后面，露出一个小屁股不停地晃动……泪水在他的脸上滑落下来。

该下地了。他看了一眼沙发上的儿子。儿子好像找到一个能够躲避风雨的港湾，睡得很安详。在沙发的另一边，那块红布和儿子一样，依然在沙发上静静地躺着。

晌午的时候，年迈的母亲清理沙发上的脏衣服。

儿子默默地站在旁边，看着母亲佝偻的背影，看着母亲那花白的头发，他发现，不到半个月，母亲苍老了许多。他默默地接过母亲手里的脏衣服，来到院子里，一件一件清洗干净，然后，又一件一件地把它们晾到晾衣竿上。也许，今后很长一段时间，自己都无法为父母洗衣服了。

有风吹过来，晾衣竿上衣服翩翩起舞，仿佛要飞起来的样子。

从地里回来的他看见了晾衣竿上的红布，它正像一只飞来飞去的蝴蝶在晨风中摇曳。他急急跑过去，把那块红布从晾衣竿上取下来。慌慌地往里屋走，走着走着，脚步渐渐慢下来。他心里不禁叹息了一声，又回到晾衣竿下，把那块红布搭了上去。然后，他在心里又叹息了一声。

儿子他问怎么了。他说："让风吹下来了。"

那以后不长的时间，院子的门被冷静地推开了。

他看见那个人走向儿子。

儿子向那个人伸出了双手，像是要和那个人亲热地握手。

原载 2016 年 7 月 29 日《重庆法制报》

矿工帽里的隐秘

亚 华

我的好兄弟福奎疯了，这是我回村后听到的第一个坏消息。

在我的记忆里，福奎是个质朴沉稳的人；虽然有七年没见，但我很难相信世上会有什么事情能让这样一个人精神失常。

七年前，我和福奎从中学毕业；我到镇上治安大队当了一名治保员，福奎到老远的一个煤矿随他当工头的老舅挣工钱去了。

四年前我考上辅警，被派到警校培训了半年。由于城市扩建，我们镇被纳入撤镇建区的试点区，我们村就成了城中村，而我也被派回村里当上了治安队的队长。

我第一次去福奎家探望时，看上去他的样子变化不大，除了头上戴着一顶矿工帽，福奎实在不像疯子。他的父母告诉我，福奎除了洗澡和睡觉，那顶矿工帽从没有离开过他的头。

有关福奎的精神失常，谁都说不出个所以然，究竟发生过什么事也都是个谜。让二老感动的是疯儿子很懂事，每天从傍晚开始会拎一个大塑料袋在村里四处游走捡废旧物品，第二天拿到废品收购站去，回家后将卖废品的钱交到父母手里。

福奎的父母曾跟着儿子到处走，还到收购站去客气一番；但福奎讨厌父母这么跟着，一发现便向他们大声怒吼。收购站的人告诉二老，在废品过磅算钱时，谁都没有福奎的脑袋瓜精明，他随身带着一个能称重十斤的称具，而且一分一毫都算得仔仔细细……

自从和福奎的父母交流过之后，我疑惑这里面有什么隐秘。我把跟踪福奎纳入任务范围，希望从中查到蛛丝马迹，揭开其中的难言之隐。

每到傍晚，随着福奎的出动，我也出动了。我远远地跟着他，或是有意无意经过他身边。有时我会伸手拍拍他的肩膀，招呼他一声。一开始福奎猛地抬起头，一脸惊讶地盯着我，然后一声不吭又埋头在垃圾桶里翻找东西，他矿工帽上的矿灯正照在翻找的位置上。之后我招呼他时，就没有再见到他惊讶的表情了，但在黑暗中的矿灯光影下，那张蜡黄的脸表情很不自然，眼神总是避开我的注视。

在我跟踪福奎的两个月后，有一天深夜我发现他踱到村东头一棵老榕树下站了很久，之后取下矿工帽抱在胸前，将头伸进树身一侧的树洞里嗷嗷叫唤。大约十分钟后，福奎将脑袋伸出来，重新戴上矿工帽，又像往常一样往家走去。

我猜想福奎是在发泄情绪，看着这样的情形，我真想上前使劲摇晃他，直到把他内心的隐秘都摇出来。

每隔三五天，福奎便到树洞去大声叫唤。我不认为这是疯子的行为，我知道往树洞倾倒秘密是排解内心的郁闷。直觉告诉我，福奎没有疯，他有可能是装疯卖傻。

这样的情形大约又持续了两个月，有一天深夜福奎大声叫喊后没有戴上矿工帽，而是转身扫视着四周，而我在不远处站立着，默默看着他。

我看见福奎捧着矿工帽向我走来，走到离我有两步远的地方停下，盯了我好一阵才说：“你是不是知道些什么，总这么跟着我？”

我叫了声“福奎”，就喉头哽咽说不出话了。

我们面对面站了一阵，之后坐在地上，像学生时坐在操场边一样，一直坐到凌晨，我才把福奎送回家。

两天后的夜晚，我们在老榕树下会合，福奎从矿工帽里的夹层掏出一片手机内存卡，塞到我手里。

就这样，一桩伪造矿难杀人骗保的大案被揭发了，主谋正是福奎的老舅，涉案人员有四人，其中一人是福奎。

福奎的老舅在担任工头期间，伙同两名老乡制造了一起谋害两位工友、骗取保金的杀人事件。在案发前的密谋中，福奎为了记住特殊任务的细致安排，私自用手机将密谋时的谈话录了下来，存入手机内存卡。由于恐惧，在参与谋杀时，福奎自伤头部，假装晕倒。

事发后的半年里，福奎无时无刻不受到担惊受怕的折磨；在一次矿道维护中，福奎再次自伤头部，复原后装疯卖傻，被遣送回家。

至此，一起恶性案件得到惩处。

恢复正常人生活的福奎被安排到村管办担任统计员，但因受事件刺激过度，他时有恍惚的状态，所以我在工作之余仍陪着他，守着他。

有一天福奎对我说："如果在案发前我知道怎么做，会救下几条人命。我为什么会害怕？"

原载 2016 年第 6 期《金山》

根雕

张正旭

李伟是根雕艺术家，在城市里开了三家门面房，一个根雕艺术车间。李伟雇佣几个徒弟当帮手，生意做得如鱼得水。

李伟有了宽敞住房，有了豪华的车子，他在城市里过得风生水起，有滋有味。可让李伟放心不下的是二老，父母年事已高，还在农村老家住。为此，李伟不知动了多少口舌劝说父母离开老家，跟他在一起生活，享几年晚年清福。父亲是个倔强牛，十条绳索捆绑不回他的回绝：我不回城市里受罪，我在乡下住惯了。在城里吵人，上下楼还坐电梯，折腾人。在乡下种菜，养鸡，没事的时候到村口溜达溜达，过得舒心踏实……

李伟的父亲也像其他乡下人一样，七十岁的时候准备"老宅"（棺材），他在电话里对儿子说，人到七十古来稀，到了这个年龄段，人儿像油灯一样，说不定哪天灯就耗干了油，晚上脱鞋，早晨就穿不上了。儿子啊，爸爸一辈子没有低三下四过，今天求你一件事，你在外寻根的时候，多留意，看看有些直树硬材料的买下来，给我做老宅……听到父亲谈论生死之事，李伟心里咯噔一下，忙安慰，爸，你还硬朗呢，现在准备老宅是不是不是时候？老爸在电话里直起嗓门说，你五叔比我小六岁，前不久吃饱饭后夜里走了。这人到了多事之秋，谁都说不准哪天阎王请去喝酒……

自从父亲提出做老宅的事后，李伟沉在心里。在寻根的山里，李伟相中了一棵野槐树，他花了大价钱买回来，请了木匠给父亲做老宅。父亲围着木匠殷勤地递烟倒茶，仿佛木匠会在他老宅上动手脚似的。木匠带着俩儿子干了三天才完工，父亲把木匠父子三人安排到了饭店就餐，住在镇上最高档的旅馆内。老宅最后一道手续是刷桐油，支起来，老宅结实，很气派。

没有过多久，李伟忙着到法国开根雕艺术展览事宜。父亲又打来电话，我说娃，老爸一辈子没有离开过土地，没有离开过村庄。我死了之后，给我在城里买一块墓地，让我死了后可以天天逛城市游玩……

李伟听后心里不是滋味，父亲老了，怎么心思都放在了死亡事情安排上了呢？前一段时间心血来潮要做老宅，现在呢，又改变主意，要在城里睡公墓。李伟说，爸，你身体硬朗呢，不要整天胡思乱想的，要不要到城里走一趟，来散散心呢？

不用了，不用了，我只想着睡在城市公墓里就行了，咱老百姓活着的时候仿佛比城里人低一等，咱死后也享受城里人一样待遇，这样扯平了，以后到了阴间不再对我们乡下人翻白眼了……

我答应你，我一定给你找个好公墓。爸，那家里老宅怎么处理呢？睡公墓是装骨灰盒里的。

我把老宅给劈开，当烧锅柴火。

挂了爸爸电话，李伟带着人开始打包，准备空运根雕艺术品。

在法国浪漫之都，李伟的根雕艺术品很受顾客青睐，在展览期间。签约订单远远超过他的预估。一个法国根雕艺术通看过李伟的艺术品，赞不绝口：鬼斧神工，惟妙惟肖，把根雕艺术品做活了。因为根雕艺术是发现自然美而又显示创造性加工的造型艺术。在制作加工过程中，借助根的原始形态自然而然地融入艺术雕刻成新形物品……

就在李伟满载而归的时候，意外事情发生了，他在飞机场接到母亲电话，娃，快到市第一人民医院来一趟，你爸恐怕熬不过今天了……

接了母亲电话，李伟如五雷轰顶，一阵眩晕，他仿佛不相信这是母亲打来的电话。他失魂落魄朝市第一人民医院赶去。

父亲躺在病床上，吸着氧气，已经神志不清，只有微弱的脉搏还在跳动，昭示着生命还在延续。

李伟惊呆了，接着泪流满面。他拉住母亲的手问，为何不告诉孩儿，爸病到这样程度了？

母亲抹着泪说，你爸一辈子倔强脾气，有病瞒着你，不让我告诉你，怕影响你在法国展览艺术品。他有病在做老宅时候就觉察到了，后来病情越来越严重，住进医院前几天，他强支撑着打电话给你，让你给他买公墓睡在城市里……

母亲话还没有落地，李伟已经泣不成声。

李伟抹着眼泪说，妈，爸百老归山后还是埋葬在村东方爷爷奶奶墓地旁吧，爸爸老宅我费了好大劲买回来的树料。

母亲说，傻孩子，你爸想让你在城里安心发展自己的事业，将来体面地生活在城市里，娶个好姑娘过日子。你爸睡公墓，就是留在城市里的根，他睡在那里，就是你的根，他怕你回老家扫墓不方便……

李伟泪水决堤，他听到了父亲的爱在世间奔跑，是尘世间最纯情自然的根雕艺术品。

原载 2016 年第 1 期《今古传奇故事》

复仇

田玉莲

天阴沉沉的，地雾茫茫的，粉丝细雨害牙疼似的，有一搭无一搭地从空中抛洒着。

刀疤脸正在坟前烧纸钱，火光映着他那沧桑的脸和两行泪水。他很专注，有一个人来到了他的背后都没察觉。

“老人家，这是在给谁上坟呀？”刀疤脸这才缓慢地扭回头来瞅了他一眼，然而并没有回答他的问话，小伙子就又说：“我想到您的屋里找点水喝。走了一天，又渴又累……”小伙子长得很健壮，像一头牛犊子，黝黑的脸膛，那两只犀利的眼睛，犹如两把闪射着寒光的利剑。宽耸的肩膀上搭着一条粗布褡裢，讲话雄浑有力，透着刚毅和威严……

刀疤脸一直不讲话，引他来到了屋里，顺手揭开那用高粱秆拴成的锅盖，用水瓢盛了一黑瓷碗水捧在了小伙子面前，嘴上终于说话了：“喝吧，早上烧的，还热呢。”

小伙子真的渴了，咕咚咕咚一气喝了下去，用手背抿了一下嘴巴，把碗搁在桌上。

刀疤脸就着透进屋中的光亮，细细地端详着小伙子，见那张国字脸似曾相识，然而究竟在何处见过，一时半霎又想不起来：“你一定是饿极了，我给你做点好吃的。”说着，就动身忙乎着。

小伙子也不客气，就说：“还真有些饿了，这会儿肚子还咕噜咕噜直叫唤呢。”眼睛在盯视着他。

灶里的烟雾氤氲开来，也氤氲出了一段往事……

十年前，刀疤脸——那会儿脸还没有刀疤。爹娘死得早，又好吃懒做，又染上了偷鸡摸狗的恶习。就在一个雨夜，偷偷把一户人家的一头牛牵了出来，已经走出了十来里地了，但还是被牛的主人追上来了。刀疤脸见到手的牛就要“飞”了，哪里肯，牵着牛走得更加匆忙。牛主人就去跟他争夺缰绳，刀疤脸死也不松手，无奈之下，牛主人就掏出一把刀子去割牛缰绳。刀疤脸就顺手把刀一挡，正巧划到了自己的左脸上。见脸被划伤，血流不止，刀疤脸就发了飙，拼力夺过刀照着牛主人的胸脯猛刺数刀，牛主人倒在了血泊中。刀疤脸怕事情败露，就把牛主人的尸体拖到一处僻静的荒地上，掩埋了……

刀疤脸知道自己做下了伤天害理不容饶恕的罪恶，把牛卖到解大杀把子的牛肉铺里，卷钱逃走了。在逃亡期间，他把自己的脸用香烧得面目皆非，为的是怕别人认出来。数年后，刀疤脸又逃了回来，寻到了那个僻静之处，在那一座坟前，割茅草，搬山石盖起了一间简陋的房子。他一边垦些土地种庄稼，一边看护那座坟墓……每年的初一、十五、清明、寒食皆会到坟前燃纸焚香磕头洒泪……

屋中的炊烟散尽，屋里又有了一丝明净，小伙子静静地坐在那里，肩上的那个褡裢始终搭在他那宽厚的肩膀上，脸上的表情让人猜测不透。锅盖揭开后，瞬间升腾起了一股热气，也蹿出来一阵香味。刀疤脸不知是被烟火熏得还是咋回事，眼睛里又洇出了泪水。他把那小米和高粱米掺在一起煮熟的米饭盛好了："别嫌孬，将就着填补一下肚子吧。"

小伙子狼吞虎咽地吞食起来。

"唉——我知道，迟早会有这一天的，不是不报时候不到哇……"

"你这话是什么意思？"小伙子把埋在碗上的脸抬起来问。

"要想人不知，除非自己别去做……"

"可你去做了……"

"我罪有应得。"刀疤脸不紧不慢地说。

"看来，你一定是后悔了？"

"我已经后悔十多年了，活着不如死了。"刀疤脸见锅里的饭已经见了底，就把眼睛静静地闭上，"小伙子，来，动手吧！"

"冤有头债有主，那今天，我就取你的脑袋吧！"小伙子也不含糊。

刀疤脸把头颅触到了他面前，眼睛依然闭着。

小伙子从褡裢里取出一把刀，这多年的仇和恨，全积聚在了那把锋利的刀和手臂上，倾尽全力，大吼一声，寒光一闪朝着他的脖颈刺了过去……

刀疤脸很从容，很淡定，仰着头颅等待着脑袋搬家的那一刻。他觉得脖颈间有一股风拂过，但脑袋原封未动。原来，由于这一刀凶猛有力，没有命中目标——刺偏了！

"不会便宜你！"喊话的当儿，那刀又一次向前刺去。可是，这一刀仍旧没有刺中，只是贴着头皮，削下来一绺头发。小伙子手攥着那绺头发来到了坟前，放在坟头上，扑通跪了下去："爹呀，咱的仇报了！"就在小伙子说话的当儿，就听身后有异样，不知何时刀疤脸也跪在了身后，泪水在他那张老脸上倾泻下来……

原载 2016 年第 8 期《小小说大世界》

冯剃头

邵火焰

冯剃头一生只会剃光头。

剃光头并不难，要说有点技术含量的话，那就是下刀的力度和角度的把握。轻了剃得不干净，重了剃得疼痛；有的地方得垂直剃，有的地方得斜着剃，有的地方得旋转着剃。如果不能拿捏到位，轻则头皮发红，重则头皮见血。冯剃头高就高在即使闭上眼睛仅凭手感，也能轻轻松松地完成。冯剃头不追求快，而是追求慢。顾客们喜欢的就是这种慢，慢工出细活儿，那剃刀在头皮上慢慢地游走，麻麻的，酥酥的，剃着，剃着，有的顾客就响起了鼾声。

冯剃头在小镇大街上租了一个门面。客源虽然不多，但比较稳定，大多是一些上了年纪的老人，再加一些刚满月的婴儿。老人们图方便，剃光头清爽好洗；婴儿满月那天必剃光头，这是当地的一种习俗。这些人就是冯剃头的“衣食父母”，冯剃头觉得就这样度过一生也很知足。

可是这世界变化真快。仿佛一夜之间，小镇上一下冒出了好几家美容美发店，光听那店名就不同凡响：最高发院、顶头尚丝、一剪钟情……渐渐地来冯剃头这里的人越来越少了。除了张屠户等零零星星几个顾客外，再没人来了。冯剃头发现那些老顾客都不再剃光头了，而是开始蓄发，还将白发染成了黑的。婴儿的满月光头也没人来剃了，那些年轻的父母们说他这里不卫生，怕孩子传染了疾病，都到妇幼医院去了，那里有专门给婴儿剃头的医生。到最后，张屠户等人也不来了。张屠户将头发蓄成了板寸。

没光头可剃，冯剃头浑身不自在，那拿惯了剃刀的手总有一丝痒痒的感觉。偶尔有那么一两个顾客上门，冯剃头像来了贵客，不惜拿出大半天的时光，花在来人的光头上。老伴看不下去了，勒令他退租了门面。冯剃头尽管心里一百个不愿意，但还是照办了。

家里就那两亩责任田，有老伴一个人就能应付。冯剃头每天也没有多少事可做，有空就摆弄他的剃头工具。有一次他买来一个冬瓜，想象那冬瓜就是人头，他神情专注地在上面慢慢地刮着，老伴看见后说，儿子也大了，我们得再帮他一把，你不能这样每天待在家里，做这些无聊的事，得出去找点正经事做呀。冯剃头一刀砍在冬瓜上说，我也知道儿子大了要用钱的地方很多，可我除了会剃光头还能做什么呢？老伴说，事不会找你，你得去找它，你就不会托人帮你找找？

几天后，张屠户帮他找了一份还算“专业对口”的工作。张屠户和他人合伙办一个生猪屠宰场，他们用杀猪刀总刮不干净猪头上的毛，导致猪头不好销售。冯剃头要做的工作就是，把当天宰杀的猪的猪头上的毛刮干净。冯剃头也像给人剃光头一样慢慢地刮着，可一天下来刮不了几个猪头。张屠户嫌太慢，叫他刮快一点，冯剃头开始记住要加快速度，但刮着刮着就忘记，那猪头在他的眼中成了人头，他慢慢地慢慢地一丝不苟地刮着，像打磨一件工艺品。张屠户一看不行，只好辞掉了他。

冯剃头又回到了家中没事可干了。可那手依旧时时发痒。冯剃头熬不住了，他不相信，偌大的一个小镇难道就没有一个要剃光头的人吗？这天冯剃头上街，突然看到前面走着的一个中年男人，就是一个光头。冯剃头几步赶上前去说，请问，你这光头是哪里剃的？中年男人冷冰冰地剜了他一眼，没理会他，冯剃头以为他没听见，又加大声音说，能告诉我你这光头是哪里剃的吗？中年男人显然动怒了，瞪着眼说，你是太平洋的警察吗？管得也太宽了吧？老子这头不是剃的，是得病化疗掉光的……热脸贴冷屁股的滋味很不好受，冯剃头愣在原地直翻眼睛。

冯剃头强迫自己不再去想“光头”，而严峻的现实也容不得他去想了。儿子成人了，过不了两年肯定要结婚成家，无论如何得再赚点钱帮帮儿子。刚好镇上有家蜂窝煤厂在招工，冯剃头去做没人愿做的筛煤粉的工作，这工作既脏又累，那扬起的粉尘无孔不入，除了牙齿是白的，浑身上下都是黑的，但工资相对要高一些。冯剃头每天起早摸黑地一干就是两年。

这天冯剃头正在铲煤粉时，突然晕倒在地。儿子把他送到了医院，一检查，情况严重，已到了肺癌晚期。在住院化疗期间，冯剃头的头发全部落光了，成了一个光头。他摸着自己的光头，那手又不觉痒了起来。他情不自禁地想起了往日那辉煌的岁月，想起了那些他剃刀下的光头们。

三个月后冯剃头病情恶化。那天也许是回光返照，冯剃头睁开了眼睛，儿子问他，爸，你想不想吃点什么？冯剃头说，什么都不想吃，就是想做一件事。儿子说，什么事？冯剃头眼里突然有了亮光，他说，我想给人剃一次光头。

儿子知道没有人会让他剃光头的，儿子捶了捶脑门说，爸，来吧，给我剃。

冯剃头闭上眼睛，好半天才努力地睁开说，拿我的剃刀来。儿子扶他坐了起来，然后蹲在了床边。冯剃头左手按着儿子的头，右手拿起早已生了锈斑的剃刀，脸上有了多日不见的笑容。

儿子等了半天，却不见父亲的刀落下。儿子站起来一看，父亲已永远闭上了眼睛，那嘴角还带着一丝满足的笑意……

原载 2016 年第 4 期《小小说月刊》

画家与女人

王永山

女人在家是娇妻，啥也不操心。男人是小老板，对女人疼爱有加。他觉得男人奔波拼命天经地义，女人就该在家享清福。他把大把的钞票带回家，女人把家打理得井井有条。可时间一长，女人觉得在家有点憋，有点腻，更想证明，自己还能养活自己。于是，就想出去干点什么，去看看外面的世界。

一天，她看到一则广告，一画家新开一画廊，画画，展画，卖画，要招聘一名助手兼内勤。于是她有一搭无一搭地报名参加了招聘。

画家慧眼，在十几位应聘者中选中了她。女人虽无珠光宝气，但气质有加。画家说，知道为什么选你吗？女人摇摇头。画家说，因为你属龙，属龙的是我贵人。女人就笑，细细的眉毛和微微翘起的小嘴一起微笑。

女人的工作是沏茶倒水，接待客人，偶尔帮画家收拾一下画作。

这天，画家累了，打开音响，开始手舞足蹈。他说是在寻找灵感。

画家伸出一只手，说，来，跳一个？

女人站起来，细细的眉毛和微微翘起的小嘴一起微笑。

女人说，俺不会。

画家说，我教你。

女人又说，不行，俺脚崴了。

画家的脸就有点长。

其实女人对奇葩的画家早有耳闻，有的好酒，边嘬边画，酒至笔颤便是画之高潮。有的好脱，赤条条才能发挥极致……所以女人便见怪不怪了。

画家踩着音乐，很郑重其事地说，知道今天我画的画市值多少吗？

女人摇摇头。

两百万。画家打个响指，身子在女人身边飘来飘去。

两百万，够一个人生活一辈子。画家说着飘着离女人越来越近。中午请你吃饭吧。语气柔软又不容置疑。

女人就笑，细细的眉毛和微微翘起的小嘴一起微笑。

这时，女人的手机响了，一个男人打来的电话。

老公，我在画廊上班呢！要不要过来？来添点人气嘛！中午画家要请吃饭！

不一会儿，男人真的来了。女人便向画家介绍，这是俺老公。

画家不再漂移，一脸茫然，瞥一眼男人。男人毕恭毕敬，向画家伸出了手。

男人个子不高，一脸诚实。但画家凭他敏锐的观察力，似乎看到了男人瓶底样的镜片后，有一束光很辣眼。

画家很不情愿地伸出手，但还是客气一番，便带着男人参观他的画作。

画家两百万的新作是一组山水画。其中一幅是逶迤的山峰，一棵千年古松俯身探海。

男人说，好，此画虽为山水，但寓意深刻，意境深邃。

画家点燃一支烟，说，你懂画？

男人不语，指指古松，说此树画活了，给人死而复生的感觉。

画家心生敬佩，给男人敬烟。画家微微一笑，继而鼻孔里飞出两条青龙似的烟雾。

男人看一眼画家，抱着胳膊，又挠挠头，自语道，咋细看像一老者在掩面哭泣？你看，这山，有缺口。松，像一老者抱臂而泣，是后悔生错了地方，选错了靠山，泪洒成河啊！

画家猛抽一口烟，猛吐一口气，腆起的肚子瞬间瘪了下去。

画家电话没响没振，却接了个电话。画家有事，自然午餐就取消了。

后来，画家约过几次女人，都因女人要携带老公而泡汤。

画家要外出写生。临走前对女人说，我加你微信吧，有事好联系。女人说，有事还是打电话吧。我流量少。画家没说什么，只是点了点头。

几天后，女人的手机突然短信提醒，500元话费充值成功。女人赶紧给老公打电话，说你给我缴话费了吗？男人说没有。女人赶紧说，没事，话费可能不多了，我自己微信充值吧。女人正在瞎猜乱想的时候，画家发来了一条短信。画家说，我是真的喜欢你。女人不以为然，随手删掉了。

画家又发来一条短信，说你老公好像不懂画哎。

女人红了一下脸，马上回复说，您画的是山水，是超越大自然的精灵。俺老公他不懂山水，所以把什么东西都看成人。

画家转移了话题，又说，我喜欢你。

女人说，可我不喜欢你。

画家说，你喜欢我的画吗？

女人笑笑，说你喜欢狗嘴里的象牙吗？

画家又说，我一幅画能让你享用几十年。

女人回个“恶心”的图片。

画家又发个“赞”，有个性！喜欢！你永远是我的贵人。紧接着又发了两个表情，一个“傲慢”，一个“惋惜”。

女人没再说什么，微微一笑，把画家黑了。

后来，画家那组《山水图》挂在了墙上。可是女人发现，没有男人评论过的那幅《古松探海》。

再后来，画廊里就经常有花花绿绿的女人飘来飘去，女人飘去的时候，画家总会说，请加我微信。

这天，在小镇开面馆的男人回家说，面馆来过一帮子女人，听说每人求得一组《山水图》。我看了，虽称一组，咋没有那幅《古松探海》呢？

女人不屑，细细的眉毛和微微翘起的小嘴一起微笑。

女人说，我辞职了，明天跟你去擀面条。

男人说，你不是要看看外面的世界吗？

女人使劲拧一把男人，说，外面的世界很美好！

原载2016年第10期《小小说大世界》

关胖子

王晓峰

头大脖子粗，不是大款就是伙夫。这句话用到关胖子身上绝对地标准。

关胖子叫关项英，是李庄子煤矿职工食堂的主任。关项英一米七五的个头，长得头大身子胖，往那一站，就像半截缸放在地上。

关项英是河北保定人，关项英当过兵，复员后先是被分到李庄子矿一掘队，后来矿职工食堂要人，当时的矿长马富国听说他在部队当过炊事员就感觉专业对口，让他到职工食堂当了伙夫。后来，食堂主任李大彪退休后，就提拔他当了副主任，而后转正当了主任。

关项英家住在矿区北渣堆，家里有六口人，其中三个儿子。我和关项英的二儿子关长空是同学。他的三个儿子分别叫长天、长空、长云。记得小时候，我也曾去过关项英家几次，找他的二儿子玩。那时候，关项英还没当主任，每次见他都是戴着一双蓝色的袖套，浑身上下白乎乎的，身上、头发上都是面粉，总也洗不干净。因为他在食堂卖饭，所以我每次见他，都会给他打招呼，叫他胖子伯伯，他会很亲切地冲我一笑。有时候，还会用那肥厚的手摸摸我的脑瓜盖。

那时候在矿上，家家户户几乎都不做饭。就是做饭，也是做一些简单的饭，如做个稀饭炒个菜下个面什么的，馒头肯定是不蒸的。矿职工食堂的馒头蒸得又大又煊又实惠。有时候，家里来了人，大人也总是要我们去食堂买一些馒头，或者买一些菜。因为和关长空是同学，所以每次大人让我去食堂买东西，我总是先在各个买东西的窗口看一遍，看关项英在不在，如果在，就会挤到他卖东西的窗口，递上半斤粮票，冲他挤挤眼，不说话，然后他就会递上我要买的馒头啥的，当时馒头是二两粮票一个，他总会多给我两三个。如果机会好，遇到他在卖菜，我递上一毛钱，他总会给我打一份三四毛钱的菜。这样，一连几天，我就会成为众多孩子倾慕的对象。

后来，关项英当了主任。当了主任的关项英就不卖东西了。但有时候还会在卖饭的窗口转悠。有时候看到他在，我就会故意地大声喊“胖子伯伯”，他回过头来，总会从卖东西的窗口递过来一个包子或者油条啥的，嘴里骂一声“臭小子”。

那时候，矿上的职工供应的商品粮发的都是矿上自己印制的粮票，拿着那粮票，到食堂能买到馒头、面条等熟食，但就是买不到面粉，如果想把手中的粮票换成面粉，就得开关项英的后门。特别是有的一头沉职工，一年到头积攒下几十斤粮票，通常会趁过年换成面粉背回老家。那时候，农村种粮的反而粮食不够吃，因此，在食堂当主任显得很有身份。

那时候，不仅粮食凭票供应，就是猪肉、鸡蛋也是凭票供应。每逢年节，如果没有肉票，你就是有钱也买不到，而这些肉啊、鸡啊、鱼啊，食堂里都有，如果想买，就得开后门。因此，不论走到哪儿，关项英都显得很有人缘。

因为手里有了这些权利，关项英就显得不一般了。再以后，见了我们这些毛孩子就不再搭理了，喊他，装着没听见。于是，我们这些毛孩子就聚在一起骂死关胖子，咒他不得好死。关长空找我们玩，我们也不跟他玩。

但关项英最后还是翻了船。

关项英当主任后，求他的人多了，用粮票换些面粉，过年买一些鸡鸭鱼肉啥的，都得找他。于是，有时候，关项英就趁天黑把找他帮忙的人换的或者买的东西送去，而且显得很神秘的样子。这些人中，有的是矿上的各级领导，他得罪不起，不得不送；有的是他的各种各样的关系，人在世上混，谁没有需要帮忙的时候；还有的是关项英的“特殊顾客”。说特殊，是说和关项英的关系不一般，如一些特殊的女顾客，为了报答关项英对她的特殊关照，有些就甘愿“投怀送抱”，甚至有的以身相许了。

关项英凭借手中的特权“俘虏”了这些女人，很快就又沦落为这些女人的奴隶。这些女人，如果需要换面粉或者买鸡呀肉呀的，给关项英说一声，他就屁颠屁颠地送去。

在关项英相好的女人中，有个叫英子的小媳妇，因为长得甜美，深得关项英的喜爱。英子是二采队何大山的儿媳妇，何大山有三子一女，大儿子何卫国在矿务局财务处当科长，二儿子何卫家在部队当兵，前两年上了军校，现在在部队提了副连长，三儿子何卫田在矿保卫科当民警，女儿何卫风还在上初中。英子是他的二儿媳。

挑起事端的是何大山的三儿子——在保卫科当民警的何卫田，一天何卫田在无意中听到二嫂的事后，认为是对他们何家的最大侮辱，于是就在一个深夜，潜入他二嫂家附近，当事毕的关项英从英子屋里兴冲冲出来的时候，被他从后面一个砖头盖在头顶，然后拿起一根事先准备好的铁棍朝关项英左腿就是一下，只听"咔嚓"一声响，关项英的左腿是必断无疑了。

后来，关项英被上夜班的矿工发现送到医院，因为理亏，清醒后他也不敢说出事情真相，只好吃了哑巴亏。

再说，矿上得知关项英的事后，也觉得蹊跷，就安排矿纪委下去调查，不查不知道，一查吓一跳，在关项英当上食堂主任的六七年时间内，竟有三千多斤猪肉、近万斤面粉对不上账。问关项英，说是给领导和关系户送礼了。

但无论怎样，关项英的主任是当到了头。后关项英被调到矿职工澡堂看澡堂直到退休。

后来听说，何大山的二儿媳英子也和何卫家离了婚，离婚后的英子，回到了老家驻马店再没有消息。

当然，这已属题外话了。

原载 2016 年第 1 期《太阳石》

局长的鱼

大　海

岁月是把杀猪刀。一刀一刀砍在局长的脸上，把局长的脸削成沧桑的大伯面。局长突然发现自己开始苍老时，已经 57 岁。局长明白，按照惯例，要不了一年，自己将退居"二线"，改任调研员（处级非领导职务）。身体看似硬朗的局长，开始有意无意为行将退休的日子做准备。

同事们说，局长您的字漂亮，再加紧练习下，说不准退休后成为大书法家呢！

局长嘴上笑，心里想，我又不会电脑，平常看材料用钢笔字批改，书个什么法啊！

同事们说说也就罢了，只有小黄知道，局长除了特别好吃鱼，还有个工作之外的癖好：钓鱼。或许怕同事们知道后产生没必要的影响，局长从没在同事们面前提及钓鱼之事。小黄是办公室副主任，负责处理单位的文秘工作，常常要将往来文件呈给局长审阅，少不了要去局长家里或者不是单位的地方找局长，自然也少不了知道局长的业余癖好。尤其是近半年，几次周末，小黄带着加急文件找局长时，发现他都在钓鱼。赤膊黑肤的局长，坐在垂钓的小板凳上，每次处理完公文，还会顺手赏条鱼获给小黄。

年中，市委组织部一纸调令，将单位的经济科科长调走。局党组将空的经济科科长位置放出，在单位宣布：严格按照组织规定，符合晋升条件者均可报名，一律竞争上岗。干了五年办公室副主任的小黄，大学读的是区域经济专业，有心去竞逐这个位置，却发现符合条件的同事多达六人。在干部提拔越来越公开、公平、公正的今天，这次竞岗选拔，非过五关斩六将而不行啊！报名后的小黄，想到局长的癖好，灵机一动，专门请了一天假，跑去邻市一家上档次的钓鱼商城，花5000元买了套高级钓具。

一个周末，小黄带着新买的钓具，叩开了局长家门，说是顺路给局长带了套装备。局长有心拒绝，想了想，还是没说出来。小黄趁热打铁，说局长，要不我陪你现在就去试下？局长心痒痒，说也好。就拿着新钓具，拉了小黄去到河边。有了上好的装备，结果自然非同一般。小黄买的钓具大派用场，局长用它钓到一条七斤重的野生大河鲤。

当晚，局长兴奋得亲自下厨，将河鲤分不同味道烹之，与小黄在家中食鱼对饮。几杯酒下肚，脸红耳热的局长扶着小黄肩膀说了很多往事。

局长说，知道我为什么喜欢吃鱼吗？

小黄说，不知道。

局长说，因为我是渔民的儿子，父辈们风里浪尖辛苦打鱼谋生，我生在船上以鱼果腹，不爱吃鱼爱吃什么？

小黄看看局长黝黑的脸庞，似懂非懂。

局长说，知道我为什么喜欢钓鱼吗？

小黄说，不知道。

局长说，父辈们不赶海下水时，靠岸停歇结网补漏别无其他的娱乐，我则拿根竹竿在船上钓鱼玩，我不爱钓鱼爱什么？

小黄看看局长粗壮的胳膊，点了点头。但此时此刻，小黄迫切想打听的，是关于竞争上岗的事，就有些欲言又止。

局长打断小黄的话，说，人生有些东西犹如捕鱼，是你的就是你的，不是你的光想也没用，努力了就好；别谈那啥了，大家心里都装着盏灯，像鱼膘那么大的灯，真的很亮很亮呢！局长说完，用手比画着鱼的样子。

小黄有点哭笑不得，但见杯盏之间局长称兄道弟不断，自己也喝了几杯后，慢慢地，心就踏实。

后来的竞岗过程，经过公开演讲、面试答辩、领导评鉴、民主测评、拟任公示等环节，脱颖而出的小黄，终成经济科科长。长吁出一口气的小黄，手里捏着任职通知书时，心里有了几分庆幸：幸好当时买了那套钓具，羊毛出在羊身上，投入产出成了正比，看来值得啊！

不久，全市公开遴选镇区副职领导，小黄乘胜报名。经过几轮激烈竞争，再一次优胜而出，被组织推荐为某镇副镇长，即将履新上任。

小黄临行前夕，局长钓到一条大鱼，就邀小黄来家吃鱼，说是为他饯行。

饭前，局长递给小黄一个信封说，谢谢你上次给我买的钓具，那套东西相当的好，让我如虎添翼呢，那些鱼啊，一条接一条地上钩！

小黄接来拆开一看，立时呆了：厚厚一沓钞票，足足5000块啊！就有些发蒙。

局长说，我工作到今天，虽然钱财不多，但比上不足，比下有余，倒也知足安心；我要是白拿你这套东西，弄得退休不宁，恐怕到时连鱼都钓不成！

小黄有些发颤，说，上次竞岗，局长您帮了我大忙，否则我怕是胜不了他人呢！

局长大笑，错，那全是你自己的努力，我没给任何人打过招呼，可不想领那份情。

小黄错愕之间，局长扶了小黄的肩膀，语重心长地说，你也算是当领导的人了，我相信你今后肯定会面临很多诱惑；今天请你来家吃鱼是想告诉你，我替你处理了初一的不正，你可要去了十五的歪风，否则，歪风邪气一旦有了开始，你就收不住脚；这人生的路长漫漫啊，我希望退休后开开心心地去钓鱼，也希望你能轻轻松松来我家吃鱼。

局长言毕，忙手忙脚地将几盘鱼香扑鼻的好菜端上桌来。

躺在盘子里的蒸鱼修长丰腴漂亮无比，宛若身材完美女人的裸体，在灯光映照下发出肉色的光芒，刺得小黄眼睛发疼。小黄举杯投箸，已然泪光迷蒙。

原载 2016 年 8 月 28 日《中山日报》

苗大姐

付卫星

或许在医院待久了，苗大姐皮肤白嫩，头发乌黑，看上去根本不像四十几岁的人。她虽然只是名清洁工，负责门诊大厅的卫生清扫工作，可她面善，气质好，说话绵绵的，很耐听，穿上白大衣，加上一身来苏水味道，许多患者都把她误认为医生，张口称她为大夫。一开始她不习惯，就想告诉人家，自己不是大夫，是打扫卫生的，可她看到许多患者对她投来的那种信任的目光，她就不再做解释了，感觉这种称呼对她很受用。即使回了老家，她也喜欢别人称她“苗大夫”，还一再说，有什么事一定去找她。

有一次，内科的李大夫把听诊器丢在了病房，让她拿回来。苗大姐就跑到内科病房，拿起听诊器往回走，经过门诊大厅，正巧一对夫妇抱着孩子急匆匆地闯进来，见苗大姐手里拿着听诊器，就拉住她说，大夫，我们的孩子病了，快给看看吧！苗大姐看孩子烧得红通通的小脸，也没说自己不是大夫，只是说，她不看儿科，让他们上三楼儿科去看门诊。那对夫妇见她态度这么好，还主动给他们指路，感动得不知说什么好，一再对她说，谢谢你大夫，您还是忙去吧。那时候，苗大姐像喝了二斤蜜，她也同时感受到了众多患者对她的那种尊重和信任的分量。

再遇上有患者找她，她就耐心地告诉人家，应看什么科，几楼，怎么走。来看病的也都爱找她，没人再去咨询台。

医院的领导知道了这件事也非常高兴，院长在一次会议上还表扬了她，说她提升了医院服务质量，号召大伙向她学习。

没多久，苗大姐成了医院的一块招牌。

有天晚上，一家小医院的一名大夫来找她，说他很器重她，只要她肯向这边介绍几个病号，她就会得到丰厚的报酬。苗大姐明白这是让她做医托，她本不愿意这么做，可经不住对方的诱惑，就答应试试。

第二天，苗大姐往门诊大厅一站，心就像被别人挖了去一样空空的，跟做贼差不多。这时有位患者过来问她在哪儿拍片。她犹豫了一下，随口说，想拍片呀，真不巧，医院里的机器这几天出了点毛病，正在抢修，您要信任我的话，我可以介绍您到对面的一家医院去拍片，那里的大夫我认识，水平也高。那位患者一听很高兴，说太好了，我去了怎么找他？苗大姐说，我给你写个条子，就说你是我的一个乡下亲戚，他肯定对你好。患者更高兴了，拿着苗大姐的条子赶紧去了。

一个月下来，她拿到了一笔不菲的酬金，数目都快顶她半个月工资了，先前的那种惶恐和不安也不翼而飞了。

时间一长，院长发现苗大姐做了“叛徒”，胳膊肘朝外拐，便狠狠批评了她，还罚了她的当月的奖金。可那点奖金算得了什么，苗大姐继续我行我素，不过做得更隐蔽，工作人员又不能整天跟着她，医院也拿她无可奈何。

话说又有一天，苗大姐打扫完卫生，又偷偷把早已准备好的一个废旧听诊器握在手里，站在大厅的一处寻找目标。一会儿，她见一个抱孩子的农村妇女站在大厅门口东张西望，样子十分着急，她心里就明白是怎么回事。于是她装作没事的样子来到那位农村妇女身旁，看看她怀中的孩子，十分吃惊地说道，孩子病得可不轻呀。那妇女说道，俺男人进去找人了，半天没出来。苗大姐说，这病不能再等了，再等就没救了。那妇女见她手里拿着听诊器，赶紧求她，大夫，那您快想个法子吧。苗大姐想了想说，今天这里的儿科专家正好出去会诊了，你在这儿看不了。那妇女急了，忙问，那怎么办？苗大姐说，您不用慌，我知道他们所去的医院在什么地方，你拿着我的条子赶紧去，晚了就找不到他们了。那位妇女又千恩万谢地拿着她的条子里去了。

苗大姐重新回到门诊大厅，猛听身后有人喊她苗大夫。她回头一看，是她老家的一个远房侄子，小时候见过，不过还能认得出来。她问干什么来了。侄子说，孩子病了，找您来了。苗大姐忙问人在哪儿。侄子朝门外看看说，叫她在门外等，不知去哪儿了。苗大姐明白了过来，二话没说就掏出手机打电话。只听电话那头传出一个男人的声音，着急不说，还带着埋怨，说你怎么什么样的病号都往这边送，刚才送来的那个孩子输液过敏了，现在还没醒过来。苗大姐一听额头上冒了汗，她急忙说，快，快把孩子送过来！

好险，多亏抢救及时，孩子总算没事了，可多花了好几千元，把那侄子气得说不出话。苗大姐自知理亏，脸臊得通红，主动把多花的钱垫出来，平息他们的怨气。

自此，苗大姐再遇上患者叫她苗大夫，她就主动说，我不是大夫，我是打扫卫生的。有乡亲叫她大夫，她还跟人家犯急，乡亲很不理解。

原载 2016 年第 1 期《平原作家》

那个女人是谁

戴玉祥

榕树下，几个女人扎堆在一起。

兰说，前些天与老公乘大巴去深圳，老公竟然将我搂他腿上坐着，双唇粘着我的耳垂，心里那个美呀……

花说，昨晚喝醉了，迷迷糊糊中，感觉老公抱着我，边亲边说，宝贝，心疼坏老公了，以后出门喝酒，老公再忙，也陪着宝贝去……

叶说，昨夜做梦跟人打起来了，打不过，就跑，结果从床上摔到了地上，老公被惊醒了，弹起来，抱起我，揉进怀里，那个爱怜呀……

……

女人们正在秀恩爱，草走过来。草认识兰，也认识花。草走到兰与花面前，双眼盯着叶说，几天前，去西湖玩，碰到我们的青局长了，青局长与他妻子，人家那才是真正的恩爱呢！

兰与花的目光也聚向叶。

草继续说，当时突然下起了小雨，青局长脱掉上衣，罩到他妻子的头上，抱起，回走，上台阶时，不小心摔倒了，就在摔倒前的一刹那，人家果断地将妻子推到一边，自己滚了下去。

兰看着叶，说叶你真幸福。

叶点点头，没作声。

花也看着叶，说叶你真幸福。

叶仍点点头，没作声。

草像是看出了什么端倪，说声有事，匆匆走了。

叶盯着草的背影，问，这个人是谁？

兰说，计卫局的草，你老公单位的，不认识？

花也说，计卫局的草，你老公单位的，不认识？

叶摇摇头。

后来，叶就走开了。

叶走进一家啤酒屋，闷闷地灌了三瓶酒后，打了青的电话。叶说，你给我过来。还说，你什么时候去的西湖？

青本来不想过来，可听叶提到西湖，有些莫名其妙，便过来了。

叶还在灌酒。

青一把夺过酒瓶，凶，耍什么酒疯？

叶目光撂在青的脸上，碾。

青继续凶，耍什么酒疯？

叶将目光从青脸上拽回来，说，我问你，游西湖下雨时，你将外衣脱掉罩到一个女人的头上，那个女人是谁？

青说，真是喝醉了，胡说八道什么呀你？

叶说，我没醉，心里清楚着呢。还说，那个女人是谁？

青说，莫名其妙。

青这样说过后，愤愤地走开了。

叶也离开了。

叶回到家里，给儿子的书桌收拾齐整了，又将床单换了，地拖了，然后搂着换下的床单，来到水池边。将床单洗净了，晾到阳台上。这会儿，叶站在阳台上，看着天空的白云，还有白云下的飞鸟。看着看着，叶就泪流满面了。叶清楚，她与青的爱情没救了。叶这样又站了一会儿，眼看太阳西坠了，才开始做饭。叶做了儿子爱吃的牛排后，又给儿子烙了两张饼。做完这些后，给儿子留了张字条，便出了门。

后来青打电话给叶，可叶一见青的电话，就按了。青就给叶发短信，无论青怎么辩解，叶回过来的短信只有一句话：那个女人是谁？

青真不知道那个女人是谁，辩解，赌咒发誓，可叶回过来的短信还是那句话：那个女人是谁？

青累了。

一天晚上，青走进了啤酒屋，闷闷地喝，后来就醉了。

青醒来时，发现自己竟然睡在草的床上。草趴在床边，睡着了。青轻轻爬起来，尽管青动作很轻很轻，但还是把草弄醒了。草揉着惺忪睡眼说，你以后不能再这样作践自己了，你不光是叶的老公，还是全局几百人的脊梁骨，还是草……草突然不说了，含着动情的泪水看着青，忽地扑进了青的怀里。

后来的事就顺理成章了。

青与叶离婚，娶了草。

这天，草正哼着小调走在上班的路上，碰上叶。

草说，认识我吗？

叶说，不认识。

草说，提醒你一下。

叶说，讲。

草说，在一棵榕树下，女人们正在秀恩爱，一个女人走到其中的兰与花面前，看着你说，几天前，去西湖玩，碰到青局长了，青局长与他妻子，人家那才是真正的恩爱呢……

叶说，讲，继续讲。

草说，没什么讲的了，一个编造的故事。

叶说，编造？你是不是想告诉我说，你用一个编造的故事毁了我的婚姻，实现了自己的目的？可是你错了。

草说，我错了？

叶咯咯笑起来，然后转身走到一个男人身边，小手搭在男人的肩上，目视着草，亲昵地说，亲爱的，要不是这个女人帮忙，我恐怕连离婚都成问题，更不用说分那些家产了……

原载2016年第4期《连州文艺》

老槐树下

罗俊士

村头有棵老槐树，没有谁说得清它是哪年栽下的，这说明它比村里最大年龄的人都大一截。树身需两个人合抱，五个树杈像从硕大树身又拱出五棵树，枝梢参天，虽然有的枝梢枯干成了棍棒，其余那些新枝梢却葱翠茁壮。密叶里有好多雀巢，有人在槐叶落光时数过，23个，这不是准数，因为有的雀巢刚开始搭建，才具雏形。

眼下正值五月，阳光灼人，老槐树膨大的树冠里，槐花盛开，香气弥漫。树下有两个小马扎，小马扎上坐着两个人，一男一女，都是满头白发。

他说，根柱又来电话了，催我过去。

她心尖一颤，你去吗？

他摆摆手，他那儿太逼仄了，一间屋住两代人还凑合，加上我这个半死不活的老头子，他们不烦，我还嫌自个儿碍事拉脚呢。

儿子不会烦你，儿媳妇就难说了。

可不呗，她就没拿正眼瞧过我。

顿了顿，他又说，还是住在老家舒服，起码不用看人脸子。

那是。

还有人唠嗑。

那是。

出门不怕被车撞上。

那是。

空气也好，闻不到汽车尾烟。

那是。

过来几个汉子，爷爷太奶奶地喊着，还上前争相给他递烟。他两个耳根各夹一支，手里还攥着三支。不接不中，他们都是从市里建筑工地赶回来割麦的，轻易碰不着面，一旦遇到长辈，都想表示一下孝敬之心。好像，你接他的烟不接我的，是下眼看人。

他乐得胡子直抖，点着烟，那支烟也抖抖索索的。

她责备道，又抽，别抽出好歹来。

我就抽三口。他嘿嘿嘿求情，跟幼儿似的。果真抽三口就在地上摁灭了，将那大半截烟搁在一块圆石上，待会儿再抽。

唉！真学去年秋末摔骨折撂炕上，又该我忙乎了。

那回多亏你登门看我，要么不渴死，也饿死个屎了。

一天多不见你的影儿，以为你蹬腿断气了呢。

我老来有福啊！

你就嘚瑟吧你。

她突然被大女儿接走了。她大女儿家是西边小史庄的。

五天里，他丢了魂似的，每每去村西大路上溜达，每每无望而返。

这天傍晚，他回到老槐树下，刚坐稳，就瞥见她掂着小马扎，晃悠过来。

你啥时回来的？

方才。

我咋没看见你？

我是从二闺女家回来的。

她二闺女家是东边常红村。昨天夜里，二女婿把她拉走，方才又开三马车把她送回家的。她非要回来，谁劝也不听。

唉！你要有手机就好了。

她就笑，你、我、咱俩……

她爱说半截话，总要给人留下思考的空间。他爱听半截话，似乎心知肚明，从来不追问下半句。

俩闺女怕我寂寞，可她们不是果园就是养鸡场，个个忙得脚不沾地，连饭都顾不上做，更甭提陪我扯闲篇了。

还是待在一边好，眼不见心不烦，也免得给他们添乱。

谁说不是呢。

这天吃罢早饭，她来到老槐树下，一等二等不见人。

她去他家找他，推门，推不开，街门从里边锁着。她只得掏出钥匙开门。钥匙是去年秋末她伺候他时要到手的。他曾想要回去，她不给。是不是怕我突然死掉？他问。你说呢？她反问。

这次，他又没死掉，只是躺在炕上打滚儿，面庞上爬满豆大的汗珠。

是不是又吃坏胃了？

不会吧，我把剩菜剩饭都搁在冰箱里了。

她打开冰箱的冷藏室，闻到浓浓的馊味，你你你，简直不把自个儿当人，都长毛了！还吃，猪啊！

她去村医那儿买来多潘立酮、小柴胡颗粒、庆大霉素颗粒，看着他一样一样服下。

把冷藏室清空后，她说你要懒得做饭的话，往后干脆去我那儿吃得了。

不中！那会惹人闲话的。

闲话是个屁！

说是那样说，她没再坚持。毕竟，男女有别，她和他不是一家人。

她男人 49 岁那年初春，在建筑队砌墙时，从二十多米高的脚手架上摔下来，不治而亡。那之后，她家耩地、浇地、收割等，他没少帮忙。他比她年长四岁，有妻有儿，大侄子帮同姓本家小婶子的忙理所应当，没人嚼舌头。十年前，他老婆患胃癌殁了，她包揽起了他的针线活儿，便有人指指戳戳，望风捕影，说三道四。她不当回事，我行我素。他也是，身正不怕影子斜，别人爱咋地咋地。尤其是，俩人几乎每天在老槐树下唠嗑。天长日久，那些锥子似的目光，渐渐变得柔软了。

这年入冬，他被儿子接走了。儿子当上工头后，换了大房子，说那边冬天供暖，屋里不是春天，胜似春天。还说，你要住不惯城市的话，等开春了再把你送回老家。

她找不到对心的人唠嗑，便懒得出门，孤零零一个人窝在家里没几天，因为心情郁闷，加之气温骤降，闹起了感冒。感冒刚好，又害起了牙痛。

大女儿来了，见她面色晦暗，说不如去我家住段日子吧。

那又该累赘你了。

你当我是外人呀！

有人从村头经过，忍不住朝老槐树下瞄一眼，瞄了又瞄，不习惯似的。那里空空静静，什么也没有。

原载2016年第4期《晓霞月报》

最近风声紧

段久颖

最近风声紧，这是社科局局长老马最近一直想的问题。

老马来到社科局当局长已经有三年了，三年里他的工作做得不能说不好，也不能说好。但是自己这三年来局长当得却比较舒坦。

自己以前在下面的乡里当书记，一年来东跑西颠，劳累不说，跟老婆常年分居，活得也不滋润。

老马不是那种好色的官员，他对这口按他的话说，没那垒。他没那垒不见得别的书记没那垒。

在下面当书记的老黄、老赵他们是老马的哥们，也就是说都是一条线上的人。他们喜欢在下面乡里当局长，原因简单，就是可以远离自己家里的黄脸婆。

现在下面的女人也不像早年了，就是屯子里的女人打扮得也有几分姿色。每赶上乡里面举行个活动，那些有点姿色的女人一装扮，别说还真有那股子劲。

这是老黄跟老赵在跟老马小聚的时候常在酒后说的话。

老马知道，老黄跟老赵现在都在下面的乡里安了家，不用说，屋子里藏着的一点不比县城里的女人差。

虽说这事藏得紧，但是没有不透风的墙。最近老黄和老赵的女人知道他们的男人有了情人，便找到老马诉苦。

老马啊，你是跟我们家老黄一起走过来的人，你是知道这些年我跟老赵遭的那个罪，现在好容易苦尽甘来了，我们熬成了黄脸婆了，可……可他老赵也不能这样一点良心不讲吧，说在外面养个女人就养了，你得帮着劝劝啊。老赵的女人哭诉着。

老马好言安慰走了。

老黄的女人又跑来了，一进门，就一个劲地骂，妈了个 × 的老黄，不是他娘的正经东西，没有我们家，他现在还他娘的当个屁老师呢。这家伙，刚当上了书记没多久，就开始养起了小三。妈了个 × 的，今个，老马我跟你说说，我哪天要是想不开，我就去纪委告他。

老马一边劝一边安慰，我说嫂子你先坐，别生气，老黄呢，那是一时糊涂。上了贼船了。等哪天我去劝劝，一日夫妻百日恩呢，你可不能犯糊涂。老黄将来要是倒了，你首先遭罪。

老黄的女人被老马一劝也心平气和地走了。

老马知道，这两个女人没有直接找自己的老公，而是找自己倾诉，很简单，就是要自己帮着出头。看来她们目前还不想将事情闹大。

老赵于是找了个时间，将老赵跟老黄约到一起喝酒，酒喝得差不多了，老马就将两个女人找自己的事说了。

老黄听了梗着脖子说，她爱咋咋地，纪委的老李是我哥们，找也白扯。

老赵也说，让她作吧，我不怕。

哎，不能这么说，最近风紧呢。胡县长听说去上面开会，被市里面给双规了。老马说。

真有这事？老黄跟老赵同声问道。

嗯，是县里面的书记跟我亲口说的。老马说。

老黄跟老赵听了，刚才的精气神一下子打了折扣，开始摇头，叹气，连说这事不好办。人家一个闺女把自己给你了，你不能不负责任吧？

那也要赶紧将这事处理了，要不这两头一闹，就完蛋了。老马担心地说。

好吧，好吧，这就回去处理。

老黄跟老赵匆匆走了。

老马站在那儿呆愣了好久。他虽然没有女人闹心，可这些年当了人社局局长后，家里的存折多得都不知道有多少了。

人社局的工作不好干，几个副局长跟自己对着干，没事就给自己穿小鞋。自己跟他们的矛盾日深。要是被他们给检举了，怕自己这后半生也就完了。

咋办，现在国家马上就要推出国家公务员公布自己财产的政策。那些钱咋办？老马躺在床上对身旁的老伴说。

天塌大家死，过河有矬子。怕啥。

现在可不比上几次了，最近风紧呢。老马不安地说。

那你说咋办？老伴翘着身子问。

捐了，捐了。这是老马经过深思熟虑后的想法。

捐了，捐给谁？老伴问。

红十字会。老马说。

红十字会？白瞎了。我看要是实在不想要这些钱，就都给亲属吧。老伴说。

没脑子，要是有人调查，就咱们那几个亲戚，谁能坚持住？老马叹着气说。

太可惜了，这可都是拿命换来的啊。老伴叹气。

你明天给我把这些年那些灰色的收入都找出来，你明天去一次市里面，按着红十字会的账户地址都捐出去。老马说。

你咋不去，干吗让我去？老伴不解地问。

没脑袋，我经常在电视上露面，我敢去捐吗？老马说。

哎，好吧，好吧。老伴答应着。

谁知道老马的老伴在匿名捐了巨额的钱款后，被一家好事的新闻媒体看到了，记者一路尾随，打算对老马的老伴进行跟踪采访。

老马老伴捐给红字会的巨额款项被媒体曝光了。

老马被人社局几个副局长联名举报给了市纪委。

老马落水了。

老马被带走的那天，老黄跟老赵躲在一处暗暗地惋惜，可惜，可惜啊。老马谨慎了这么多年，还是没躲过去。

老赵叹息说，还不如学咱俩，花钱玩女人了。真是可惜。

原载 2016 年 6 月 8 日《哈尔滨日报》

一推再推

柯玉升

老马和我一样，在局里没混出个人样来。人都过中年了，还是个科员身份。晓得自己混不出什么名堂，老马经常提他的儿子。诸如孩子成绩优秀呀，这次月考又得了年级第一呀之类的话，或许是引以自慰吧。

老马的心理，我理解。

都这把年纪了，也难怪。大多数时候，我是在默默地听，有时候也说上一两句。每次，一说起儿子，老马的眼神里，都会放出一股自豪的光来。

老马的儿子今年考上了大学，还是所名牌大学呢，老马的脸上笑开了花。老马的老婆说，你这辈子平平庸庸，这回儿子给你脸上添光了，我们也在楼外楼摆上几桌，请局里的同事们过来庆贺庆贺吧。

老马想推也不可能了，人家孩子考个三类，请柬也满天飞呀。再说，在局里，只老马没请过客。老马是在原来的下属单位调上来的，结婚买房子等事，以前都办过了，在局里老马总是赶着别人的礼。这回，老婆一提醒，老马也有办几桌客的想法。

请柬写好了，老马准备把请柬发出去，不巧却接到了张副局长的电话。张副局长的儿子也考上了大学，请客的日子和老马是同一天。和张副局长撞车了，老马知趣，偷偷地将未发出去的请柬给毁了。

老婆说，那咱们推后三天再请吧，到时候，在张副局长儿子的升学酒宴上，你要把这话给掏出来哟。

嘿嘿，老马笑着，这还用老婆吩咐？

在张副局长家的酒宴上，老马总想把自己的意思说出口。但不等老马说出口，就有人问老马了，老马，什么时候能喝上你儿子的升学宴的酒呢？

有人过问，说明同事们瞧得起自己。老马忙不迭地说，就老后天吧。

同桌的李科长听了，却说，啊呀！我儿子的升学宴，打算在那天办。请柬我都写好了，酒店也订了，就在天外天大酒店。

李科长一副很惊讶的样子，嘴上还说，怎么这么巧呢？

老马自知自己拼不过李科长，很知趣地说，儿子升学宴的事，以后再通知吧。

李科长脸上有了笑意，端起酒杯，说，那今天，我提前请了在座的各位。到时候，希望大家赏赏脸。

老马回家给老婆一说，老婆有点不高兴了，请人吃饭也请不上，看你混得。眼看着儿子的开学时间快要到了，这客不请能行吗？

老马找我商量。

我说，升学宴一律要办吗？

能不办吗？一听说儿子考上了大学，舅舅、姨妈、大姑的礼钱，都送上门来了。亲戚的礼钱都收了，不请，这脸面如何拉得下？

老马说的是事实，这事就有点犯难了。

我说，局里科长级以上的人物，少说有一二十人。这个时候都是孩子考学办升学宴的高峰期，我们人小面窄，孩子办升学宴的时间，老是和那些头头面面的人物撞车。要是同在那天办了，我们在酒店里订的酒菜没人吃。酒菜丢了是小，脸上可没光呀。

老马说，你说的也是。

我又说，不如这样吧！你儿子就在咱市里读大学，不如先让孩子上学，再回过头来办酒吧。总之，孩子就在身边，等开了学，说什么时候办就可以什么时候办，和人家撞不了车。再请客，有客人来，脸上也光彩。

看来也只有这样了。老马附和着。

老马送儿子上了大学，把儿子的升学宴就推迟到了“十一”黄金周。

老马儿子的升学宴，看来又要向后推了。现在的年轻人都时兴什么闪婚。这不，刘局长的女儿带回来一个女婿，女婿很有后台，是老市委书记的儿子，婚期就定在“十一”。

半路杀出个程咬金，你说，老马急不？要知道，这回，老马是提前一个月下的请柬啊。老马的老婆自嘲自讽地说，看来，儿子的升学宴呀，要等到你当了局长后再请了。

老马的双眼拧成一座山。

我说，老马呀！这回你儿子升学宴的时间又要推迟了。老马没答话，怔怔地望着我。

隔了一段时间，老马碰到我，笑哈哈地说，老牛啊！儿子升学宴的时间再也不往后推了，就定在“十一”那天。

你还敢跟局长撞车？他女婿可是老市委书记的儿子。

我一本正经地说。

老马把脸凑过来，神秘兮兮地说，不只局长的女儿会闪婚，我家儿子也不赖呀，刚上名牌大学就处了个女朋友。

处个女朋友有什么稀罕的？我说。

老马说，这，你就不知道了。我儿子的女朋友呀，很有来头！是现任的市委书记的女儿。

啊！我的嘴张开着，一时收不拢。我那后脑勺，差点儿撞着椅子的靠背。

原载 2016 年 9 月 1 日《检察日报》

打 分

赵 欣

吴世雄好不容易谋到了一份工作，在一所大学里当助教，试用期两个月。父亲格外高兴，儿子赋闲一年多了，总算有了事业，而且是教书育人，正是他所期望的。从中学校长的岗位上退休二十年了，父亲仍然关注着学校教育。

眼看着试用期就要满了，吴世雄喜滋滋地谋划着未来的人生。系里小张老师，与自己同龄，也是未婚，但人家已经是副教授了。他很喜欢她。转正后，他就有勇气向她求婚了。

这天，系主任交给他一个任务，让他批阅一个班级的毕业考试卷。系主任郑重地说，小吴啊，可不要大意啊！批卷的要求很多很具体，一旦有重大失误，就是教学事故啊！吴世雄明白主任的意思，这是对他的一次考核。

拿着卷子回到办公室，小张老师关切地提醒他，吴老师，您千万好好阅读批卷的要求，有的失误是没有办法挽回的！小张老师这样一说，吴世雄就更加重视了。

他仔细阅读了评卷须知，还真是细则繁多，要求严苛。但他只需按要求操作就行。

按规定，这项工作可以在家里进行。正好赶上休息日，他决心出色地完成任务，周一一早就交给主任。不过这批卷子是个细致活儿，特别是简答题和论述题需要领会问题实质，酌情打分。不巧的是，吴世雄突然感冒了，头昏脑涨的，一天下来，他才完成不到一半的工作量。

第二天是周日，他在父母的房间里找到几片感冒药吃了。母亲对父亲说，孩子发烧了。父亲说，要不去打针吧。吴世雄说没事儿。中午母亲喊他吃饭，他说，你们先吃吧。母亲望着他伏案劳碌的侧影，眼里流露出痛惜。母亲特意炒了好几道菜，但是吴世雄勉强吃了一点又回到书房。批着批着就感觉浑身发冷，后来就打战了，找出体温计一测，快39度了。看来是坚持不下去了，只好去医院。

离开的时候他的目光还黏在那一摞卷子上。父亲和母亲就说，别急别急，身体要紧。卷子必须保持清洁，禁止有任何多余的笔迹，他想告诉父母千万别动卷子，可是一想，又觉得是废话，他们怎么会动他的卷子呢？

从医院回来，已经黑天了。母亲喊他吃晚饭，他则直奔书房，拿起笔正要批卷，忽然感觉异样，他眨眨眼睛，把一摞卷子翻看个遍，脑袋轰了一下，脊背蹿上一条小蛇——所有的卷子都打分完毕！还有更惊恐的，简答题和论述题的空页上，密密麻麻写着鲜红的评语！

在卷子上写评语，是父亲当老师时惯常的做法，为了针对性地指导学生的学习。可是，这是大学试卷，绝不可以画蛇添足啊！他欲哭无泪。

这时父母笑吟吟地站到他面前，母亲轻松地说，儿子，去歇着吧，你爸帮你完成了！吴世雄一肚子懊恼和无奈，但是又能说什么呢？他镇定一下，说，谢谢爸！这是我自己的职责！

父亲说，你不是病了吗？时间又紧。

这一夜，吴世雄失眠了，他知道他又要重新找工作了，还不能让父母知道失去这份工作的原因。

第二天一上班，他就把卷子交了上去。小张老师不无担心地告诫他说，吴老师，你要不要再检查一下，这可非同小可啊！他苦笑着摇摇头。早交晚交都一个结果，交吧。

吴世雄继续协助小张老师工作，暗暗四处投送简历，四处参加面试，都没有收到好消息。

这天，学校召开全校阅卷工作总结大会。会前，吴世雄发现同事们都避开他，有几个人还在身后意味深长地笑着，窃窃私语。他有一种不好的预感。果真，校长站在高高的主席台上问道，吴世雄老师在下面吗？

他脸红红的，趔趄地站起来点了一下头。他求救似的把目光投向小张老师，但是她避开他的目光，神情颇为严肃。

校长加重语气，说，我们要向吴老师学习！吴世雄以为听错了，但是后面的话清清楚楚的。校长说，批卷子是为了什么，不是仅仅为了打分，而是要发现问题指导问题。吴老师的卷子，大家看看吧。在窸窸窣窣声中，校长展示了一份考卷。每份试卷都有这么详细认真的点评，这是一个多么负责的老师啊！

期限一到，吴世雄就被正式录用了。但他再也不敢把卷子拿回家了，至于在卷面上写评语，他也不敢盲从。而对小张老师，他已经打消了那份念头。人生没有那么多的幸运，一切还是循规蹈矩地好。

原载 2016 年第 3 期《小说月刊》

往 事

韦延才

想不到多年以后，谭小杜与马鹄成了邻居，而且是无话不谈的朋友。没事儿，他们就在一起喝喝酒，谈谈养生，聊聊柴米油盐，当然也会偶尔说说过去的那些岁月。

过去的岁月既沧桑，也很沉重，自然是有很多故事的，但他们在说的时候，却总是蜻蜓点水一样，一跳而过，不愿意去多说。有一天，他们喝得有点多，酒上了头，说话便不再去思量，脱口而出。马鹄说："老谭啊，你这个警察真是够烂。"

谭小杜知道马鹄话里的意思，小喝了一口，满不在乎地说道："现在烂警察也不是了。”他已经退休七八年了，早已不过问警察的事情，平时就和老婆去菜市场买买菜，到学校去接孙子上下学，和普通人没啥区别，也和马鹄没啥区别。

马鹄看着谭小杜，端起杯子和他碰了碰，一仰脖将杯里的酒喝干，说：“老话说得没错，不打不相识，咱们这一打，就成了几十年的朋友。”谭小杜笑了笑，忽然觉得胸口有些闷痛，便用手在胸腔上揉搓揉搓，然后劝正往酒杯里斟酒的马鹄道：“差不多了，少喝点吧。”

马鹄不理他，将酒杯斟满酒，用手指着谭小杜，得意扬扬地说：“还记得吧，你打了两枪，都没打中我。”谭小杜怎么能不记得呢，二十多年前，在沙街码头的一个废弃仓库里，他和贩毒分子展开了一场惊心动魄的战斗。其中，他对付的人便是马鹄。

沙街是铜城最热闹的一条街道，街的西侧商铺林立，人来人往；东侧则是水流湍急的沙河，河上不时有货客船往来。沙街码头在河的下游，客货码头相隔不外三四百米。那是一个傍晚，火红的太阳已经开始向远山滑落，从柳县到铜城的最后一趟客船即将靠岸。

谭小杜和战友们早已守候在码头上，根据可靠的情报，他们追踪了几个月的毒贩将于今晚乘船回到铜城。他们在码头上布下了天罗地网，只等着毒贩上岸，就将他们一网打尽。

毒贩共有三个人。在布置任务的时候，他们进行了反复的研究和推演。由于码头不远就是繁华的沙街，他们的计划是，将三个贩毒分子在码头上进行制服，如果让他们到了街上，人来人往将不便于行动，也可能会造成群众的损伤；若继续跟踪他们到目的地，则充满着变数；而且这些毒贩的反侦察能力极强，他们上岸后会分头行动，那样分头对付警力上也不足。虽说上岸的时候旅客也多，但他们往往不会想到警察会在这里下手。到时候警察假装是上船的乘客，在经过他们身边时，出其不意地将他们拿下。

客船在预定的时间里靠岸。船上的乘客并不多，看着三三两两上船的乘客，谭小杜他们不禁暗自高兴。在毒贩走出舱口之时，警察就将他们辨认了出来。他们的警惕性非常高，各自装作互不认识的样子，并相隔着一定的距离。见他们离了船，登上了码头的石级，警察们便准备按照预定的布置向码头下走去。可是，一个意想不到的情况出现了，谭小杜发现，和马鹄一起的，还有他的妻子和五岁的女儿。

马鹄的妻子抱着女儿，一家人有说有笑，仿佛刚刚进行了一次愉快的旅行归来。马鹄的目光四下地窥探着，掩饰不住内心的紧张。谭小杜对队长道：“马鹄的妻子女儿怎么办？”

队长看了眼码头上上上下下的乘客，略一思索，对部署在路口守候着的两名警察说道：“你们想办法把母女俩引开，其他仍按计划行动。”这码头可是执行抓捕的最好地点，前与繁华的沙街有几百米的距离，后是沙河，可以说前有余地，后无退路。

为了不引起毒贩的注意，他们待毒贩们行走得更分散了才向码头下走去。负责马鹄这一组的，是谭小杜、老马和女警小丽。老马和小丽的任务是将母女俩引离，并保护好她们，防止马鹄拿他老婆与女儿作为人质挟持；谭小杜则负责制服马鹄。“尽量不要让孩子受惊。”出发前，队长特地向他们交代了一句。

他们点了点头，悠然地向码头下走去。老马和小丽在前，谭小杜跟随其后，老马和小丽缓缓地往下走。马鹄和妻子并肩走着。在走到马鹄他们跟前时，老马像要从他们中间穿过，使他们彼此拉开距离。小丽则对马鹄妻子说道：“大姐，你东西掉了。”

马鹄妻子把怀里的孩子放到石级上，下意识地侧转身看了看地下。老马和小丽迅速贴近母女，成功地将马鹄与他的妻女完全隔开。就在这一刹那间，马鹄似乎明白了什么，急忙拔腿而逃。谭小杜便紧追了上去。其他的两组，说时迟那时快，迅速将那两人抓获。再说马鹄是慌不择路，逃至了附近的一座废弃的仓库。在仓库里，谭小杜对马鹄先后开了两枪，但都没能击中他。接着，他们就展开了一场殊死拼斗，彼此不相上下，后来马鹄终被制服。而在这次搏斗中，谭小杜被摔断了两根肋骨，并得了严重的内伤，因此留下了后遗症……

马鹄又将杯中的酒干完，说：“老谭，我不知道是要感谢你呢，还是该感谢你的枪法？”谭小杜也将杯中的酒干完，说：“感谢我干吗呢，快回家去给你老婆焐焐被窝吧。”这一晚，他们都喝得有些晕晕乎乎。

过了些日子，谭小杜忽然就旧病复发去世了。马鹄参加了谭小杜的告别仪式，在追悼会上，局长亲自为谭小杜读了充满着哀悼、缅怀与敬意的悼词。马鹄因此才知道，谭小杜并不是一个烂警察，他的枪法可好着呢——谭小杜曾多次获得省公安部的射击比赛冠军，而且是有名的狙击手，三十年前那个震惊全省的“7·30”绑架案主犯，就是他一枪击毙的。

“我只知道你是个好人，怎么不知道你还是个厉害的警察呢？”马鹄念叨着，忽然又想起了那天酒桌上谭小杜说的那句话与二十多年前他们在废弃仓库里的情景，以谭小杜的枪法，完全可以将负隅顽抗的他置于死地……

往事不堪回首啊！听着告别大厅里响起的哀乐，马鹄心里不禁翻江倒海起来，脸上已经是潸然泪下。

原载2016年8月15日《玉林日报》

送妻

蓝雪冰儿

老牛和老马不是少年夫妻，只是做了十几年的老来伴罢了。

别人说，好合好散，这是老年人的婚姻。可是，十几年啊！老牛看着因为跌了一个跟头躺在床上不能动弹的老马，心里翻腾着。儿子也看了半天床上的老马，然后又看了看老牛，便郑重其事地说：“爸，按照原来的约定，该把马姨送回家去了。”

老牛不知道说啥。当时，为了能给自己找个伴，事先答应儿子的。现在，他没有理由反驳。而他，却也不忍心让老马回到那个冷清的家。倒是老马应了儿子一句，说：“放心吧，明天就走。”

夜里，老牛翻来覆去睡不着。其实，老马也睡不着。只是，她的腿打着石膏，浑身都在疼，不能翻身。

半夜，老马用手扒拉了一下老牛。老牛打了个激灵，说：“哦，是不是渴了？我去给你倒水。”老马摆摆手，说：“明天我就回家了，咱俩说说话。”

老牛嗯了一声，却不知道说啥。然后，他让老马说，自己答。就这样，两个人熬到了天亮。

儿子招呼老牛起来，并把牛鞭子放在老牛手上。老牛出来一看，牛车已经套好了，他转回屋抱了一床被子，铺在车斗里，才把老马抱上车。

牛好像很不情愿地，任凭老牛抽打了几下屁股，还是跟迈不开步似的。老马说：“你用点力气，牛儿就会加快脚步了。”

老牛嗯了一声，又抽打了一下牛屁股。可是不仅不管事，牛还停住了，哗哗地尿了一泡尿。

老马乐了，说：“瞧这牛，跟你一样，就是倔！”

老牛笑不出来，一鞭子下去，牛便又迈开了步。

很快的，牛车出了村子。在村口，一群调皮的孩子拥过来，非要也坐牛车。以前，老牛套了牛车下地，车斗里就拉着老马。孩子们会迎在村口，吵着到地里去玩。以前，老牛会高兴地把他们轰上车，然后吆喝一声：“驾——”

今天，老牛不是去下地，所以，没有以前的好心情。他跟孩子们瞪了眼，然后吼了一句：“快滚开！”

村口，有个逦弯的老寿星。他最少有一百岁了，但是精神矍铄。老寿星背着手，冲老牛说：“老牛啊，你拉着老马这是干啥去啊？干吗跟孩子们吼？”

老牛看到老寿星，立刻把拉得老长的脸收了收，挤出一丝笑容，说：“没干啥，出去走走。”

老寿星眼尖，看到了老马露着的打着石膏的腿，便说：“瞧瞧老马，都这样了，还出去溜达啥？快回家去，好好养着吧！”

老牛不敢再跟老寿星说啥了，赶紧打了个岔，赶着牛车离开了。

牛车慢慢地走着，老牛已经没有兴致去抽打牛了。他一直在想着老寿星。老寿星一个人照顾走了自己的老伴，然后一个人过，不是照样每天乐呵呵的。

老马在车斗里一直盯着老牛。她犹豫了半天，还是决定和老牛说说话。过了几天，恐怕再也没机会和老牛说话了。她说：“别有啥难过的。咱以前有约定，送我回去，也是应该的。”

老牛说：“颠不颠？”

老马说：“咱这岁数的人，不能让孩子为难。”

老牛说：“路不好走，到底颠不颠？”

老马说：“可惜，咱不是原配。要怨，就怨命运吧！”

老牛说："这路还真的不好走，要不，咱走慢点吧！"

老马不再说话了。她知道，即使她说了，老牛也会装作听不见。而即使她不说，事情也在那儿摆着呢，终究，再过一阵，她和老牛就各属于各家，再也没有任何干系了。

牛车到了村口，老牛一声吆喝，把牛车停住了。

老马看了看左右，没看到村子里的任何一个人。她试探性地跟老牛说："能把我送回家吗？"

老牛没回答，而是从怀里掏出一张存折，递给老马，说："当时说好的，我赚的钱，有你的一半。"

老马说："啥你的我的？这些年，我吃你的，穿你的，哪能再要你的钱啊？"

老牛说："是你的，就是你的，啥话也别说了。"他说着，赶起了牛车，往村子而去。老马看着老牛的背影，再也忍不住了，眼泪吧嗒吧嗒地流出来。她以前的老头子，可没有老牛对她这么好。她连个一儿半女也没有，回到家，只有死路一条了。

家到了。

老牛停下了马车，打开门，铺好了床，然后把老马抱进了屋子。

老马说："你，回家吧！"

老牛说："回啥家？以后，这就是我家！"

老马听了，没吭声，背过身去，抹了一把眼泪。

原载2016年第1期《思贤文学》

小灰的心事

李世民

这几天，小灰的心事挺多的。

比如说，儿子在学校里听话不听话。儿子的数字"2"总是写不好，像一只蚯蚓，老师说了，写成一只大鹅的模样，那才好看，现在，儿子的作业本上，是不是有一只只大鹅在曲项向天歌呢？再比如说，家乡县城的房价又涨了没有。好几年前，小灰就准备在县城买一套房子，这样儿子可以去条件好的学校里读书，可是每回去一次，县城的房价就涨一次，就像一只摘桃子的猴子，不管怎么跳跃，都够不到那只鲜艳的桃子。

刚过完年，小灰和媳妇影子就来到了这个城市，在工地上做活儿。小灰粉墙的功夫好，手里的铲子一挥，唰唰唰，手下的墙面又光又直。小灰贴地板的技艺高，手中的小棒槌一敲，啲啲啲，地板四平八稳。媳妇影子就跟着小灰打下手，影子真的像小灰的影子，小灰走到哪，影子就跟到哪，小灰指到哪，影子就随到哪。

小灰手艺出色，干活利落，工程队长很喜欢。不久前，工程队长找到小灰说，好好干，下个月就给你加工资。工程队长的话，像一杯鲜艳诱人的红酒，惹得小灰异常兴奋，他和影子商量说，如果下个月加工资的话，到了年底，就会多拿一万多，这样的话，如果再筹一些钱，咱们的房子就能到手了。

城里的房子，像一株水肥充裕的庄稼，在小灰心里快速地拔节开花。小灰心里开出的花，一丛一丛，非常茂盛，上班的时候，小灰哼着小调，下班的时候，小灰吹着口哨。小灰是河南人，会唱豫剧，高兴的时候，他就会用手里的灰铲敲着灰桶，昂起头喊几嗓子：

辕门外三声炮如同雷震，

天波府里走出来我保国臣……

小灰的喊声惊动了工地上的另外一对小夫妻，他们就是小西和如睛。小西是瓦工队的匠人，瓦工的手艺也是呱呱叫，瓦刀飞舞，砖头立正稍息，像阅兵的战士一样整整齐齐。小西的媳妇如睛，跟随着小西搬砖运沙，就像小西的眼睛一样，小西看到哪，如睛就转到哪，小西点到哪，如睛就亮到哪。

很快，小西和如睛就知道小灰为啥唱豫剧了。小西和如睛商量，小灰粉刷的功夫好，小西瓦工的手艺也不差，工程队长为小灰加工资，也要为小西提薪酬。

于是，小西就去找工程队长，工程队长想了想，觉得小西说的有道理，就点了点头。

小西和如睛，如同吃了无数枚开心果，心里开满了花，一簇一簇，恣意鲜艳。上工的时候，小西凑着小曲，吃饭的时候，小西说着快板。小西是安徽人，开心的时候，他就会用手里的瓦刀击打着脸盆，扭着脖子来一段：

你我好比鸳鸯鸟，

比翼双飞在人间……

过了几天，工程队长找到小灰说，你加工资的事情，遇到了一点麻烦，上头项目经理说了，你和小西两个人之间，只能有一个人加工资，所以，这事要过一段时间才能定下来。

回去后，小灰心里堵得慌，气呼呼地去找小西，指着小西的鼻子说，你是哪根葱啊，把这事儿搅浑了。小西也不示弱，点着小灰的脑袋说，你是哪家的鸡啊，还在这里打鸣。

小灰和小西气不过，两人约到了工地沙堆后面的场子里，一对一。回去的时候，小灰的鼻子青了，小西的脸肿了。

隔了一天，工地上却传来一个消息，小西和如晴的女儿，在安徽老家帮着爷爷奶奶炸糖糕时，不小心掉进了油锅里，烫伤得厉害，住进了医院。小西赶紧收拾东西订了明天早上的车票，如晴的眼睛都哭肿了。

晚上，小灰翻来覆去睡不着，甚至好几次，他都起床到外面转了一圈，再回到宿舍里。按说，这不是一件坏事呀，小西的女儿烫伤了，小西要离开工地了，小西一走，就没人和小灰竞争了，工程队长就会为自己加工资。可是，小灰怎么高兴不起来，听到隔壁小西和如晴的叹息声，小灰想起来去安慰一下，可摸了摸自己疼痛的鼻子，又躺下了。

第二天，小灰听到小西和如晴收拾东西的声音，听到小西和如晴的抽泣声，听到小西和如晴离开的脚步声，他想起来送送他们，终究还是没起来。

等他们走远了，小灰才拿出手机，给小西发了一条短信：小西兄弟，你背包底层有一万块钱，先给侄女治伤用。

然后，小灰推推身边的影子说，影子，给你商量个事——

影子说，知道啦，你那点小心思，还能瞒过我？

原载 2016 年第 1 期《百花园》

新媳妇新

李立泰

快过年了，汪经常父亲打电话给他，问他今年回不回家，人家谁谁谁都说回家过年。

你小叔叔还带女朋友回了家，虽离咱三里地，你娘也去见了见，说女孩长得要模样有模样，要条有条，嘴口那个甜，喊叔叔、婶子不离口。

他纳闷，小叔叔好多年找不到女朋友，咋有了？

他住了几天回去了，说单位忙，春节人手紧，节日上班还三倍的工资。七天差不多相当一个月。

你也有女朋友了，春节能不能把女朋友带回家来？叫你娘看看，你娘想儿媳妇快想疯了。

接到父亲这个电话，汪经常的头大了。

回家可不是一句话，光买火车票就够喝一壶的。何况叫我带女朋友一块回，往哪儿弄女朋友去？现在的女孩子都快成精了！处对象，除去爽还得有钱，处的就是金票，只要你金票有，就跟你处。

汪经常小伙儿长得个高，大眼睛，自然条件是能吸引女孩的。他头三斧还行，先后跟四个女孩谈过，他可不敢用“处”这个字，几个女孩他都是在“球球”里聊的。第四个女孩跟他时间最长，超过半年了，甚至还怀疑怀孕了，他们恐慌地做过一次人工测试，好在是虚惊一场，说明平常的保险措施预防是行之有效的。女孩从没跟他说过处，更别说结婚。

究其原因，就一个字“没”。他老家一句俗话：任没么，别没钱！任有么，别有病！

汪经常没房子、没汽车、没钱，也没撑劲的爹，没当大官的姥娘舅舅。

他花钱买了个毕业证，说买夸张了，但，是交钱的高价生。他在上海漂了几年，像蒲公英任由东西南北风，刮到哪儿算哪儿。

他理解父母亲的心情，自己何尝不想赶快结婚生子？若在老家他儿子都快娶媳妇了。自己没媳妇却连孙子也耽误了。

三十一岁的他除了长得挡眼，其硬件不硬。软件倒常常硬起来，硬起来是很烦人的事情，他为了软化血管，就要去洗脚城、洗头房保健。

他给父亲电话，说：俺单位忙得很，忙挣钱啊！老板心黑得墨汁似的，不知道他能不能请下假来。

父亲着急啦，说：我不管你请不请假，反正今年得回来。唉！你还没说女的姓啥哩！

汪经常一听父亲问女孩姓啥，猛地一停顿，是啊，女的姓啥？

他随即瞎编回答父亲：爹，女孩姓孟，叫、叫孟、丽娜。

他爹说：噢。名不孬，跟个外国名样。

汪经常听说过女的有临时出租的。但不知道往哪儿找去。

他就跟正在谈的女友电话：喂，芸芸。你忙吗？

忙着哩，你好，啥事啊？

是这样，刚才我爹来电话，叫我过年回家。

噢，那你就回啊。

可是、可是、可……

你可是什么？吞吞吐吐，有话就说。

可是我爹叫我带女朋友回家。

那你就带啊。

我往哪儿弄女朋友去？

你想叫我跟你回家，当你女朋友呀？

行吗？

不行！我娘也来电话催我回家过年，我若不回去，俺娘就来找我过年。就是我不回家，也不佯装你女朋友跟你回家。你上网找。

啪！挂了电话。

汪经常陷入两难之中。当务之急，找个跟回家的女孩。那抓紧上网聊天，经过几轮唇枪舌剑交锋，跟女孩谈得基本可以。愿意跟他回家，但租赁费不低，四天时间要两千元。她包括陪吃、陪喝。讨论到真事的时候，女孩抻出两根指头。

经几轮磋商，女孩又抻出四个指头。说：你同意，我就去，不愿意就散。俺跟你回家容易吗？装孙子！节日加班还双工资哩，俺还有加班的加班。

汪经常说：你跟我回去，我妈会给你见面礼哩。

女孩问：给多少？

他说：你是未来的儿媳妇，我感觉，不会给你单数，起码给两千。加起来四千，含加班的加班费了。若我妈给一千，我加一千补齐，行吗？

在回家的路上他说：从现在起，你就叫孟丽娜，我喊你小孟。

孟丽娜的小红嘴儿一撇鼓到耳门子，说：跟你回家，隐名埋姓地下工作者样。

经过一天半夜的颠簸，汪经常和孟丽娜走进了小村。孟丽娜把自己收拾得很鲜亮，她上衣粉红的半大衣，软牛仔裤，配黑色深筒皮靴，头发烫成大波浪，小红嘴抿着，穿金戴银俨然像一位新娘子。后边跟一群屎娃子看新媳妇的。边跑边一翻一翻地唱：新媳妇新，新媳妇新，新媳妇妈妈有半斤！

孟丽娜是见过世面的，但也装着害羞地脸红。

汪经常把孟丽娜介绍给父亲，说：爹，这是我女朋友小孟。小孟比我小四岁哩。

孟丽娜一句：汪叔叔好！声调软软的，黏黏的，颇甜美。

汪经常父亲高兴毁了，连说：好、好、好哇。你娘去街上打酱油去了，这就回来。你们先到屋里歇歇，喝碗水。

汪经常一看，娘给床上换了新铺新盖。

大院里的孩子报信，告诉汪经常的母亲，说：你儿媳妇来了。

他母亲还有点小紧张，第一次跟媳妇见面啊。

孟丽娜和汪经常迎出屋来，喊：娘，这是我女朋友小孟。

小孟一声：婶婶儿好。

他娘看见她却惊呆了。手里的酱油瓶掉到地上，“啪”，碎了。

他娘把他拉到一边，问：这不是你小叔叔的女朋友吗？咋成了你的！

原载 2016 年 3 月 29 日《劳动时报》

女毒枭

尚纯江

列车上。我在看一本书，一本医学书籍。我出差时总爱带一两本书。窗外，山川河流迅速后移，红彤彤的夕阳被列车远远甩在后头，隐在一道山峦后边去了。

“妈妈，妈妈。”

随着一声女童的叫声，一阵芬芳飘来。抬头，对面的座位上来了一位年轻妇女。女人一手拎着一只黑色皮箱，一手牵着一个三四岁的女孩，径直走到我对面的座位上坐下。随之几个人也上了车。其中一个是个子高高的男人，也拎着一只黑色箱包，坐到我身后的座位上。

这时，我才知道列车停靠在一个小站上。我望了女人一眼，发现女人身材高挑，面目姣好，一头黑发如乌云堆积；女孩一头乌黑的短发，齐眉的刘海，一双乌黑明亮的大眼睛忽闪忽闪的，好奇地望着我。

“小朋友，你叫什么名字啊？”我没有女儿。对女孩，我怀有一种特别的情愫。

“我叫琼琼。”女孩怯怯地说。

“琼琼！”那个被琼琼叫作妈妈的女人把黑色的箱包塞到我的座位下面，“对不起，先放你这儿一会儿。”又回过头去说：“琼琼，别打扰伯伯读书好吗？”

女人显然不想让女儿跟我接近，把女孩搂在怀里，用警惕的目光看着我。现在，人与人的关系很复杂，这我理解。列车开动了，我又埋下头读书。可我发现，那女孩总是用一双好奇的目光盯着我。我看她时，她躲在妈妈的身后，害羞的样子。我看书时，她又用一双小手比成手枪的模样朝我瞄准：“啪勾。”琼琼的调皮勾引起我的童趣来，我也把手指弯成手枪：“啪勾。”

琼琼妈盯了我一眼，笑了：“这孩子，特调皮，别耽误你读书。”

我说没有事，放下书，继续与孩子玩耍。

“大哥，你是……”女人问我时，手里抚弄着一把汽车钥匙。

“我是医生，到郑州开学术会。”

琼琼妈有一搭没一搭与我闲聊。她告诉我，她是一位教师，在山区一座乡村小学教学。暑假，带女儿去看她老公。她老公是郑州一家公司的白领。孩子憋屈久了，一坐上火车，看啥都稀奇。

列车在疾驰，光阴也在列车的轻颤中一点点过去。列车外，时而一片漆黑，时而闪过一片灯火。夜很深了。我身后响起了鼾声。

“大哥，你先替我照看孩子好吗？我方便一下。”女人立起身来看了看前后，昏黄的灯光下一片鼾声。

“那你去吧。”

女人瞅了一眼我座位下面的箱包，把琼琼交到我的怀里。那把像汽车钥匙一样的东西一直拿在她手里。

“伯伯，我饿。”琼琼见妈妈走了，仰了脸看我。

我无奈地摇了摇头。我是一个很随便的人，吃饭总是就近解决。在车上，我买泡面吃。想走开给琼琼买吃食，却又怕人偷了女人的箱包。

“我这里有香蕉。”背后那人不知什么时间醒来，把一把香蕉递给我，然后又埋头睡去。

我剥了一只香蕉让琼琼吃。琼琼吃完了一只香蕉。我正要与琼琼讲故事，琼琼突然抽搐起来，嘴里吐白沫。这是癫痫的症状。我是一位中医，行囊里带有银针。治疗癫痫，我有丰富的临床经验。在我给琼琼扎针时，琼琼妈回来了。

“琼琼怎么了？”琼琼妈一脸的惊恐，但她还是先检查了一下我座位下的箱包。

“琼琼得过癫痫吗？”我问。

“得过啊，可是好久没有复发了。怎么这就……”琼琼妈脸色变得极为紧张。

“妈妈。”琼琼悠悠醒来。我拔下银针，说：“没有事了。”

“不许动！我是警察！”

此时，我身后的高个子男人站在我们面前。手里，拿着一把手枪，瞄着女人。

“放下你的枪！退后！”突然之间，琼琼妈姣好的面容变得狰狞无比，她手里拿着那把钥匙，“这是炸弹遥控器，我手指只要轻轻按动按钮，你，你，你，还有这列车就要飞上天！那医生座位下的箱包就是炸弹！”

“炸弹？你看我手里是什么？”琼琼妈的身后，一个农民打扮的男子手里也拿着一只箱包，与女人放到我座位下的那个一模一样。打开来，里面赫然是拆解了的炸弹。

女人束手就擒。

我也被戴上手铐。之后，我被带到了公安局。此时，我身后的那位乘客已换上了一身警服。我把自己的身份告诉了他，他出去了。约莫有一个小时，他回来了。他紧紧握住我的双手："谢谢你，配合了我们的抓捕工作。"

"你什么时间调换了箱包？"我困惑不解。

"就在你给琼琼扎针的时候。"

"那女人……"

"她是我们追捕的毒枭，我们已经追捕了很久。上车前就要抓捕她，却得知她的箱包里有炸弹，身边还有孩子，正无处下手。不想你帮助了我们，使我们得以调换了炸弹。"

"那女孩呢？"

"那女孩是女人的女儿，是女人走私毒品作掩护的。正是你与女孩的玩耍麻痹了女人，才使我们顺利抓捕。"

我愕然了。此时，我感到后怕起来。我哪里知道，此次旅行，已经经历了一场生死瞬间。

原载 2016 年第 1 期《湘乡文学》

人性的一瞬

徐树建

黄海骑着一辆旧电动车在街上没精打采地游荡着，一晃来到城里一个多月了，他是干装修的，本指望城里钱好挣，谁知一个月下来仅仅揽到些零工，连肚子都填不饱。

正心不在焉地骑着，车子忽然一震，随即铛的一声响，好像碰着了什么东西。黄海也没往心里去，还是梦游似的往前骑，骑了一段忽然醒悟过来，刚才不是碰着了什么东西，而是自个电瓶车后架上挂着的工具包内掉了东西。

黄海连忙刹车，回头一看，破旧的工具包大敞着，电锤掉了，全部装修工具中也就电锤最值钱了，再往身后一看，有个人正弯腰拾起电锤。

黄海忙飞速骑回去，说："对不起，电锤是我的。"

谁知意外发生了，拾到电锤的瘦子一翻眼睛，蛮横地说："外地佬，想钱想疯了是不是？这明明是我的，你说是你的，有证据吗？"

黄海大惊，光天化日之下，竟有这样的怪事！便分外恳切地说："这是我刚刚掉下的，你看，我工具包内就缺这个……"

瘦子瞪大眼睛指着黄海怪叫起来："你工具包内缺这个又怎么样？告诉你外地佬不要没事生事，不然叫你吃不了兜着走。"

瘦子说着拎着电锤就要开步走，黄海心里又急又慌，拦着瘦子不让走，两人顿时纠缠起来。就在这时陆续围上好多路人，大伙听了一会儿听明白了，这个说："你们光吵吵有什么用？还是报警吧。"那个说："这儿没有监控，报警也没用。"

这时有人一拉黄海，说："我说，东西甭管是不是你掉的，我只奉劝你一句，算了，有这空儿多揽笔生意就够了。"

更多的人附和说："这事儿没法说清楚，谁也没看到，即使电锤真是你掉的也只好自认倒霉。"

这时瘦子瞅空挣脱黄海，拎着电锤得意扬扬地走了，黄海心里一千个不甘，牙齿咬得咯咯直响，拳头都攥得骨节发白了，可又能怎么样？

就在这时有人轻声惊叫起来："我知道真相了，电锤一定不是瘦子的，你们看！"

大伙一听忙循声看去，只见瘦子从路边一家收废品的屋内出来了，双手是空着的——他竟把一台电锤当废品卖了！

黄海暴跳起来，说："我跟他拼了！"慌得众人拼命拉住他，说："你过去又能怎么着？打他还是骂他？跟这种人没道理好讲的。"

黄海眼内都要迸出血了，呼哧呼哧地喘，就在这时又有意外发生了：一个中年男人从废品收购站内走了出来，然后径直走过来，他的手里正拎着那台电锤。

中年人一直走到黄海面前，说："你刚才和瘦子争吵的经过我全看见了，这个，还给你，肯定是你的，要是是瘦子的话能当废品卖吗？多好的电锤，50块钱就卖给我了。"

中年人说着递过电锤，所有人全愣住了，包括站在不远处的瘦子，显然他也有些发蒙，一脸迷茫地看着这边。

黄海一下子回过神来，手忙脚乱地接过电锤，又一边掏钱包，一边心虚地问道："谢谢你，多少钱？"之所以心虚，是希望中年人加的价不要太高了，自个钱包太瘪了。

中年人笑了起来，双手摁住黄海掏钱的手，说："不要钱，一分都不要。"

大伙又是一愣，几十米开外的瘦子也斜着眼直勾勾地盯着，黄海简直不敢相信自个的耳朵，说："不要钱？……为啥？"

中年人诚恳地说："你一定才来这座城市吧？你需要这个，还有，有的外地人跟你一样，初来乍到就遇上这样的事，便认为当地人全部欺生，从而憎恨所有的当地人，甚至一气之下采取过激行为。所以我要告诉你，并不是所有的人都像刚才那瘦子一样，你瞧，现在围在你身边的人都是关心你的人，实际上当年我才来立脚时，也得到过大伙不少的关照。"

黄海挠挠头，咧嘴笑了起来，这是发自内心的笑，然后大伙也快乐地笑了起来。

就在这时有人像阵风一样急速跑过大伙身边，那人一边埋头猛跑，一边手一扬，一个小纸团准准地砸在收废品的中年人身上。

那不是小纸团，是一张 50 元的纸币。

黄海望着那远去的背影，再次惊叫起来："是瘦子……"

原载 2016 年第 10 期《上海故事》

山 头

朱红娜

郝老师人生最大的财富就是这张照片，在空荡荡的破旧房子里，墙上这张镜框精美的 24 寸彩色的照片显得异常夺目与靓丽，给整个房子增添了无限的光辉。每天，郝老师都会小心翼翼地擦拭一遍，让它一尘不染，每当看到这张照片，郝老师就感觉热血沸腾，心潮澎湃。

谁说不是呢，全村甚至全镇全县人们都羡慕郝老师，除了电视上看到市长，谁还见过真正的市长呢？而郝老师是被市长亲自接见授牌的。

五年前，市长刚刚从副市长成为市长，就把教育当作最重要的工作，发动了一场“寻找全市最美教师”的大型活动，在山旮旯里秀山村待了三十几年的郝老师，突然就像埋在某个角落的金子，被人“挖”了出来，金光闪耀，市长看到眼前一亮。

其实当年郝老师不是不想走出大山，是走不出大山。走不出大山不是因为他腿脚不好，是因为他有高中毕业的文凭。秀山村唯一的老师退休了，学校成了无人看管的荒野，本该规规矩矩坐着上课的学生就像笼子里放出的公鸡，满山遍野乱跑。高中毕业的郝民被村支书强推硬拽推上了讲台，成了郝老师。当同龄人纷纷出门打工的时候，他也曾经想不辞而别，但一张张熟悉稚嫩的小脸仿佛一块块磁铁黏住了他，使他动弹不得。当同龄人的儿子成了他的学生的时候，郝老师依然孑然一身。村支书做通了村里一位患有小儿麻痹后遗症的女孩的工作，嫁给了郝老师。新婚之夜，郝老师跑到学校后面的山头大哭了一场，坐到天亮。

此后，郝老师就把学校当成了家，把学生当成了儿女。一批批学生毕业后都走出了大山。只有郝老师陪着这越来越少的学生，最后学校只剩下两个学生。

郝老师从未想过自己有一天会以这样的方式走出大山，走进市里，见到市长。当市长亲手将大红匾牌授予郝老师的时候，郝老师的手抖得差点将牌子掉到地下。镁光灯照相机闪得郝老师头晕目眩，但市长亲切的笑容让他感觉很温暖。第二天，市长给他授牌的大幅照片就刊登在了报纸的头版头条。他不惜花费相当于他半个月工资的钱将照片放大装框，端端正正挂在房子最显眼的墙上。

几天后，郝老师接到县教育局的文件，文件标题是：关于任命郝民同志为秀山村小学校长职务的通知。

接下来的一个多月，郝老师还被要求在全县乡镇做轮回事迹报告，秀山村小学被迫放假，郝老师只好利用周末给学生将课补上。

自从被市长接见了以后，每天，郝老师准时收看新闻，看到电视上的市长神采奕奕，他就好像自己上了电视一样兴高采烈。他逢人就讲市长如何如何重视教育，如何如何待人和蔼，如何如何……他把所有他能想到形容好人的形容词都用在了市长身上。

好久没在电视上看到市长了，这天，郝老师像往常一样准时等着看新闻，让他目瞪口呆的是，电视上报道，市长因为贪污违纪被“双规”了。郝老师胸口一阵揪痛，他捶胸顿足看完电视。

尔后，郝老师仿佛一头暴怒的狮子，一跃把照片扯了下来，高高举起，用力往地上一摔，“哐”，精美的相框顿时摔成碎块，郝老师仍不解恨，迅速捡起碎块，连同鲜艳的照片，一把丢进厨房正在燃烧的柴火堆里，火光映照中，郝老师的泪水晶亮晶亮的，滴滴答答。

几天后，郝老师接到县教育局的文件，文件标题是：关于免去郝民秀山村小学校长职务的通知。

这一夜，郝老师再次跑到学校后面的山头大哭了一场，又坐到天亮。

原载 2016 年 8 月 21 日《吴江日报》

赵家米铺

赵长春

三教九流，各有其道。五行八作，各有其味。

赵家米铺，也如此，米味儿、糠味儿四时不断。远近走过，即有那种淡香，过于敏感的，即过敏的人，甚至啊哟—来个喷嚏，得揉揉鼻子，心里头赞一声，这米，香味冲。

赵家米铺前店后仓。店门正对大街，后仓临河，袁店河。从汉口过来的米船，就在赵家米铺后门处的自家码头停下。青条石，高台阶，长跳板。伙计们背米、跳板悠然，人影晃荡水中。看着这些，赵掌柜就想也背上一两包米。

赵掌柜是靠着背米起家的。他不止背米，还看老板怎样验米、卖米，包括跟着出去看米、选米。他不多说话，心里头学了不少本事，三十岁从汉口回到袁店河。十年打拼后，就有了这袁店老街上的“赵家米铺”。人们对他有份敬，总讲“赵掌柜背米起家”的故事来激励自己和别人。

对此，赵掌柜在心里笑笑。

对于如袁店河水流淌的日子，赵掌柜也是笑笑。他有一句口头禅：急啥？再急，也得慢慢来。

这句口头禅有深意，是赵掌柜人生经历中的一件总结。那年，他还不是掌柜，还在街头摆摊售米。进了腊月，快小年了，他从南阳贩了一车好米回来，想趁着年关，赚些钱。车是骡拉的，两匹大骡，悬了铜铃，咣咣地响。风急雪猛，过丰山脚下的袁店河老桥时，天色已晚，雪野茫茫。桥头，一老人团卧雪中。他的恻隐之心顿起，坚持扶起老人，安放在米车上，绕道去了药铺，给老人看了病，喂了饭。如此一耽误，晚上就歇在了药铺，陪护老人。

也巧，就在当晚，罗汉山上的红枪会早已通过骡夫对他下了眼线，准备在袁店河的沙湾里劫他的米车！见他心好，所雇的骡夫对他说了这一心事。骡夫说："掌柜的，您心好，救人一命，也救了您自己啊……"

赵掌柜就握紧了骡夫的手："以后，我就雇定你了！"

米铺卖米。大米、小米、香米、糯米等，好米当然是富有人家买去，糙米多是小户人家买的。赵掌柜就坐在柜后，看人流，看伙计量米。量米用升、斗量时，吆喝，报数。别的不要求，赵掌柜要求升尖、斗满，有赚的即可。薄利就多销。如此，来买米的就更多。不少人家成了常客。谁家喜欢什么米，谁家该来买米了，谁家买米的唤什么，赵掌柜都记得清。这也是本事。

还有个本事，是赵家米铺的大本事，别的米铺不干，也不敢干。逢腊月初八，逢五月端午，赵掌柜要开棚舍米：熬腊八粥，煮粽子，都用一个特大号的大铁锅。那锅特大，别的不说，熬粥，二百斤大米进去刚盖锅底。煮粽子，能管全袁店镇的人吃。

如此。逢这两天，赵家米铺前人满为患，不再做生意。腊八就舍粥，为穷人，为要饭的，热气腾腾，黏黏稠稠。端午就煮粽子，头天晚上天一擦黑就上锅，直到端午早上，各色的粽子，摆开，摆在长长扁扁的竹匾里，任人来吃。民国三十年大旱，赵掌柜竟然舍了四个月的粥，从九月到腊月！包括罗汉山上的"红枪会"人员，也换了衣服，下山喝粥。赵掌柜一视同仁。人们都说好。

谈起赵掌柜的好，还有一件。每进入腊月二十三，赵掌柜就把好米掺入糙米，还当糙米卖。"过年了，都吃点好米吧。"晚上，在柜上，他看着伙计把一半好米、一半糙米掺匀，随手捻了几粒，在嘴里一嚼，点点头。

——这都是好多年前的事了。新中国成立后，这样那样的运动，有的人要找赵掌柜的碴儿，就有人站出来拦挡；还有，会把自己的孩子叫回去，"啪！"一掌："你吃饱了撑了！没有赵掌柜，也不知道你在哪里？爹早就饿死了！"

找不到赵掌柜的碴儿，就有人在一个晚上把赵家米铺前的那口大铁锅给砸了，指把厚的铁锅裂纹五六道，就没法熬粥、煮粽子了。其实，已经好几年不这样了，那锅就锈蚀着，又加上这碎裂，没有用了。袁店镇老街改造时，大铁锅就被移到了墙角。时间长了，里面长出了一棵槐树。树越长越高，高出了屋檐，高高地看着老街的变化。根越长越粗，竟翻出了锅沿，扎出了缝隙，瘤篱疙瘩着，把铁锅紧紧地抱住，锅与树一体，搬不动，移不走，成了袁店镇的一景！

有景就得有名儿：锅槐。

也有人称为“郭槐”，说是唐朝大将郭子仪来过袁店街，用此树拴过马，人称“郭槐”。瞎扯的。依我说，“赵槐”最合适。

原载 2016 年第 6 期《小说月刊》

偷桃记

秋　人

桃园在山脚花溪旁，守桃园的老铁头住在溪边的草屋里。花溪是一条小河，河上有一座长满青苔和狗尾巴草的石拱桥。老铁头也不是经常住在草屋里，他只是在桃熟时节才来住上一阵子。以前，老铁头还有一条鸟枪，是防从山上下来的野兽的。后来鸟枪缴公了，老铁头就养了一条小花狗守桃园。有人从石拱桥上过来，小花狗就汪汪叫，提醒老铁头提高警惕。正是初夏，桃子开始成熟了，鹅蛋大的桃子一嘟噜一嘟噜把桃树枝压弯了腰。有几棵长在溪边的桃树，果实都已经挨着水面了。河水流过来，荡得桃枝乱晃，枝头的桃子红着脸跃跃欲试要跳到水里去玩耍，却总也跳不下去。石娃他们以前也去偷过几次桃，先是被老铁头的小花狗发现，接着被老铁头提着竹烟杆撵得像小鸡崽似的乱跑。有一回，跑在后面的满伢被老铁头追上了，被他提着耳朵押犯人似的直接押到满伢家里，满伢被家人好一顿修理，吓得石娃他们好久都不敢打桃园的主意。石娃他们领教了老铁头的厉害，打定主意要报复他一回。他们商议了很久，最后终于想出了一个办法。桃园对面的溪岸边有一个水埠头，经常有人来挑水、洗衣。夏天，人们还借溪边的水柳屏蔽在那里洗澡。天很热，水柳上的叫姑姑一阵一阵地聒噪着；青蛙躲在水草里咕嘟咕嘟冒气泡。石娃、满伢和土狗仔他们脱得精光，借水柳棵子掩护悄没声息地下了水。老铁头正躺在草屋的竹床上摇着蒲扇打瞌睡。他平时好喝二两，喝了就爱迷瞪。大中午的，老铁头正睡得迷迷糊糊，忽然听到狗叫，一下就把瞌睡赶跑了。他一骨碌爬起，提了竹烟杆走出草屋。白花花的日头晃得他睁不开眼睛。小花狗还在溪边叫。他深一脚浅一脚赶过去，看见小花狗正对着溪水汪汪。溪水还像平时一样荡得桃枝乱晃，枝头上的桃子跳动着，调皮地挑逗小花狗：来呀！来呀！有本事你跳下来咬我呀。老铁头站在溪岸上迷迷瞪瞪看着溪水，忽然明白就是那些调皮的桃子在逗引小花狗，这个天真的傻家伙。“你看见啥了？”老铁头朝小花狗扬了扬烟杆，“啥也没有你叫个鸟，还不给我回去？”小花狗屁颠屁颠跟着老铁头回了草屋。老铁头和小花狗一走，水面上忽然扑哧扑哧冒出来几个小脑袋瓜，抹脸、喷水、摇头，小鸭子一样叽叽嘎嘎欢笑，正是石娃、满伢和土狗仔他们。老铁头回到草屋继续瞌睡。刚闭上眼睛，小花狗又叫了起来。这傻东西，又去溪边玩了？或者是发现了新情况？他不放心，再一次爬起来走出草屋，小花狗果然又在溪边叫。这狗日的，活得不耐烦了？老铁头骂骂咧咧赶到溪边，看见小花狗还像刚才那样仰着脖子对着溪水叫，水面上还像刚才那样除了那些调皮的桃子之外啥也没有。这一回，那些调皮的桃子不仅是笑小花狗了，连老铁头也一起嘲笑了，笑他和小花狗一样傻。老铁头气不打一处来，抡起烟杆对小花狗砸过去，小花狗夹起尾巴一溜烟跑了。

老铁头回到草屋想再迷瞪一会儿，没等他躺下又听到小花狗叫了起来。他再也没有瞌睡了，坐在那里抽闷烟。这狗东西今天是中邪啦？狗日的，你爱怎么折腾就怎么折腾去吧，老铁头再也没有兴趣去管它了。抽了两袋烟，小花狗还在叫。老铁头烦躁起来，这狗日的要是一直这样叫个不停，还有安静日子？一定是溪边那几个成精的桃子惹的祸，得立即去收拾它们。反正这些桃子也已经熟了，正好摘了让九奶尝一尝鲜。一想起九奶，老铁头麻木的心就软了几分。他是个孤儿，大冷天饿昏在雪沟里，是拾柴的九奶救了他一命。九奶是个孤寡老人，老铁头把她当亲娘待，冬天送柴火，热天送凉粉，时时惦记着她。老铁头带了摘桃的工具赶到溪边，一看傻眼了，水面上那十几个桃子不见了，没有了负重的桃树枝弹回到半空中，开心地在风中摇曳。难道这些桃子真的成精逃跑了？老铁头不相信，拿眼往对岸一瞭，看见几颗小脑袋在柳棵子后面一晃就不见了。他恍然大悟，原来几个小鬼头利用小花狗和他演了一场精彩的“狼来了”的闹剧。老铁头气得不行，连桃也忘记摘了，带着小花狗跨过石拱桥去追。追到村头，一眼看见了九奶的小屋，老铁头改变了主意，要先去看看九奶。到了门口，隐约听到屋里有人说话。老铁头好奇，探头往窗户里一看，大吃一惊，他看见石娃、满伢和土狗仔他们正在给九奶削桃子吃，九奶一张脸笑成一瓣老菊花。小花狗听出了石娃他们的声音，正张口要叫，被老铁头一伸手捂住了嘴。然后，老铁头带着小花狗悄悄离开了村子。

原载 2016 年第 5 期《精短小说》

卖桃子的梅子

谢大立

梅子到工地上看叔叔，提了筐自家产的桃子，许多人追着她问，桃子是卖的吗？她说送人的。那些人说，这桃子长得多好！还有人说，姑娘也长得和这桃子一样的好。她的桃子是水蜜桃，城里人说她长得像水蜜桃一样，梅子心里的滋润，就如吃着水蜜桃一样。

回家后，梅子就找丈夫磨蹭，要进城卖桃子。梅子家的桃子以前是卖给贩子的。梅子说由她进城卖桃子，可以多赚一半的钱。为钱是次，为城里人夸她的那些话是主。她从北山嫁来北垸后，从来没有人那么夸过她，北垸的人只是夸她会干活，是个不错的媳妇。

从此，梅子家的桃子，就由梅子自己来卖了。

这一天，梅子下了班车，挑着桃子往菜市场去。班车站到菜市场的半边街，全是美发店，不时地有女人的声音对她喊，卖桃子的，停停，我们要买桃子。她回答她们，不卖！继续往前走。那些女人她听说过，贱！她瞧不起她们。北山的女人嫁北垸，北垸的女人进城里，进城里尽干些贱事。过年时，邻居家的小妹花枝招展地从城里回家，她听说那小妹在城里就是在美发店里做事，碰面，她只斜着眼睃了她一下，搭都没有搭理她。

梅子不把桃子卖给她们，还有一个原因，她们天生一副占便宜相，每次买几个，还要先尝一个，尝了还要压她的价。不像市场里那些顾客大方规矩，是什么价就给什么价。她们还对她的桃子一点也不知道爱惜，粗野地翻来翻去。她的桃子可是水蜜桃啊，皮一破，汁液流得到处都是，别的桃子也跟着没有了看相。

卖水蜜桃的……喊她的是几个小青年。

梅子不理他们，城里的小青年，和北垸进城的女人一样，都不是什么正经货。她不理他们，他们就挡她的去路。梅子说，干啥？想绕开继续走。他们把她围起来，嬉皮笑脸地说，当然是买你的桃子啦！梅子看看周围，周围没有人，只有几个靠着美发店门框，嗑着瓜子，像猎犬一样寻觅着猎物样的女孩子，对她和几个小青年视而不见。

梅子让步说，要买桃子跟我到菜市场去。他们仍然嬉皮笑脸地说，我们就要在这里买你的桃子。说着，有的拉住了她的担子，有的拽住了她的胳臂。她有点害怕了，说，你们要耍流氓我就叫了。他们说，你叫吧，叫破嗓子吧，这地方本来就是耍流氓的地方，谁不知道你们北垸的女人进城是为了什么。

梅子不能让他们把她和北垸的女人搅在一起，赶紧说，我是北山的。他们说，北山的女人嫁北垸，嫁到了北垸就是北垸的，就别跟哥们装正经了……趁她不备，一只手就捏了把她的奶子。梅子红着脸说，你们再耍流氓我真叫了。其中有一个的手又向她的另一只奶袭来，说，你他妈的别不识抬举，哥们看得上你是你的造化……

这可如何是好？梅子的胆都要吓破了。就在这时，美发店里出来一个妖媚的女人，朝他们走过来。梅子的眼睛一亮，邻居家小妹！她过年看到的邻居家小妹就是黑黑的眉，红红的唇，脸上像糊了层面粉……梅子像盼到了救星，讨好地冲女人一笑，女人回她一笑后，冲几个小青年说，欺负一个乡下来卖桃子的女人算什么英雄好汉……

小青年们的目光一起集中到女人的脸上，很不屑地说，你想为她出头，就凭你？你也是北垸的吧？女人说，就算姑奶奶是北垸的吧。几个小青年一起骂骂咧咧起来，就凭你这个北垸的烂货，也配姑奶奶三个字。女人说，牛哥都叫俺姑奶奶，牛哥你们不会没听说过吧！小青年们仿佛被她的话镇住了，不吭声了。女人猛地转过身朝美发店走去，边走边冲着屋里喊，给牛哥打个电话，叫他派几个人过来一下。小青年们窃窃私语，牛哥，黑社会的北霸天，她难道是赛金花……边说边脚底抹了油似的离去。

梅子脱了身，很感激，望着女人的背影想，该不该问她一句是不是邻居家小妹？见女人已径直走进了美发店，梅子犹豫了犹豫，挑起担子往菜市场走。走着，梅子余悸惴惴，刚才要不是那个女人出面，后果真的是不堪设想。那个女人救了自己，自己可不能就这么算了。梅子停下来，找出个黑色的塑料袋，把一些最大最红的桃子挑进袋子里。她决定把这些桃子送给那个救她的女人，那些喊着要买她的桃子的女人中说不定也有她，没卖给她们桃子叫她十分内疚，把这些最好的桃子送给她们，也是一种歉意。如果那个女人真是邻居家小妹，那就再好不过了，认识了，以后在城里碰到了事就不用怕了。

一个小时后，梅子提着桃子走进了美发店。屋子里光线很暗，几排沙发上窝着几个一模一样的女人，都描着黑眉，涂着红唇，脸上像糊了层面粉，根本让她看不出她们谁是谁。她说，我找那位北垸来的小妹。几个女人一起说，我们这里没有北垸的。她说，她刚才明明说她是北垸的。她们看着她手中的桃子说，你说是北垸的就是北垸的吧，你是来给她送桃子的吧？要是，就交给我们吧。

梅子把桃子交给她们，叫她们一定转交给那位小妹，出来就直奔车站。坐在了回家的车上她还在想，在那么危险的关头，她都敢出面救她，她来报答她，她又干吗不肯露头呢？

原载 2016 年第 3 期《东风文艺》

吃过了吧

童树梅

陈春的父亲老了，可他偏要一个人住在乡下，说离不开老家的清水黑土，更离不开老家的老邻居们，可陈春哪能放心得下，在再三请求之下，老父亲终于进城来了。应该说自打父亲进城后陈春还是很孝顺的，能推的应酬一律推掉，能抽出来的时间全部抽出来，用来陪父亲下棋散步喝茶聊天，可是最近却有了些烦恼。

无论是在电梯内，还是在小区散步，只要见到人，尽管素昧平生，老父亲总会笑眯眯地问上一句："吃过了吧？"而对方听了后毫无例外的一脸茫然，或者面无表情地昂头扬长而去，甚至还有人面露鄙夷之色。

这样的遭遇一多，陈春便有些尴尬了，趁没人时低声说道："爸，以后不要认识不识的都打招呼，咱老家兴这个，可城里人不兴的……"

爸哩，一直一脸乐呵呵的，好像根本没觉察到人家的冷遇，说："儿子，你怎么知道城里人不兴这个的？再说了，即使他们不兴这个，我主动打招呼总不是坏事吧？城里人不是天天说要讲礼貌吗，我这就是讲礼貌，不好吗？"

陈春听了苦笑一声，知道父亲老了，多年的生活习惯一下子改不过来了，慢慢来吧。

但是日子一天天过去了，陈春发现自个儿不仅没能改变父亲分毫，事态的发展反而出乎意料。

这天黄昏时候，陈春照例陪父亲在小区花径上散步。正走着，迎面过来一人，面容严肃不怒自威，一身名牌西装十分得体，一看就是个混得不错的人，这样的人向来不苟言笑。陈春记得父亲曾经问候过这人，当然了，人家的反应是一脸漠然，好像根本没听到。就在这时父亲就像遇见自家大侄子似的笑吟吟地又开口了："他大哥，吃过晚饭了吧？"

令陈春暗吃一惊的是，那"西装大哥"竟然破天荒地挤出一丝生硬的笑容，然后语调不太自然地说："吃过了，这个，大爷，你也吃过了吧？"

再往后事态的发展越发奇怪：给父亲回以笑容的人越来越多，并且回以问候的人也越来越多，他们脸上的笑容也越来越自然。最令陈春感到惊讶的是那个胖大婶。

说起来那个胖大婶跟陈春有过过节。有一次陈春正散步，一只小狗忽然蹿出来，"哇呜"咬了陈春一口，吓得陈春忙不迭地一跳，腿没咬着，可裤管给撕扯坏了。

这时小狗主人，也即这位胖大婶过来了，陈春当然不会让她赔裤子的，只是说了一句："把小狗拴拴好。"谁知引得大婶大怒，说："你这么个大男人怎么跟小狗一般见识呢？你是人，它是畜生知不知道？"可把陈春噎得，但对这样的人一点办法都没有。从此后陈春见着胖大婶便"目中无人"，而胖大婶同样眼高于顶。

而父亲每次见了这位大婶都打招呼，不出所料，大婶每次总是从鼻子内哼一声，一脸不屑地离开。

可这一天情况有了变化，当父亲再次一脸笑意地问大婶吃过没有时，大婶竟回了一句：“吃过了吃过了，他大哥，你也吃过了吧？”

陈春听了发了半天愣。

这天父亲回老家了，陈春怎么留也留不住，因为种瓜种豆的季节到了，父亲说种瓜得瓜种豆得豆，如果你不睬土地，那她也什么都不给你。就这么简单。

父亲回老家后陈春便独自散步，就在这时意外再次呈现。先是一位大爷见着陈春问道：“他大哥，你爸呢？”

陈春忙立住脚，一五一十地告诉人家父亲暂时回了老家，那大爷听了点点头，又笑着一竖大拇指，说：“你爸是个好人，你也不错，对你爸特好，我们都看在眼内哩。”

陈春听了一时间心潮起伏，正接着散步时迎面撞上那位西装大哥，还离着老远，西装大哥忽然一脸友善地笑，说：“你好，这个，你爸呢？”

陈春忙回道：“你好你好，我爸回乡下了。”

话一出口，陈春心里舒坦极了，原来问候陌生人并不是件令人尴尬的事。而当有一天遇见牵着小狗的胖大婶时，陈春发觉自个儿说话顺溜极了，简直是脱口而出：“你好，遛狗呢？”

胖大婶一脸灿烂的笑，说：“嗯啦，你好，对了，你爸呢？好长时间不见他了，到哪了？怪想他的。”

再然后，陈春发觉小区内大伙不再像以前一样脸上板板的了，而是挂着友善的笑，试探着互相问候起来。

种瓜便得瓜，种豆便得豆，父亲说的一点都不错。

原载 2016 年第 8 期《三月三》

灯 花

徐　风

三儿在家的时候灯花几乎天天开，兰子的笑容更是天天比灯花还灿烂。今晚灯花会不会开呢？娘说灯花一开就有亲戚或喜事来。兰子直勾勾盯着跳跃的火苗，好看的大眼睛里有忧郁，有期待。

那天，还差半个月就定亲了，三儿却急匆匆跑来告诉兰子要去打仗，杀日本鬼子。

兰子说：俺要是个男人早去了，你不愧是俺的三哥哥！

三儿挠着头皮说：定亲的事得往后拖拖了。

兰子说：定不定亲俺都是三哥的人！

三儿走了，留给了兰子一个大丈夫的背影。

三儿走了，兰子却哭软了双腿。

兰子恨日本人，恨打仗。

那晚，兰子做了一个梦，梦里灯花又大又亮。

第二天，兰子早早爬了起来，把辫子梳洗得又黑又亮，去了三回村口的老槐树。

中午的时候，听从镇上回来的村人慌里慌张地讲日本鬼子就要打过来了。兰子不信，三哥不就是为了不让鬼子来糟蹋村子才去的吗？吃败仗了？那三哥……兰子不敢再往下想，身子顺着老槐树出溜到地下。

隐隐的有噼里啪啦的声音，像放鞭炮。兰子不知道咋回的家。

兰子，娘跟你爹都收拾好了，不管是真是假，去山里躲躲吧，村里都快走光了。你爹还得到处看看有没有落下的人，咱先走吧。兰子娘瞅了眼破旧的院子，抹着泪，牵着兰子的手跟着村人往山里拥去。

黄昏时候，鬼子果真进村了。躲进山里的村民瞅着村里浓烟四起，火光冲天，无不咒骂痛哭。兰子只关心她的三哥哥，她恨不得变成一只老鹰飞下山，把鬼子挨个啄死，替三哥哥报仇。

鬼子走了，却留下了一支村人们称作“二鬼子”的队伍驻守在镇上。

鬼子走了，哪怕是在梦里灯花也不开了。兰子没魂了，整日嘴里就俩字：三哥。

三儿没死，三儿回来了，而且还做了保安队队长。消息像长了翅膀。

汉奸！走狗！畜生！真没想到！村人们找不到别的词。

咋会这样呢？听到消息的兰子几乎哭晕过去，觉得她的灯花这辈子不会再开了。

三儿回家了，而且前呼后拥，大摇大摆，神气活现。

三儿的爹娘紧闭屋门破口大骂。

三儿知道爹娘接受不了，要不也不是他三儿的爹娘了。三儿阴着脸大手一挥，转身往兰子家走去。

兰子爹把老婆和闺女关在屋里，一只手掐着腰，一只手握着旱烟袋，看那目光恨不得把三儿生吞活剥了。

三儿讪讪一笑：叔，俺不难为你，只要让兰子跟俺走。

提到闺女，兰子爹一个箭步奔到三儿跟前，抡起烟袋杆子就抽：你还有脸见兰子，你个畜生！

几个保安队员哪里容兰子爹如此放肆，枪栓哗啦响动，黑洞洞的枪口齐刷刷对准了他。

不要啊！屋门哐当打开，兰子哭着跑出来，伸开双臂挡在爹面前。

兰子几乎是被架着出了院子。

三儿拍拍身上的土，整了整帽子，一龇牙：叔，您放心，俺不会让兰子受一丁点委屈的。

几天后的夜晚，保安队大院灯火通明，笑语喧哗，好不热闹。

弟兄们，使劲喝啊！他们刚吃了败仗，损兵又折将，一时半会儿不敢轻举妄动，放心喝，来！三儿干掉碗中的酒，摇摇晃晃往洞房走去。

洞房内，兰子神情呆滞地坐在床沿，一对红烛映着她姣好的面孔。三天来她好话说尽，甚至以死相逼，可都不能让三儿浪子回头，心里仅有的一丝美好早已不复存在。她从袖口摸出半把锋利的剪刀反复比画着。蓦地听到脚步声，慌忙把剪刀藏进枕头下，抻了抻衣襟，低着头大气也不敢出。

房门“吱扭”开了，又“吱扭”关了，兰子的心跳到了喉咙。她从眼角的眼光里看到了是三儿进来瞅了她一眼然后又出去了，直到一对红烛着了过半也再没有他的动静。

喝吧，喝得越多越好！兰子又把剪刀摸出来，漂亮的大眼睛里滚落一串泪珠子。

其实此刻兰子心里还残存一丝幻想，她多想这一对红烛能双双开花，哪怕娘说的就是假的。可红烛除了跟她一样只会淌泪，没有丝毫生花的迹象。

约莫又过一盏茶工夫，兰子听得外面动静异常，好像有大帮人冲进了院子，然后就有人哭爹喊娘地叫唤。

兰子似乎觉得发生了啥意外，紧紧握着剪刀，紧张地注视着房门。

少顷，有脚步声再次接近门口，兰子握剪刀的手哆嗦起来。门哐当被推开，爹和三儿说笑着走了进来。兰子张大了嘴巴，剪刀也随之滑落到地下。

红烛越发地亮了，房间里只剩了三儿跟兰子。

咋样，没费一枪一弹就解决了，三儿扳过兰子的肩膀，因为事关重大，不得不演了这么一出，让你受委屈了。俺演得还行吧？俺叔和你配合得也不错，呵呵。

兰子只有眼泪。

俺叔他后悔下手太重了，心疼得不得了。俺说俺还怕你舍不得打呢。

兰子终于扑哧笑出了声，轻轻打了三儿一拳，脸上泛起两团红霞。

再瞅那一对红烛不知啥时候真的双双开了灯花，又大又红。兰子和三儿依偎在一起，仿佛看到这红艳艳的灯花，已在山山野野蔓延开来。

原载 2016 年第 3 期《精短小说》

扶贫

顾振威

腊月二十三，唐道生本想召集班子成员开会，但他临时改变了主意，他想坐在办公室里等人，等一个已给他送了三年香油的乡下老人。

办公室的门终于被人胆怯敲响了，被人轻轻推开了。

唐道生有点惊诧地问:“怎么是你？金满斗怎么没来？”

老歪嗫嚅着说:“金满斗的身子不好，他让我帮他个忙，到你这儿送香油。”

“这样吧，我想去看看金满斗，咱们吃了饭后就上你的村子去。”

“别别别，你不知道情况，千万不能去，你去了金满斗也不会见你的。”老歪一迭连声地拒绝。

唐道生给秘书布置工作的时候，老歪蹑手蹑脚地走了。

金满斗在腊月二十三这天来送香油已有三年了，今年怎么没来？老歪为什么偷偷溜走呢？他去打鼓村金满斗为什么不愿见呢？这一连串的疑问困扰着唐道生。

为解开谜团，第二天吃过早饭，唐道生决定旧地重游前去打鼓村。

坐在车上，唐道生回忆起了这几年与金满斗的交往——

腊月二十三，天空飘着零星的雪花，还是乡长的唐道生领着十多个乡干部，驱车来到打鼓村，给村里最贫困的金满斗送了一袋面粉，一百块钱。

金满斗眼含热泪，嘴唇哆嗦着说："太感谢你们了，天寒地冻的，你们吃了午饭再走吧？"

县电视台的摄像机拍下了这感人肺腑的一幕。唐道生用力握着金满斗布满硬茧的大手，一脸微笑地说："不用感谢我们，扶贫济困是中华民族的传统美德，也是我们义不容辞的责任。你有什么困难就向乡政府反映，我们一定想方设法解决。"

年后干部调整时，唐道生被调到了县林业局。

转眼间又到了腊月二十三，唐道生局长正要下班，推门进来一位七十多岁的老人。老人穿着露着棉絮的棉袄，蜡黄脸上全是汗水。唐道生不悦地皱了皱眉头："谁让你进来的？你来有什么事？"

老人将塑料桶放在地上，眉开眼笑地说："我是打鼓村的金满斗啊，你不记得我了？"

唐道生摇了摇头。

"去年腊月二十三，你到俺村去扶贫，给我送了一袋白面，一百块钱。你们烟没吸一根、水没喝一口就顶风冒雪走了。"

"想起来了，有这事。如今我不在你们乡工作了，不能扶贫了，有什么困难就找你们乡政府吧。"

"我有吃有喝的，能有什么困难？就是有困难也不会为难乡政府的。我天明起来就到乡政府找你了，乡政府里没一个人影，看大门的说你调到林业局了。见不到恩人我过不好年，我只好搭车来了。我找你，是表示感谢的。穷家破院没什么可拿的，我给你带了十斤小磨香油。"

唐道生摇了摇头："你家这么困难，我怎么能要你的东西呢？"

"我什么时候也不会忘记你的大恩大德，我坐好长时间的车才来到你这儿，你要是不要，我不是白跑一趟吗？"

"不就是一袋面粉、一百块钱吗？怎么会是大恩大德呢？"

"是大恩大德。你想一想就知道了，一百块钱能买一只羊羔，羊羔喂大卖了钱能买一头小猪，小猪喂大卖了钱能买一头牛犊，牛犊喂大卖了钱能买一辆电动三轮车。有了电动三轮车，我就能骑着它走村串户做个小生意了。我做了小生意，一年准能挣个万儿八千的。要是一年能挣万儿八千的，我就能把我的破房子翻修一下了，也能把我的长秧子病治好了……”

尽管唐道生竭力拒绝，金满斗还是把香油放在了唐道生的办公室里，乐呵呵地走了……

来到打鼓村，找到金满斗家，唐道生看到金满斗家的大门上锁着一把生锈的大锁，堂屋上搭着破旧的塑料布。唐道生问路过的村里人：“金满斗到哪儿去了？”

村里人回答：“你找不到他了，他半年前就过世了。”

唐道生更加迷惑不解了——他昨天还托老歪捎去十斤香油，怎么会在半年前就过世了呢？

为了解开谜团，唐道生找到了老歪。

老歪眼圈红红的：“其实金满斗已经过世半年多了，他在临死前给了我六百块钱，说是他只有这么多钱了，请我帮他一个忙，该过年的时候给你送去十斤香油。金满斗还说他什么时候也不会忘记你的大恩大德，当这么大的干部也不嫌弃贫苦群众，顶风冒雪送面送钱，可惜的是六百块钱只够送三年的。不瞒你说，我和金满斗是穿开裆裤时的好朋友，我俩好得跟一个人一样，你要是不来，我会以金满斗的名义年年给你送香油……”

听了老歪的话，唐道生蓦地明白了——他给金满斗扶了贫，扶了贫却没让金满斗脱贫；金满斗也给他扶了贫——精神上的扶贫，扶了贫却能让他受益一生。他知道平凡如一滴水，卑微像一棵草的金满斗给他上了没齿难忘的一课，有了这不同寻常的一课，他的灵魂会发生凤凰涅槃般的变化。

原载 2016 年第 4 期《金山》

继 母

付桂秋

傍晚，小北风越发刮人脸。

身着淡黄色收腰羽绒服的少女由远及近，帽子口罩包裹得她只露出两只略显忧郁的眼睛，背上的书包随着脚步有节奏地左右摆动。

走进一片棚户区，拐弯，在右手边一扇黑色铁漆门前停下。她默默站一会儿，长长呼出一口气，掏出钥匙开门。

门一打开，暖流就扑面而来，一股菜香也飘入鼻孔。少女换拖鞋，径直走进里屋。

伴着厨房内锅勺的碰撞声传出一句：洗手吧，马上好了。

夜色渐浓，华灯初上，一幢幢高楼大厦用半空中闪亮的窗口昭示它的尊贵与傲慢，也在无形中藐视着这座城市最后一片棚户区杂乱无章的宅院。而伴随人力车的吱扭声或大铁门的咣当声，昏黄的灯光也点亮了一扇扇老旧的窗棂，寻常百姓的柴米油盐在夜幕下铺开……

日光灯下，长方形玻璃餐桌上晚餐清淡：两小碗米饭，两个青花瓷菜盘，一道是瘦肉土豆片炒香菇，另一道是纯素菜——拍黄瓜。

两个身影对面而坐。

明天还到校吗？女人生硬地问。

参加冬令营的到，其他人不用了。

冬令营？咋参加的？女人盯着少女问。

是和沈阳两家学校联合组织的野外冬令营。前五十名的自愿参加。少女很随意地回答。

咋不说呢？女人放下碗，口气显然是不乐意了。

少女瞟了她一眼：七天，要两千一呢。

女人哦了一声，想了想说：明天你也去。马上升中学了，以后就没时间参加这类活动了。

少女慢吞吞答道：不用了。

女人夹一筷子菜往少女碗里一塞，嗔怪道：必须去。你不要苹果不要名牌我和你爸就知足了。你爸再住一周就可以出院了，该花的不用节省，这是你的权利。小孩子别心思那么重。你的责任就是用心学习快乐成长，做好你该做的事儿就行了，过日子是大人的事儿，用不着你操心。她端起碗往嘴里扒饭，含含糊糊地说:快吃，吃完我还有事呢。我找个晚班。你自己睡。

……

虽然还没到春运，但铁路公路的客流都已明显增多了。

晚上十点半，呼啸的北风伴着细碎的雪花开始无情地肆虐。天气预报说，一股来自西伯利亚的强冷空气要经过本省，将有强降雪。

鱼贯而出的旅客刚一出检票口就缩脖端肩，四处寻找下一个目标。而广场护栏外那些小旅店接站的、卖炸串的、卖馄饨的小商贩们极尽所能的吆喝声，就又开始了新一轮的此起彼伏。三轮车上的铁炉子冒出丝丝黑烟，铝锅呼出缕缕白汽，炸串的煳香肆无忌惮地诱惑人的嗅觉，尽显别样烟火气息。

因为寒流的突然而至，冬令营提前一天结束。拖着行李箱的少女走出检票口就钻进出租车。广场出口很挤，出租车只能七扭八歪地从商贩的“阵地”中蹚出去。

少女饶有兴致地趴着车窗向外观看。这还是她第一次在飞雪的夜幕下观赏市井生活的热闹景象呢。看着那些穿得像企鹅一样笨拙的叫卖者，听着那南腔北调的吆喝声，她先是好奇，后又变得兴奋。可看着看着，少女的脸色渐渐严肃了，她似乎产生一种对卖火柴的小女孩一般的同情心来，继而，她又对自己的处境油然生出一丝欣慰，甚至可以说是感恩来了。

人真是怕比，她曾羡慕过那些花钱如流水满身皆名牌的同学，也曾暗自埋怨过母亲的早逝，父亲的多病，家庭经济的窘迫。而此刻，当她看到这些迎着刺骨的风雪为生计而打拼的人们时，她又莫名地生出一种满足感来。心，也变得柔软了。

忽然，她眼睛睁大了，转身对司机说话。司机摇头。她回身就要开车门。气呼呼的司机停车让她下来。

少女拖着行李箱一步步走向人群。

她停在卖馄饨的摊位旁，仔细打量那个忙碌的身影：老旧的暗色羽绒服外面套一件脏兮兮缺了纽扣的军大衣，下摆撕开个口子，有棉絮露了出来。头顶肩膀都挂着雪。一缕缕白雾随着她的吆喝声从嘴里喷出，额前散乱的发丝不知是结了霜还是早已花白。

少女看着，一动不动。

另一个叫卖者不耐烦地大声道：看啥？不吃躲远点。碍事。

女人回头，惊讶地问：怎么回来了？不是明天吗？

你找的晚班就是这个？啊?！少女声音颤抖了。

这个咋了？这个不管年龄也不要学历，挺好。一小时十元呢。女人说着要去拉少女，可伸出去的手又缩了回来，大声道：回家去。下一趟车我也回了。她又转身朝旁边出租车司机大声喊道：过来，把俺家丫头送回去。别猴急着走，看她关好门再开车。

一起回吧，我等你。

等什么等，这是你待的地儿吗？

女人转身，用皲裂的手快速打包一碗馄饨，又到旁边摊子上拽过几个肉串装进食品袋，一起往少女手里一塞：走吧，到家用微波炉热热，不知道你提前回来都没给你准备饭。凑合吧。她又走两步拉开车门：快进去，走吧。

少女没动，泪水顺着稚嫩的脸颊流成了小溪。

女人推搡她：干啥？让人笑话不？家去家去！

少女猛然转身，在众人视线下一头扑进褴褛女人怀里，哭哭啼啼地叫了声：妈……

原载 2016 年第 15 期《小小说选刊》

青无花果

海清涓

进入罗盘村地界，公路越来越窄，弯道越来越多。路过一个小卖部，一棵姿态不凡、叶宽枝壮的灰褐色果树，吸引了我的目光。

我放慢车速，用手机快拍了张照片，准备发到朋友圈，问问果树的名字。

一条大黑狗突然从果树后的院子里蹿出来，汪汪乱叫一气。我一分神，突然加速的车子，生生撞断了果树靠路边的两根大枝。

倒下的树枝差点砸着车窗玻璃，吓出我一身冷汗，别把车子给砸坏了。小球似的青色果子，可怜巴巴地朝公路下方滚动，宽厚光滑的绿树叶，居然有乳白色的汁液渗出。

没想到，果树在受伤时，也会掉泪。我伤感地抓拍了一张照片，看到车身没有擦伤，便继续转动方向盘。

车刚开出十几米，一个扛锄头的中年男子不知从哪里钻出来，挡在公路中间大吼，停车！停车！

我吓了一跳，急忙解释，我不是故意的，我赶时间，我是来村里给……

管你是来干什么的，我只知道，你的车撞断了我家两根无花果枝，撞掉了那么多嫩无花果。男子面无表情地打断我的话。

我一脸惊讶，想不到，无花果树如此帅气。虽然吃过松软甘甜的无花果，却从来没有见过无花果树，更没有见过成长中的无花果。城里卖无花果的很少，那次吃无花果，还是一个乡下同学亲戚送的。

男子把锄头放下来，握在手上，没好气地说，帅气，还鬼气呢。撞了无花果树就想跑，哼，你跑得出罗盘村吗？

两根树枝，赔你 200 元。我自觉地掏出了紫红色钱包。

男子瞪大眼睛，200 元？你打发叫花子？

我看了看钱包，为难地说，那，你说应该赔多少？

男子眼珠一转，赔多少，你说了不算，我说了不算，得由无花果树说了算。

无花果树又没长嘴，它怎么说话？我纳闷间，陆续赶来的村里人已经替年轻男子算起了账。无花果树一年结多少无花果，两个姐姐一个哥哥，一家分多少斤，一斤值多少钱。读小学五年级的女儿吃不成无花果，身体和学习要受影响。每年卖给中医的 50 斤无花果，今年怕凑不够了。掉了的嫩无花果到成熟要卖多少钱，还要影响明年结果，最严重的是如果断了两根大枝的树子死掉，那可就亏大了。无花果营养好，可以治好几种病。无花果树很少见，整个罗盘村就这一棵，贵气着呢。七嘴八舌一算下来，我得赔男子 18760 元钱。

撞断树枝有错，赔点钱应该，可男子一张口就是 18760 元，这明明就是欺生和敲诈。打开钱包，看着钱包里的 2000 元钱，我一半愤怒，一半无助。如果不是有几十个留守女童在村小学等我，我真想一气之下调转方向盘回城了。

好说歹说，赔了 2000 元现金，留下金项链和银行卡，我才脱了身。

20分钟后，我终于把车开到了目的地，罗盘村小学。随等候多时的校长走进一间大教室，几十个女孩齐刷刷站起来，一边鼓掌一边欢呼：许老师好，欢迎许老师！

同学们好，请坐下。看到这群留守的女童，想起那些散落在公路边的青色无花果，我的心微微地疼了一下。

打开笔记本，我开始给孩子们上课。这堂课与课本无关，是关于留守女童青春期的健康知识。到互动游戏环节时，我发现窗外站着一个人。仔细一看，居然是敲诈我的中年男子，他正目不转睛地盯着第二排的绿衣女孩。

撞断无花果枝的事已经了结了，他还追到村小学来干什么？他会不会是想打绿衣女孩的主意吧？想到这里，我吓得声音都变调了。我急急走下讲台，准备向校长求助，男子一闪身不见了。

讲座结束后，我忧心忡忡地打开车门。刚才坐第二排的绿衣女孩突然跑了过来，我拉住她的手，想要叮嘱她几句。她却递给我一个黑色的塑料袋，说，许老师，爸爸让我把这个给你，爸爸还让我对你说，对不起。

打开塑料袋，里面赫然是一沓钱、一根金项链和一张银行卡。

握着失而复得的银行卡、金项链和2000元钱，我的心里五味杂陈。转身看女孩时，她已经跑开了。

弯弯曲曲的山路上，女孩的背影，越来越小，越来越小，小成了一个青色的无花果。

我的眼镜，蒙上了一层薄薄的雾。

原载2016年2月21日《重庆晚报》

炫富

呼庆法

早上，阿赖还在梦乡，便被一阵急促的敲门声给震醒了。他迷迷糊糊地打开门，只见马四一脑门子的热汗，急促地嚷嚷道：“翻塘了，翻塘了……”

见阿赖还没清醒过来，马四就火了，怒冲冲地吼道：“你家养的鱼翻塘了！还不快去看看?!”阿赖一惊，长裤都没顾上穿，就和马四向鱼塘飞奔，老远就看见鱼塘里白花花地浮满了一片死鱼。

村长德贵早在那里，脸色铁青地瞅了阿赖一眼说：“你这次够狠，是让我蹲大狱啊！”

阿赖怯怯地说：“怎么会这样！昨天取水口我明明都封得严严实实的！”

村长说：“赶快让马四帮你把池塘里的死鱼给清理、掩埋了。”

阿赖哭丧着说：“我塘子里近万斤鱼呢！”

村长狠狠地说：“损失算我的，注意别走漏了风声。”

村长把马四叫到一边，安排启动化工厂的污水过滤系统，加快用清水泵对河道的冲洗。

阿赖在村边的河口养鱼已经有十几年了，生活也算富足。自从村长德贵在河口上游开建化工厂后，河水就受到了污染，村民对此怨气很大。有几次还在河边死过饮水的牲畜，村民就集体到县政府上访。后来，在环保局的监督下，德贵的化工厂才上了污水过滤系统，可他为了降低生产成本，经常利用晚上的时间关掉过滤系统，偷偷排污。

以前，阿赖家的鱼塘也有过小面积死鱼，都让德贵给抹平了，这次可是灭顶之灾啊！阿赖一边清理死鱼，一边叹息。

时近中午，突然传来一片警笛声，就有警车、环保监测车停在了德贵的化工厂前，很快厂子就被封停了。原来阿赖家死鱼的事，早在微信圈上传开了，有图有真相，说死了五六万斤鱼。更让人恐慌的是微信上越传越离谱，说部分死鱼已经流入水产市场。这下引起了县领导的高度重视，县长对此亲笔批示，要从严查处。

德贵很快被控制了起来。为了平息事态，微信最早的发布者，很快也被警察锁定，原来是阿赖上初中的儿子阿小赖。

阿小赖战战兢兢地被警察传去问话，便一股脑儿地把事情原委交代了个清楚。

原来，阿小赖的同班同学牛小胖在微信上炫富，说他家的宝马车被追尾了，他老爸眼都没眨，就换了台大奔轿车，还把撞坏的宝马轿车和崭新大奔一起拍图发了朋友圈。阿小赖不服气，说他家的鱼塘经常被化工厂的污水污染，一死就是上千斤的鱼，他老爸也是没眨眼，就清理掩埋了。

牛小胖说阿小赖就会吹牛，没图片没真相，编瞎话骗鬼啊?!

阿小赖憋了一肚子的气，就利用晚上阿赖回家吃饭的间隔，偷偷跑到鱼塘，在取水口上挖了个豁口。晚上，化工厂的污水就都流进了阿赖家鱼塘。

阿小赖早上上学，见翻了一塘子的鱼，兴高采烈地用手机拍了几张照片，发在了朋友圈，并写了说明：“鱼死了五六万斤，老爸眼都不眨，这是土豪的节奏吗！”

警察在弄清真相后，有点哭笑不得，鉴于阿小赖年纪尚小，仅做了批评教育。

倒是德贵被警车带走后，就因环境污染被起诉了，后来法院不但判他赔偿了阿赖的经济损失，那厂子也被彻底关停了。村里人都说阿赖和阿小赖为民办了件实事，还了村里人碧水蓝天。

原载 2016 年 2 月 22 日《羊城晚报》

余 热

韦健华

局长王余一到任就做了一件几乎出乎所有人意料的事，那就是专设了一个老同志办公室，把方卫这几个人从各科室抽调到这个办公室一块办公，让人感觉到这个办公室就是为这几个人专设的。

这个决定立即得到了各科室领导的拥护，这可帮这些科长主任们解决了一个一等一的大问题。这些科长主任们当面叫方卫他们“老方老马老朱”或“方哥马兄朱老”的，背地里都叫这几个人“老油条”。这几个人都是上了五十岁但没到退休年龄，当了一辈子办事员窝着一肚子气，现在过了五十更没了提拔的机会，没奔头也没劲头，上班时捧着茶杯这个办公室坐几分钟、那个科室闲聊一阵子，自己不干不算还影响其他的人工作的人。分配点具体工作给他们，他们不是这个喊腰酸就是那个叫背痛的，不是说要去医院看病就是讲要去药店买药的。说他们装病嘛，五十多岁的人有些小毛病也是正常的，再说这腰酸背痛又不是像外伤一样看得到的；说他们有病嘛，他们可以端着茶杯站在那里口若悬河、滔滔不绝、谈天说地两三个小时毫无倦意。科室领导让他们对年轻人多“传帮带”，他们一声不吭，可背地里又牢骚满腹的。向他们征求意见时他们不说，过后又骂这个批那个，指桑骂槐的。有些科室领导甚至不愿意布置他们做具体工作了，可如果真不布置他们具体工作，不仅影响科室里那些努力工作的人，他们几个人还会说领导剥夺了他们的工作权力。说到这几个人，科室领导没有一个不头痛的，前几任局长也无计可施。

因此，各科室领导虽然对局长王余要发挥方卫他们的“余热”的说法没抱什么希望，但对将这几个人安排在一个办公室不让他们影响其他人工作的做法还是很佩服的。同时，也知道这一安排是需要胆识的，深知方卫这几个人的“德行”的科室领导还不约而同地为王余担心着，这几个人可不是什么善茬，仅把他们集中起来而不安排他们的工作，那几个都是得了便宜还卖乖的主，那绝对会找王余“剥夺他们工作权力”的碴；可安排他们工作，这几个人又能干什么呢！

王余不仅把他们安排在一个办公室里，还真很快发挥了那几个人的“余热”，方卫几个人整天也是忙进忙出得不亦乐乎。

那些科室的领导们开始都很困惑，不过这些小头目们很快就发现了，王余给方卫他们安排的工作就是去开会。县领导、县各部委办，还有那些领导小组、相关部门每天要召开多则有十几个，少则有七八个要求“主要领导”和“分管领导”参加的会议，甚至每天还有好些企业召开会议也邀请局领导参加。可局领导只有七个人，就是天天去开会都忙不过来，再说局领导天天去参加会议了，局里的工作怎么办！于是，王余就让方卫这几个老同志代表局领导去开会。

其实，好些要求“主要领导”或“分管领导”参加的会议仅是要求和显示重视而已，或者说提升会议的重要性而已，参加会议的人员只要去签个到，然后坐在那里听就行了，不要发言，也不要表态，更不要拍板。这些会议除了有好茶喝外，有的会议还有水果、点心，会后可能还有工作餐、便饭或者雨伞、公文包之类的小玩意，方卫他们自然也乐于参加这些不用费神，也不影响他们喝茶，甚至不影响他们玩手机，还能满足他们想当领导的虚荣心，平衡一下他们没当过领导的心理，并有时还能得点小纪念品的会议；就是上午一个下午一个，一天代局领导参加两个这种会议都不亦乐乎。

看到这种情景，不仅那些被方卫他们搞得头昏脑涨的科室领导对王余佩服得五体投地，就是那几个以前常让这类“非常重要”的会议搞得焦头烂额的局领导班子其他成员也不得不服了王余。

更绝的是，王余还让局办根据方卫这几个人的胖瘦程度安排其代替不同职务的领导参加会议，当然越胖所代替的领导职务越高。

原载 2016 年第 1 期《笔架城》

许先生的花事

木门长子

许先生是一位优雅的先生，年近六十，喜欢各色的花儿。他尤其喜欢在暮春的日子走在院子里，捡拾散落在地上的花瓣，一片一片地将它们安放在手心。那感觉就仿佛在拥抱什么似的。许先生的长袍是浅灰色的，有一种不能言说的倔强藏在里边。许先生从来不换长袍，一年四季都保持着一种款式一样的厚薄。

日子在水青木华这样的学校是很有意思的，学生在这里过得也不错。许先生总在孩子们的笑声里感受到什么叫作温暖，什么叫作祥和。

樱花飘零的时候，有大大小小的颗粒长在了绿叶之间。小果子们看上去很是喜人，饱满、碧绿，上面还似撒了一层薄薄的白粉，令人看一眼就不由得畅想它秋日里的样子，会是怎样的娇艳欲滴，会是怎样的让人心醉。

水青木华的院子，前后四排，一排供学生住宿，其他则是教室和做教研的地方，许先生就住在这里，更确切地说这所唤作水青木华的学校是他一手创办的。水青木华的确费了许先生不少心思，租住、整修、招生、管理，还有其他零散的事儿。许先生似乎从来没觉得累，因为他喜欢这儿，喜欢这里的孩子们。

时光仿佛是每天翻动的书页，从左到右。许先生的事儿也仿佛那些排在书页上的字，从上到下。总之，这里一切的一切都需要许先生细细地打理。静闲的时候，许先生就会走到院子里观看花儿、捡拾花瓣，偶尔也和跑过来问好的学生说几句话。他的灰色长袍是院子里的一道风景。他是学生眼睛里一个安静的老头儿。

但是，许先生的安静却在一个清晨奇怪地结束了。那一天，他的脾气变得异常暴躁，气急败坏地跑遍了整个校园，挨个儿地向学生发话，还殴打了某个孩子。这事儿一开始大家不明所以，慢慢地就有人探出了讯息，说是某个班的某个女学生莫名地有了身孕，而肇事的竟然是个穷人家的孩子。这当然是一件大事，寄宿制学校无论如何是不应该出这种事的，这可是关乎水青木华的声誉啊。

此事之后，优雅的许先生不再优雅了。他先是加强了对学生们的管理，后是亲自督办女学生怀孕这件事，并在事发之后不久将女学生除了名。但是，许先生臆想中的那个罪魁祸首却迟迟地没有公开亮相。因为，这事不管怎么说，都是让许先生感到很丢人的事。

于是，许先生每天到院子里捡花瓣的事儿就这样做了罢。在樱花落尽、槐花又飘的时候，许先生还在为女学生痛苦。他再很少出门，再很少四处安闲地走动，即使游荡在教室和宿舍之间，他也会神情奇怪地观察每一个学生，揣摩他们的心思。于是，许多人开始慢慢地怕了他，尤其正处于青春期的孩子们，每每躺在床上谈论他的时候，也会定义一句：唉，那个可怕的怪老头子！

再以后，许先生的头发竟慢慢地白了。这就让他身上的灰色长袍显得尤其单薄，仿佛支在了干枯的竹棍上一样。其实，这才距离那女学生的事儿不到四个月的时间，而学生们也早就淡忘了那个被开除的女学生。

夏天快结束的时候，许先生又来到了院子里，这次他只站在院里低头看了一眼长高的草，丝毫没注意到月季花有些已经开始落瓣了。他的神情有些沮丧，似乎这个春天去了，下一个春天就不会再来，也似乎那女学生的事儿成了他永远的噩梦。家长们在开完学期毕业会之后，看到他那个样子也很是奇怪。人们搞不明白，那女学生的事儿在社会上每天都有发生，为什么只有许先生如此纠结。学生们甚至猜想，许先生放不过这种事儿大概是因为这事发生在他的学校，而那女孩子不管怎么着也应该为他的面子想一想，为水青木华这所学校的声誉想一想。

人人开始听天书一样地听许先生唠叨，从课堂到教务处，从上课到下课。总之，有人的地方就有许先生哀怨的眼神，就有他不停颤动的手指和微微飘起的白发。学生们开始躲着他，慢慢地授课的老师也出现了不耐烦的现象，继而整个水青木华就变得冷清起来。而到了秋季招生，零零落落地竟然看不到几个人来报名了。

许先生的神情愈发地寥落，像那些风一吹就落的花瓣儿一般，蔫蔫的，失去了光彩和滋润。他的灰色长袍偶尔出现在树下时，也更加显出残破和不整齐。

这事不知过了多少年。初春的一天，有学生在水青木华荒芜的草地上看到了一位女士。她打扮得很漂亮，紫色的绣花旗袍，白色的高跟皮鞋，身后还跟着一个四五岁的小男孩。女士缓步走到许先生的面前，眼里含着泪，脸上的表情显出了几分歉意，嘴巴翕动地说着什么。苍老的许先生先是转过身子不理她，后来竟然放声大哭，声音大得让几排教室里的学生都听到了。他说，你就是一个浑孩子啊，你知道不知道，我的头发就是为你熬白的呀！学生们注意到那女士也在哭，样子看上去很悲戚，只有站在一边的男孩子一动不动，脸上没有任何表情。

再后来，许先生就随那年轻的女人离开了水青木华。有认识的人说那女人正是早年被开除的女学生，她原本就是许先生的亲生女儿。许先生妻子在世的时候为她定了亲，她死后许多年许先生却不愿意承认这件事了，因为许先生舍不得女儿离开，也舍不下自己的孤独！

这事儿就这样成了流水。如今，水青木华这个地方还在，花瓣儿也在每年应时落下，只不过再也不见了许先生待在院子里捡花瓣儿，也不见了那惹乱的女学生。暮春是个好季节，春花一落就是秋实啊！有路过的学生这么说。这话说得真不错，只是不知道这话许先生还能不能听到，那女学生还能不能听到。

原载 2016 年第 2 期《小说月刊》

回家的理由

晓　晓

一连数日的热闹喜庆终于告一段落，躺在价值十万元的镀金大床上，环顾装饰豪华应有尽有的别墅，福柱怎么也睡不着。

这是咋地啦？

老婆面对福柱的疑问，张嘴就来：兴奋呗。你一个山里穷娃子，走出了大山，开了厂，有了钱，还住上了城里的别墅，祖宗八代都不敢想象的事，到你这儿光宗耀祖了，能不兴奋吗？

福柱摇了摇头。

看看眼前的一切，全部都是新的，连门口蹲着的狗，都是刚从宠物市场买来的外国品种，原来的阿黄硬给老婆送了人。福柱是个恋旧的人，本想把一些老物件带过来，可老婆坚决不同意，只好作罢。从小到大，吃过多少苦，受过多少难，都记忆犹新。这眼前的生活享受，还真的没什么感觉，全家人高兴，自己就开心，就这么简单。

闷了半天没说话，突然，福柱一巴掌拍在脑袋上，说道：知道了。娘好些天没来看我了，难怪睡不着。

说到娘，老婆知道娘在老公心里的分量。公公早年去世，是娘一把屎一把尿把福柱拉扯大。偏偏福柱还淘气，没少惹祸，书不好好念不说，张家的鸡，李家的狗，王家的瓜，只要村里东西丢了，一准是福柱干的。自家仅有的东西，都赔了个干净，还得赔上笑脸和歉意。回到家来，手高高地举起，却又舍不得落下，只有泪水吧嗒吧嗒地砸在福柱身上。

福柱一砖头把同学的头给拍烂了，老师和同学的父母一窝蜂挤进家门，要把福柱送到公安局去。娘跪在地上，一个劲地磕头，头磕出了血，也不管用。娘没辙了，一根麻绳往梁上一挂，打个结，丢下一句：我前生作的孽呀。你们看着办吧，我找他爹算账去。然后就把脖颈伸进去，腿一蹬，眼珠开始发白。

一看要出人命，大家慌了，七手八脚救下来，没死成，福柱的事也就不了了之。从那开始，福柱变了，闷头驴似的，一句话不说，上学，放学，帮娘干活儿。初中一毕业，就要出门打工，要娘答应，无论如何等他回来过好日子。

娘的确过了几年好日子，全村第一个盖起小洋楼，第一个吃穿不愁，第一个要什么有什么。可就在福柱的事业红红火火的时候，娘一跤跌出了脑溢血，不治身亡。福柱哭得死去活来，说对不起娘，也就是从那儿开始，几乎每晚都会梦见娘，几天没梦到就心里不安。

老婆安慰说：娘知道你最近忙，累，没来打扰你呢。不是！福柱看看新家，肯定地说：这新家娘没来过，娘不认识路。

在山里的农村，人们都相信一个说法：死了的人，是会经常回家看看的，所以，老宅轻易不能拆，老物件不能全部丢，拆了丢了，死了的人就没法回家。

老婆一想，这都换新家了，可能是这个理，可又能怎么办呢？

对了，你二大爷懂风水会算命，你问问他，看可有办法。福柱抓起手机，立马拨打二大爷的电话。二大爷在电话里，什么八字命相阴阳说了一通，福柱也不是太懂，直接催问有什么方法能让娘认识新家，能够回家来。

沉吟了半天，二大爷说，除非能找到件把你娘用过的老物件，把它放到新宅里……没等二大爷把话说完，福柱啪地挂了电话，抓起车钥匙，冲出门去。

一想到娘找不到家的焦急，福柱就心痛。娘一辈子，心里只有自己，只疼自己，找不到自己了，福柱无法想象娘的难受样。一路疾驰，直奔刚刚转手了的位于城西的老房子，新主人已经把福柱不要的东西全部清理掉，每一个角落都翻遍了，也没找到一件。福柱的心一下子凉了，这里啥都没有了，山里早就变卖了的老宅更不可能有。

格啷啷，格啷啷——

新房主才会走路的孙子，一手牵着奶奶，晃悠着进来，那响声来自手中摇动着的货郎鼓。福柱眼睛猛地一亮，那早就没了颜色的货郎鼓，不就是小时候娘买给自己玩的吗？还是哭了半天鼻子，娘才无奈地从鸡窝里摸出两个鸡蛋换的。有段时间福柱生病了，娘要去山上干活儿，娘俩约定好，货郎鼓一响，就是有事要娘回来。一直收藏着，都已经淡忘了。新房主整理东西时给翻出来，小孩子没见过这么古旧的玩意，觉得好玩，抓在手里不放，才暂时保留了下来。

福柱掏出钱包，抽出几张老人头，往孩子奶奶手时一塞，一把夺过货郎鼓就走。背后响起的哭声也不顾了，只一遍遍地祷告着：

娘，这是你买给我小时候玩的，你肯定还记得吧。我们一起回新家，好吗？

福柱一手扶着方向盘，一手摇动着货郎鼓，格啷啷的声音里仿佛看见了娘，看见了久远的过去。车慢慢地滑动，怕娘腿脚不好，跟不上，也好让娘看清楚路。

那天晚上，娘终于在梦里出现了，还是老样子。

娘说：儿子在哪儿，娘的心就会到哪儿。娘，永远也丢不了儿。

原载 2016 年第 7 期《天池》

寻鞋

左世海

天还未亮，她望了望床上熟睡的女儿，提起昨晚打点好的行李，向门口走去。

当她脱下拖鞋，准备换上放在门后的那双高跟皮鞋时，一下子愣住了：皮鞋只剩下右脚穿的那只，左脚那只不见了。

这是咋回事？她有点蒙了。自己分明记得昨晚将两只鞋脱了放在门后，临睡前还将鞋擦了一遍。仅仅睡了一晚，咋就成了一只呢？

她开始在屋里四处寻找，墙角没有，床下没有，柜子里没有，甚至打开行李箱检查了一遍，也没看见那只鞋的影子。

怪了！门关得好好的，晚上没人来过呀！即便有小偷进来，也不可能只偷一只鞋吧！她疑惑地坐到床边，一脸茫然。

只剩一只鞋，咋穿着出门呢？她嘟囔着。掏出那张火车票，看了看，又抬头望了望渐渐泛白的窗口，有些心急起来。

难道这世上真有鬼怪？她苦笑着摇摇头。她想起小时候，一到晚上不好好睡觉，母亲便恐吓她说，你再不听话，夜里就会有赤脚鬼来偷你的鞋，让你第二天光着脚走路。

每每听到这些，她便怯生生地望望黑黑的门口，吓得大气也不敢出，生怕有鬼怪偷去她那双心爱的绣花布鞋。

她还记得新婚那天，她上床时丈夫要伺候她脱鞋。她拗不过，丈夫手拿着左脚穿的一只鞋说：这只鞋是我，右脚鞋是你，咱是一对儿，今后你到哪儿我跟哪儿，永不分离。

她听后笑了，说：你呀你，人家把夫妻称作鸳鸯，你却比作一双臭鞋，真是个傻蛋！

谁想到五年前，丈夫去省城出差，抛下她和四岁的女儿，再也没能活着回来。自那以后，她真像丢了一只鞋似的，路走得跌跌撞撞、困苦艰难。

年迈的婆婆多次劝她：趁年轻，你还是走吧，把孩子过继给他大伯，反正他膝下也没子女，跟着他，你也放心。

她含泪不语。

其实，她也想过走，想过孩子过继给大伯比较合适，可是，具体能不能找到心中丢失的那只鞋，她不知道。

去年，出去打工的她，偶然遇到了林。

林说，他就是她的一只鞋，愿意陪她一起走今后的路。

她被感动了，经再三考虑，她决定还是听婆婆的，留下孩子，和另一只鞋结伴去浪迹天涯。

行李都打点好了，可就在出门时，她发现自己左脚穿的那只鞋突然不见了。

她沮丧地坐在床边，看着手里那张火车票，内心感到一阵空落。

娘！女儿突然叫唤，打破了她的沉思。

她回过头，看到醒来的小女儿正忽闪着大眼睛望着她，身上盖着的被子随着她的呼吸一鼓一鼓地颤动。

她轻轻掀起女儿的被子后，呆了，那只鞋，正被女儿紧紧地搂在怀里。

你这是？她有点愠怒。

娘！我不让你走。女儿突然起身将她紧紧抱住，哭求道：不要丢下我呀，娘！

她听了心一颤，眼泪流了下来。

娘！连鞋都是有伴的，你走了，我就孤零零一个人了。我就想当你的一只鞋，无论到哪儿，都要陪着你！

孩子！她听了一把将女儿搂在怀里，任凭眼泪江河般决堤。

许久，她松开女儿，撕碎了那张火车票。

她打电话告诉远方的林，别等了，她不会走啦——因为她明白，她找到了真正属于自己的那只鞋。

原载 2016 年 5 月 29 日《兵团日报》

临终的荣耀

潼河水

张直最近总是唉声叹气，逢人便说，都说养儿防老，防个屁啊。王大妈笑着说，你个老不死的，就爱瞎扯，小心儿媳妇听到不撕烂你的嘴。张直的腰好像又弯了很多，他的鼻息离土地越来越近。张直吃力地抬起头，稀疏的白发在秋风里摇摆，他看了看沟里的芦花，对王大妈说，媳妇不是嚼俺一次喽，动不动就摔桌打板，骂鸡比狗，总说，养条狗还摇摇尾巴，养你有什么用，早死早好。王大妈同情地说，家家都有难念的经，他们忙里忙外，田里屋里的也够呛，哪顾得了你啊。张直伤心地用手背擦擦眼睛，人说眼里容不得沙子，可气的是那窝囊废的儿子，他往俺伤口上撒盐啊。王大妈右手叉着腰，娶了媳妇忘了娘，都是一个孬种色。如果向你说话了，晚上不是跪床头，就是跪搓衣板。

张直自从老伴死了，身体就不如以前了。心里的话无处诉说。有时和村里的庄邻说，人家还会笑话他，家丑不可外扬，你个老和尚不知好歹。儿子老是抱怨，你有什么本事，奋斗了几十年，连个挂灯橛都没留。这三间小瓦房，还是二梅从娘家借了一千块凑合凑合盖的。张直倚在南墙根，像一根木桩一样，哑口无言。张直几次想张口，但又不知如何辩解。辩解有用吗？连儿子都笑话自己，还说什么呢。

乌鸦岭的冬天异常干冷，风像行凶的刀子，从西北方向蹿来。张直感冒两三天了，头昏脑涨地不想吃饭。儿子关切地问，要不要买盒感冒药？张直摆摆手，省点吧，熬几天就好了。媳妇接过话茬，熬不过怎么办？寒冬腊月的死了，哪里弄钱办后事。儿子生气了，你怎么说话的？你没有父母啊。二梅理直气壮，我有父母，我父母拔根汗毛都比他粗。儿子和二梅，你一句我一句，没完没了，就像门外的风刮不完。张直就一个儿子，从小就非常溺爱，没有在屁股上拍过一巴掌。现在想打，不是不敢，而是怕被两口子打。儿子打老子的例子东西庄都有过。

张直走出屋，仰头望望天空。天空有白云，有黑云，像奔跑的骏马，像翻滚的波涛。它们多像年轻时的自己啊。如今跑不动了，跑到终点了，跑成了多余的人。老伴说，老张啊，你就是俺的天呢。你要有个三长两短，就跟天塌了一样。老伴走得太急了，赶赶小鸡，突然跸跌倒就没救了。来不及看看她的天有多么的悲伤。那时儿子还小，看着大大伤心欲绝的哭泣，他还笑呢。

孙子跑过来叫，爹爹，回去弄饭吃。张直摸摸孙子的头，好孙子，饿了吧，回去做饭。屋里已经没有了争吵，可还有硝烟的味道。小两口一个坐在八仙桌的右边，一个坐在八仙桌的左边，都不说话。张直把锅刷了，淘了米，蹲在锅灶口烧起饭来。灶里的麦草，争先恐后地向火里钻，一副毫无畏惧的样子。起先是黄色，然后红色，最后成了黑色。人和麦草也是一样，最后都是一把灰。燃烧了，红了紫了，到头来还是灰烬。锅里咕嘟咕嘟响，蒸汽顶得锅盖忽上忽下。张直拿开锅盖，一股热浪扑面而来，他下意识地躲开。呵呵，张直怎么成了胆小鬼了？他用勺子撇干锅里多余的米汤。汤里放上糖，孙子最喜欢喝。

吃饭时，儿子自从结婚后第一次叫，大，你看你还是自己过吧。这样在一起，弄得都不自在。你的一亩地，我给你种，收的粮食也够你吃的了。

本来想吃几口饭的张直放下筷子和碗，直直地注视着儿子。儿子继续说，分开了，矛盾就会少些，你非闹到我们两口子离婚才安心吗？张直的喉结上上下下滚动着，像有一辆坦克在碾压着他的喉咙。几分钟后，张直还是心平气和地说，你是我的儿子，你过好了，俺脸上也有光。哪个老的不巴儿孙好啊。人老讨人嫌，分开也好，免得磕磕绊绊的。只要你们好好过日子，就好。我不要你们一分钱，死了，也不花你们一分钱。

儿子听完父亲的话，脸青一阵白一阵，低着头，默不作声。儿媳妇说，我跟队长说好了，场上的烟炕给你住。

既然已经安排好了，张直还能说什么呢，说什么又有什么用呢？

分家后的第二天，有人看到张直从陔上坐汽车到县城去了。没有人知道他去做什么。

在以后的日子里，张直经常提着白糖红糖馓子油条等吃的东西到儿子家，孙子也经常到烟炕玩，每次孙子吃饱喝足还口袋里装着花花绿绿的小糖回家。弄得两口子疑神疑鬼，老头子哪来的钱，是不是几十年攒的私房钱啊，舍不得给儿子花，分开了，自己享受，太自私了。现在还假仁假义，讨好卖乖。

七十九，八十四，阎王爷不收自个去。张直八十四岁那一年卧床不起了。北风一直不屈不挠地刮着。张直一辈子没有吃过什么药，他常说，人算不如天算。这次又是咳嗽又是发热。冥冥之中，他知道来日不多。他对儿子说，声音尽管虚弱，但还是能听清楚。儿啊，这辈子，我没有给你留下什么遗产，只留下太多的遗憾。我死了，我给你一样东西找县武装部，他们会有安排的。

儿子问，什么东西？张直用手指指山墙上的帆布包。儿子打开包，发现了一个红布包，裹得严严实实。一层一层地打开，是两张部队的立功证书。大，这有什么用啊？

儿啊，它有用，比什么都有用。那一年，我拿着它到武装部，武装部又和民政局协调，后来，我按月都能领到六十块钱。多少年，我一直深埋心底，从来没有人知道我是个立过两次二等功的人。在我前边的十八个战士都牺牲了，铁锁桥上的板子都被敌人拆光了，我是第十九个冲上去的，和战友们一边前行一边铺板子，桥头的敌人有一个团，火力十足。十八个冲在前边的战友都死了，他们才是英雄啊！

儿子再一次审视着证书，大，你是参加乌江战役的英雄啊！

张直闭上了眼睛，蕴藏了很久的泪水终于没有滴落。

儿子扑通双膝跪下，号啕大哭。

原载2016年《艺术广场》春季刊

幸福的理由

孙毛伟

静萍自打那天下班回家后就一直愁容满面茶饭无心。

老王好不容易才问出缘由：静萍原本是公司财务部的业务骨干，公司原有意培养她做主管会计甚至财务部长的。可是虽然她工作一直很努力，却忽视了去考一个会计证。最近，上面严格管理制度，要求会计人员必须持证上岗，于是她被从会计岗位拿下，安排做了不起眼的出纳工作。这下静萍受不了了。

老王好心劝慰妻子："这能算个什么事？会计证以后还可以考嘛。再说了，就是干出纳不也挺好吗，对咱们的生活也没有多大影响啊！"老王很体贴地坐在妻子身边，掰着指头历数他们生活中的幸福元素："你看，我在公司里大小是个部长，一年少说也能有二十万进项。就是以后不干部长，凭我的技术，到哪儿不能捧上金饭碗？咱女儿上的重点大学热门专业，前景一片大好；儿子上初中成绩优秀，考上理想的大学一点问题都没有。咱们全家衣食无忧、安康美满，大可不必为工作上那点事烦恼嘛！"

可静萍是个事业心很强的人，尽管老王磨破嘴皮，她就是想不开，还是整日郁郁寡欢愁眉不展，弄得老王和儿子也很是不爽。

这天傍晚，上初中的儿子很晚了还没回来。静萍问儿子下午去哪儿了，老王说他说下午要去游泳的。静萍就急了。夫妻俩赶忙与亲戚朋友联系打听儿子的去向，也毫无结果。两人又开车去了儿子游泳常去的云龙湖，围着湖转了一圈也没有儿子的踪影。静萍急得快哭出来了，老王好言安慰她，说可能儿子去哪儿玩忘了告诉家里，不会有什么事的。

静萍越来越担心，就去派出所报了案，请求帮助寻找。警察很快查询到今天下午云龙湖有一人溺水死亡，尸体还在市中心医院。可以去辨认一下。静萍差点没吓晕过去，抱住老王就号啕大哭。老王还比较镇静，轻声安慰妻子说：“不会是咱儿子的，不会的。咱儿子从小就命大！”

两人赶忙去了市中心医院，确认那溺亡者并不是他们的儿子，静萍才缓过气来。

天已经很晚了。折腾一晚上，夫妻俩都筋疲力尽了。老王说服妻子回家等待，说儿子一定会平安回来的。

老王好容易把妻子劝回家。到了家，静萍不吃不喝也不说话，老王怎么劝慰她也没有任何反应，两眼直直地看着，像傻了一样。

忽然，敲门声响起。老王打开门，儿子一下子蹦了进来。静萍上前一把抱住儿子，泪流满面。

原来，儿子和同学下午去游泳回来，又去同学家玩，正巧那天是同学的生日，同学邀请他一起吃饭。他一高兴就忘了告诉家里了。

第二天，静萍像是换了个人，脸上洋溢着多日没见的喜气。一大早起来就忙着屋里屋外打扫卫生，角角落落都清扫得一尘不染。下午，一家三口高高兴兴去逛街，给儿子买了双他渴望已久的乔丹运动鞋，老王添了件夹克上装。

到傍晚，静萍又提议晚饭下馆子，说是要好好庆贺一下。老王问庆贺什么？静萍说：“庆贺儿子平安无事啊！这不值得庆贺吗？”老王连连点头说：“值得值得！平安就好，平安就是福啊！”

静萍要了一桌子的菜，三只酒杯举起来碰到了一起。忽然儿子说：“爸爸，你得说句祝酒词吧！”

老王给儿子挤挤眼说：“还是让你妈说吧。”静萍看看老王，又看看儿子，眼睛不知怎么就有点湿了。她没说祝酒词，却没头没脑地说了句：“有时候，幸福是需要提醒的！”

原载 2016 年第 7 期《小小说大世界》

风中的小丫

余清平

二姨家的麦地在村东头，小丫喜欢去玩耍。这一天，小丫追逐着鸟儿，来到麦地。看到麦苗，小丫就想起麦子做的棉花糖。

小丫心说：妈妈就像是棉花糖，舔舔就没了。

春天的时候，经过霜冻的麦地，踩在上面有一股柔软的温暖从脚底直涌到心底。小丫就这样一个人在麦田里来来回回地踩着，一串串小小的脚印就像她的一件件心事。小丫望着这些无忧无虑的麦苗，羡慕着。小丫想，这一丛丛麦苗有妈妈，小丫的妈妈呢？

小丫想到妈妈，就笑了，像歇在树枝上的"吱吱"欢叫的鸟儿。

小丫记得她也是有妈妈的，以前在家的时候，听邻家的婶子们说过，妈妈很疼爱她。至于后来怎么没有妈妈了，小丫不清楚。后来小丫也听到了更多关于妈妈的事，她们说起妈妈的时候，有的人恨，有的人厌，有的人笑，有的人忽然不语，但有一种动作是相同的，就是看到小丫走来的时候，都是用眼光"瞥"她几眼。小丫很懂事，知道她们是在说妈妈的坏话，于是，小丫恨道："这些狼外婆。"

狼外婆是奶奶告诉小丫的。奶奶对小丫说，凡是说别人坏话的女人都是狼外婆。

"我妈妈去哪儿了，奶奶？我要妈妈。"很多时候，小丫拉着奶奶的衣襟撒娇。

"小丫乖，你有奶奶疼呢。"奶奶抱着小丫，用手在她小脸蛋上来回地轻轻地搓。

前年，不幸的小丫连奶奶的声音也听不到了，小丫哭得很大声。奶奶故去之前，来不及告诉小丫她的妈妈去了哪里，哭得很大声的小丫也忘记了问，等到想问的时候，奶奶那双秋蝉壳一样的眼皮已经耷拉了下来。好在奶奶的去世也给小丫带来了一点好处——她的爸爸回来了，但是办好奶奶的后事后，爸爸就走了，仿佛他是硬生生挤进这时空里来的，又被这时空给挤了出去。

临走前，爸爸将小丫带离这住了五年、摇摇欲坠的土坯房子，安排到三十几里远的二姨家里。

爸爸说："小丫乖，等爸爸打工赚很多钱回来，像别家一样起新屋，小丫住在敞亮的新屋里读书，好不好？"

小丫摇摇头，看着爸爸，又使劲点了点头。

小丫问："爸爸，那时候，妈妈会回来吗？"

爸爸说："会有妈妈的。"

小丫笑了，放心地让爸爸走了。

就这样，两年里，小丫再也没有回到那土坯房子里。小丫想奶奶，想爸爸，想那里的小蜻蜓、小蜘蛛、小青蛙、小鸟儿，但想得更多的是妈妈。在小丫的心里有一幅画，画的是妈妈，画中的妈妈是最漂亮的、最慈善的。小丫又想到棉花糖，妈妈的声音像棉花糖一样甜。小丫吃过棉花糖，那还是奶奶在世时给买的。小丫想着想着，就笑了。

一天，村里来了个卖棉花糖的。"叮咚叮咚"的货郎鼓声很好听，也很诱人，很多妈妈都去买了棉花糖，给她们的孩子吃。二姨也买了，但是只买了一串，给了小表哥。小丫也想买，但摸摸口袋，没有一分钱；小丫也想吃，但没人买给她吃。二姨不是妈妈。小丫晓得。

小丫就冲卖棉花糖的喊一声："妈妈。"

卖棉花糖的是个女人，她听到有人喊"妈妈"，便停下忙碌的手看看小丫，递过一串棉花糖。小丫摇摇头，没有伸手去接。小丫记得奶奶的话，不能随便吃别人的东西。

这以后，小丫就天天跑到麦地边，一次次地对着远方喊"妈妈"。小丫想，自己一定要记得喊"妈妈"，等妈妈回来了，自己就会知道怎么喊。一天，小丫照例来到麦地边喊"妈妈"。喊着喊着，小丫就看到挑着棉花糖的妈妈从麦地那边来了。

挑着棉花糖的妈妈说："我的乖小丫，妈妈想得你好苦，跟妈妈走吧。"

小丫就跟着卖棉花糖的妈妈走了。小丫走了，二姨似乎忘记了有小丫这个人。二姨心慌的时候，是年关时收到小丫爸爸寄来的一大笔生活费。二姨拿着钱的时候，心里很难受。她才真正地想，小丫去哪儿了？怎么向他交代？可是，二姨想破脑壳也想不起小丫是几时离开的。

不过，二姨的心慌也没持续多久，因为小丫爸爸在回家过年的路上出了车祸，他再也不能回来，更不可能给小丫找回妈妈。二姨还意外地发了笔财，是公汽公司赔偿给小丫爸爸的丧葬费，他只有二姨这么一个亲人。

又一个春天到了，麦地依旧松软，风依旧一阵阵吹，麦浪依旧起伏着……

原载 2016 年 6 月 22 日《三门峡日报》

挂号

戴 希

匆匆赶到这家大医院，目睹余盛康医生的办公室外，等候看病的人早已排成长龙，比蚂蚁移动得还慢，他就心急如焚。

他试着挤上前去，直接敲余医生的门，无奈办公室外太拥堵，不仅没人让路，不少人还眼里有刺。他想对门外的人说点什么，可话到嘴边又咽了下去。考虑来考虑去，还是转身去挂号室挂号后，也加入这条长龙，随人流缓缓前移。

实在太慢了！移了半天他思忖，会不会排上一整天都轮不到自己，还得第二天赶早又来排？或者，最快也得等到余医生下班前？

急火攻心，他又想到前面去插队，可依旧无人成全。

“对不起，我有很急很急的事，要先看余医生，我只占用几分钟，看完就走！”他憋不住径直奔向余医生的门前，小心翼翼地对正在排队的人说。最前面的人却立马横在他面前，下意识地挡住他。

“要耍花招了，你当我们是傻子吧？”有人嘲笑道。

“即便余医生的亲爹来了又咋样？现在是上班时间，上班时间他也不能会客！”有人板起面孔。

“你……”他欲言又止，还是回归原处，继续排队。

“正值大年三十，每个等候看病的人都像热锅上的蚂蚁。”他转念一想，“都不容易啊，罢了，罢了，何必这时与人冲撞，闹得大家都不开心？”

还好，在医院下班之前，终于轮到了他。他长长地嘘过一口气，再回头望望后面，等待看病的人仍然排着长龙。如今看病是电脑叫号，只要尚存一丝希望，这些人都宁愿等到最后一刻。

终于叫号了，他赶紧推门进入余医生的办公室。

“请问，您哪儿不舒服？”当他轻轻坐在余医生的办公桌前，余医生边问边抬头。

只一瞬，余医生就愣住了。“爸，怎么是您？您怎么……”余医生惊讶。

他微微一笑，立马递给儿子一瓶矿泉水：“马不停蹄看病人，累死累活一整天，想必你忙得喝口水的时间都没有。快，先润润嗓子吧！”

余医生迫不及待地拧开瓶盖，咕咚咕咚，一口气喝完了一瓶矿泉水。“爸，实在对不起，今年，儿子又不能回家过年，不能陪陪您和老妈！三年，连续三年了，每年春节儿子都脱不开身，儿子实在……很惭愧很惭愧啊！”余医生喟叹。

他立马向儿子摆手：“康儿，快别这样说！清早给你打电话，你说病人多工作忙，真的不能回家，我还有点儿怀疑。但现在，一切我都看到，你什么也不用解释了！”

这时，余医生瞥见了办公桌上的挂号单。“爸，真是难为您了！这么大老远来，这么大年纪了，您还像病人一样，挂号排队啦？”

“不挂号排队行吗？你上班时间不能会客，我怎么见你？”他乐呵呵地一笑。

余医生的眼角却滚出一颗泪：“也是啊！爸，快告诉我，是不是有哪儿不舒服？”

“没有哩，就是想看你一眼！”他立马安慰儿子，“放心吧，我会把这里的情况如实告诉你妈！家里你不用操心，只管好好看病人，千万别出差错啊！”说完，他稳稳地站起来，拍拍儿子的肩头，转身，向办公室门口走出。

望一眼父亲佝偻的背影，余医生眼角的泪珠无声地滴落。

他前脚刚走，后脚就有个病人抢火似的进了余医生的办公室。抖擞一下精神，余医生又开始一丝不苟地给那病人看病。

原载2016年第8期《四川文学》

家 训

朱会鑫

村东头的王家，噼里啪啦地放了一通鞭炮，原来是为王老爷子打喜材的木料运到家了。王家院内闹哄哄的，左邻右舍围观着材质上乘的油松木料，情不自禁地啧啧称赞。据说，油松是打喜材的最好的材料之一，即便不油漆，历经百年也不腐烂。这样好的木材，在市场经济刚刚放开的当时，如果没有关系的话，是决然搞不到的。

右手拄着拐杖的王老爷子，在长孙王亚楠的搀扶下来到院中。在子孙中，最讨王老爷子欢心的是王亚楠，王亚楠是王家子孙中最出类拔萃的，他在县某局做副局长。

爷爷，这木材您中意不？要是不中意，我再想办法。王亚楠半是邀功半是显摆地说。

你说什么？王老爷子好像没有听清。

我问您这木材中不中意，要是不中意，我再想办法。王亚楠对着爷爷的耳朵将声音抬高八度。

哦，我有什么中意不中意的，老不管少事，你们自己用着舒心就好，这是打算打制什么家具啊？这家具啊，还是自家打制的结实。王老爷子用手抹了一下嘴角胡须楂子上的唾沫星子。

看来爷爷是老糊涂了。王亚楠心想。王亚楠扶着爷爷向木料跟前移动了一小步，指着木料说：爷爷，这是给您打喜材用的，您看这木料多厚实，而且没有一点虫窟窿，也没有一个破疤节。王亚楠说话时，表情挺丰富的，说是眉飞色舞一点也不夸张，他全然没有留意到爷爷的神情变化，老爷子面若寒霜，一用力甩掉了王亚楠搀扶他的手，转身回屋去了。

众人愣住了，这老爷子是怎么了？有人说，这人啊，都是怕死的，岁数再大，也没有哪个人喜欢死的，你说为他准备后事，他能高兴吗？

当天晚上，按照王老爷子的意思，王家召开了历史上规模最大的一次家庭会议，所有已经成年的子孙，无一缺席。

王老爷子是个老党员，年轻时做过村支书，家里家外都是一把手。在外面，村里有什么大事情，他都要拿到村委会上研究决定。在家里，有什么重大事情，他也喜欢召开家庭会议，让家庭主要成员一起协商解决。你别说，用这种方法还真的避免了不少失误，也减少了家庭成员间的矛盾。后来，王老爷子年纪大了，便将家庭主事权交给了儿子，这家庭会议也就很少开了。

日光灯下，子孙们挤满了一屋子，王老爷子清了清嗓门开了腔：唉，难得像今天这样人头都凑齐了，有你们这样孝子贤孙，我就是现在闭眼也知足了，你想啊，我这活得好端端的，你们就替我准备后事了，我能不高兴吗？

王老爷子的话里有一丝怪味儿。

爷爷，我们不是咒你的，人活百年，都会有那么一天的，这木料放在家里既不酸也不臭的，您知道为了这点木料我托了多少人吗？王亚楠望着爷爷。子孙中，也只有他敢在老人面前想说什么就说什么。

我暂时还死不了，就是死了，我也用不着棺材。王老爷子有点动怒了。

不用棺材，那您打算怎么办？况且这木料已经买来了。王亚楠还想尽力说服爷爷。

你放心，这木料有用场呢，亚楠啊，我们村边的那座木桥坏了，正需要维修呢，你呢，过两天就找人用这木料把木桥修一下，也算是你为我们村做了一点善事。

这——王亚楠求救地望着自己的父亲王家成。

这什么这？王家成给亚楠递了个眼色，作为长子，王家成太了解自己的父亲了，他老人家做出的决定，是没有人能够改变得了的。

那好吧，哦，爷爷，我们给您买的那块地，您满意不？我可是找了全县最有名的风水先生看过，说那是正儿八经的风水宝地。为了避讳，王亚楠故意将“墓地”的“墓”字省去了。

嗯，这事办得不错。王老爷子脸上露出一丝笑意。

那就是说，您满意了？王亚楠如释重负。那块朝阳的一亩多山地可是他花了大价钱买来的。

这地呢，我们可要利用好了，亚楠啊，你拿纸笔过来，今天晚上，我给你们留下一条家训，也算是我的遗嘱吧。

王老爷子喝了口水，舒缓了一口气，望了亚楠一眼说：开始记！从今往后，凡我王家子孙后代，每年每人至少要在家里的山地上栽一棵树，只准栽种，不准砍伐，死后，不得使用棺木，不得建造坟茔，必须将骨灰埋在自己栽的树下。

王老爷子扫视了一下众子孙继续道：我们农村有句俗话叫“人死如泥”，既然如此，那么，我们干吗死后还要跟子孙争那一方寸土呢?！你们看看有什么意见，要是没有异议，那就在上面签个字。众子孙你望着我，我望着你，虽然大多数心里转不过弯子，但还是一个跟着一个在老爷子留下的家训上签了字，因为，他们谁也不想担个不肖子孙的名声。

原载 2016 年第 4 期《天池小小说》

马后炮

邱宗植

故事发生在清末年间。

黑洞山上的几名匪徒，到沟子村去抢劫财物，强奸民女，滥杀无辜。其中一名作恶多端，杀死两名民女，叫马大虫的匪徒，被村里的人打死了。马大虫是匪首孔老狼的小舅子。因此，孔老狼下了狠心，要把沟子村的人斩尽杀绝。孔老狼的手下不过 20 多人，只有五把枪支，百余发子弹，要把沟子村的 300 多号人灭了，谈何容易。孔老狼想了几天几夜，最后选定了火攻之计，让沟子村的数百生命，葬身火海之中。

夜里，孔老狼的人马，突然包围了沟子村。匪徒们手持火把，分布在村子的四周，口里齐声高喊道，村里所有的人，都必须到酸枣树下集中，违者格杀勿论！孔老狼朝天上放了三枪，沟子村的人都在睡梦中惊醒。

果然，大部分的沟子村人，在土匪们的连拉带推下，来到了酸枣树下，站成了黑压压的一片。酸枣树下是一块几百平方米的草地，平日里是大家纳凉与聊天的好去处，乃沟子村人再熟悉不过的地方。孔老狼站在草地的一块巨石上，高声叫道，大家不必惊慌，只要你们交出杀害马大虫的凶手，其余的人概不追究。孔老狼道，在未查到凶手之前，先委屈大家一下，必须全部到祖祠里等待，以防凶手逃离。沟子村的祖祠，四处围墙高筑，里面建有三堂六栋，可容纳数百人。每年的祭祖活动或戏班子来演出，都在这里举行。听了孔老狼的话，大家都松了口气，反正自己没杀马大虫，最多在祖祠里待上一日半日。于是，大家在土匪们的押送下，乖乖往祖祠那边走。

途中，有个叫阿丙的年轻男子，突然大声叫道，大家别上当啊，土匪一定是想把咱们困在祖祠里，点一把火全部烧死，因为我见到土匪们往祠堂里塞稻草。阿丙的话音未落，便被孔大狼一枪崩了。大家惊慌失措，人群中一阵骚乱。孔大狼朝天放了一枪，叫道，谁敢跑就毙了谁！孔大狼道，别听阿丙一派胡言，大家放心，只要在祠堂里查出了凶手，大家就可以回家了，不会受到牵连。咱孔大狼说话算话，决不食言！大家满腹狐疑。孔大狼心狠手辣，丧尽天良，上山为匪已近三年。以孔大狼的德行与做派，极有可能一把火烧了祠堂，让大家葬身大火。大家忧心忡忡，步伐错乱。

走在前头的中年汉子阿金想，若在祠堂里被活活烧死，还不如现在跟土匪拼个鱼死网破！走在后头的阿木想，土匪才 20 多人，就那么几条枪，咱们几百人一哄而上，赤手空拳一样打败土匪。可头一个动手的人，肯定与阿丙一样，先被土匪打死。因此，凡事都不能莽撞，得三思而后行。阿木平日举止文雅，是村里唯一的秀才。走在中间的小伙子阿游，想得更有道理。古人云，三人行必有吾师，数百名乡亲中，必有人先动手。上有老下有小，干吗非要咱先动手呢？枪打出头鸟，谁先动手谁先死，咱阿游会那般傻么？只要他们先动手了，咱阿游决不落后，到时候倒霉的可就是土匪了。匪徒们就那几支枪顶屁用，咱们几百号人，还不把 20 几个匪徒剁成肉酱？

大家都盘算着，必须由别人先动手，自己决不能头一个动手。时间一秒一秒地过去，沉重的步伐缓缓向前移动，愈来愈向祠堂靠近。所有的沟子村人，心都吊在了嗓子口。现在，离祠堂只有几丈远了，咋还无人动手？大家都愿意白白送死吗？阿丙用生命换来的警告，宁可信其有不可信其无啊！终于，走在前头的阿金，到了祠堂的围墙下。阿金本能地停下了步伐，不愿迈进祠堂的门槛。孔大狼冲上前去，猛然将阿金推进了敞开着的祠堂大门。紧接着走在阿金背后的几个人，也被匪徒推进了祠堂大门。慢慢地，后面的人见前面的人都进了祠堂，便提心吊胆地跟了进去。待沟子村的人都进了祠堂，孔大狼命令匪徒把大门锁上。有人见匪徒们都没有进门，顿觉大事不妙，灭顶之灾即将来临！

果然，有些人还未完全反应过来，后院便噼噼啪啪燃起了大火。原来，几名匪徒沿梯爬上高墙，往祠堂里扔下了火把。昨天夜里，孔大狼就把几十捆泼过茶油的干稻草，偷偷塞进了祠堂，以确保“火烧连营”万无一失。顷刻间，大火冲天。围墙内的数百名沟子村的男女老少，喊爹叫娘，插翅难飞。只半个时辰工夫，整座祠堂化为灰烬，数百名生命成了冤魂。临死前，阿游愤愤然说了一句震耳发聋的话，坏就坏在“人不为己天诛地灭”，祖宗早就该传训后人，人若为己天诛地灭，那今日的遭劫就是另一种结局！阿木道，阿游，其实你不懂得该话的真正含义。阿游道，就你懂，事情坏就坏在你这样的秀才身上！阿木反驳道，那你阿游为何不动手？

阿游冲向大门，高声吼道，狗娘养的土匪，老子跟你拼了！阿游擂起拳头，朝大门猛砸，右手节当即断裂，血流如注。紧接着砰的一声，阿游用脑袋撞向大门，脑浆四溅。阿游轰然倒地。阿木忘了死神即到，愤然点评道，这叫马后炮！

原载2016年5月31日《三明日报》

龙虎斗

梁　刚

丁晓虎开饭店有些年头了。尽管店的规模不大，但市口很好，在七宝镇的蒲汇塘桥对面，在街的中心位置；菜和点心的花样也多，正宗的本帮特色，比如红烧肉、腌笃鲜、扣三丝、油爆河虾等，但要说最聚人气的，还是他的招牌点心小笼包，皮薄馅多，一咬一口汤，肉质坚实新鲜。如果选个雅座，一边闲看水阁清流船悠悠，一边享受美味佳肴和老酒。那才一个爽哩！

王老头也开了一家酒店，就开在丁晓虎饭店的街对面，但生意远不如丁家。

所以丁晓虎特别得意，每每吃饱老酒，就会拉开粗嗓门说：就他的那个破酒店，只能当陪衬！但他没想到，王老头一直在培训儿子，正蓄势待发。王老头的儿子王兴龙拜师于南京东路的“大三元”，那是一家远近闻名的大酒店，广帮特色。这对于百年不变的本帮菜点无异是一种冲击。

那时七宝镇远不如现在那么花样百出，整条街的餐饮特点都八九不离十，白切羊肉与红烧羊肉之间并无太大的味蕾冲击。但王兴龙来了之后，一切都变了。就说小笼包吧。王兴龙做的馅心，不加肉皮冻，而是在肉馅中加入葱末、姜末、盐、花椒粉和香油，搅拌均匀后，再一勺一勺加进鸡汤，搅拌至肉馅把水分全部吃透。一般一碗肉馅，要加一碗鸡汤。想想，同样是一咬一口汤，但咬出来的味道能一样吗？食客们吃了他家的小笼包，便不停地咂嘴，说：鲜得来，眉毛也脱落了。

王家酒店渐渐聚集了人气，王兴龙又推出新花样：比如汆来钟、神树开花和金鸡饼，那些菜名都大有来头，都源于七宝镇的七件宝贝。其实汆来钟就是用半个冬瓜，掏空了芯，然后倒入滚烫的腌笃鲜，半个冬瓜汆在煮沸的水中,宛如水中汆钟。等你把竹笋、咸肉吃完了，那冬瓜就成了另一道菜。那神树开花是用香蕉皮做的，其形状有如金菊绽放，具体制作没人知道，但深受女士欢迎，不啻是味道极好，还养颜。据说香蕉皮含有丰富的镁、硫黄、磷、锌、氨基酸等多种营养矿物质。金鸡饼是广帮传统菜，并非为谁量身定制，只是刚好契合了七宝文化。其主要原料就是用土豆泥做皮，用鸡丁肉丁香菇丁竹笋丁做馅，包好后压扁，放入油锅炸成金黄即可。

这些新品极大冲击了食客的眼球和味蕾。一时，王家酒店的生意兴隆。丁晓虎有点沉不住气了，他开始寻斤头（找碴儿、挑衅），开始“戳煞爷娘”地骂街。

王兴龙是好脾气，他的嘴角始终洋溢着微笑，他对谁都客客气气。对于骂街他更不可能接招。那差不多就是一种鄙视了，如果再骂，只能自取其辱。

丁晓虎感觉无趣，便想着对应之策。他也学做了汆来钟和金鸡饼；他把臭豆腐炸得皮脆肉嫩；还在小笼包的肉馅中加了虾仁；把牛腩和牛筋做得极有嚼头。食客就说：丁师傅，你做的菜大有长进啊。丁晓虎嗓门极大地说：那是，我做的是正宗本帮菜！

不久，王兴龙又推出两道“大三元”的招牌冷菜，一道是醉鸡，一道是叉烧。据说那两道菜的制作极为隐秘，必须加入中药，否则达不到“口齿留香，回味无穷”

的境界。这两道菜的推出，一时成为当地食客的美谈。

后来食客们突然发觉，这两人的名字藏“龙”卧“虎”。于是便大笑起来：哈，笑煞人，龙和虎面对面开着店，哪能不斗？

转眼就到了1937年的10月，初秋的晌午，食客们坐在酒店的雕花窗棂前，已能感受到“竹喧归浣女，莲动下渔舟”的秋景了。但那一刻，天空突然响起了日机掠过的声音，然后就传来了轰隆隆的爆炸声，前后响了四次。之后就传来了哭喊声。彼时，许多百姓丧了命，王兴龙的母亲也在其中。

食客们一声长叹：戳煞娘的小日本，往后再也不得安宁喽！

那以后，不管是丁家饭店，还是王家酒店，生意都一落千丈。

之后的一天，有个叫小田一郎的日本军官走进了王家酒店，他能说一口流利汉语。他把王兴龙叫到跟前，问：你会不会做“龙虎斗”？

王兴龙愣了愣，然后摇头，心想：“龙虎斗”虽是广帮菜，但当地人很少吃野生动物，蛇猫之类更是不碰，偶有吃蛇的，最多来道“龙凤煨”，或叫“龙凤呈祥”，只是讨个吉利罢了。但嘴上只是说：原料恐怕不好找，尤其是狸猫。

小田一郎不耐烦地挥挥手，说：这我不管，做不了这道菜，就烧了这店。

王兴龙谦卑地赔着笑说：太君，要不做道“龙凤呈祥”？吉利，味道大大的好。

小田一郎一拍桌子站起来：我不要“龙凤呈祥”，现在是战争，就要“龙虎斗”。中国不是号称“龙的传人”嘛，那大日本的就是虎，我就要“龙虎斗”，虎的，一定能战胜龙！

王兴龙的笑脸突然凝固了，他迟疑了一下说：狸猫确实没，最多弄只家猫。

小田一郎瞪他一眼，用手摸了摸脸说：家猫？即便是家猫，也能打败蛇！

王兴龙没吱声，只是沉着脸，弯了弯腰，便退了出去。

做“龙虎斗”很吃功夫，蛇和猫都必须经过去腥、剔骨的流程，尤其是猫，要用甘蔗来去腥，还要去掉脊髓以去酸。骨头熬汤做羹，蛇肉猫肉细细切丝，和菌菇一起烹炒，味道鲜美，无与伦比。再加蛇性微凉而猫性微热，一阴一阳谓之道，是真正的大补佳肴。

小田一郎吃得不住点头，哟嘻，大大的美味！然后就拍案唱歌。微醉的表情，满是怀旧，然后就说起他早年随父做生意，到过台湾、福建、广州，所以知道“龙虎斗”，但一直无缘品尝，今天总算如愿以偿。

王兴龙僵硬地微笑着没吭声，然后送来一碟秘制萝卜，说：这个，大大的爽口，能醒酒。

小田一郎夹起一块，放入嘴里，再次喊了一声：哟嘻！

之后，小田一郎便常来，来了就点“龙虎斗”，餐毕，王兴龙照例给他端来一小碟秘制萝卜。于是，王家酒店的生意就格外地好。对面的丁晓虎因此恨得牙痒痒。每天发戆劲，“戳煞爷娘”地骂街。

有一天，突然传来小田一郎死了。死得很蹊跷，什么原因也找不到。

当晚，王兴龙突然敲开了丁晓虎的家门，说：我要走了，这是我记录的一本菜谱，有空看看。记住：蛇和萝卜不能同吃，吃了会中毒，严重时可能会暴毙。

丁晓虎拿着菜谱，呆了半晌，等他回过神来想对王兴龙说声谢谢时，王兴龙早没了踪影。

原载 2016 年《四季》夏季刊

给自己一点颜色

黄杰贵

教育局老局长马上就要退休了。黄副局长想，论资历，论人际关系，自己远不是陆副局长的对手，自己除了两袖清风，干的事情多一点之外，哪一点也比不上陆副局长。

这次若能当上局长，可是个千载难逢的机会。如何能得到提拔重用呢？这是摆在黄副局长面前很难逾越的一座冰山。黄副局长整天为此五心烦躁，绞尽脑汁。

突然有一天，黄副局长却被市纪委约见谈话了。在这个节骨眼上被纪委盯上，可谓凶多吉少，别说能提拔，恐怕连自身的位子也难保了，弄不好还会带来牢狱之灾，现在的干部，哪个没有一点问题呢？人们纷纷猜测，黄副局长遭人举报，肯定是他的对手所为，看来黄副局长的仕途恐怕就要走到头了。

纪委的同志开门见山地说，黄杰贵同志，我们接到群众举报，说你利用职务之便贪污受贿、挪用公款、吃拿卡要，可有此事？

没有，我以党性起誓！黄副局长坚定地回答。

黄杰贵同志，你也是老干部老党员了，你要有组织观念，不要有任何侥幸心理，你自己干的事，难道还要我们提醒你吗？你自己说出来，性质可是不一样的！

请纪委领导明示，我何时何地在何人处受贿过？

好吧，那我就提醒你，基建承包商兰总兰老板你认识吗？三年前，他给了你多少好处费？

三十万，不过，当时我就以兰总的名义把那批钱都捐给了希望小学，作为校舍一期工程的建设资金，我有校方打给我的收条，希望小学的校长可以为我做证。黄副局长沉着地回答。

你一年前挪用单位公款二十万，为他人谋取私利，可是事实？

你是说那一批闲置的项目资金吧，这批钱我借给了光明小学购买校车了，因为当时马上就要开学了，学校还没有校车，学校又没有资金，我就把那笔闲置的钱借给了光明小学，我当时也向单位一把手和陆副局长做了汇报，他们也都默许了，这笔钱是通过会计直接汇到学校账户上的，不过这笔钱后来光明小学已经还给我们了，我自己从中并没有得过任何好处，不信你们可以去查。黄副局长冷静地回答。

还有，包工头们说你吃拿卡要，收受了他们的高档烟酒，这里还有一组统计数据，一共是五粮液二十箱，茅台酒三十箱，中华烟四十条，这可是事实？

这些烟酒都是他们自愿送来的，并非我索要的，况且我都交给单位食堂了，你们可以去食堂了解一下，他们有记录。黄副局长应对自如。

还有别的吗？你要如实交代。

绝对没有，我以党性保证！

好吧，在我们查清事实真相前，只好委屈你在这里多待几天了。

三天后，纪委再次找黄副局长谈话。纪委的领导说，黄副局长，前两件事情我们已经查明，基本符合事实，这没有问题，可是收受烟酒的事，据我们了解，你少交了一箱茅台酒和一条中华烟，是你据为己有了吧？

哦，想起来了，送酒的那天，正好市里有领导来单位检查，晚上在我们单位就餐时，我就直接带一箱茅台到酒店了，没有上账，这件事是办公室白主任经办的；还有，那一条中华烟嘛，为了来人招待时方便，放在我的办公室里了，我已经拆了两包，还剩八包，我自己是不抽烟的，不信你到我的办公室里去查，烟就在抽屉里。

纪委的人相互看了一眼，默许地点点头。

事后，纪委的人发出感慨，现在还有这样的清官，实在难得，这样的领导不提拔，还能提拔谁呢！

消息一经传出，黄副局长赢得了社会一片赞誉，当局长的呼声一下子高了起来，后来组织部门也不得不重新调整人事安排，黄副局长理所当然地被提拔为局长。

黄夫人一听说老公当上局长了，高兴得眉飞色舞。她问黄局长，纪委不是正在调查你吗？你怎么反败为胜了呢？黄局长笑着说，嘿嘿，我要是不用这一妙招，能当上局长吗？这叫剑走偏锋，险中取胜，这一招除了我，还有谁敢用啊！

什么招？是你自己举报自己的？夫人好奇地问。

黄局长凑到夫人耳边神秘地说，天机不可泄露！

原载 2016 年第 3 期《精短小说》

火车站旁的馄饨

焦　辉

随着人流走出火车站，正午的阳光泼洒下来。一张笑脸跳进眼帘，肩膀受了温柔的一击，悦耳的声音传来："这是谁家的小眼睛帅哥啊。"我笑了，轻轻揪揪晓云柔软的耳朵。她咯咯笑起来。我们手挽手走着，皮箱的轮子在方砖上愉快地哗啦啦滚动。

小城不大，透着宁静的气息。火车站旁有几家小吃店，其中有个小店的招牌是飘逸的隶书：暖暖馄饨店。充满童趣的名字。我问："云，我肚子饿了，走，吃馄饨去。"晓云摇摇头，想了一下，说："焦辉，我带你去更好的地方吃美食怎么样？"

我拉着晓云走进暖暖馄饨店。店面不大，明亮整洁。我要了两份馄饨，和晓云面对面吃，热腾腾，香喷喷。晓云说："焦辉，你这么爱吃馄饨啊。"我笑了，说：

“我最喜欢吃火车站旁的馄饨。”晓云好奇地问：“为什么？”我把缘由告诉了晓云。

我刚上中学那年寒假，一个人去姑妈家。姑妈家在几百里外的一个小镇，小镇虽然不大，但有火车站。那是我初次坐火车，一路上很新奇。到站已是半夜。我以为一下火车就能看见姑妈和大鼻子姑父，等我下车四顾，没有看到姑姑或姑父的身影。在火车站里的长条板凳上，我孤坐着，等车站里没有人了，寒风吹得脸颊生疼，我流泪了。“热馄饨。”火车站旁有个馄饨摊，装在改装的板车上，卖馄饨的老人佝偻着腰，棉大衣的领子竖起来，吆喝了一声。我转头看他，他站在冒着白蒙蒙热气的大锅后面望着我。我低下头。我因为伤心，没有什么胃口。过了一会儿，老人走过来，问：“孩子，咋了？”我忍住泪，不言语。他说：“要不，孩子，你帮我看会儿摊，我请你吃馄饨。”我抬头看他，没有回答。他说：“一看你就是好孩子，帮我个忙，中不？”他深陷的眼睛在灯光下充满着温情，我点点头。

看车站里的时钟，已子夜一点。我坐的是最后一班车，现在车站里冷冷清清，根本没有人来吃馄饨。我坐在火炉边，暖和了不少。过了好大一会儿，老人走回来，搓着手说：“真是好孩子。”说着拉开煤火炉风门，淡黄色的火焰舔着锅底，很快，锅里的水沸腾了。他把馄饨下进锅，等水花滚起三次，把碎香菜、酱油、调味料、油炸小麻虾混合着往碗底一丢，舀一勺子开水浇碗里。香气四溢。老人把馄饨舀进碗里，说：“咱的馄饨手艺起码在本地是第一，孩子，这是奖赏给你的。”说着话，满满一碗热气腾腾的馄饨放我手里。我开始不好意思，吃的速度很慢，等第二个馄饨入肚，就控制不住了，开始狼吞虎咽。吃完馄饨，周身温暖。我把空碗递给老人：“大爷，谢谢你。”老人嘿嘿笑了，拍拍我的肩。

天色渐渐明亮，一列早班火车进站。我看见姑姑穿着红袄站在火车站门口，望着下车的人流。我跑过去，姑姑惊讶地抱着我，问：“你从哪个车门下来的？”我说：“我半夜到的，帮大爷看摊。”转头，卖馄饨的老人推着摊子走了，背影在晨雾中朦朦胧胧。姑姑一听我半夜到的，眼泪哗哗下来了：“你这孩子，信上说十九号，咋十八号夜里来了。”我才明白把日期弄错了。大鼻子姑父也来了，拍拍我的肩膀说：“小伙子，长高了。”又说：“真奇怪，卖馄饨的老刘，都是半夜收摊，今天怎么天明才收摊？”我听姑父说完，忙寻觅老人的身影，早已看不见了。

我说完，晓云用纸巾擦着眼睛说：“馄饨真好吃。”婚后，晓云像我一样，有个习惯，不论到了哪里，下火车后，先四处找馄饨店，只要有，必定吃一碗。晓云和我一样，觉得火车站旁的馄饨最好吃。

原载 2016 年 7 月 23 日作家网

老公老婆

马学全

男人进门的时候，女人正在厨房里准备晚饭。男人探进半个身子，问女人做的什么饭。女人转过头，一脸灿烂的笑容，说，都是你爱吃的。

男人伸手从盘子里抓起一块喂进嘴里，说真好吃。

女人说，还有两个菜，马上就好了。

这时，男人的手机响了。男人接起电话，说了几句就出了门。

过了一阵，不见男人进屋，却传来男人的汽车喇叭声音。女人放下手里的锅铲，冲出门，男人已经开着汽车走远。

回到屋里，女人做饭的心情便减去一大半。

女人等到天黑，仍不见男人回来，便胡乱吃了些东西，坐在沙发里看电视。女人喜欢看韩剧，尤其喜欢韩剧中的唯美爱情。女人看着看着就哭了。

男人终于回来了，带着一股酒气。男人进门时看到女人泪流满面，便问女人是不是又被别人家的爱情故事感动了。女人没理男人，自顾自流泪。男人在女人身边坐了下来，问她吃饭了吗？女人“哇”一声哭了出来。男人一看慌了，问她到底怎么了。女人抓起沙发上的靠垫，在男人身上砸了几下。男人被女人突然的举动给弄糊涂了。

男人说，姑奶奶，到底怎么了？我哪儿惹着你了？

女人噘着嘴只顾流泪，就是不说话。男人恹恹地坐着，也不吭声。

许久，女人止住哭泣，问男人去哪了。男人说，闹了半天，原来就为了这事，客户请客，不去不行。

可你忘了今天什么日子了吗？

今天什么日子？男人开始纳闷。

你忘了？

让我想想，结婚纪念日，不对；你的生日，也不对；我的生日，也不是；儿子的生日，更不是。男人想了半天，最终没想明白。

你们男人就是没心没肺，把人家娶进家门就忘了。

男人继续挖空心思地想。终于，男人想起来了，是你答应嫁给我的日子，我怎么会忘了呢，这是一个多么重要的日子啊。男人特意把“啊”音拖得很长。

就会花言巧语，既然知道是什么日子，你还去跟客户吃饭。

男人沉默了一分钟，说，有水吗？

女人起身进了厨房，端来一碗醒酒汤。

男人接过碗，大口喝光，长长地舒了口气，说有老婆就是好啊。男人把“啊”音又一次拖得很长。

去你的，女人终于破涕为笑，给男人端来一盆洗脚水。

男人和女人是大学同学，他们大二开始谈恋爱。毕业前夕，男人在操场上点燃了一片围成心形的红蜡烛，手捧一株娇艳玫瑰，单膝跪地，当着全校师生的面向女人求婚。那一刻，女人觉得自己是天底下最幸福的人，她在心里深深刻下了这个日子。每年这一天，女人都要庆祝一下。

毕业后，女人毅然放弃父母在省城安排的工作，随男人到了市里。男人发誓，一辈子只爱她一个，如果对女人不忠，就让自己变成河里的乌龟。

男人和女人一开始在一家大型国有企业上班，女人在机关坐办公室，男人在销售部门跑业务。三年后，男人辞职，开始做自己的公司。男人公司的业务越做越大，挣的钱越来越多，男人觉得女人上不上班无所谓，他有能力让一家人过得很好。女人于是辞职在家带孩子，顺便给男人做做饭。男人应酬多，很少在家吃饭，女人做了饭多数都是和孩子吃。

早上，男人临出门前，女人特意交代，晚上早点回家。男人一到公司，就忙得一塌糊涂，他早把女人的嘱咐忘了。男人下班的时候，隐约记得女人好像交代过什么，但又想不起来交代过什么，于是开车回了家。女人为了和男人单独吃一顿饭，特意把儿子送到了奶奶家。

男人洗脚的时候，女人拿来一双拖鞋，上面写着“老公”两个字，男人看着上面的字不由得笑了。女人说，笑什么？男人说，没什么。女人说，没什么你还笑？男人说，这双拖鞋挺有意思。女人说，我也有一双。男人这才发现，女人的拖鞋上有“老婆”两个字。男人又一次忍不住笑了。他觉得设计拖鞋的那个人很有智慧。

男人洗完脚，看着女人给自己洗袜子。男人突然鼻子里一酸，觉得对不住女人，女人为了他，完全放弃了自己。可是……

男人悄悄拿出手机，删掉了欣的电话号码。欣是男人不久前参加订货会时认识的一个女人。晚上，男人就是和她单独吃的饭。

原载 2016 年 7 月 22 日《酒泉日报》

木匠张

朱卫军

木匠张的一手活儿做得叫绝。

木匠张大名叫张志华，但因活计了得，人们都叫他“木匠张”。

木匠张的爹就是四邻八乡有名的匠人。木匠张的爹是个独眼，因此吊线的时候就不用像有双眼的木匠那样微微眯着一只眼睛。木匠张从小跟爹学木匠活儿，人又极聪明，等长到 20 岁出头的时候，他的工艺水平已远远超过了他爹，扬名四乡了。周围各庄上谁家闺女要出嫁，都是跑几十里来张家庄请木匠张，活儿总是排得满满的，谁想请，得挨号排队。

这年初冬的一天，黑墩刘黑子的管家田老四来到木匠张的门上，田老四说主人家小姐年底要出嫁，老爷让他来叫木匠张去给小姐做嫁妆，说今天就得去。木匠张一听就来了气，心想你刘黑子不就是大家主有点钱吗，还让管家来叫我？还让我今天就去？你不亲自来请我决不去，偏治治你！就故意说，俺最近活儿太多，得个把月以后再说。心想再过个把月就到腊月了，你刘黑子不急死才怪呢！

管家田老四回去跟刘黑子一说，刘黑子就明白了。第二天，刘黑子戴着一顶四人轿子和礼物亲自来到木匠张的门上，好话说了一大筐，说咱要是论论还沾点亲呢，这个忙你得帮呀。

木匠张看看这架势，顿了顿说，那好吧，我把其他的活儿先放放，先给你干。便收拾工具，出门上了轿。

到了刘黑子的家已快中午，刘黑子的八仙桌上已摆满了酒菜。刘黑子把木匠张请到上岗（主宾位置），好酒好菜地侍候着，满脸笑容地恭敬着，心里却想，就连俺爹娘俺也没有这样侍候过。

这时候，小姐突然进来了，木匠张一看，心里倏然一惊，目光在小姐身上老半天没移开，这位小姐长得真是太漂亮了，那身段、那肤色、那媚眼，迷人至极。木匠张走村串乡多年，也算是见多识广的人，但从没见过这样漂亮的女人，而那小姐似乎也看到了木匠张的英俊，两人对视了半天脸红红的。

刘黑子见状，忙端起酒，连说来来，喝酒喝酒，又朝女儿道：还不快去帮你娘做饭。小姐便明白了爹的意思，出了厅堂。

席间，刘黑子向木匠张说了要打的嫁妆和时间，木匠张说请放心就是。

自此开始，木匠张便在刘家开始干活儿。

那小姐也自此开始天天来看木匠张干活儿。小姐性格开朗，也善言谈。

“你看什么？当监工呀？”木匠张问，其实心里巴不得她在身边。

“学活儿呢。”小姐笑笑说。

“学活儿？你以为看几天就会啦，俺跟俺爹学了十多年还做不好呢。”木匠张说。

“还说做不好？俺听说你远近闻名呢。”小姐说着，就靠近了木匠张，木匠张就闻到了小姐身上飘过来的香气。恍惚间，一不小心把手弄破了，血立时冒出来。

“哎呀！”小姐惊呼道，忙用小手按住了木匠张流血的伤口，同时忙从衣兜里掏出手绢，给木匠张包上了伤口。

“不碍事，不碍事，习惯了。”木匠张说，但他还是很感动，看着小姐那张姣好的脸，心里痒痒的，心想能娶上这个女人的男人真是福气。

这期间，木匠张把所有的技能都用在了小姐的嫁妆上，可以说件件都称得上精品。

一个多月后，所有的嫁妆都做完了。

在刘黑子答谢木匠张的那天，小姐突然宣布：她要与准备结婚的那家退亲，她要嫁给木匠张。

这个宣布不仅刘黑子大惊，连木匠张也大吃一惊，在此之前，小姐尽管天天过来看，但丝毫没有流露出对他好的意思。这顿饭还没吃完就赶紧走了。

刘黑子气急败坏，但怎么劝也没用，小姐执意已决。想想木匠张也的确不错，最终妥协。

与那家退亲的纠纷自不必说，退了那家所有的彩礼不说，还外加20块大洋。

后来呢？后来，那小姐就成了我姥娘。

原载2016年《东方小小说》创刊号

杀猪

蔡进步

离春节还有三天，皇藏峪村的黄老汉找到侄子黄山，说想把家里的大肥猪杀了。

黄山早些年杀猪卖肉，技术娴熟，在皇藏峪村有“一把刀”的美誉。逢年过节，村里不少人都杀猪，村民们杀猪，必找黄山。

农家养一头猪不容易，有些人自己不舍得吃，剩菜剩饭都省给猪吃，养大一头猪一般都得一年时间，养到一二百斤或二三百斤重。多数都在年关杀，而后卖给本村村民。买肉者有的给现金，多数赊账。卖者图的是能留下猪头、猪蹄和猪下水等，有这些东西，就能过个肥年。

黄山说，俺叔，您老两口养一头猪不容易，哪有直接卖猪省事，只要一过秤，当时就给你数钱，有了钱，你再去买猪肉，多好。你留猪头、猪蹄和猪下水干啥？您老两口能吃多少？就算有亲戚朋友来瞧您，那也不必要杀一头猪。

黄老汉一笑，山，你就杀吧，我和你婶子商量好了，现在农村生活水平提高了，咱又不缺钱，图的就是个热闹。

黄山知道，杀猪那天，凡是来帮忙了，都得在叔家吃饭，饭菜当然是以猪肉为主，酒尽情地喝，肉尽情地吃。

杀猪那天上午九点，黄老汉的院子里人头攒动，都是帮忙的。那猪被黄老汉养得膘满肉肥，黄山拿眼一瞟，就知道这猪超过三百斤。

人们烧水的烧水，逮猪的逮猪，一个人也摁不住那头大肥猪，只要把猪捆好，剩下的活儿就是黄山一个人表演了。

人多好干活儿，个把小时后，黄山开始给猪开膛破肚。猪肠子、猪下水、猪头先后挂在院中。

过了一会儿，村民们纷纷前来买肉，你三斤、他五斤、我十斤，买者多是老年人，他们赶集上店不方便，足不出村，既能保证斤两，还能保证猪肉的质量，到集上去买，谁知道那猪是不是吃添加剂长大的呢。

村民黄河给记账，有的给现金，有的赊账。

黄山正在给村民们割肉，猛抬头，看见黄老汉的四个儿子、儿媳和孙子孙女走进院子，数了数，一共十八个人。

四个儿媳每人要割二十斤肉，还说赊账。黄山看了看黄老汉，手中的杀猪刀不敢贸然落下。

黄老汉一笑，山，割吧。黄山有点不大高兴，心说，你们弟四个平时眼里有爹娘吗？村里人谁不知道，逢年过节，人家都把爹娘接到家里吃团圆饭，你们接了吗？你们吃香的、喝辣的，老爹老娘吃的啥，你们问吗？不接也行，有好吃好喝的给爹娘送点也行。可你们有肉自己吃，有酒自己喝。你们一年可能来看爹娘一趟，说句难听话，爹娘饿死冻死了恐怕你们都不知道。现在看老头杀猪了，你们来了，你们哪是来看爹娘的，是来瓜分猪肉的吧。要是我，你们一两猪肉都别想要，该滚哪儿滚哪儿去。

黄老汉四个儿媳笑眯眯地把猪肉拎回家，时间不大又回来了。她们一起动手，开始准备中午饭。大儿子黄树朗问黄河要了一百块钱的卖肉钱，说是去商店买酒。

末了，黄老汉专门留了五十斤猪肉，说是自家人吃。

中午，黄老汉家里摆了整整三桌，黄老汉老两口、四个儿子儿媳、孙子孙女，共计二十人，加上前来帮忙的人，不多不少，整整三十个人。其实，帮忙的人不止十个，他们一见黄老汉的四个儿子全家出动，便都回去了，他们看不惯。

这一天，黄老汉家里响起了久违的笑声，这笑声让黄老汉家提前进入春节。黄老汉夫妇俩的眉头一直都舒展着。他们高兴，尤其是黄老汉，脸喝得通红。村民们知道，黄老汉院中已经十年没出现这种笑声了，这笑声今天是“前度刘郎今又来”。

当天晚上，黄老汉一家二十口人仍然团团围坐在一起，四个儿子频频向老爹举杯。

第二天、第三天、第四天，黄老汉一家二十口人都在聚餐，欢笑声一直在院子里回荡，那笑声比外面人们燃放的鞭炮声还响，还动人。

第五天晚上，黄老汉家的猪肉、猪头、猪下水、猪排骨等被吃得一干二净，四个儿子儿媳孙子孙女开始“打道回府”。

第六天，黄老汉家恢复了往日的宁静，儿子儿媳孙子孙女们再也不见了踪影。

当天上午，黄山在村口遇见黄老汉，听说黄老汉的儿子们一直拖家带口在爹娘家吃了五天，吃完了猪肉才回去，黄山不禁义愤填膺，他不住地埋怨黄老汉。

黄老汉一笑，山啊，你知道吗？这十年的春节中，只有今年春节，我和你婶子过得最开心，儿子儿媳孙子孙女都在一起过，二十口子人，开心啊！我们都这把年纪了，图的不就是儿孙团圆吗？我和你婶子商量好了，等两天再逮一头小猪养，明年春节我们还杀猪！

原载 2016 年第 2 期《相城》

铁匠麻三

黄学友

村子很小，小得麻三在铺子里打铁全村的人都能听到。

麻三的铁匠铺子，在村南一条东西路旁。铺子前一棵百年老槐树，枝繁叶茂。铺子内一座黑砖垒成的烘炉边是一只熏黑了的木制风箱。再远一点是一木架上安放着的光滑的铁砧，铁砧旁放着一大一小两只铁锤，还有铁剁子。这便是麻三全部的家当。别看铺子简陋，器具粗笨，可麻三打制的锄、镰、锨、镢、刀却样样停当。

麻三还有一样绝活，那就是打制军刀。他做的军刀锋利无比，是他父亲生前传给他的。

麻三其实不姓麻，他姓徐，排行老三，名叫徐三。只因为他长了一脸深浅不一的麻子，所以人们都喊他麻三。

麻三因为长得丑，加上整天烟熏火燎，脸膛紫黑，眉目灰暗，村子里的姑娘都不愿嫁给他，到了二十七岁还是孑然一身。

那一年从外地来了一个讨饭的女人，饿得晕倒在他的铺子前。他放下手里的铁锤，把那女人抱进铺子，等女人醒来，他从烘炉下的煤灰里掏出了几个烧熟的红薯，递到女人的手里。女人也不怕烫，狼吞虎咽地吃起来，吃完了再不愿离开铺子，从此便成了麻三的女人。

女人跟了麻三，干燥枯黄的头发开始变得乌黑、柔顺、发亮。蜡黄的脸上也开始变得红润。她先是帮麻三升火点炉拉风箱，后来就给麻三打下锤。麻三自有了女人后，也浑身就像有使不完的劲，成天把个铁锤抡得呼呼生风。

这天，麻三的铁匠铺子里走进了一个陌生人。

“你叫麻三？”那人递给麻三一支烟问。

“是我，请问你找我有事？”麻三点头说。

“我想在你这里定做一批货。”那人说。

“什么货？”麻三狐疑地道。

“军刀！”那人盯着麻三的脸果断地说。

麻三听后心里一震，旁边女人的脸上也流露出来惊慌的神色。“你是什么人？”麻三警惕地问。那人做了一个“八”字的手势。

麻三思忖了片刻说：“我做。”又问：“多少件？”那人的眼里放着光说：“好！就先做一百件吧。”麻三说：“行，三天后你来取货。”那人说：“不！就两天的时间……”

那人走后，女人惊慌地问麻三：“你接这活儿就不怕掉脑袋？”麻三却说：“我不做这活儿就不是中国人。”两人昼夜加班，女人把风箱拉得呼呼响，男人把铁锤打得叮当当。他们只用了两天的时间，就做好了一百把明亮锋利的军刀，并顺利地交到了八路军的手上。

自八路军取走那批军刀后，麻三的心里一直不能平静。他早就听说，日本鬼子已到附近的几个村子里进行了大扫荡，也早已恨得牙根疼。他后悔没有跟来取刀的八路军一起走，扛起枪去打鬼子。

一天上午，麻三和女人正在铺子里吃饭，远处传来了几声枪响，惊得老槐树上的鸟四处飞散。麻三放下饭碗走出铺子去看，见一个女兵一瘸一拐地朝自己的铺子奔来，他认出那是八路军的一个女伤病员，就跑过去把她扶进了铺子。枪声越来越近，显然是有鬼子兵追了上来。女兵的伤在腿上，再去别处已不可能。可铺子里又没有藏身之处。情急之下，麻三让女人找出自己的一身旧衣裳，让女兵换上。又在女兵的脸上抹了几把炉灰，然后让女人抱住女兵的头，自己却拿起一把菜刀按在了女兵的头上。女人惊愕。女兵还没有明白是什么意思，一头秀发已经脱落在地。女人刚把地上的头发收拾好，几个鬼子兵就闯进了铺子。他们看到一个光头男人在拉风箱，一个短发男人和一个长发女人正在打铁，就把眼光盯在了长发女人的身上。他们盯了很久，发现不是自己追踪的目标，就急匆匆地离开了铺子。

鬼子兵走后，麻三把女兵转移到了一个安全的地方，并找医生给她腿上的伤口进行了包扎。女兵伤势痊愈临走时，又找到了麻三要求带走剃掉她一头秀发的那把麻三亲手打制的菜刀。从此，找麻三打制菜刀的人越来越多。

到了深秋，老槐树上的叶子开始飘落。

这日，麻三和女人正在打铁，一个日本鬼子小队长带着几个鬼子兵闯进了铺子。鬼子小队长用生硬的中国话对麻三说："你的，给皇军做军刀的有，做好了大大的有赏。"麻三怒吼道："老子不会！"鬼子小队长挥舞着军刀气急败坏地说："不做的，死啦死啦的有。"麻三高声说道："老子就是死了也不做这缺德的事。"鬼子小队长命令几个鬼子兵，用绳子把麻三吊在了老槐树上，严刑拷打，麻三就是不松口，最后麻三让鬼子用刺刀活活刺死。

麻三死后，铁匠铺子关了门，女人也不知去向，后来有人说她去参加了八路军。

原载 2016 年第 1 期《小小说家》

继 父

蒙福森

阿峰的娘病了。

娘躺在屋里，有一声没一声咳嗽着。娘病了几日了，滴水不进，阿峰只得送娘去医院。

娘的病好了点，出院回家，变得沉默了，沉默得可怕，几天几夜不说一句话；也变老了，神情恍惚，丢三落四，常常站在院子里发呆。

家里像冰窟一样，冰冷，没有一丝活气。

阿峰知道，自从继父走后，娘就像一头老牛，被活活地抽去脊骨，瘫倒了。

继父是被阿峰赶走的。

那天，阿峰在村口打牌，有人说到高世才在石场打石时发生事故，死了，高世才老婆想改嫁，男人都找好了，就是放不下两个娃。老猫说，改什么嫁，两个不大不小的娃，谁带？不如像老文婆，找个野男人上门，又能干活，又能养娃，晚上又不会旱着，嘿嘿！一举多得，多好！

老猫的话像虫子般钻进阿峰的耳朵，阿峰的脸刹那间红得像块红布，火辣辣地烧。

老猫说的老文婆就是阿峰的娘。

好多年前，阿峰还小，那年五岁，阿峰的爹在工地做建筑，从脚手架上掉下来，不在了。娘一个人拉扯着阿峰几兄妹，艰难度日。阿峰几兄妹，像庄稼地里的玉米苗，干着，旱着，一棵一棵等着吸营养。娘一个人，撑着一个家，说多难有多难，常常在万籁俱寂的深夜，用被子捂着脸，哭。

一个男人走进了他们的家。

男人是个木匠，贵州人。到了高良村，一家接一家做家具。做到阿峰家，娘空闲时同他聊。一聊，才知道他也是苦命人，老婆好多年前就没了，留下一个女娃，在老家，爷爷奶奶带。

这世界上，苦命人多了。娘感叹。

同病相怜，两个苦命人说着说着，离不开了。

木匠的脚像被胶水粘着一样，粘在阿峰家，再也挪不开步。

就这样，男人留在了阿峰家。

男人成了阿峰兄妹的继父，成了家里的顶梁柱，种田种地，养猪养鸡，挣钱养家，家里家外，继父是劳动的好手。

继父对阿峰他们兄妹很好，视若亲生。一次，阿峰半夜发高烧，额头像火一样烫。村里的医生束手无策，继父硬是背着阿峰，十几里的山路，一路跑着，一刻没有停。娘拿着包袱，跟在后面跑。到了镇卫生院，打了针，退了烧，娘才发现，男人的脚被鞋子磨穿，血淋淋的。那一刻，娘哭了。

继父在阿峰家二十几年，日子一天天好起来，建了楼房。阿峰几兄妹读书，长大，打工，娶妻，出嫁，有了自己的小家庭。日子就像村边的小河流，缓缓地流淌。娘老了，继父也老了。

二十几年，继父只回过几次贵州。继父的女儿出嫁后，就再也没有回去过，把这里当成他的家了。

继父任劳任怨，为这个家，付出那么多，头发花白，满脸皱纹，腰弯得像煮熟的虾。但此刻，老猫的粗言冷语，像一把锋利的刀，捅进阿峰心里，血流满地。

野男人！我娘找了个野男人！

对，继父就是个野男人！没有明媒正娶，没有三牲酒礼，没有领结婚证，二十几年，就这样搭伙着过日子。

奇耻大辱！阿峰感觉自己像光天化日之下，脱光衣服，一丝不挂。从那天开始，阿峰窝着一肚子怒气，整天给继父脸色，给娘脸色，指桑骂槐，发脾气，摔东西。

继父待不下去了，跟娘说，要不，我……我回去吧？

娘也无可奈何，什么也说不出。沉默了很久，流着泪，叹息一声，好吧。

继父走的前天夜里，一家人默默吃饭，谁也没有说话。吃完饭，娘和继父回到房间，俩人一直没有说话。娘含着泪，把他的衣物收拾好，另外，把三万块钱放进他包里，说，你走了，为这个家，二十几年，做牛做马，累死累活，什么也没有得到，就这点钱，拿着，回去……有合适的，就找一个，好好过日子……

娘声音哽咽，说不下去，哭了。

继父劝不停，跟着哭。

第二天凌晨，继父走了。

娘就病了。

娘从医院回来后，病时好时坏，一直没有恢复。

邻居们指责阿峰，说他是白眼狼，忘恩负义，继父老了，没用了，就赶走人家，很不地道。

娘的病一直好不了，医生也无能为力。心病还须心药医，终于，阿峰决定，亲自到贵州一趟，找到继父，把继父接回来。

阿峰开始收拾东西，突然，发现他的行李包里有一包用旧报纸包着的东西，打开，是厚厚的一沓钱，一数，整整三万。

阿峰不知道，那天晚上，娘哭了大半夜，累了，终于迷迷糊糊睡着了。继父没有睡，一直坐着，天还没有亮，悄悄地出来，佝着背，提着行李，离开家，在大厅，把那沓钱放进阿峰包里。

看着那沓钱，阿峰顿时像被抽去了脚筋，瘫倒在地上，泪水啪啪啪直往下掉。

原载 2016 年第 2 期《百花园》

差生和优生

李抗生

差生和优生是校篮球队的队友，两人的站位挨得最近，优生是得分后卫，名副其实的得分高手，不但投篮得分多，他的学习成绩，在全年级也常年保持最高分；而差生是大前锋，全队个子最高，体魄最强，但学习成绩始终上不去。有的同学背后笑他：“只长个子，不长脑子。”有的笑他：“四肢发达，大脑简单。”

进入高三后，两人就挨得更近了，竟成为课桌邻座，坐在一起了。差生和优生都不明白，这是老师的有意安排，还是一种偶然的巧合。差生高兴得不得了，额手称庆：“感谢老师，要不，就是要感谢上帝了，作了这样好的安排。”

第一天，第一节晚自习下课后，两人一同回家，相当一段路他们是相同的，两人都是走读生。在路上，差生提出，请优生在学习上多多帮助，优生很爽快地说，好的。

在什么时间段里？两人想，只有在自习课里了。什么形式？自习课虽然老师不在场，但纪律规定，不准讲话，不准交头接耳，以免影响他人自习。优生说：

“这样吧，你用文字表达方式提问题，写在本子里，我同样用文字在本子里回答你，可行？”差生很是犹豫，他的各门课里，语文最差，语文里，作文又最差。优生鼓励他：

“试试吧，一回生，二回熟。”

两人走到十字路口，就分手了：优生向东转，走向棚户区；差生向西转，走向别墅区。各人回到家后，再学半小时外购的辅导资料。

第二天早自习，两人就开始了这样的学习。差生费了九牛二虎之力，才将一个问题用文字表达清楚，写在一册精美的笔记本上，将本子推给优生。优生很快将答案写好，又退给差生。一节早自习，差生的问题很多，却没有写出几个，他好沮丧。

班主任很快知道了他俩的事，课间休息时，两人被班主任叫去了，让他们将那个本子出示一下。看了后，班主任明白了一切，她说：

“一个求学，一个肯教，只要不妨碍他人自习，这未尝不可。不过，你俩得坐到最后一排去。”

日积月累，差生在本子上能写更多的问题了。他觉得这样的求学，远比学那些劳什子的死家伙——辅导资料强得多。于是，每隔十天半个月，他就将源源不断寄来的资料，当作废品卖给收废品的。

差生和优生所企盼的高考终于来临，差生的心情很复杂，既企盼，又害怕，想考上，又怕考不上。优生鼓励他说：

“我不说假话，你这一年下来，从你的问答本子上，可以看出，你的进步很大，不说一本吧，二本是有希望的。”

果真，他考取了一所二本大学，其中作文的成绩相当不错。他和他的父母都没想到，他的作文竟有这样大的进步。

他和他的父母，在入学前的某一天，带着礼物，还有一个红包，红包里是一张五万元的借记卡，到优生家里登门道谢，并兼有对优生考取清华大学的祝贺。

他们第一次到棚户区，当然也是第一次进优生家。优生和他残疾的父亲在家里。优生对他们的感谢，是这样回答的：

“其实，我在帮助他的同时，自己的功课也得到了巩固和提高。”

优生一张简易书桌上的资料，引起了他们三人的注意，都是一些外购的学习辅导资料，跟差生订的一模一样。他们问优生：

“这些资料对你的学习和高考有帮助吗？”

“有一定的帮助。”

“买这些资料花了不少钱吧？”

“很便宜，我妈妈废品收购来的。”

“啊?!”三人异口同声。

“你妈妈呢？”

“去收废品了。”

“有她的照片吗？”

优生和他的父亲感到奇怪，为何要看他母亲的照片？但还是让他们看了，这是一张优生考取了清华后的全家福：

“啊——”原来，她就是到差生家收购废品的人。

原载 2016 年第 9 期《金山》

《二十四史》谬误始末

符浩勇

翰林院门前的雪已累积成一张厚厚的棉袄，天还未亮，纪大学士纪晓岚便来到院里。昨天高公公已通传过，今日早朝后圣上要询问《二十四史》修订事宜。此时翰林院大堂内灯火通亮，修编史书的修编官把各自初校的稿子呈到纪晓岚的案头，他得把最近编纂清的史稿整理好，早朝后呈给圣上审定。

借着灯光，纪晓岚审阅汉代史稿时发现存有明显错漏，于是遗憾地对在场的修编官说，你们也是饱读诗书之人，怎会出现如此低劣谬误，有愧于圣上对尔等的信任呀。修编官们面面相觑，欲言又止。一位平时与纪晓岚走得较近的修编官，凑到他耳边小声嘀咕道，大人勿恼，皇上知识渊博，精于查缺补漏，他老人家乐意御笔添删呢，之前和珅大人任《二十四史》总编时就这么叮嘱着，你呈上去，皇上挑出谬误准会高兴。纪晓岚心里一颤，这是何道理呀？转念一想还是见机行事探个究竟为好。

早朝后，纪晓岚被通传到偏殿见驾，圣上（乾隆皇帝）示意他坐定后，便接过宋代史稿审阅起来。纪晓岚躬腰侧眼看着圣上脸上变换的神情，时而沉吟着点头，时而摇脑静笑，果不其然，圣上每发现一处错漏处，总是兴致勃勃地作了修注，然后总能引经据典把谬误之处改正过来，每纠正一次便喜形于色，脸溢笑容，犹如解开了一个秘密似的，哈哈大笑。一个时辰过去，纪晓岚拘谨地应和着，正思量怎样将其中实情禀报时，只见高公公进来了，小声说道，皇上，太后那边有事请您。圣上这才从史稿中抬起头来，脸上挂着微笑，扫了纪晓岚一眼，说，纪爱卿辛苦了，回去再整理整理，择日再商讨切磋。说完，起身向殿门外走去。

在回府的路上，纪晓岚脑海里一直浮现圣上审阅史稿时的情形，正如翰林院的修编官所说，错漏之处圣上并无责罚之意，而且乐于校正。这不是投其所好吗？此风不可滋长。次日，在翰林院里，纪晓岚向修编《二十四史》的修编官传达禁令，不容再存在有意留错，谁让圣上受到蒙蔽，那可是欺君之罪。说得修编官们胆战心颤，俯首称是。接下来修编的史稿必经纪晓岚逐一初审，渐渐地，故意错漏之处几近杜绝。

正当纪晓岚庆幸纠正了翰林院不良行为时，圣上口谕宣他带上史稿到御书房见驾。

纪晓岚跟着高公公进去御书房时，发现大学士和珅大人也在那里。圣上蜷着腿坐在龙榻上，与旁边坐在凳子上的和珅聊得正欢。看到纪晓岚进来，示意他不必拘礼赶快坐下。纪晓岚拜谢后，谦恭把史稿呈上，只见圣上欣然铺开史稿，凝神审阅起来，霎时间御书房里除了圣上翻动书页的声音，显得格外安静。半个时辰过去了，纪晓岚注意到圣上面无表情，双眉紧锁，不说一句话，好像屏住呼吸，失却了先前的祥和。坐在旁边的和珅大人斜着身子，伸长脖子看着，似乎感觉到了什么，对着纪晓岚狠狠甩了一眼，从长袖中露出食指中指朝他不断戳指着。这让纪晓岚疑虑起来，圣上的神色显然有点愠怒了，难道史稿出错了，这不可能啊，他已经校对了不下三遍。这时，圣上沉吟一下抬起头，舒了口气，说道，纪大人，文稿你可是勘校过了？纪晓岚赶忙应道，微臣不敢偷闲，认真审阅过了。圣上语气陡然显得生硬，既然已经审过，朕就不必再看了。纪晓岚站起身不知如何应答，和珅看出圣上的心思，说道，这《二十四史》是圣上下诏编修的，最终得由圣上勘正钦定，纪大人再怎么改，末了拍板定稿的还得是圣上老人家一锤定音。和珅看了看纪晓岚，接着说，圣上乃九五之尊，知识渊博，通晓天文地理，博古通今，往后史稿由圣上审定后就不能再改了。

纪晓岚赶忙下跪，道，圣上的英明举世共睹，日夜为社稷操劳，微臣只想为皇上分忧，认真检阅史稿，不敢半点马虎。说毕只见圣上翘着嘴，点了点头，笑着道，被你俩这么一说，朕倒成全才皇帝了，不过这话朕爱听，下次修编的《二十四史》初稿先由朕览阅，最后由纪爱卿誊清。

然而，事不凑巧，一场寒流将纪晓岚击倒在病榻上，圣上下诏，纪晓岚患病期间修编《二十四史》史稿由和珅大人统纂。

在翰林院，和珅沉着脸对在场的修编官说，编修史稿由圣上审定，递交初稿要有讲究，留错之处不可太浅显，也不可太疑难，要半遮半掩，要让圣上查找得到，这样既不会露马脚，又能讨圣上偷闲欢心。

待到纪晓岚大病初愈，拿到修编完稿的《二十四史》，仔细勘校一遍，发现仍有谬误之处，甚至连圣上的修注也存有低级纰漏。遗憾的是整部《二十四史》史稿已由圣上勘校钦定，下诏印行，不能再改了。

补记：时间到了公元二〇一六年仲夏，在北戴河召开的《二十四史》高端研讨会上出现两股论潮：史学家派说，《二十四史》经过历代修编，为何仍遗留许多明显谬误？学院派资深学究说，为何史学越接近近代，通假字应用越来越频繁，几近滥用？

……

原载2016年第3期《小说界》

挂红灯

凌 尘

欠儿觉得自己有点傻，她都寄出去三封信了，半年多了，一封回信也没有收到。

德旺平时像防贼一样，不让她出门，生怕她跑了。要知道，德旺活了大半辈子，才弄到这个女人。如果让欠儿跑了，他就再也找不到老婆了，还得损失五千块买老婆的钱。他一个瘸子，谁还会相中他？

有好几次德旺陪欠儿去邮局，往她家寄了三次钱，每次千儿八百的。德旺不心疼，只要欠儿愿意跟自己过日子，值！再说欠儿来他家这半年里，德旺才觉得有女人才叫日子。他甚至戒掉了赌博，专心养猪喂牛，伺候二亩地了。

德旺其实对欠儿还是比较放心的，自从欠儿来到他家，替德旺干了不少活儿。叫她干啥她干啥，是个过日子的人。到了晚上，两人都搞得很默契，德旺觉得幸福死了。德旺的老娘对欠儿不放心，整个冬天都坐在巷口的屋山墙边晒太阳。有几次，欠儿想出去走走，都被德旺娘堵了回去。

眼看春节快到了，德旺去集市买了不少年货。腿脚不利索，但德旺骑车还是很熟练的。回来的时候，自行车后架上、车把上都满满当当的。德旺还买了两个大红灯笼。往年的这个时候，德旺不是出去赌钱扒狗，就是闷在家里睡觉。今年有欠儿，理应红红火火，高高兴兴地过个年。到了家，德旺就迫不及待地把灯笼抻起来，挂在大门屋檐下。

德旺问欠儿："好看不？"

欠儿说："好看！"

德旺瞅着欠儿说："你还好看呢。"

欠儿没理会，看着红灯，说："左边那个挂高了。"

德旺把右边的灯笼取下来，紧了紧拴灯笼的绳子，然后又挂上。灯笼在屋檐下晃动着，显得非常耀眼。

欠儿看得出神，德旺瞅了一眼欠儿，发现欠儿眼里有泪水。就问："你怎么了？"

欠儿只说了一句："迷眼了。"进了屋。

德旺没跟进去，在门口站了好一会儿。德旺知道欠儿想回家了，他忽然觉得，自己越来越对不起欠儿了。

德旺进了屋，欠儿坐在床沿上流泪，眼睛已经红肿起来。德旺从怀里掏出两封信，皱巴巴的，递给欠儿。欠儿接信的手有些抖，自己瞒着德旺寄信，可德旺还给她了。回信已经被拆开，欠儿没敢说什么。这两封信，德旺是从村委办公室拿到的。村里没人知道欠儿的大名，只有德旺知道。德旺坐下来，默默地抽着烟，一根接一根的。

德旺到了门口，把灯笼挑下来，顺手放在门后。

除夕的晚上，德旺在别人家打牌，一直打到半夜。有零星的鞭炮响起，眼看快十二点了，德旺才扔了牌。德旺回到家，发现灯笼挂上了，德旺眼睛就有些潮。

欠儿说：“过年了，得挂上，喜庆。”

德旺觉得欠儿真是个好女人，可德旺心里明白，怕留不住她了。

过了正月十五，德旺说：“欠儿，谢谢你陪俺过了个年，你走吧。”

欠儿眼里闪烁着光：“你，你真让俺走？”

“走吧，回你自己的家，好好过日子吧。”

德旺把欠儿送走了，欠儿说：“过些日子俺再回来。”

德旺听得心里暖暖地，他知道欠儿是安慰他的。欠儿的家里，有男人，有两个孩子。如果不是男人打她，她是不会跑出来的。

德旺倒是真希望欠儿会回来，他把红灯小心地收起来，等到来年过年的时候，再把它挂上去。

原载 2016 年第 8 期《天池小小说》

剪窗花

王伟锋

我们月亮湾，过年是要剪窗花的。

我们这里有个说法，过年谁家不贴窗花，不吉利。

窗花剪得最好的，是花婆。在花婆剪刀下，那些动物植物们，仿佛全都有了灵性，活过来了。

花婆剪一只蝴蝶，立时会闪动翅膀，振翅就能飞走。剪一条鲤鱼，嘴巴一张一合，欢快地摆动尾巴，像正在水里游。

剪一枝牡丹，那花瓣重重叠叠的，娇艳欲滴。磨豆腐的七爷看了说，真像，

跟洛阳的牡丹一模一样。七爷年轻时外出闯荡过，见多识广。

花婆没见过牡丹，更没去过洛阳，她一辈子生活在月亮湾。她只是在鞋样子纸上看到了，就一剪刀一剪刀，给剪了出来。

除了剪窗花，花婆还喜欢养花。我们月亮湾，不缺水，房前屋后院子里，都养着花。月亮河绕村而过，东去了，留给村子一湾丰沛的河水。

花婆院子里，站着两口大水缸，里面开着粉红的荷花，肥厚的荷叶下，游动着五颜六色的锦鲤。紧挨大缸的，有指甲草、月月红和美人蕉，房前屋后还有桂花树和蜡梅。都不名贵，却是一年四季花开不断，热热闹闹。

大门口还有一棵高大的皂角树，浓荫匝地。结出的皂角洗头，既去灰又清爽，一村子人都在用。头一遍用皂角，第二遍用磨豆腐的浆水，花婆那一头乌发，就是这么洗出来的。

花婆常坐在皂角树下的青石凳子上剪窗花。身边卧一只雪猫，那猫有灵性，花婆剪好一张，雪猫就兴奋地跳跳，鼓着爪子叫一声，喵！

磨豆腐的七爷忙完了，有时会过来看。也不打扰她，脚步轻轻地来。也拉话，陈谷子烂芝麻的事，翻晒了多少遍，依然鲜活。

日子就像月亮河里的水，从花婆的剪刀缝儿里流走了。

花婆窗花剪得好，过年时，便有许多人来“请”。

我们月亮湾，窗花不能说买，得说“请”。给多少钱，随心意。少了，花婆也不计较，照样剪出“双喜临门”，剪出“莲年有鱼”，剪出“五谷丰登”，让来人欢欢喜喜地带回去。

困难户，五保户，过年都能收到花婆剪的窗花，不要钱。

但烧瓷器的大虎子，掏多少钱，请花婆的“莲年有鱼”，硬是碰了一鼻子灰。

花婆连门都不让他进。大虎子弟兄仨，只有老二老三轮着养爹妈。大虎子说是老二老三都上高中考了大学，花家里钱多，自己只混到初中毕业，不该养。

花婆隔了院墙说，大虎子，你靠墙根儿长大的？你两口子也是快做公婆的人了，想给儿子做榜样？

当晚，大虎子吭哧吭哧拉上架子车，铺了新棉被，把爹娘迎进了门。

第二天，大虎子家的窗棂上，贴了红艳艳的“莲年有鱼”。

花婆剪了亲自送来的。

我们月亮湾，不仅要剪窗花，还要赛窗花。

大姑娘小媳妇，聚在一起，齐动手，全村子的人都可以看。剪好了，评一评，谁的窗花剪得好，就在跟前的黑碗里丢进一颗绿豆去。状元是要发奖的，一把金灿灿的小剪刀。评上的人，就被称为“金剪刀”，很是风光。

多少年了，花婆都是月亮湾的状元。一年又一年。也有人猜测，花婆家里的“金剪刀”，怕是多得箱柜里放不下了吧。花婆就抿嘴笑，想要呀，全给你！

“金剪刀”却只有一把。年年评出来，年年传下去。只不过，到了花婆这里，传不下去了，因为花婆年年拿第一。“金剪刀”被花婆压在箱子底，从不舍得用。

老辈人渐渐故去，见过“金剪刀”的，怕是没几个了吧。

这年，我们月亮湾新嫁进来一个外地媳妇，说是很有慧根，窗花剪得好。

人也长得俊，花骨朵一样。七爷说，和花婆年轻时一样的水灵。从小又喜欢侍弄花草的，名字里还带有一个花字，就都叫她花嫂。

腊月里，我们月亮湾的赛窗花又开始了。

大姑娘小媳妇聚在一起，个个攒着一股子劲儿，剪了自己最拿手的窗花来。

花婆剪的是“国色天香”，枝头的牡丹雍容华贵，花瓣重重叠叠，见真功夫。

没想到，花嫂剪的是“龙凤呈祥”。蝴蝶、喜鹊和游鱼什么的，都见过。唯独这龙和凤最难剪。世上本没有，谁见过？就都围着看。龙见精神，凤含吉祥。看了的，都暗自说好，开眼界了。

碗里的绿豆数出来，花婆只比花嫂多出一颗来，险胜。

做评判的依然是七爷。他暗松一口气，刚要宣布结果，花嫂突然说，慢，俺想问问花婆，您剪的可是牡丹？

花婆脸上笑成了一朵花，说，“国色天香”呀，就是牡丹。

错！您老剪的，不是牡丹。花嫂说，您剪的是芍药。牡丹是木，芍药是草，有相似之处，但不一回事儿。您老人家，竟连这个都分不清？

花婆脸上那朵花，瞬间枯萎了。

没几天，花婆就病倒了。

村里人念她的好，一拨一拨去看望，围了满满一屋子。

花嫂也来了，大虎子的老婆拉着她的手，亲自带了儿媳来。进门先赔罪，花婆，我错了，“金剪刀”给您带来了。您原谅，我，我给自己碗里放了一颗绿豆。

花婆挣扎着坐直身子，俺知道，俺年轻的时候，心性也高着哩！

过完年，花婆就走了。

我们月亮湾，过年是要剪窗花的。但是不再赛窗花。

因为那把“金剪刀”不在了。

都说，是被花婆带走了。

原载 2016 年第 11 期《天池小小说》

井

胡天翔

井里有鱼！

井里有鱼？

考了小升初，有两个月的假期哩，我和杨红旗没事就去池塘里钓鱼。那些池塘里的鱼儿又小又滑，扯住鱼钩上的蚯蚓就跑，鱼浮子被拉得沉了又浮，浮了又沉，你一拉鱼钩，什么也没钓住;有时，鱼钩钩住小鱼的肚子，被拉了上来。钓着，钓着，杨红旗烦了，就把鱼钩甩进池塘边的井里。鱼钩刚沉下水，杨红旗又提上来，大惊小怪地说井里有大鱼。

我不信井里有鱼。杨红旗让我看他的鱼钩说，蚯蚓都被鱼吃掉了。又钩住一条蚯蚓，杨红旗把鱼钩甩进了井里。看杨红旗满怀信心的样子，我也把鱼钩甩进了井里。你就像那一把火，熊熊火光照亮了我……杨红旗得意地哼着小曲，我则紧紧盯着鱼浮子。

我们没注意队长杨喜从村子西边过来了。走到井边，杨喜一把揪住了杨红旗的耳朵说，小屁孩，不知道井水是吃的嘛，在井里钓鱼！

井在俺宅子里，想钓就钓！杨红旗一扭头，挣开了杨喜的手。杨红旗有点不服气。是啊，我们队的井确实在杨红旗家的宅子里。

小崽子，井在你宅子里，就是你家的了？我看你爹敢说井是你家里的吗？杨铁头，你给我出来！杨喜喊杨红旗的爹杨铁头。杨喜话声一落，杨铁头就从屋里蹿出来了。看见爹来了，杨红旗拿着鱼竿跑了。见杨红旗跑了，怕杨喜找我的事，我也拿着鱼竿跑了。

傍晚，我跟着四叔去井里打水。四叔挑着扁担，一头挂一个水桶。到了井边，四叔用扁担上的挂钩钩住水桶，往井下一顺，左漾右摆，水桶一歪沉进水里，咕嘟，水满了。哗一声，提上一桶水；哗一声，又提上来一桶水。水清得见桶底，哪里有一条鱼的影子？

其实，杨红旗没说假话。井里确实有鱼。

那个夏天，天又热又旱，连着一个月没落一滴雨，再加上村里人抗旱浇地抽水，池塘里的水落下去了大半截，那些大鱼在水里游，都能看到脊梁骨了。起鱼的日子来了，村里的男女老少都下塘捉鱼，有网的拿网捉，没网的拿鸡罩罩，没鸡罩的用手摸。池塘里成了一片泥浆。鱼起了，堆在一起的鱼像一座小山；按照放鱼的份子钱，不说每家都分的鲢鱼了，光逮的鲫鱼、鲇鱼都有十几斤。晚上，村子里弥漫着炸鱼块、炖鱼汤的香味。

塘里的鱼起了，井里的水却浑了，提上来的水还带腥味。该洗井了，村里的年轻人挑着空桶来了，一桶桶水打上来，倒进池塘里，井里的水越来越少。杨红旗往井边上凑，又被杨喜揪住了耳朵。

小崽子，井是你家的，你下去清淤吧！杨喜说。

他？蛋子还没长硬哩，让他爹下去还差不多！四叔说。

有你胡老四，用得着俺？俺倒淤泥还差不多！杨铁头说。

扁担已经够不到了，换了长竹竿。两只水桶一齐下井，一桶桶浑浊的井水哗哗地倒进池塘里。水桶的底粘上黄泥了，井里的水不多了。该下井清淤泥了，粗绠绳拿来了，一头拴在井旁的树上，一头拴在四叔的腰上。四叔抓着绳子下到了井底。他只穿了一个大裤头。没想到井里真有鱼。四叔共扔上来六条鲫鱼。

我说井里有鱼，没骗你吧！杨红旗得意地说。

水桶放下去了，一桶桶泥水拉上来了，一桶桶淤泥清上来了，杨铁头都倒在他家的杨条树根上。让杨红旗高兴的是，淤泥里竟爬出来八条泥鳅。

井洗了，被堵的泉眼又渗出了清清的泉水；泉水越涌越多，四叔被拉了上来。

洗井还能逮鱼，明年，咱俩也下去洗井吧。杨红旗对我说。

中啊，到时候，看谁还说你的蛋子没长硬！我说。

过了七月，我和杨红旗去陈店读初中了。上学、放学，我俩常说起洗井的事。我们盼着洗井的日子快点来！

洗井的日子没来，打压井的人却来了。杨喜家先打的压井。压井打得深，压上来的水比井水还清。前后左右的邻居，都去杨喜家压水，杨喜的老婆便有意无意地说，半年，他们家的压井就换了三个皮垫子。谁家有也不如自己家有方便哩！村子里，越来越多的人在家门口打了压井。连杨红旗家都打了压井。守着土井，杨铁头也不去打水了。

村里人不吃井水了。土井没人管了，井里落满了枯叶树枝。有一只翠鸟在井壁上凿了一个窝，从井里飞进飞出，去池塘里捉鱼。池塘里的水越来越浅，井里的水越来越黑，那些树叶枯枝把井水沤臭了。村里人都用压井了，土井没人来打水了，杨喜也就不喊人洗井了。

在陈店初中，杨红旗只上了一年，就不上了。杨红旗说，日他娘，语数外没有一门及格的，还是给俺爹省俩钱吧。不上学了，杨红旗跟着搞建筑的人出去打工了。

没人洗井了，井里的水越来越浅，淤泥越积越深。终于，在我考上高中的那年冬天，趁杨红旗打工回来，杨铁头叫着儿子从地里拉回来三架子车黑土，把井填平了。春天来了，杨铁头在填平的井里挖了一个树坑，栽上了一棵白杨树。那棵白杨树长得很快，三年就碗口粗了，比那些早栽两年的树长得都快。

井都没有了，我和杨红旗还洗个啥？

我上学，杨红旗打工，我们都成了背井离乡的人。

原载 2016 年 3 月 2 日作家网

佛姥

王　鼎

我不迷信，我和朋友说过，我从小深受佛教文化熏陶，不是说我对佛教有多深的研究，关键是，我的长辈们深信佛教。我姥姥整天吃斋念佛。我的母亲也从不吃荤，而且名字就叫佛香。我们四个孩子，出门在外，整日都在母亲的念佛声中得到保佑庇护，在这种文化的耳濡目染下，你现在叫我再去对别的宗教有亲近感，很难。还是说姥姥吧！

听母亲说，姥姥年轻时，是我们塞北农村方圆百里有名的大美女。姥姥喜欢上了身强体壮、一表人才、吃苦耐劳、给大户人家当长工放牛喂牲口的姥爷。人称牛大倌。姥爷什么都好，就是有一点不好，穷！姥姥的父母，同现在的父母一样，都希望自己的闺女嫁个富裕人家，将来不用吃苦受罪。因而，那时的姥爷根本不在他们考虑之内。那时的塞北，国共打仗，还要抗日，频繁拉锯，共产党来了，很多“泥腿子”就参加了八路军，吃不饱饭的姥爷穿着姥姥用麻绳纳的布鞋，跟着八路的队伍走了，走之前，我不知道，姥姥姥爷是否私订了终身。反正姥姥心里只有穷苦的姥爷。国民党的队伍来了，为首的是一个骑着高头大马、一身戎装、仪表堂堂、英俊潇洒的团长，据说，身配中正短剑，举止言谈很有素养。在村口经过的时候，偏偏遇上了在这里瞭望姥爷的美女姥姥。霎时，这位军官仿佛中了魔法，眼睛再也离不开细腰、小脚、俊俏无比、婀娜多姿的姥姥了！没见过世面的姥姥发现有人在瞄她，赶忙移动小脚走了。过了很久，这位团长还在痴呆呆张望着，让副官喊了好几遍，方才醒过神。后来，听姥爷说过，这位团长，是晋绥军的抗日名将，念过黄埔，战场上，曾救过阎锡山的命。姥爷的身世、经历根本无法与人家相比。

姥姥家里突然热闹起来，门口站着荷枪实弹的国军警卫。原来是团长送彩礼来了。一盘子黄鱼儿，一箱子现大洋，绫罗绸缎，堆放了一地。说是阎锡山长官特地赏赐给团长下聘礼用的。姥姥的父母，村里的族长，白胡子、白眉毛、晚清的进士，都齐聚姥姥家，厚厚的镜片下，是一双双瞪大的眼睛。

几杯烧酒下肚，低三下四了一辈子的姥姥父亲，讲起了掌故：

“我这个女子，刚生下来几天，就在庙里当着佛爷为她抽过签，让老和尚看过，那时就算出来了，将来能嫁个做官的！”

“是是是，真个是！”看着眼前的情景，在场的各种有身份的人，都是频频点头，随声附和。

满心忧愁的姥姥呦，这时候还是想着当了八路的姥爷。

聘礼下定了。团长骑着大马走了，说好了下个月十八回来迎娶。等着吧，姥姥再拗，也拗不过嫌贫爱富的父母。

“唉，你个该死的牛大倌呀，现在在哪里，知不知道，我就要成别人的人了?！”

姥姥终日跪在佛像前，烧香拜佛，念念有词：“佛爷呀，您就保佑保佑我，让我跟牛大倌成了吧。我跟牛大倌成了，我到恒山悬空寺里给您披黄袍，求求您，老佛爷呀。”

“你就死了这份心吧，等着人家当团长的回来娶你吧！”乡亲们纷纷劝着姥姥。

“有我的麻绳绳拴着，有佛爷的保佑，牛大倌一定会回来娶我的。”姥姥给自己打着气。

人算天算算不过命，在忻口战役中，团长军官以身殉国了！长歌当哭，这是谁的不幸?！

第二年，被打散了队伍的姥爷瘸着腿回来了。顺理成章，姥爷娶了姥姥，落了彩礼。可姥爷死活不愿意做财主，向抗日政府捐出了黄金、大洋等彩礼，仍然做起了牛倌！姥姥后来感慨，这就是命里算出来的，嫁了个当“倌”的。敢情这牛倌也是官啊。

姥姥姥爷年老了，姥姥总是说，姥爷不会陪她走完后面的路，会先她而去。舅舅说，姥姥在瞎说，姥爷身体比姥姥好得多。姥姥八十岁那年夏天，姥姥让人为姥爷准备好了寿材、寿衣。秋天，姥爷突然被检查出胃癌，没熬过白露。

姥姥没上过学，会背很多佛教道教经书。姥姥八十五岁那年，塞北村要修建寺庙，她带着村子里的一些老信徒们外出化缘，请求布施。一帮小脚老太太，走几十里路，到了恒山庙，看门的道士见来的是佛教信众不给开门。姥姥在门外，用豁牙的老嘴，雁北土音，大声诵起了经。不到片刻，大门轰然敞开，只见老道长带领众道士恭迎在门口，将老太太一行迎接入内，炸油糕、炖豆腐等好生款待。原来，姥姥吟诵的是失传了百年的道教恒山经！

村里人说，姥姥通神，很多人来找姥姥看病问事。我窃笑。看到她装神入静的样子，我心想，没什么文化的姥姥，脑子太好使了。奇怪的是，市里很多官员，常常坐着小车来找姥姥，每逢换届，门庭若市。那几年，我工作失意，得不到赏识。母亲说，让姥姥看看，兴许能看出点什么。姥姥只闭目凝神片刻工夫，就说，现在有小人挡道，到明年，你会越来越好。没什么能阻挡你。我想不信都不行了，事实是，我自此一路顺风。

公元2005年农历四月八日一大早，90高龄的姥姥突然穿戴一新，跟身边的家人说，要走了，有人来接了。以后你们有难处，心里就多念几遍阿弥陀佛，准管没事。

是日，村里刮起了罕见的沙尘暴。

坐着念经的姥姥，走了……

原载2016年8月5日中国作家网

张林的发财梦

刘晓斌

2013年年底，张林两口子回到家，看到儿子成绩下滑，父母身体又不好。于是，妻子兰花便对张林说，明年我们就不去打工了，先把房子修好，余下的钱就拿来做点什么小生意吧。反正你不是一直都想当老板吗？

2014年3月房子修好后，经过反复考察，张林决定养小黄羊。

你准备养多少？妻子知道后问他。

一两百头吧。

我看还是少买一点，等有经验了再扩大规模吧。

少了能赚几个钱！

最后张林花了6万多元买了100头。

妻子兰花没说什么。因为她也知道，建阳羊肉汤远近闻名，是因为建阳本地出产这种小黄羊，每头几十斤，最大也就长到100斤多一点。这种羊膻味不浓，肉质细腻，营养丰富。最重要的是，现在羊肉汤馆的羊肉已经卖到70元一斤了。

开始几个月，羊儿能吃会睡长得也快。张林很高兴，兰花有空也帮着割草，照看。

7月11日晚上，本村的二狗约张林喝酒。二狗不务正业，整天游手好闲，村民对他印象不太好，张林本来是不想去的，奈何二狗说了一句，嫂子在家，你就不敢去了吧。这样一来，张林不去吧，又觉得面子上过不去。不仅如此，兰花也不好说什么。

张林在二狗家喝到第二天凌晨才偏偏倒倒回家。早上起来去看羊儿，却发现不对劲，一数，少了整整 20 只！夫妻俩虽然气愤，怀疑，但奈何没有证据。从此，张林晚上就搬到羊圈上面去住了。

俗话说，祸不单行。7 月 25 日晚上 9 点过，开始有羊儿咩咩咩地叫唤，张林以为它们饿了，丢了一些草料进去。可羊儿还是咩咩咩地叫个不停，而且好像越来越多。张林拉开灯仔细一看，发现有不少羊儿拉稀。

兰花，兰花，你赶紧来看一下，羊儿拉稀了！

你马上去找个兽医来。妻子兰花看到他慌慌张张的样子对他说。

三个小时后，张林带着兽医回来了。

我是医牛的，没医过羊。现在乡下牛少了，所以，很久以来，我连牛都很少医了。兽医看了羊儿的情况对张林说。

你就按照医牛的法子医吧。不过，羊儿小这么多，你可把分量要减下来。

这个自然。兽医答应着，给羊儿开了药。

喂了三次药后，还有近 20 只病情没好转。

把这些病情没好转的拉去卖了吧，万一死了就亏多了。兰花对张林说。

……

2015 年春节前，张林将最后长大的 42 只羊子拉去城里卖了近 5 万元，除去各种费用，实际上亏 1 万多元。

你去买本养羊的书回来看看，我们今年还是继续养羊吧。春节过后，兰花对张林说。

去年累死累活的还亏 1 万多，今年不养了！哦，对了，兰花，前两天二狗给我说，云南那边有个狗肉节，需要大量的狗，我们就做狗生意吧。

你听二狗的！他是啥人难道你还不知道?

知道，但是他说了，他只挣运费，不掺和到我们的生意中来。再说，我也在网上查了，云南有个地方确实有个狗肉节，年年都办的，很热闹。

二狗买车了?

二手农用车。

他哪来的钱？

他说是借的。

你信？

不信有啥办法，我们又没凭没据的。

用了20天时间，张林花了近8万元收了两车狗，在县防疫站办好相关手续后出发了。

半个月后，张林回到家。

又亏啦？兰花看到他垂头丧气的样子问道。

本来是不会亏的。

那咋又亏了呢？又是二狗？

不是。是我们刚出那边高速路口，就被一群爱狗人士堵住了。我看情况不妙就报了警。警察来看了我们的手续后对那些人说，各位可以散了，他们的运输、贩卖是合法的。可是那帮人还是不让走，而且人越来越多，甚至把警察也团团围住。看到情况越来越复杂，我就对他们说，实在不行，我就将狗原价卖给你们吧，我不赚钱了。可是，他们还是不依不饶，有些人甚至打开笼子将狗放跑了……最后警察虽然抓了人，但当我们提出赔偿时，警察却对我们说，你要找人赔偿我们可帮不了你……

连续两年亏损，已让修房子余下的钱所剩无几了。为此，兰花对张林说，你再好好找一个项目吧，不然我们真的要坐吃山空了。

于是，张林又跑上了。

一天，张林回家找水喝，妻子没好气顺手就递给他半瓢冷水。

嗨！张林喝了几口，惊叫一声。

你在干啥？吃错药啦，把我吓一跳。

你不觉得我们家的水有可能就是我们发财的机会吗？

我看你是想钱想疯了！就我们家从石谷子里流出来的那点儿水，即使拿去当菜油卖都卖不了几个钱。你呀，还是老老实实地找点事做吧。

第二天，张林告诉妻子去县城打工。

半个月之后，张林兴高采烈地回到家。

你不是打工去了吗？妻子问。

打工！打工能挣几个钱？告诉你吧，其实我是带水到省城化验去了。张林说着，拿出一份省城某权威机构的鉴定书;一份与县城某老板签订的矿泉水购销合同。

看来丈夫真的猜对了，张林妻子的脸上顿时灿烂起来，忙叮嘱他，这次一定要好好做!

张林夫妻用了一个星期把水源地扩大挖深，另外找了自家用的水源后，通知县城老板来村里拉矿泉水，每天50桶。

三个月后，趁妻子回娘家，张林打电话给县城老板，将每天送的水增加到100桶。

100桶刚拉了九天，县城的老板就找上门来。

你那矿泉水是咋回事?

啥咋回事?

你还敢装糊涂！有用户在矿泉水中发现了青苔，举报到质检所，质检所拿去检验，发现与鉴定书严重不符，准备罚款并予以取缔……

原载2016年5月21日贵州作家网

无花果

黄宁兰

他们坐在西餐厅里，环境不错，灯光明暗有致，色彩温婉可人。她的餐盘里，还有小半块牛排，她歉意地笑笑，说吃不下了。他便将左手边上的水果盘推过来。这是什么呀？她拿起一个剥皮。他回答说，无花果。她愣了一下。

是答应去看电影《烈日灼心》，不过到得有些早，他提议说，要不我们去吃点东西。她随口说好。

被男孩约，看电影、吃点东西、喝杯咖啡什么的，约会的基本内容，虽然算不上特别，还是足够暖心。当他征询吃什么时，她说随便。她看见男孩微微皱眉，随便是最难的菜谱啊！他说，抬头望了望被商圈高楼耸立切割出来的天空。傍晚的天空依然明朗，几缕阳光打在对面高楼上，玻璃幕墙越发显得高深莫测，将心悟咖啡、缘圆餐厅、西餐厅等各式招牌映得越发光泽明亮。他说，我们去看看。她便跟在他身后走。

他选了一家西餐厅，两人在落地窗前坐下，摊开的菜单让他傻了眼，牛排一份480元。他瞄了一眼说，你点吧。大概也是价格问题，她又把菜单推过来，说还是你点吧。他只得硬着头皮去看，心里快速盘算，恼恨自己事先没有做好攻略，随便吃就要吃破天。他抬起头，一脸窘态地说，我们还是换一家餐馆吧！她又说好，跟他出来，又走了几家，还是贵。他的神色越发窘迫，她说就吃碗酸辣粉吧，或者去乡村基。他说那怎么行，我第一次请你吃饭，如果吃乡村基，估计没有下次了。

她隐忍地笑了。之所以会答应跟他看电影，不过是闺蜜说的，别端着，给别人机会，就是给自己机会。她其实听出来了“别端着”的另一层意思就是“别剩着”。二十九岁的她，不管愿意不愿意，都戴着一顶“圣女”的花环即将进入三十岁。开始以为人家说的是“剩女”，但人家调侃的却是这两个字，真是让人心塞。

最后还是吃的牛排，不过位置偏了些，重要的是价格，68元一份，而且是自助餐。男孩的自尊心显然被找回来了，他恢复了先前的自信，问她牛排要几分熟。她说八分，他笑笑说我要七分。然后他去自助区端回各种小吃、甜点、饮料、水果，将他们的餐桌摆满了。他说不知道你喜欢吃什么，每样都弄了点。她皱着眉，有些不悦地说，这么多，吃不完，多浪费。被责备显然让他尴尬，他赶紧说没关系，我能吃。牛排端上来摆不下桌了，她的眉头蹙得更紧了。他只得挪桌上的盘子，不得不往嘴里塞了块蛋糕，将三盘水果并成两盘，牛排这才“滋滋”地冒着香气，被安顿下来。他使劲嗅了嗅，拿起刀叉说，你吃啊，自助餐就是要放开吃才够本啊！她低下头去切牛排，余光扫着他泛着油光的嘴，那个吃相，也是她不喜欢的。

不喜欢，她被自己心里的声音吓了一跳。是的，他没有什么让她喜欢的，身高五官都一般般，工作没有她好，收入没有她高，当然，这些都不重要，重要的是他身上那种幼稚和不成熟的味道，是她一直抗拒的。她理想中的男朋友要温厚些、成熟些、大方些，给她一种庇护感和安全感。闺蜜说她理想主义，说好女人是一所学校，那样的男人，不过是别的女人学校的毕业生。又笑她说你还不如自己调教一个，再生涩也自会成熟。可她怀疑，不喜欢的标签能轻易撕去？

她吃得不多，他吃得多，刚才还小山似的堆着的食物，几乎都被他扫光了，脸上浮着一层吃饱喝足特别满足的酡色油彩。看她食欲不佳的样子，便推上了水果盘。

是无花果，尝尝，挺不错的。他热情地推荐。

一种奇特的果子。她审视着手中物，外皮带青的黄色，果形不圆，像小葫芦，尾端又没那么细瘦。哦，她想，有点像子宫。剥开皮，有一股青青的香气，酱红色的籽充满果肉，入口绵软，有点甜味，是那种淡淡的奶香加香蕉的甜香味。这是她喜欢的清爽口味，她吃了好几个才罢了手。

真不开花就结果子？她问。

嗯，也许吧，是不是像旧式婚姻，那种不恋爱就结婚，仍然幸福着生七八个孩子？

她奇怪地看着他，不，她突然觉得，眼前这个比她小半岁的大男孩，也许并不像外表看上去那么幼稚、青涩。

看了电影，他送她回去，分别时他问下次再约吗？她点点头说嗯，有时间就约。

回家来就迫不及待地上网，原来无花果并非不开花，它的花房隐在枝叶腋间，绿果子似的花房有孔隙吸引一种极细小的蜂。

男孩这时发来一条微信，无花果是不是应该有这样一种花语：花儿深深地开在心底，硕果却在不知不觉中生长。

她快速回复：太有学问了！附了一个捂嘴偷笑的娇嗔表情。她回想起这个夜晚的经历，心里说，无花果，也会有自己盛开的方式。

原载 2016 年第 4 期《天池小小说》

迷信的老爸

衡德宏

韩东生了胃病在家休养，这天领导同事来看望他，大家正客客气气地说着话，门又开了，有人走了进来，韩东一看，是爸。爸一直一个人住在乡下，韩东让他进城，爸说什么也不肯，说不忍心看着田荒了，又说城里住不惯。韩东也就没有强求，说实话，爸太土气了，住在城里还真有点不协调哩。

爸的手上拎着一个大包，不用说又是他自个种的时新蔬菜，谁知这回不是，爸说："娃，这是我跟咱那块最有名的老中医打来的中药，老中医说了，最多煎三服，保准你这胃病拔掉根。"

同事中有人轻笑一声，又强忍住不笑，韩东的脸一下子红了，他知道同事笑什么：爸样子土气、口音土气，说的话更土气，没见过世面，还最有名的老中医哩，再好能赶得上城里大医院的医生吗？韩东心里便有点气爸了：啥时来不好，偏偏这时候来？可是当着大伙的面，韩东不好发火。

爸一脸难为情地跟大伙打了个招呼后，就一头钻进厨房忙了起来。韩东也不管他，和领导同事继续聊天，正聊得开心，一阵浓浓的香味飘了过来，是药香，原来爸在厨房内煎他带来的中药。

很快，爸小心端着一碗黑乎乎的药水过来了，一边用嘴吹着，一边说："娃，这药老贵了，20多一服哩，快趁热喝下，再睡一觉发发汗，保管就好了。"

又有人轻笑起来，韩东更羞，20多一服就算贵吗？可又不好说什么，只得端过来，一口气喝光了。爸满意地接过碗去洗了，然后又往外走，韩东忙问道："爸你这是干啥？不会现在就回家吧？"

爸大声回答道："我下楼扔药渣子去。"

韩东说："为扔药渣子专门下趟楼？至于吗？先放着，等下楼时顺便扔好了。"

爸一脸神秘地笑了起来："哈，娃，这你就不懂了，这药渣子必须扔在十字路口，让大家伙个个来踩，踩的人越多越好，这样子你的病就给带走了，懂不懂？老人们都是这样做的……"

大伙一听第三次笑了起来，韩东一下子读懂了那笑容，他们是在笑老爸迷信，都什么年代了还信这个？便大声叫道："爸，扔什么扔嘛，噢，你这么一扔，我的病是好了，可不是害了别人吗？再说乱扔东西还弄脏了环境，爸，不要扔！"

领导一听轻轻鼓起掌来，说："韩东，好样的！"

同事们见领导鼓掌，也一起鼓掌，爸一听黑黝黝的脸顿时通红，说道："我娃心好哩，我怎么就一直没弄通这个理？说的对，我不能害了别人，不扔了。"

大伙走了，韩东美美地睡了一觉，一觉醒来忽然发现身体爽快多了，胃部一丁点疼痛的感觉也没有了，难道爸的中药真的这么灵？

韩东叫了两声爸，没人回答，估计回老家了，爸每次进城送米送蔬菜都是来去匆匆，好像知道自个儿不属于城市。韩东便独自下了楼在小区花径上慢慢散步，正走着，忽然听到"噗噗噗"的声音，循声一瞧，韩东一下子惊呆了。

那是一个露天垃圾池，臭烘烘的池子旁有个老头正狠命踩着一样东西，天气正热，老头踩得满脸通红、浑身大汗，可依旧踩得旁若无人、不亦乐乎。

老头不是别人，是爸，他脚下踩的东西不是别个，是药渣子。

原来爸不想药渣子害别人，可为了儿子的病能好，便自个儿来踩。

原来爸是土气，又迷信，但爸永远是爸，在这世上独一无二无可替代，且恩重如山！

原载 2016 年第 5 期《三月三》

道 歉

田 秋

前不久，我由外地调到 J 城工作，为节省话费，就去移动营业厅办了一个新手机号。刚将手机卡插上没有多大会儿，就接到了一个奇怪的电话。

"喂，大伟吗，你怎么老是不接妈的电话？妈错了，妈向你道歉还不行吗？"

很显然是拨错号码了，我赶紧告诉她："阿姨，您打错了。我不是大伟。"

“拨错了？哦，对不起啊，人上了年纪，眼睛不好使了。”

“哦，没关系。阿姨。”

她把电话挂了。

快吃晚饭的时候，手机又响了。

“喂，大伟吗，你怎么老是不接妈的电话？妈错了，妈向你道歉还不行吗？”

还是那位老太太，还是那个固话号码。我又给她解释了一遍，她又向我道了歉，又把电话挂了，临挂电话前还自言自语：“真是奇了怪了，怎么老是拨错呀！”

唉，人老了，就是好犯糊涂。我在心里嘀咕。

第二天，刚起床，手机又响了，一看还是那个号码，顿时气不打一处来。

“喂，大伟吗，你怎么老是不接妈——”

“您不要再向我道歉了，我不是什么大伟，再告诉您一遍，您拨错号码了。”

我将老太太的话拦腰截断，嗓门大得吓了自己一跳，不过效果很好，老太太被我给镇住了，一时间没反应过来。这回，没等她向我道歉，我就将电话狠狠地掐死了。

接连两天，老太太没再骚扰我，看来我的狮子吼还是很有威力的。

出乎意料的是，第三天快中午的时候，老太太又打过来了。

“您打错了，别再打了。”这回，我先下手为强，冲着电话吼了起来。

“不，我没打错，这回，我是戴着老花镜，一个数字一个数字拨的，绝对没错。”

“阿姨，再说一遍，我不是什么大伟，您绝对拨错了。”

“小伙子，你是大伟的朋友吧？肯定是大伟教你这么说的。请你转告大伟，告诉他，他妈妈说了，那件事是妈妈错了，向他道歉，请他别再生妈妈的气了。”

我给她解释了半天，但她根本就听不进去，始终坚持认为这是大伟和我联合做的圈套。最后，没办法，我只好把电话挂断。

此后的几天，老太太每天都要打几遍。我要是不接，她就一遍接着一遍打，别的电话根本就打不进来；要是接了，她就跟我啰嗦老半天，弄得我不胜其烦。

遇上这么难缠的一个主，该怎么办呢？我找干警察的朋友咨询过，他说这种事情警察也没有什么好办法，好在这个号码我刚用了没几天，影响不大，建议我换个号。

看来只好这么办了。那天，我正准备去营业厅换号码，突然脑海里灵光一闪：那个老太太骚扰了我好几天，弄得我烦烦的，趁着要换号了，也骚扰骚扰她，让她尝尝被骚扰的滋味。

电话拨通了，出乎意料，是位男士接的。

“喂，您好！请问那位老太太是您的什么人？”我临时改变了主意，心想老太太家里人如果能把老太太劝住，不再骚扰我，那也不错，换号也怪麻烦的。

“哦，那是我老伴儿。请问您有什么事吗？”

“是这样的，这几天，您夫人老是打我的电话，说找大伟……”

“您的号码是？”

“139……”

“哦，原来是这样。这个号码原来是我儿子的。”

“您儿子叫大伟？”

“嗯。”

“大伟现在在哪里呢？阿姨怎么说他总是不接电话呢？”

“大伟，现在——”对方声音有些哽咽，停顿了一小会儿。

“大伟，大伟去世了，去年的事，飞机失事。”

“啊——”我大吃一惊。

沉默了一会儿，我又问：“可是，阿姨为什么要给大伟道歉呢？”

“大伟是因公去马来西亚出差，出发前，非要带着我们老两口去马来西亚玩玩，他妈妈心疼钱不同意，两人就吵了一架。出事后，他妈妈精神受了刺激，有些不正常，总是后悔没陪着孩子一起去，每天都给大伟打电话，但总是打不通，没想到，前两天居然打通了，却给您造成了这么大的麻烦。真是对不起了，同志。”

“不，没关系，叔叔，不要紧的。”

原来是这样，我现在用的是大伟生前用过的手机号。思量了一番，我放弃了换号的打算。

第二天早上，老太太又打过来了。

“喂，是大伟吗？妈错了，妈向你道歉还不行吗？还有啊，就要来寒流了，一定注意多穿衣服，别冻着啊。”

我拿电话的手颤抖了，情不自禁地叫了一声：“妈——”

我的老妈妈因为精神疾病走丢，已经两年多了，至今杳无消息。

原载 2016 年第 1 期《华文小小说》

买书记

殷　茹

我喜欢小美，不仅因为她人长得美，还因为她是砍价高手。出去逛街，只要有小美跟着，就甭想吃亏。她砍价的本领似乎是与生俱来的，真的，我是亲眼见证过的，有几次砍到最后，卖主竟稀里糊涂把东西白送她了，送完还乐呵呵的，挺高兴的样子。

可是，前天发生的那件事却让我有点意外。

那天，我们俩逛完商场，提着刚买的火龙果，一人举着一根冰棍，一边吸溜一边往回走。走到天桥下，我们的目光被一个旧书摊给吸引住了。说是书摊，其实就是一辆旧三轮，上面码着几排旧书。看摊的主人有六十来岁，正坐在三轮车旁边的一张小凳子上打瞌睡。我和小美都是书虫，脚步不由自主地就移了过去。

小美扒拉了一会儿，忽然发现一本她崇拜的作家莫泊桑的书。她用胳膊肘碰了碰我，“1981 版的，人文社。”她小声嘀咕着，声音里有种掩饰不住的激动。

“这个多少钱？”小美盯着书摊，冲卖主晃晃手里的书。

“拿十块钱吧。”卖主已经睁开了眼睛，望着我们，慢条斯理地说。

“呀，这么贵！”小美认真地惊讶着，轻轻把书放回车内，“都赶上新书价格了。”

卖主没有言声，大概感觉我们不会买他的书，又眯上眼睛，继续有一搭没一搭地打瞌睡去了。

小美看卖主没有要降价的意思，又开始了新一轮的游说。

“你看你看，书皮都发黄了，这边还有水渍，再放几年估计就烂掉了耶。”

卖主的眼睛又睁开了，他说：“姑娘，你不懂，有的书是越老越值钱的。”

小美嘻嘻一笑：“照你这么说，你的书成古董了？”

“古董不敢说，”卖书的老人没有笑，不慌不忙地说，“莫泊桑是 19 世纪法国一个伟大的作家，他的作品我国翻译的不少，但这一版是最有味道的，不信你们可以比较一下，这个版本在现在的市面上已经很少见了，常言说，物以稀为贵，你不会买亏的，姑娘。”

卖主的一通长篇大论，让小美惊诧得瞪大眼睛。真是棋逢对手，碰见内行了。

经过询问，才知道这位卖书的大爷原来是退休教师，也是一位资深书虫。一听说他也爱读莫泊桑的作品，小美来了兴致，两人从莫泊桑侃到了福楼拜，又从福楼拜侃到了中国现当代文学，聊得最热乎时，小美突然说：“大爷，你这本书我要了，你说个价吧。”

老人一愣，恍然记起了自己的卖主身份。他稍一沉吟，慷慨地把手一挥：“算了，拿去吧。”好像担心小美不要似的，又补加了一句：“一本旧书，也不值什么钱。”

小美用手在背后冲我做了个胜利的手势，嘴里却说：“不行不行，我不能白要您的书……”

老人像变戏法似的从三轮车一侧拽出个塑料袋子，把书装好，郑重地递到小美手里：“拿着吧，姑娘，现在爱读书的年轻人不多了，以后想看什么书，就过来。”

就这样，小美一分钱没花，不但拿到了自己心仪的书，还让人高高兴兴地白搭了一个袋子。

我佩服小美佩服得要死，回去的路上，我突然发现，小美的火龙果不见了。

“一定是忘到那大爷的车子上了，”我赶紧提醒她，“快回去拿吧，那可是你花二十块买的。”

“小气鬼，那是我故意悄悄给老人留下的。”

“什么，”这回轮到我吃惊了，“你那书可才值十块钱！”

“我愿意！”小美回眸一笑，露出一口白牙。

原载2016年6月1日《桂林日报》

图书在版编目(CIP)数据

2016中国年度微型小说 / 作家网选编; 冰峰, 陈亚美主编.
一 桂林 : 漓江出版社, 2017.1
ISBN 978-7-5407-8019-7
Ⅰ. ①2… Ⅱ. ①作… ②冰… ③陈… Ⅲ. ①小小说 - 小说集 - 中国 - 当代
Ⅳ. ①I247.82
中国版本图书馆CIP数据核字(2016)第317291号

2016 ZHONGGUO NIANDU WEIXING XIAOSHUO
2016中国年度微型小说
选编者：作家网
主　编：冰　峰　陈亚美

责任编辑：孙精精　谢青芸
书籍设计：石绍康
责任监印：杨东

出版人：刘迪才
漓江出版社有限公司出版发行
广西桂林市南环路22号　邮政编码：541002
网址：http://www.lijiangbook.com
全国新华书店经销
销售热线：010-85893190
大厂聚鑫印刷有限责任公司印刷
[河北省廊坊市大厂回族自治县西大街　邮政编码：065300]
开本：710mm × 960mm　1/16
印张：21.75　字数：357千字
2017年1月第1版　2017年1月第1次印刷
定价：43.00元